Charlie Higs
James Bon
GoldenBoy

Von Charlie Higson ist im Arena Verlag erschienen:
James Bond – Zurück kommt nur der Tod (Band 50821)
James Bond – Stille Wasser sind tödlich (Band 50820)
James Bond – Reden ist silber, Schweigen ist tödlich (Band 50823)
James Bond – Der Zod kennt kein Morgen (Band 50824)

Die gleichnamigen Hörbücher sind bei Arena audio erschienen.

Charlie Higson
lebt in London und ist in England bekannt geworden als erfolgreicher Autor von Thrillern für Erwachsene sowie als Darsteller und Mit-Erfinder der beliebten BBC-Comedy-Show »The Fast Show«. Als er von Ian Fleming Publications darauf angesprochen wurde, eine Buchreihe über James Bond als Jugendlichen zu schreiben, war er gleich begeistert. James Bond, der berühmteste Spion der Welt, war auch für ihn ein Idol. Sorgfältigste Recherchen und eine genaue Abstimmung mit den Romanen von Ian Fleming führten Charlie Higson zu seiner Figur des 13-jährigen James Bond.

CHARLIE HIGSON

JAMES BOND

GoldenBoy

Aus dem Englischen
von Petra Koob-Pawis

Arena

MIX
Papier aus verantwortungsvollen Quellen
FSC® C110508
www.fsc.org

Die Originalausgabe erschien 2007 unter dem Titel
»Double or die« bei Puffin/Penguin Books Ltd. London.

1. Auflage als Sonderausgabe 2015

Aus dem Englischen von Petra Koob-Pawis
Umschlaggestaltung: Frauke Schneider
Umschlagtypografie: KCS GmbH · Verlagsservice & Medienproduktion, Stelle/Hamburg
Gesamtherstellung: Westermann Druck Zwickau GmbH
ISSN 0518-4002
ISBN 978-3-401-50822-1

www.arena-verlag.de
Mitreden unter forum.arena-verlag.de

Inhalt

Teil 3: Sonntag

Für meinen Vater

Mein Dank geht an Sandy Balfour und John Halpern, die mich in die Welt der verzwickten Kreuzworträtsel einführten und mir bei den Rätselfragen geholfen haben, und ebenso an Simon Chaplin vom Royal College of Surgeons.

Die hungrige Maschine

Das menschliche Gehirn ist etwas Erstaunliches. In seinem Inneren sind hundert Milliarden Neuronen, die mithilfe winziger elektrischer Entladungen miteinander in Verbindung treten – wie ein nicht enden wollendes Feuerwerk, das sich im Kopf abspielt.
Das Gehirn eines Menschen wiegt 1,3 Kilogramm. Es macht nur ein Fünfzigstel des Körpergewichts aus, aber es beansprucht ein Fünftel des Blut- und Sauerstoffvorrats.
Das Gehirn ist eine hungrige Maschine. Es steht niemals still. Es arbeitet sogar, wenn man schläft, es lässt die Lungen atmen, das Herz schlagen, das Blut durch die Adern strömen. Ohne das Gehirn geht gar nichts. Erst das Gehirn versetzt einen in die Lage, Fahrrad zu fahren, ein Buch zu lesen, über einen Witz zu lachen. Es kann die Erinnerungen eines ganzen Lebens speichern.
Aber es ist sehr verletzlich.
Alexis Fairburn war sich dessen schmerzlich bewusst, denn eine Pistole war auf seinen Kopf gerichtet, und er wusste, wenn sein Gegenüber abdrückte, dann würden all die kostbaren Erinnerungen, die er in den letzten zweiunddreißig Jahren angehäuft hatte, auf ewig ausgelöscht. Dann würden seine Lungen aufhören zu atmen. Sein Herz würde kein Blut mehr durch seinen Körper pumpen. Das Blut würde in seinen Adern erstarren und Alexis Fairburn würde aufhören zu leben.

Es war ein sechsschüssiger Revolver mit einem kurzen, gedrungenen Lauf. Auf größere Entfernung nicht sehr treffsicher, aber sehr wirkungsvoll aus der Nähe. Was die Waffe noch gefährlicher machte, war ihr Griff, der die Form eines Schlagrings hatte. Die Finger des Mannes griffen durch die Metallringe. Mit einem Schlag konnte man damit den Kiefer eines Menschen zerschmettern.

Fairburn kannte diese Art Waffe, es war eine Apache, benannt nach den brutalen Straßengangs, die diesen Revolver Ende des neunzehnten Jahrhunderts in Paris benutzten. Sie hatte auch eine Klinge, die aufsprang; damit konnte man sie benutzen wie ein Bajonett.

Manchmal, so kam es ihm vor, wusste er zu viel.

Und während er noch auf dieses hässliche schwarze Loch in der Mündung des Revolvers starrte, hörte er ein Klicken, gefolgt von einem kratzenden metallischen Geräusch, und ein zehn Zentimeter langes Stilett schnappte von einer Feder getrieben unter der Trommel hervor.

Manchmal wünschte sich Fairburn, er wäre einfach zufrieden und dumm und alles, was in der Welt um ihn herum vor sich ging, würde ihn herzlich wenig interessieren. Manchmal wünschte er sich, er hätte, anstatt sein halbes Leben lang sein Gehirn mit Zahlen und Fakten vollzustopfen, etwas mehr von dieser Zeit seinem Körper gewidmet. In Augenblicken wie diesen hätte er viel dafür gegeben, kräftige Muskeln und schnelle Reflexe zu haben. Wenn er nur wüsste, wie man jemanden entwaffnete, dann könnte er jetzt seinen Angreifer am Handgelenk packen, ihm die Waffe entwinden, sie vielleicht sogar auf ihn richten. Er hatte darüber gelesen. In der Theorie wusste er, dass so etwas möglich war, aber er wusste auch, dass es sinnlos wäre, es zu versuchen. Er war schwächlich und ängstlich und unbeholfen.

Nun aber, da er darüber nachdachte, stellte er fest, dass ihn das überhaupt nicht beunruhigte.
Das war interessant.
Er hätte gedacht, dass er wenigstens erschrocken sein würde. Aber nein, alles, was er fühlte, war Enttäuschung. Und Bedauern darüber, dass dieses bemerkenswerte Gehirn in Kürze ausgeschaltet werden sollte.
»Versuchen Sie nicht wegzulaufen oder Widerstand zu leisten«, sagte der Mann mit dem Revolver und zum ersten Mal blickte Fairburn den Mann an und nicht die Waffe. Er war groß gewachsen, dünn und ging leicht gebeugt, er hatte einen riesigen, kantigen Schädel, der aussah, als wäre er viel zu schwer für seine Schultern. Seine großen schwarzen Augen lagen tief in den Höhlen und seine Haut spannte sich so sehr über dem Gesicht, dass es einem Totenkopf ähnelte.
Der Mann mit dem Revolver war nicht allein. Er hatte einen Komplizen, einen jüngeren Mann mit einem freundlichen, unauffälligen Gesicht. Er hätte genauso gut hinter dem Schalter einer Bank oder als Buchhalter in einem Büro sitzen können. Fairburn fand, dass es besser war, wenn er sich ihn als kleinen Angestellten und nicht als Mörder vorstellte. Das machte ihn weniger bedrohlich.
»Wissen Sie, was passiert, wenn er den Abzugshebel drückt?«, fragte der Angestellte mit leicht drohendem Ton.
Die Drohung war völlig überflüssig. Fairburn wusste ganz genau, was passieren würde. Der Hammer würde nach vorne schnellen und auf das Zündhütchen am Ende der Geschosshülse schlagen. Dies würde eine kleine Explosion auslösen, die das Geschoss mit einer Geschwindigkeit von mehr als acht Metern in der Sekunde aus dem Zylindergehäuse in den Lauf treiben würde. Dort würde ihm ein langer spiralförmiger Zug einen Drall geben, damit seine Flugbahn gerade verlief. Schließlich würde es, keine zwei Meter von seiner Stirn entfernt, aus der Waffe austreten.

Es würde ein Flachkopfgeschoss sein, ein Geschoss, das dafür gedacht war, einen Menschen aufzuhalten. Sobald es auf einen Knochen auftraf, würde es sich abflachen und aufspreizen wie eine Faust, die geöffnet wird, und dann würde es sich durch seinen Kopf bohren und alles Weiche auf seinem Weg wegpusten.
Auf einem Baum in der Nähe zwitscherte ein Vogel. An seinem Gesang erkannte Fairburn, dass es ein Buchfink war. Er schaute hoch und sah, dass der Vogel auf dem Ast einer Eibe saß. In England war es Brauch, Eiben und Zypressen auf Friedhöfen zu pflanzen, ein Brauch, der von den Römern stammte. Von den Römern stammt auch der Brauch, Blumen auf die Gräber zu legen.
Fairburn seufzte. Sein Kopf war vollgestopft mit solch nutzlosem Wissen.
»Wo schauen Sie hin?«, fragte der unscheinbare Angestellte.
»Ich schaue nirgendwohin«, sagte Fairburn. »Es tut mit leid, ich war abgelenkt.«
»Ich würde Ihnen raten, aufmerksam zu sein.«
»Ja. Es tut mir wirklich leid«, sagte Fairburn. »Aber dürfte ich Sie fragen, was genau Sie von mir wollen?«
»Wir möchten, dass Sie uns begleiten, Mister Fairburn«, sagte der mit der Waffe.
Sie wussten, wer er war. Sie hatten also keinen x-Beliebigen überfallen. Sie mussten ihm bis hierher gefolgt sein. Aber was wollten sie von ihm?
Fairburn dachte angestrengt nach. Er ließ den Tag noch einmal Revue passieren. Was war geschehen? Wem war er begegnet? Was hatte er gesagt, das diese beiden Männer dazu veranlasst haben könnte, ihm hier, mitten auf dem Friedhof von Highgate, eine Apache an den Kopf zu halten?
Bis zu diesem Augenblick war es ein ganz gewöhnlicher Samstag gewesen. Er hatte das Gleiche gemacht wie schon seit Wochen. Zuerst war er von Windsor nach London gefahren und dort in

den Lesesaal des British Museum gegangen, dann hatte er in seinem Lieblingslokal in Fitzrovia zu Mittag gegessen und schließlich war er hierher auf den Friedhof gekommen, wo er einige Skizzen und eilige Notizen gemacht hatte für ein Buch über das viktorianische London, das er schreiben wollte.

Zuletzt hatte er einen Abdruck von einem Grabstein mit einer interessanten Inschrift gemacht. Er hatte vergessen, Pauspapier mitzubringen, deshalb musste die Rückseite eines Briefs herhalten, den ihm sein Freund Ivar Peterson geschickt hatte. Er empfand immer noch ein kindliches Vergnügen, wenn er mit dem Wachs über das Papier fuhr und zusah, wie sich die Konturen der Schrift langsam abzeichneten. Er war gerade damit fertig gewesen und wollte den sorgsam gefalteten Brief wieder in seine Manteltasche zurückstecken, als die Männer auftauchten. Sie waren ihm mit schnellen Schritten entgegengekommen, hatten ihm freundlich grüßend zugenickt und das Nächste, an das er sich erinnern konnte, war die hässliche Revolvermündung vor seinem Gesicht.

Peterson. Natürlich. Es musste etwas mit ihm zu tun haben. Oder, genauer gesagt, mit dem, was Peterson in seinem Brief geschrieben hatte.

Es hatte etwas mit dem Nemesis-Projekt zu tun.

Er merkte, dass er den Brief noch immer in seiner Manteltasche umklammert hielt. Vielleicht würde es ihm gelingen, ihn irgendwo fallen zu lassen. Damit würde er einen kleinen Hinweis geben können, dass er hier gewesen war. Und falls irgendjemand den Brief las, könnte der ihm zu Hilfe kommen.

Du Dummkopf.

Der Brief würde niemandem etwas sagen, außer den wenigen richtigen Leuten, die verstanden, worum es ging.

Gut. Sein Verstand arbeitete. Er knickte den Brief ein weiteres Mal zusammen und presste ihn fest in seine Handfläche.

»Wir werden mit Ihnen zu Ihrem Auto gehen«, sagte der Angestellte. »Ganz ruhig und zwanglos, wie alte Freunde. Dann werden Sie meinen Bruder und mich zu unserem Ziel fahren. Wir werden Ihnen sagen, wie Sie fahren müssen. Die Pistole wird immer auf Sie gerichtet sein, und wenn Sie unsere Anweisungen nicht bis ins Kleinste befolgen, werden wir Sie, ohne zu zögern, erschießen. Einer unserer Kollegen wird uns in einem anderen Wagen folgen. Ist das klar?«

»Absolut«, erwiderte Fairburn und trat auf ein Ende seines Schnürsenkels; er spürte, wie sich das Band löste. »Aber ich weiß immer noch nicht, was Sie von mir wollen.«

»Das ist im Moment auch nicht nötig«, sagte der mit dem Revolver. »Gehen Sie einfach.«

Fairburn machte ein paar Schritte und blieb dann stehen. »Mein Schnürsenkel«, sagte er und schaute auf seine Schuhe.

»Binden Sie ihn zu«, sagte der Jüngere.

»Danke.« Fairburn bückte sich und schob das zusammengefaltete Blatt sorgfältig an der Innenseite seines Hosenbeins hoch. Wenn er es jetzt fallen ließe, würden sie es bestimmt merken. Er richtete sich auf.

»Alles wieder in Ordnung«, sagte er so gelassen, wie es ihm nur möglich war.

Er ließ seinen Blick zum letzten Mal über den Friedhof schweifen und prägte sich jedes Detail ein. Er sah die Statuen und Grabkreuze, die Grabsteine unter den Bäumen. Viele waren ganz zugewachsen und wirkten vernachlässigt. Er machte einen Schritt vorwärts und streifte einen dürren winterlichen Strauch, dabei schüttelte er sein Bein und spürte, wie der Zettel nach unten rutschte. Er blickte stur geradeaus und betete, dass das Papier am Rand des Wegs verborgen liegen blieb.

Es war nicht viel, worauf er seine Hoffnungen setzen konnte, aber es war alles, was er hatte.

Sein Herz klopfte unregelmäßig und in seinem Kopf schwirrte es.
Bisher hatte er ein eintöniges und abgeschiedenes Leben geführt, in dem es so gut wie keine Gefahren gegeben hatte und nichts, das den gleichförmigen Fluss der Tage unterbrach. Jetzt verspürte er ein neues Gefühl: Aufregung. Und in gewisser Weise genoss er es sogar.
Sein Gehirn hatte er noch. Er musste es irgendwie nutzen, um sich aus seiner Zwangslage zu befreien. Er war zuversichtlich, dass ihm etwas einfallen würde. Es gab für jedes Problem auf der Welt eine Lösung, wenn man sein Gehirn anstrengte.
Man musste nur sicherstellen, dass es sich noch im Kopf befand.

Teil 1
Freitag

Gedanken während der Fahrt in einem Tourenwagen mit Seitenventil-Motor

James Bond saß auf dem Beifahrersitz des Bamford & Martin, der früher seinem Onkel gehört hatte, eingehüllt in einen dicken Wintermantel. Sein Gesicht war verdeckt von einer Rennfahrerbrille und einem Schal.

Am Steuer saß – ähnlich gekleidet – sein Freund Perry Mandeville. Sie fanden es zu lästig und zu umständlich, das Verdeck des Wagens zu schließen, deshalb waren sie dem grässlichen Dezemberwetter schutzlos ausgeliefert. Aber das störte sie nicht – sie waren auf der Landstraße und trotz des kalten Winds, der ihnen durch und durch ging, fühlten sie sich frei und unbeschwert.

Das Auto hatte James von seinem Onkel nach dessen Tod geerbt. James hatte in der Schule nie etwas davon erzählt. Perry hatte immer davon geträumt, eine Spritztour damit zu machen, doch James hatte es nie zugelassen – bis heute.

Heute war ein Notfall.

Perry fuhr gut, aber schnell und James musste ihn immer wieder ermahnen, das Tempo zu drosseln. Es herrschte zwar wenig Verkehr, aber sie mussten sich dennoch in Acht nehmen. Sie wollten nicht Gefahr laufen, von einer Polizeistreife angehalten zu werden, oder, was noch schlimmer gewesen wäre, im Straßengraben zu landen.

Perry war zwar älter als James, aber auch er war noch keine siebzehn Jahre alt – und so alt musste man mindestens sein, um Auto fahren zu dürfen. Wenn jemand herausfand, was sie gerade

machten, dann würden sie im günstigsten Fall eine ordentliche Tracht Prügel beziehen und von der Schule verwiesen werden, im schlimmsten Fall drohte ihnen Gefängnis.
Aber daran verschwendete James keinen Gedanken. Er fieberte vor Aufregung. Er brauchte den Nervenkitzel. Nur wenn er ein Abenteuer erlebte, blühte er auf. Sein Alltag in der Schule kam ihm grau und eintönig vor, aber nun hatte sich der Schleier der Langeweile gelüftet und alle seine Sinne arbeiteten auf Hochtouren.
Das hieß jedoch nicht, dass er leichtsinnig gewesen wäre. Ihre Rennfahrerbrillen, Hüte und Schals dienten der Verkleidung genauso wie dem Schutz vor dem beißenden Wind.
Sie rasten von Eton in Richtung Cambridge. Zurückgelassen hatten sie ein ganzes Bündel von Lügen. Lügen, die ihnen zum Verhängnis werden konnten, wenn sie nicht aufpassten.
James dachte zurück, wie alles angefangen hatte.
Es war am Ende der Sommerferien gewesen. Nur noch ein paar Tage, und er musste wieder nach Eton zurückkehren. James hatte im *Duck Inn* in Pett Bottom ausgeholfen, dem Dorf, in dem er mit seiner Tante Charmian wohnte. Er hatte sich etwas Taschengeld verdient, indem er Fässer reinigte und Kisten mit leeren Flaschen im Hof stapelte. Als ein schwarzes Auto über die Felder fuhr, hatte er von seiner Arbeit aufgesehen und es beobachtet.
Die Luft war schon kühl gewesen und James hatte gefröstelt. Der Sommer war schon fast vorüber.
Das Auto näherte sich dem Gasthaus, wurde langsamer und hielt an. Das Fenster wurde heruntergekurbelt. James erkannte das vertraute Gesicht seines Lateinlehrers, Mister Merriot, der für seine Erziehung in Eton verantwortlich war. Begleitet wurde er von Claude Elliot, dem neuen Schulleiter. Beide blickten ernst.
»Steigen Sie ein«, sagte Merriot und bemühte sich um ein freund-

liches Lächeln, während seine kalte Pfeife zwischen seinen Zähnen wippte.

James setzte sich ins Auto.

»Können Sie sich denken, weshalb wir hier sind?«, fragte Merriot.

James nickte. »Seit unserem kurzen Gespräch in Dover, Sir, habe ich Ihren Besuch erwartet.«

Während der Sommerferien hatte James an einem Schulausflug nach Sardinien teilgenommen, der von zwei Lehrern begleitet worden war; einer der beiden hatte sich als Verbrecher entpuppt. Beide Lehrer kamen ums Leben und James selbst hätte um ein Haar das gleiche Schicksal ereilt. Bei seiner Rückkehr war er, kaum dass er das Schiff verlassen hatte, von Mister Merriot in Empfang genommen worden und James hatte ihm berichtet, was vorgefallen war. Damals hatte Mister Merriot James gebeten, niemandem ein Sterbenswörtchen davon zu sagen. Nun hatte es den Anschein, als wolle sich der Schulleiter davon überzeugen, dass James dieses Geheimnis auf jeden Fall bewahrte.

James saß auf dem Rücksitz des Wagens zwischen den beiden Männern. Es war heiß und stickig.

»Wir haben uns darüber unterhalten, was in Sardinien vorgefallen ist«, begann der Schulleiter, ein großer Mann mit Nickelbrille und Geheimratsecken, zwischen denen nur noch ein schmaler Haarstreifen übrig war.

»Wir halten es für das Beste, wenn Sie darüber Stillschweigen bewahren«, fuhr er fort. »Zu Hause, in der Schule, einfach überall. Wir würden es sehr begrüßen, wenn es sich nicht herumsprechen würde, dass einer unserer Lehrer ein Verbrecher gewesen ist.«

James schwieg. Er wollte den Vorfall am liebsten vergessen und einfach wieder nur ein ganz normaler Schuljunge sein.

»Wir werden an der Version festhalten, die die dortigen Behörden verbreitet haben«, sagte Mister Merriot.

»Und welche Version ist das, Sir?«, fragte James.
Merriot zog an seiner Pfeife. »Offiziell hat es sich um ein Unglück gehandelt«, sagte er. »Ein Staudamm ist gebrochen und in der Flutwelle, die folgte, sind sowohl Mister Cooper-ffrench als auch Mister Haight ums Leben gekommen.« Er machte eine Pause. »Beide starben als Helden.«
Über James' Gesicht huschte ein bitteres Lächeln, dann nickte er.
»Die Wahrheit darf niemals ans Tageslicht kommen«, fuhr der Direktor fort.
»Ich verstehe«, sagte James, obwohl er es für ausgesprochen unfair hielt, dass ein Schurke nach seinem Tod als Held verehrt werden sollte. Aber wenn es ihm endlose Fragereien ersparte von neugierigen Mitschülern, Zeitungsreportern und Leuten, die auf der Straße mit dem Finger auf ihn zeigten, dann würde er mit dieser Lüge leben.
»Ich werde niemandem etwas davon erzählen«, sagte er.
»Damit ist die Geschichte abgeschlossen«, erklärte der Direktor und seine Miene hellte sich auf. »Keiner von uns wird jemals wieder darüber sprechen. Und . . . James?«
»Ja, Sir?«
»Von nun an werden Sie ein ruhiges Leben führen. Versprechen Sie mir, dass Sie Gefahren aus dem Wege gehen und sich von Aufregungen und Abenteuern fernhalten?«
»Ja, Sir.«
»Gut.« Der Direktor gab ihm einen kräftigen Klaps aufs Knie. »Danke, James. Ich hoffe, wir werden uns nicht so bald wieder über den Weg laufen.«
»Ja, Sir. Das hoffe ich auch«, entgegnete James.
»Nun gut. Vielleicht möchten Sie jetzt noch ein Eis oder etwas Ähnliches?«
»Danke, Sir. Das ist nicht nötig«, sagte James. »Ich muss wieder an meine Arbeit.«

»Natürlich, selbstverständlich . . .«
James musste lachen, als er sich an diesen Tag zurückerinnerte. Ja, er hatte sich, so gut es ging, aus allen gefährlichen Situationen herausgehalten. Er hatte, während sich die langen Wochen des Wintersemesters dahinzogen, alles Aufregende vermieden. Während die Tage dahinschlichen und kürzer und dunkler wurden, der Winter das Land mit Nebel, Regen und Kälte überzog, kämpfte sich James durch endlose eintönige Lateinstunden, naturwissenschaftliche Versuche und Mathematikaufgaben. Das Einzige, auf das er sich freuen konnte, war Weihnachten mit der Aussicht auf eine gebratene Gans, Weihnachtslieder und Geschenke unter dem Christbaum.
Während der ganzen Zeit war es ihm gelungen, sich wie ein mustergültiger Schüler zu verhalten. Er tat es ohne große Begeisterung, denn er wusste – ganz gleich, was er dem Direktor gesagt hatte –, dass er sich niemals aus Schwierigkeiten würde heraushalten können.
Und nun, endlich, fühlte er sich wie von einer Fessel befreit. Nun tat er das, was ihm am meisten Spaß machte. Er spürte die Gefahr. Er stellte sich dem Risiko.
Er lebte wieder.
Vor gerade einmal vier Tagen hatte sich alles geändert und seitdem stand sein Leben in Eton wieder einmal Kopf.

Er war in seinem Zimmer gewesen und hatte mit zwei Freunden, Teddy Mackereth, Steven Costock-Ellis und seinem chinesischen Tischgenossen Tommy Chong Karten gespielt.
Wie üblich gewann Tommy. Er spielte leidenschaftlich gern Karten und behauptete, die Chinesen seien die besten Kartenspieler der Welt. »Schließlich«, war einer seiner Lieblingssprüche, »haben die Chinesen das Kartenspiel erfunden.«
Es war sehr kalt gewesen im Zimmer. Die Jungen bekamen nur

jeden zweiten Tag einen großen Klumpen Kohle zugeteilt und an jenem Tag war James an der Reihe mit dem Heizen. Der winzige Kamin spendete nicht viel Wärme, weshalb die Jungen fingerlose Handschuhe trugen.

Draußen auf dem Korridor wurde mit viel Lärm Fußball gespielt. Sie hörten, wie die Spieler trampelten und schrien, wenn sie hinter einem Hut herrannten, der ihnen als Ball diente.

In Eton hatte ein neues Schuljahr begonnen und James und seine Freunde gehörten nun nicht mehr zu den Jüngsten. Sie fühlten sich schon sehr erwachsen und konnten sich kaum noch vorstellen, dass auch sie einmal so ängstlich und unsicher übers Schulgelände geirrt waren wie diese verschüchterten Anfänger.

In ihrem Haus hatte sich manches verändert. Die Stubenältesten hatten die Schule verlassen und neue Schüler waren an deren Stelle getreten. Diese neuen waren sehr von sich eingenommen und zeigten den jüngeren bei jeder Gelegenheit, wer das Sagen hatte. Es hatte noch nie so viele Prügelstrafen gegeben, was die Stubenältesten nur noch unbeliebter gemacht hatte.

Aber James und seine Freunde fühlten sich hier, zurückgezogen in dem kleinen Raum, wo sie Karten spielten und sich zwanglos unterhielten, einigermaßen sicher vor ihnen.

»Eines Tages werde ich dich schlagen, Tommy«, sagte James, warf seine Karten auf den Tisch und beobachtete, wie Tommy eifrig einen kleinen Turm aus Münzen einstrich.

»Bestimmt mogelst du«, sagte Teddy Mackereth säuerlich.

»Nein«, entgegnete Tommy, »ich bin einfach besser als ihr Einfaltspinsel.«

»Noch ein Spiel?«, fragte Costock-Ellis. »Du musst uns wenigstens die Chance geben, etwas von unserem Geld zurückzugewinnen.«

»Mit Vergnügen«, erwiderte Tommy.

»Gib auf, James«, ertönte von hinten die Stimme eines fünften

Jungen, der auf James' Bett lag und das Kreuzworträtsel der aktuellen Times löste. Es war die Stimme von Pritpal Nandra, James' zweitem Tischgenossen und Sohn eines indischen Maharadschas.

»Ich gebe nicht so schnell auf«, antwortete James. »Ich lasse nicht locker, bis ich doch einmal gewinne.«

»Bevor das passiert, bist du ein alter Mann mit einem langen weißen Bart«, sagte Pritpal.

»Willst du mitspielen, Prit?«, fragte Tommy, während er gekonnt die Karten mischte.

»Nein, danke. Ich bleibe bei meinem Kreuzworträtsel.«

»Ich weiß nicht, was du daran findest«, sagte James.

»Es ist die Herausforderung«, erklärte Pritpal. »Ein Wettkampf zwischen meinem Verstand und dem Verstand desjenigen, der sich das Kreuzworträtsel ausgedacht hat. Aber heute, fürchte ich, komme ich nicht weiter.«

»Lass mich mal sehen.« Costock-Ellis schnappte Pritpal die Zeitung weg, warf einen Blick auf das Kreuzworträtsel und rümpfte die Nase.

»Das ist doch völliger Unsinn«, meinte er.

»Du bist zu gar nichts zu gebrauchen«, sagte James und riss ihm die Zeitung aus der Hand. »Ich werde dir zeigen, wie man das macht.«

Er las das Rätsel. Pritpal hatte schon die Hälfte der Felder ausgefüllt und die Fragen, die er gelöst hatte, durchgestrichen.

»Drei senkrecht«, sagte James. *»Höchst geheime Grafschaft der Schmiedefeuer* – fünf Buchstaben – erster Buchstabe ein E.« Er runzelte die Stirn. »Ich verstehe nicht einmal die Frage«, sagte er. »Wie soll ich dann die Antwort finden? Hat irgendjemand hier schon mal etwas von einer geheimen Feuerstelle gehört?«

»Vielleicht das Feuer des Schmiedegotts Vulkanus, der die Donnerpfeile für Jupiter geschmiedet hat«, vermutete Tommy.

»Es ist ein verschlüsselter Hinweis«, sagte Pritpal und nahm seine Zeitung zurück. »Es ist ähnlich wie ein Geheimcode, in dem sich eine Nachricht verbirgt.«
»Eine *höchst geheime* Nachricht«, fügte Teddy Mackereth hinzu.
»Das ist mir zu hoch«, sagte James. »Für mich ist schon *Kleines fliegendes Säugetier,* erster Buchstabe ein F, zu kompliziert.«
»Flughund«, sagte Tommy prompt, während er die Karten gab.
»Hunde können nicht fliegen«, warf James ein.
»Wenn man sie aus dem Fenster wirft, schon«, sagte Tommy und lachte.
»Ha, ha, sehr witzig«, sagte James.
»Oder vielleicht eine Katze«, schlug Teddy vor. »Eine Katze, die der Hund jagt.«
»Ich werfe gleich *euch* aus dem Fenster, wenn ihr nicht aufhört mit diesen albernen Witzen«, drohte James und nahm seine Karten auf. Er war schon immer ein guter Kartenspieler gewesen und seit er in Eton war, hatte er sich noch mal verbessert, hauptsächlich durch die Erfahrungen, die er gemacht hatte, wenn er gegen Tommy verlor.
An diesem Abend hatten sie schon Siebzehnundvier gespielt, Poker, Hearts, ein chinesisches Spiel, das »Die große Zwei« hieß, und ein anderes chinesisches Spiel, dem Tommy einen unanständigen englischen Namen gegeben hatte.
Gerade saßen sie bei einer Partie Rommé mit einem Einsatz von einem Sixpence pro Spieler.
»Rommé kommt von dem chinesischen Spiel Mah Jong, wusstet ihr das?«, fragte Tommy und lehnte sich in seinem Stuhl zurück.
»Nein, tut es nicht«, schnaubte Costock-Ellis. »Kannst du das beweisen?«
»Es ist zwecklos, mit ihm zu streiten«, sagte James. »Wenn es nach Tommy geht, haben die Chinesen alles erfunden.«
»Das stimmt auch«, entgegnete Tommy. »Wir waren euch im

Westen schon immer ein paar Hundert Jahre voraus. Papiergeld, Schießpulver, Spielkarten, Drachen. Sag irgendwas, wir haben es erfunden.«
»Cricket«, sagte Teddy Mackereth.
»Ein derart verrücktes und nutzloses Spiel können nur Engländer erfinden«, gab Tommy zur Antwort.
»Nun, wenn *dieses* Spiel aus China stammt, dann ist es kein Wunder, dass du immer gewinnst«, sagte Teddy Mackereth und warf seine Karten auf den kleinen viereckigen Tisch. »Lasst uns was anderes spielen.«
»Okay«, willigte Tommy ein und nahm die Spielkarten an sich. »Ich werde euch ein Glücksspiel zeigen. Es geht ähnlich wie Siebzehnundvier. Es heißt Bakkarat oder Chemin de fer.«
»Das ist französisch und heißt Eisenbahn«, warf Pritpal ein, ohne von seiner Zeitung aufzuschauen.
»Bleib du bei deinen Kreuzworträtseln«, sagte Costock-Ellis.
»Bist du dabei, Steven?«, fragte Tommy.
»Ich fürchte, nein«, antwortete Costock-Ellis. »Du hast mich ausgenommen. Ich sag euch was: Warum verteilen wir das Geld nicht unter uns und fangen noch mal von vorne an?«
»Das klingt sehr kommunistisch«, sagte Tommy.
»Ich wette, du weißt gar nicht, was kommunistisch ist«, spottete Costock-Ellis.
»Wir haben im Geschichtsunterricht über die Russische Revolution gesprochen«, sagte Tommy. »Ich weiß Bescheid, wie schlecht die armen Bauern vom Zaren behandelt wurden, sodass sie sich gegen ihn erhoben und ihn aus dem Land warfen. Keine Unterdrückung mehr! Alle Menschen sind gleich! Verteilt alles Geld, damit es keine reichen und keine armen Menschen mehr gibt.« Tommy lachte. »So etwas wäre in China undenkbar.«
Genau in diesem Augenblick hörte der Lärm im Korridor schlag-

artig auf und draußen herrschte eine Stille, die nichts Gutes ahnen ließ.
»Codrose!«, sagte James und sofort brach Hektik aus.
Codrose war ihr Hausvater. Da er die Jungen nicht vom Kartenspielen abhalten konnte, hatte er ihnen zumindest Glücksspiele verboten.
Teddy hatte im Werkunterricht eine Holzplatte angefertigt. Sie passte genau über die richtige Tischplatte und hatte auf der Unterseite einen Hohlraum, der ausreichend Platz bot, um die Karten und das Geld verschwinden zu lassen.
Im Nu war die Platte angebracht und die Jungen setzten Unschuldsmienen auf.
Gleich darauf klopfte es und ein wohlvertrautes Gesicht erschien in der Tür.
Cecil Codrose war einer der unbeliebtesten Hausväter in Eton. Er war klein, kräftig und blass und hatte einen struppigen Bart. Seine Augen, die stets argwöhnisch und hartherzig blickten, waren von dunklen Ringen umgeben und seine wuchtige Stirn war immer gerunzelt.
Er musterte einen Jungen nach dem anderen und trat dann ins Zimmer.
James bemerkte, dass er nicht allein war. Der Direktor, Claude Elliot, begleitete ihn.
Pritpal rutschte hastig vom Bett herunter, während die anderen Jungen aufsprangen und mit mulmigem Gefühl in dem kleinen Raum herumstanden.
Codrose blickte langsam von Teddy Mackereth zu Costock-Ellis und dann zu Tommy.
»Sie können gehen«, sagte er und die drei stürmten erleichtert aus dem Zimmer, murmelten dabei einen Gruß und nickten den beiden Männern zu.
James wusste nicht, ob er bleiben oder gehen sollte. Er war in ei-

ner verzwickten Lage, denn es war sein Zimmer und während er einerseits zu gern gewusst hätte, was hier vor sich ging, wäre er andererseits am liebsten weit weg gewesen. Er ging langsam zur Tür.

»Bleiben Sie bitte hier, James«, sagte der Direktor. »Das geht auch Sie an.«

»Oh«, erwiderte James. Er blieb stehen und fühlte sich ausgesprochen unwohl.

»Ein Brief ist für Sie gekommen, Pritpal«, sagte Codrose mit kratziger Stimme.

»Ja, Sir«, erwiderte Pritpal verwirrt.

Codrose streckte Pritpal einen dünnen weißen Umschlag entgegen. »Wir waren so frei, ihn zu öffnen«, sagte er, »aus Gründen, die Ihnen sofort einleuchten werden.«

Pritpal nahm den Umschlag und betrachtete ihn. Sein Name stand darauf, aber es fand sich weder ein Stempel noch ein Absender.

»Er wurde heute Nachmittag abgegeben. Er lag in einem Brief, der an mich adressiert war«, erklärte der Direktor. »Er ist von Alexis Fairburn.«

»Oh«, sagte Pritpal verblüfft.

»Sie haben sicher bemerkt«, fuhr der Direktor fort, »dass Mister Fairburn in den vergangenen Wochen nicht in der Schule war.«

»Ich weiß nur, dass er zu den letzten beiden Mathematikstunden nicht erschienen ist«, sagte Pritpal. »Zahlenquäler-Bill hat ihn vertreten.« Pritpal unterbrach sich abrupt und schaute entsetzt drein. »Ich wollte sagen, Mister Marsden, Sir. Entschuldigung.«

Codrose räusperte sich, sagte aber nichts.

»Er hat auch bei dem letzten Treffen unserer Kreuzworträtsel-Gesellschaft gefehlt, Sir«, sagte Pritpal, um die peinliche Stille zu beenden. »Ich dachte, er ist krank.«

Der Direktor schniefte und betrachtete angestrengt ein Bild des

Königs, das an James' Wand hing. »Das ist die offizielle Version der Geschichte, die wir verbreitet haben«, sagte er, »aber in Wahrheit hat Mister Fairburn die Schule verlassen.«

»Oh«, sagte Pritpal mit einem verblüfften Ausdruck in seinem rundlichen Gesicht.

»Sie leiten die Kreuzworträtsel-Gesellschaft, nicht wahr?«, fragte der Direktor.

»Ja, Sir, das stimmt«, erwiderte Pritpal. »Obwohl, eigentlich ist es Mister Fairburn, ohne ihn . . .«

»Fairburn hat Ihnen in Ihrer Eigenschaft als Leiter der Kreuzworträtsel-Gesellschaft geschrieben«, unterbrach ihn der Direktor.

»Tatsächlich, Sir?«, entgegnete Pritpal.

»Ja. In dem Brief, den er mir geschickt hat, bat er darum, diese Nachricht an Sie weiterzugeben.«

»Ich verstehe nicht recht, Sir«, sagte Pritpal.

»Ich bin mir nicht sicher, ob *wir* das alles verstehen«, gab der Direktor zur Antwort und versuchte, Pritpal mit einem Lächeln zu beruhigen. »Der Brief, den wir heute erhielten, ist das erste Lebenszeichen von Mister Fairburn, seit er uns verlassen hat«, sagte er. »Es ist ein Kündigungsschreiben. Höchst ungewöhnlich und unangenehm. Er hat uns, ohne ein Wort zu sagen, Hals über Kopf verlassen. Er behauptet, dass er nicht mehr länger unterrichten könne und man ihm eine bessere Stellung in London angeboten habe, aber sein Brief an mich ist kurz und knapp und höchst diffus. Wir hatten gehofft, dass der Brief an Sie etwas mehr Licht in die Angelegenheit bringen würde. Aus diesem Grund haben wir ihn geöffnet, aber er gibt uns noch mehr Rätsel auf.«

»Wir möchten, dass Sie den Brief laut vorlesen«, sagte Codrose. »Und dann sagen Sie uns, ob *Sie* ihn verstehen.«

Ashe und Tim

Pritpal nahm den Brief aus dem Umschlag und faltete ihn auseinander. »Kein Absender«, sagte er. »Er fängt einfach an mit *Alexis Fairburn, London,* und dann das Datum, *7. Dezember 1934*. Oh, da hat er sich geirrt. Wir haben noch nicht 1934.«

»Der Mann war schon immer zerstreut«, bemerkte Codrose geringschätzig. »Er war mit seinen Gedanken immer woanders. Er wusste nie, welchen Tag wir gerade haben.« Codrose sagte das in einem Ton, der unterstreichen sollte, dass ihm so etwas nie, nicht in einer Million Jahren, passieren könnte.

»Lesen Sie weiter«, sagte der Direktor.

Pritpal schluckte und fing an zu lesen. *»Mein lieber Pritpal«,* begann er mit stockender Stimme, *»nicht an jedem Dienstag, einer ist gerade sieben Tage vorbei, passiert es, dass man sieben Jungen unten in der Kreuzworträtsel-Gesellschaft trifft, die alles lösen, was sie in die Finger bekommen. Seid nicht traurig! Die glorreiche Gesellschaft wird die Rätsel leicht auch ohne mich lösen können, nun da ich nicht mehr da bin. Ich bin sicher, der allmächtige Elliot hat Ihnen schon berichtet . . .«* Pritpal hielt inne und blinzelte verwirrt zum Direktor.

»Lesen Sie weiter«, forderte der ihn auf.

». . . hat Ihnen schon berichtet, dass ich Eton verlassen musste. In Wahrheit gehe ich ganz außer Landes. Das nächste Kreuzworträtsel wird mein letztes sein, da ich schon vor dem Abgabetermin abreisen werde.«

»Was meint er damit?«, fragte Codrose.

»Mister Fairburn entwirft Kreuzworträtsel für die *Times,* Sir.«
»Tatsächlich?«, fragte Codrose. »Das wusste ich gar nicht. Ich löse doch keine Kreuzworträtsel. Dafür habe ich viel zu viel zu tun.«
»Soll ich weiterlesen?«, fragte Pritpal.
»Ja, bitte«, antwortete der Direktor.
»Bitte richten Sie auch den anderen sechs Mitgliedern der Kreuzworträtsel-Gesellschaft, Felix Dunkeswell, Percy Odcombe, Tim Bloese, Stephen Devere, dem kleinen Ashe Seelie-Greene und natürlich Ian Cummings aus, dass es mir leidtut.« Pritpal stockte einen Moment und runzelte die Stirn, dann las er weiter. *»Ich werde immer gern an Eton zurückdenken. Wie Sie wissen, bin ich selbst auf diese Schule gegangen. Mit Vergnügen erinnere ich mich noch daran, wie wir beim Field Game den entscheidenden Try gegen die Stümper von der Lehrermannschaft erzielt oder die Callisto in der Bootsparade am vierten Juni gesteuert haben. Ja, es gibt vieles an diesem schönen Ort, das ich vermissen werde. Außer euch Burschen von der Kreuzworträtsel-Gesellschaft werden mir die Lateinstunden am meisten fehlen. Ich liebe diese Geschichten aus dem alten Rom, wie zum Beispiel die Liebesgeschichte von Nero und Cleopatra. Sie sollten unbedingt die große Nekropole in Porta Alta besuchen und die wundervolle Statue von Nero ansehen, die zu Cleopatras Obelisk hinüberblickt.«*
»Obelisk!«, schnaubte Codrose verächtlich. »Der Mann fantasiert. Er war schon immer ein komischer Kauz.«
»Lesen Sie weiter«, sagte der Direktor, ohne auf den Einwurf von Codrose einzugehen.
»Eton ist ein unvergleichlicher Ort«, las Pritpal weiter, *»mit all seinen wunderbaren Traditionen. Mir tut es wirklich leid, beim Wall Game nicht mehr zusehen zu können, aber immer, wenn ich das berühmte gleichnamige Gedicht von David Balfour lese, sehe ich alles wieder so lebendig vor mir, als stünde ich selbst am Rand des Spielfelds . . .*

Los jetzt, so der laute Schrei,
jag dem Ball nach und vergiss den Schmerz.
Vom Regen durchnässt, erschöpft und doch wild,
keuchend, schiebend – welch sonderbares Bild!
Nistet im Herzen nicht die Sehnsucht nach Sieg?
Doch das Spiel, es gleicht einem Höllenritt!
Er führt quer übers Feld, den Ball stets im Blick.
Der Gegner strauchelt – hopsasa!
Tanz weiter im Schlamm, spotte jedem Hohn.
Für diese Schlacht braucht's kein Handikap!
Ellenlang scheint der Weg, ehe Jubel der Lohn.

Zum Schluss möchte ich Ihnen sagen: Was immer Sie tun, geben Sie das Kreuzworträtsellösen nicht auf. Ich weiß, nicht jedem macht das so viel Spaß wie Ihnen. Ihr Tischgenosse, dieser Runner, zum Beispiel . . .« Pritpal hielt inne und schaute James an. *»Ich vermute, er meint dich«, sagte er.*
»Sie haben also Mister Fairburn von James Bond erzählt?«, fragte der Direktor.
»Ich muss wohl über ihn gesprochen haben«, antwortete Pritpal. »Aber ich kann mich nicht daran erinnern, dass ich gesagt habe, James mag keine Kreuzworträtsel.«
»Wir haben, außer heute Abend, noch nie über Kreuzworträtsel gesprochen«, fügte James hinzu.
»Lesen Sie zu Ende, bitte«, sagte der Direktor.
»Äh . . . *Ihr Tischgenosse, dieser Runner, zum Beispiel, muss akzeptieren, was er ist, und anfangen, mündig zu werden. Viele Grüße, AF.«*
Pritpal blickte von dem Brief auf und eine Minute lang herrschte in dem kleinen Zimmer Schweigen.
»Was für ein seltsamer Brief«, sagte Pritpal nach einer Weile.
»Höchst seltsam«, bestätigte der Direktor.
»Ich fürchte, dem Mann geht es nicht gut«, schnaubte Codrose.

»Das würde sein merkwürdiges Verhalten erklären«, sagte der Direktor. »Wir müssen wohl annehmen, dass er einen Anfall von geistiger Umnachtung hat.«

»Das passt zu ihm«, entgegnete Codrose düster und nahm Pritpal den Brief wieder aus der Hand. »Und deshalb ist es wohl das Beste, wenn ich diesen Brief wieder an mich nehme.« Er las das Schreiben noch einmal ganz genau, murmelte die Worte halblaut vor sich hin und zog dabei eine Augenbraue fragend hoch.

»Sehr sonderbar«, sagte er nach einer Weile und steckte den Brief in die Tasche.

»Ich möchte Sie beide bitten, mit niemandem darüber zu sprechen«, sagte der Direktor und warf James einen flüchtigen Blick zu.

»Natürlich«, antwortete Pritpal.

»Ist Ihnen etwas in dem Brief aufgefallen, das Ihnen besonders wichtig erscheint?«, fragte Codrose.

»Im Augenblick fällt mir nichts ein, Sir«, antwortete Pritpal. »Es geht in dem Brief viel um Sport. Aber ich bin kein großer Sportler.«

»Fairburn ebenso wenig«, sagte Codrose.

»Falls Ihnen noch etwas einfällt«, sagte der Direktor, »dann kommen Sie zu mir. Einstweilen wünsche ich Ihnen beiden eine gute Nacht.«

»Was hältst du davon?«, fragte Pritpal, als er und James wieder alleine waren.

»Ein merkwürdiger Brief, ganz sicher«, sagte James. »Glaubst du, Codrose hat recht damit, dass Fairburn nicht mehr alle Tassen im Schrank hat?«

Pritpal saß auf James' Bett. »Ich weiß es nicht. Je mehr ich darüber nachdenke, desto weniger glaube ich das.«

»Hör mal«, sagte James. »Du hast doch selbst gesagt, dass es Un-

sinn ist. Soll ich dir sagen, woran ich bei dem Brief denken musste?«
»Woran?«, fragte Pritpal.
»An das Kreuzworträtsel, das du gelöst hast.«
»Das ist es!« Pritpal sprang vom Bett und begann, im Zimmer auf und ab zu gehen. »Ich wusste, dass etwas dahintersteckt.«
»Als ich vorhin dein Kreuzworträtsel gelesen habe«, sagte James, »schienen die Sätze zunächst ganz normal zu sein, aber sie waren trotzdem merkwürdig, irgendwie verdreht. Sie ergaben einen Sinn und gleichzeitig auch wieder nicht. Diesen Eindruck hat auch der Brief auf mich gemacht. Nichts hat daran gestimmt. Nicht einmal das Datum.«
»Du hast recht«, stimmte ihm Pritpal zu. »Und das war noch der kleinste Fehler.«
»Was war der größte Fehler?«
»Die Namen der Jungen aus der Kreuzworträtsel-Gesellschaft«, antwortete Pritpal. »Codrose und der Direktor konnten das nicht wissen. Ich bin wahrscheinlich der Einzige, der das genau weiß. Wir führen nämlich keine Mitgliederliste.«
»Was weißt du genau?«, fragte James.
»Das mit Tim Bloese und Ashe Seelie-Greene.«
»Was ist mit ihnen?«, fragte James mit wachsender Ungeduld.
»Keiner von beiden ist in der Kreuzworträtsel-Gesellschaft«, gab Pritpal ihm zur Antwort. »Ich wette sogar mein ganzes Geld darauf, dass es die beiden gar nicht gibt.«
James starrte Pritpal an. »Erzähl weiter. Das wird ja immer spannender.«
»Ich glaube, der Brief ist ein Rätsel«, fuhr Pritpal fort. »Einem Außenstehenden fällt das vielleicht gar nicht auf, aber jeder hier in Eton würde nach kurzer Zeit merken, dass der Brief voller Fehler steckt. Aber es sind vielleicht gar keine Fehler. Vielleicht sind es ja Hinweise.«

»Ganz schön verzwickt«, überlegte James. »Ein Brief, der in Wirklichkeit ein Rätsel ist.«
»Genau das sieht Fairburn ähnlich«, meinte Pritpal. »Er hatte schon immer einen sonderbaren Humor.«
»Aber würde er denn so weit gehen und tun, als wolle er kündigen?«, überlegte James. »Und wenn es tatsächlich ein Spaß gewesen sein sollte, dann hat er den Direktor und Codrose nicht eingeweiht.«
»Er hat schon immer nach seinen eigenen Regeln gespielt«, sagte Pritpal. »Ich würde ihm zutrauen, dass er diesen Brief als eine Art Test versteht. Vielleicht wollte er uns damit ein Rätsel aufgeben: *Das Geheimnis des verschwundenen Lehrers.*«
James musste lächeln. »Glaubst du wirklich, dass er so etwas tun würde?«
»Aber sicher. Wie schon gesagt, Fairburn ist sehr exzentrisch. Er liebt alles, was mit Codes, Rätseln und mathematischen Problemen zu tun hat.«
»Schon gut«, sagte James, winkelte ein Bein an und legte den Fuß auf den Oberschenkel. »Nehmen wir an, es ist tatsächlich eine Art Rätsel, womit fangen wir dann an?«
»Am besten mit Tim Bloese und Ashe Seelie-Greene«, schlug Pritpal vor. »Das sind die offensichtlichsten Fehler, das Erste, was mir unweigerlich auffallen würde. Wir müssen herausfinden, was es mit diesen beiden Namen auf sich hat.«
James starrte ihn verständnislos an. »Und wie?«, fragte er.
Pritpal grinste James an. Seine Augen glühten vor Aufregung. »Komm an den Tisch, dann zeig ich es dir.«
Pritpal setzte sich und schrieb die beiden Namen auf einen Zettel.
»Es ist so offensichtlich, das merkt sogar ein Blinder mit dem Krückstock«, sagte er. »Fairburn muss gewusst haben, dass es mir sofort auffallen würde. Das sind die offenkundigsten Fehler,

vielleicht verstecken sich darin auch die offenkundigsten Hinweise.«
»Wie soll das gehen?«, fragte James. »Vergiss nicht, ich kenne mich nicht aus mit diesen Dingen.«
»Die einfachsten und nahe liegendsten Hinweise sind Anagramme«, erklärte Pritpal. »Ich nehme an, du weißt, was ein Anagramm ist?«
»Ich bin ja nicht blöd«, antwortete James. »Bei einem Anagramm vertauscht man die Buchstaben eines Worts und ändert ihre Reihenfolge, sodass sich ein neuer Sinn ergibt. Wie zum Beispiel O. K., *Dr. Riet* für *Direktor.«*
»Oder *Dr. Erotik«*, sagte Pritpal und beide lachten.
James starrte auf die Buchstaben vor ihm auf dem Tisch.

ASHE SEELIE-GREENE TIM BLOESE

Er versuchte, die Buchstaben im Geiste neu zu ordnen, aber es führte zu nichts. Es schien endlos viele Möglichkeiten zu geben.
»Kennst du *Ms Jade Bon?«,* fragte Pritpal nach einer Weile.
»Wen meinst du?«, fragte James zurück.
»Das ist ein Anagramm für *James Bond.«*
»Sehr schlau«, sagte James, »aber das bringt uns bei diesem Rätsel nicht weiter. Ich habe nicht den geringsten Anhaltspunkt, wo ich anfangen soll.«
»Aha«, sagte Pritpal. »Du hast es begriffen.«
»Ich habe *was* begriffen?«
»Wenn man einen Code oder ein Rätsel knacken will, dann muss man auf Zusammenhänge achten«, erklärte Pritpal.
»Das musst du mir erklären«, sagte James. »Vielleicht bin ich ja doch zu blöd.«
»Nehmen wir an, du hättest die Buchstaben P-R-O-U-E-A«, sagte Pritpal. »Und nehmen wir weiter an, sie wären ein Anagramm. Du

würdest herumbasteln und versuchen, sie in eine neue Reihenfolge zu bringen, und irgendwann, wenn du dich oft genug am Kopf gekratzt hast, würdest du wahrscheinlich über die Lösung stolpern.«

»Da wär ich mir nicht so sicher«, sagte James und versuchte, aus den Buchstaben ein Wort zu bilden.

»Aber nehmen wir an, ich sage dir, dass das Anagramm für einen Kontinent steht, dann hast du die Lösung auf der Stelle.«

»Europa«, sagte James.

»Genau«, sagte Pritpal. »Weil du einen Zusammenhang hast. Nehmen wir ein anderes Beispiel. Stell dir vor, es ist Krieg und unsere Armee fängt eine geheime, verschlüsselte Nachricht des Gegners ab. Sie wissen, die Nachricht kommt von einem Flugplatz, deshalb werden sie annehmen, dass es sich darin um Flugzeuge oder Ähnliches dreht. Es werden technische Begriffe in der Nachricht vorkommen, zum Beispiel Flugzeugtypen, Flugzeugnummern, Wetterberichte und Wörter wie Nebel oder Wolken. Die Code-Knacker werden eine Liste mit Wörtern aus diesem Umfeld machen und dann in der Nachricht nach verschlüsselten Wörtern suchen, die den Wörtern aus ihrer Liste entsprechen könnten. Sie werden nach Wortmustern suchen und nach Wörtern, die sich wiederholen, so lange, bis sie ein Wort finden, das passt. Und wenn man das erste Wort kennt, kennt man auch bald die anderen. Du siehst also, sobald man weiß, in welchem Zusammenhang die Nachricht steht, weiß man auch, wo man die Lösung suchen muss. Und worum geht es in Fairburns Botschaft?«

»Das wissen wir noch nicht«, antwortete James.

»Doch, das wissen wir«, sagte Pritpal. »Es ist ein Rätsel. Also suchen wir nach . . .?«

». . . Lösungshinweisen«, sagte James und hatte dabei das Gefühl, etwas fürchterlich Albernes zu sagen.

»Genau!« Pritpal grinste ihn an. »Dann wirf einen Blick auf die Buchstaben und sag mir dann, ob du irgendeinen versteckten Hinweis erkennen kannst.«
James schaute erneut auf das Papier, aber er sah immer noch nichts.

ASHE SEELIE-GREENE TIM BLOESE

»Schau auf den Namen Bloese«, sagte Pritpal. »Kommt er dir nicht merkwürdig vor? Warum hat Fairburn gerade diesen Namen gewählt?«
»Ich weiß nicht«, erwiderte James mürrisch. »Was soll mir daran auffallen?«
»Der Hinweis.« Pritpal klopfte mit dem Finger auf das Papier. »Und wohin führt uns der Hinweis?«
»Zur Lösung.« Und als er dies sagte, fiel es James wie Schuppen von den Augen.
Er deutete auf den Namen und Pritpal nickte begeistert.
»*Ein* Wort haben wir schon«, sagte er und strich die Buchstaben durch. *»Loese.«*
James sah sich an, was noch übrig blieb.

A-S-H-E-S-E-E-L-I-E-G-R-E-E-N-E-T-I-M-B

»Jetzt sind es schon weniger Buchstaben«, sagte Pritpal und klopfte mit seinem Bleistift gegen seine Zähne. »Aber es wird auch schwieriger, weil man auf den ersten Blick keine Wörter erkennen kann, die zu dem Wort passen, das wir schon haben.«
»Wie wär's mit *sieben?«,* fragte James. *»Loese sieben?«*
»Du lernst schnell«, entgegnete Pritpal. »Das sieht gut aus. Was bleibt dann noch übrig?«
»A-H-S-E-E-L-G-R-E-E-E-T-I-M«, sagte James und seufzte. »Wir

müssen noch einmal von vorn anfangen. Diese Buchstaben ergeben kein Wort.«
»Glaubst du wirklich?«, fragte Pritpal, während er ein paar Buchstaben aufs Papier kritzelte. Er drehte das Blatt um, sodass James es lesen konnte.

LOESE SIEBEN GEHEIME RAETSEL

James pfiff durch die Zähne und lehnte sich in seinem Stuhl zurück. »Das kann kein Zufall sein.« Er grinste Pritpal an. *»Ein* Rätsel haben wir schon gelöst, bleiben noch sechs. Glaubst du, es gibt etwas zu gewinnen?«
»Ich weiß es nicht«, gab Pritpal zur Antwort. »Fairburn sagt, der Spaß liegt im Lösen des Rätsels selbst. Die Lösung ist der Lohn.«
»Aber diesmal ist es sicher etwas Wichtiges«, sagte James. »Warum sollte er sich sonst so viel Mühe machen und tatsächlich von der Bildfläche verschwinden?«
»Ich weiß es nicht«, sagte Pritpal, sprang auf und rieb sich die Hände. »Wir müssen uns an die Arbeit machen und die restlichen Rätsel lösen.«
»Da ist nur ein kleines Problem«, wandte James ein.
»Und welches?«
»Codrose hat den Brief.«
»Hmm, das ist dumm«, sagte Pritpal und ließ sich entmutigt auf James' Bett plumpsen. »Ich glaube nicht, dass er ihn mir wieder zurückgeben wird.«
»Keine Chance«, stimmte James zu. »Sie sind beunruhigt wegen Fairburn. Sie denken, er ist verrückt geworden. Nein. Codrose hat den Brief bestimmt irgendwo in seinem Arbeitszimmer sicher weggeschlossen.«
»Dann müssen wir ihn uns eben holen«, sagte Pritpal.
»Für gewöhnlich bist du nicht so mutig«, erwiderte James.

»Na ja, das ist ein Rätsel und ich liebe Rätsel«, sagte Pritpal. »Kannst *du* mir nicht den Brief besorgen?«

James schaute seinen Freund an. Er konnte das breite Grinsen, das über sein Gesicht zog, nicht unterdrücken. Das vertraute Kribbeln stellte sich ein und ließ sein Herz schneller schlagen. Er fühlte sich, als sei er nach einem langen Schlaf wieder erwacht. Erwartungsvoll lehnte er sich in seinem Stuhl zurück und reckte sich, dass seine Gelenke knackten.

»Überlass das mir«, sagte er.

Der Überfall auf Codrose

Am darauf folgenden Nachmittag um drei Uhr kauerte James in einem engen dunklen Verschlag unter der Anrichte des Speisezimmers von Haus Codrose. Seit dem Mittag hielt er sich dort versteckt und ertrug den Geruch nach Bohnerwachs und Staub. Er schaute auf seine Taschenuhr. Es war so weit. Wenn alles nach Plan verlaufen war, mussten die anderen Mitglieder der Gefährlichen Gesellschaft jetzt auf ihren Plätzen sein.

Perry Mandeville hatte die Gefährliche Gesellschaft gegründet, ein Club für Jungen, die sich nach einer Extraportion Aufregung in ihrem Leben sehnten. In letzter Zeit war es um die Gesellschaft jedoch etwas still geworden. Bei dem feuchten, kalten Wetter wollten die Jungen nur noch um ein Feuer sitzen und sich wärmen.

Heute aber war das anders.

James' Freund, Andrew Carlton, war auf das Dach geklettert. Kurz vor dem Mittagessen war Carlton von seinem eigenen Haus herübergekommen und James hatte ihm einen Geheimgang gezeigt, über den man auf das Dach des Hauses gelangen konnte. Man musste durch eine Zwischendecke unter dem Badezimmerfußboden in einen ungenutzten Speicher und von dort durch eine Dachluke klettern. Diesen Weg benutzte auch James immer, wenn er das Haus verlassen musste, nachdem zugesperrt war. Carlton war ein paar Jahre älter als James, und obwohl er ein eifriges Mitglied der Gesellschaft war, bewahrte er immer einen kühlen Kopf und man konnte sich darauf verlas-

sen, dass er es nicht mit der Angst zu tun bekam oder sich erwischen ließ.
An das schräge Dach gepresst, kauerte er nun lautlos neben der großen Glaskuppel, durch die man in das Arbeitszimmer von Codrose hinuntersehen konnte. Er konnte Codrose, der an seinem Schreibtisch saß und einen Brief las, deutlich erkennen. Carlton schaute genau auf dessen Kopf mit der kreisrunden, pennygroßen kahlen Stelle in der Mitte.
Zehn Minuten vorher hatte Pritpal wie abgesprochen Codrose gefragt, ob er etwas Neues von Mister Fairburn gehört hätte; dann hatten sie sich über einige Stellen aus dem Brief unterhalten. Danach war Codrose wie erhofft schnurstracks in sein Arbeitszimmer gegangen, hatte einen Schlüssel aus einem aufklappbaren Holzglobus genommen, damit eine Schublade in seinem Schreibtisch aufgeschlossen und den Brief hervorgeholt.
Carlton hatte das alles beobachtet. Er war sich ganz sicher, dass es Fairburns Brief war.
Er hörte einen Pfiff; das war das Zeichen, dass Perry und Gordon Latimer unten auf ihren Plätzen waren, und er antwortete ihnen, indem er einen kleinen Kieselstein über den Dachfirst schnippte, der klappernd auf der anderen Seite in der Dachrinne landete.
Alles war bereit.
Perry und Latimer hörten, wie der Stein aufprallte. Sie blickten in Judy's Passage nach rechts und nach links, um ganz sicher zu sein, dass niemand kam, dann nahm Perry seinen Hut ab und zum Vorschein kam ein Stück Ziegelstein, das er während der ganzen Zeit vorsichtig auf dem Kopf balanciert hatte.
»Los geht's«, sagte er, wiegte den Stein in der Hand und schleuderte ihn so kräftig, wie er konnte, gegen ein Fenster im Erdgeschoss.
Es klirrte richtig schön laut und dann veranstalteten die beiden

Jungen einen fürchterlichen Krawall, schrien und johlten: »Da läuft er!«
»Hast du ihn gesehen?«
»In *die* Richtung ist er gerannt!«
»Fangt ihn!«
Im Haus wurde es laut, die Schüler stürzten an die Fenster und schauten hinaus, um zu sehen, was vor sich ging.
Kurze Zeit später erschien auch die Hausdame.
»Was um Himmels willen geht hier vor?«, fragte sie und Perry und Latimer redeten sofort auf sie ein.
»Es war ein Junge.«
»Wir haben ihn gesehen.«
»Ein Einheimischer.«
»Aus der Stadt.«
»Er kam angerannt und hat einen Ziegelstein ins Fenster geworfen.«
»Wir haben versucht, ihn festzuhalten.«
»Er sah aus wie ein gefährlicher Raufbold.«
Die Hausdame eilte zeternd ins Haus zurück.
Gleich darauf sah Carlton vom Dach aus, wie sie in das Arbeitszimmer von Codrose stürmte und ihm erzählte, was vorgefallen war.
Codrose sprang auf. Hastig legte er den Brief in die Schublade, verschloss sie und legte den Schlüssel in den Globus zurück, dann klappte er ihn zu.
Sobald er das Zimmer verlassen hatte, schnippte Carlton ein zweites Steinchen über das Dach und kritzelte eilig einige Wörter auf ein Blatt Papier, das er mitgebracht hatte.
Von seinem Versteck aus hörte James Schritte und er sah im gleichen Augenblick die Füße von Codrose auf dem Dielenboden, dicht gefolgt von denen der Hausdame. Sobald er sicher war, dass beide den Raum verlassen hatten, stieg er aus dem Verschlag.

Wenn man ihn erwischte, würde es sicherlich eine Tracht Prügel setzen, aber an so etwas dachte James jetzt gar nicht. Er musste zu Ende bringen, was sie angefangen hatten, und seine Arbeit so gut und so schnell wie möglich erledigen.
James war schon früher hin und wieder in das Arbeitszimmer von Codrose gerufen worden, deshalb kannte er den Weg dorthin gut; er stürmte die mit einem Läufer ausgelegte Treppe bis ins Dachgeschoss hoch und stieß die Tür zum Arbeitszimmer auf.
Er schaute nach oben zu der Kuppel, wo Carlton das Blatt Papier gegen das Glas presste, sodass er es gut sehen konnte.
Mit dickem Kohlestift hatte sein Freund die Worte SCHLÜSSEL IM GLOBUS – BRIEF IM SCHREIBTISCH – SCHUBLADE OBEN RECHTS daraufgeschrieben.
Im Nu hatte James die Schublade geöffnet und den Brief hervorgeholt. Er hatte einen neuen Fotoapparat mitgebracht, eine Leica III. Sie war der ganze Stolz von Gordon Latimer, der Mitglied im Foto-Club von Eton war, und er hatte sie James erst nach langem Zögern ausgeliehen.
Durch die Fenster und die Glaskuppel drang Tageslicht ins Zimmer, aber James knipste zusätzlich das Deckenlicht und eine Schreibtischlampe an, damit so viel Licht wie möglich auf den Brief fiel.
Er hoffte, es würde ausreichen.
James stützte die Ellbogen auf einer Stuhllehne ab. Er bemühte sich, die Kamera ruhig zu halten, während er die Entfernung einstellte. Latimer hatte ihm noch am Morgen das Nötigste erklärt, was man über das Fotografieren wissen musste, ihm alle Rädchen an der Kamera gezeigt und ihm gesagt, wozu sie dienten. Glücklicherweise lernte James schnell und er war sehr begabt, was technische Dinge betraf.
Die Leica hatte eine lange Belichtungszeit, was bei Innenlicht be-

sonders wichtig war, und James schoss fünf Bilder mit unterschiedlicher Blende.
Er drehte den Brief um und machte nochmals fünf Aufnahmen.
Dann war er fertig.
Der Brief wanderte zurück in die Schublade, der Schlüssel in den Globus. Dann schaltete er die Lichter aus und reckte den Daumen nach oben zu Carlton, der sofort aus James' Blickfeld verschwand.
James verließ den Raum und schloss die Tür hinter sich.
Das alles hatte kaum zwei Minuten gedauert.
Er eilte die Treppe hinunter, nahm drei Stufen auf einmal und war im Nu wieder im Speisezimmer, von dem aus er einen vorsichtigen Blick in den Korridor wagte.
Pritpal wartete auf ihn, er war nervös und zappelig. Mit einem Kopfnicken gab er James zu verstehen, dass alles in Ordnung war. James lief über den Korridor und drückte Pritpal die Kamera in die Hand.
So unauffällig wie möglich schlenderte Pritpal nach draußen. Codrose und die Hausdame waren immer noch da; um sie herum standen die meisten der älteren Jungen aus dem Haus.
Als sie Pritpal aus dem Haus auf die schmale Straße treten sahen, wussten Perry und Latimer, dass James seine Aufgabe erfüllt hatte und dass sie Codrose nicht länger aufzuhalten brauchten.
Sie hatten ihren ganzen Erfindungsreichtum aufbieten müssen, um Codrose zum Bleiben zu bewegen. Perry musste sogar so weit gehen zu sagen, dass der geheimnisvolle Raufbold aus dem Ort ihn angegriffen hätte. Er machte ein großes Trara, schob sein Hemd hoch und zeigte Codrose ein paar blaue Flecken.
Codrose konnte nicht wissen, dass Perry sich die Flecken am Tag zuvor beim Field Game geholt hatte.
Als sich die Menge allmählich auflöste, ging Codrose ins Haus zurück. Vorher hatte er einen jüngeren Schüler weggeschickt, um

den Hausmeister zu holen, der die zerbrochene Scheibe reparieren sollte. Pritpal gab die Kamera verstohlen an Gordon Latimer weiter und blickte ihm erleichtert nach, wie er hinter Perry in Judy's Passage verschwand.
Es war geschafft. Pritpal atmete tief durch und wischte seine feuchten Handflächen an der Hose ab.
Die letzte halbe Stunde war entsetzlich gewesen. Für so ein Leben war er nicht geschaffen. Rätsel lösen war das eine, aber Einbrüche, Lügen und Dinge zerstören war etwas ganz anderes. In Zukunft würde er solche Aktionen James und seinen waghalsigen Freunden überlassen.

Am Abend desselben Tages, kurz vor sechs Uhr, brachte Latimer den Film und zwei Abzüge, einen von jeder Briefseite, vorbei, auf denen man Fairburns Handschrift deutlich lesen konnte.
James versteckte den Film hinter einer lockeren Fußleiste und setzte sich mit seinen Tischgenossen hin, um alles in größerer Schrift auf ein Stück Karton abzuschreiben. Als sie damit fertig waren, stopfte James die Abzüge ebenfalls hinter die Leiste.
Sie befestigten den Karton auf der Rückseite einer Weltkarte, die James an seiner Wand hängen hatte. Jetzt konnten sie die Hinweise gemeinsam studieren, und wenn sie sie nicht mehr brauchten, drehten sie die Karte einfach um und der Brief war vor neugierigen Blicken geschützt.
»Wo sollen wir anfangen?«, fragte James und starrte auf die Worte auf dem Karton.
»Wir wissen, dass sieben versteckte Hinweise darin verborgen sind«, sagte Pritpal, nahm einen Bleistift und trat an die Wand. »Einen davon haben wir schon gefunden.«
Er kreiste die Namen der Mitglieder der Kreuzworträtsel-Gesellschaft sorgfältig ein, dann unterstrich er die beiden falschen Namen – Tim Bloese und Ashe Seelie-Greene.

»Der nächste logische Schritt«, fuhr er fort, »wäre, davon auszugehen, dass der Brief aus sieben Abschnitten besteht, von denen jeder einen eigenen Hinweis enthält.«
James las den Brief laut vor.
»Alexis Fairburn, London, 7. Dezember 1934.
Mein lieber Pritpal, nicht an jedem Dienstag, einer ist gerade sieben Tage vorbei, passiert es, dass man sieben Jungen unten in der Kreuzworträtsel-Gesellschaft trifft, die alles lösen, was sie in die Finger bekommen. Seid nicht traurig! Die glorreiche Gesellschaft wird die Rätsel leicht auch ohne mich lösen können, nun da ich nicht mehr da bin.
Ich bin sicher, der allmächtige Elliot hat Ihnen schon berichtet, dass ich Eton verlassen musste. In Wahrheit gehe ich ganz außer Landes. Das nächste Kreuzworträtsel wird mein letztes sein, da ich schon vor dem Abgabetermin abreisen werde.«
»Den nächsten Abschnitt haben wir bereits entschlüsselt«, sagte James und las eilig weiter.
»Ich werde immer gern an Eton zurückdenken. Wie Sie wissen, bin ich selbst auf diese Schule gegangen. Mit Vergnügen erinnere ich mich noch daran, wie wir beim Field Game den entscheidenden Try gegen die Stümper von der Lehrermannschaft erzielt oder die Callisto in der Bootsparade am vierten Juni gesteuert haben.
Ja, es gibt vieles an diesem schönen Ort, das ich vermissen werde. Außer euch Burschen von der Kreuzworträtsel-Gesellschaft werden mir die Lateinstunden am meisten fehlen. Ich liebe diese Geschichten aus dem alten Rom, wie zum Beispiel die Liebesgeschichte von Nero und Cleopatra. Sie sollten unbedingt die große Nekropole in Porta Alta besuchen und die wundervolle Statue von Nero ansehen, die zu Cleopatras Obelisken hinüberblickt.
Eton ist ein unvergleichlicher Ort mit all seinen wunderbaren Traditionen. Mir tut es wirklich leid, beim Wall Game nicht mehr zusehen zu können, aber immer, wenn ich das berühmte gleichnamige Gedicht von David Balfour lese, sehe ich alles wieder so lebendig vor mir, als stünde

ich selbst am Rand des Spielfelds . . .
Los jetzt, so der laute Schrei,
jag dem Ball nach und vergiss den Schmerz.«

»Das Gedicht kannst du auslassen«, sagte Tommy. »Lies beim letzten Abschnitt weiter.«

»*Zum Schluss möchte ich Ihnen sagen: Was immer Sie tun, geben Sie das Kreuzworträtsellösen nicht auf. Ich weiß, nicht jedem macht das so viel Spaß wie Ihnen. Ihr Tischgenosse, dieser Runner, zum Beispiel, muss akzeptieren, was er ist, und anfangen mündig zu werden. Viele Grüße, AF.«*

»Gut«, sagte Tommy. »Wir suchen sieben Abschnitte. Nun, da ist der erste Teil, der, in dem er über die Kreuzworträtsel-Gesellschaft schreibt und dass er die Schule verlassen hat. Dann der Abschnitt, den du schon gelöst hast, der mit den falschen Namen. Danach der Abschnitt über das Field Game und die Bootsparade. Das ist Nummer drei.«

»Dann das krause Zeug über Nero und Cleopatra«, sagte James. »Das macht vier.«

»Nero war nie in Cleopatra verliebt, oder?«, fragte Tommy.

»Nein«, antwortete Pritpal. »Das waren Marcus Antonius und Julius Caesar. Nero kam erst viel später.«

»Dann ist da noch das scheußliche Gedicht«, sagte James. »Das ist Nummer fünf. Und schließlich der Abschnitt, in dem er schreibt, dass ich keine Kreuzworträtsel mag.«

»Das sind nur sechs«, überlegte Tommy. »Was haben wir übersehen?«

»Das Datum«, erwiderte Pritpal aufgeregt und machte einen Kreis um das falsche Datum am Anfang des Briefs.

»Aber was hat das zu bedeuten?«, fragte James. »Der 7. Dezember 1934?«

»Es könnte ein Zahlencode sein«, vermutete Pritpal. »Mister Fairburn ist ein hervorragender Mathematiker. Er ist geradezu verliebt in Zahlen.«

»7, 12, 1934«, wiederholte Tommy. »Haben diese Zahlen irgendeine Bedeutung?«
»Nicht auf den ersten Blick«, sagte Pritpal und kratzte sich mit einem Finger unter dem Turban. »Es sieht nicht so aus, als hätten sie irgendeine Verbindung miteinander.«
»Vielleicht ist es gar nicht so kompliziert«, warf James ein. »Vielleicht entsprechen sie ja den Buchstaben des Alphabets oder so etwas Ähnliches. Wisst ihr, A entspricht 1, B ist 2 und so weiter.«
»Das ist möglich«, sagte Pritpal.
»Sieben?«, dachte Tommy laut und zählte an seinen Fingern ab. »Der siebte Buchstabe des Alphabets ist G.«
»Und der zwölfte ein L«, warf Pritpal ein, der schnell abgezählt hatte. »Aber dann . . .«
»1934«, fuhr James säuerlich fort. »Das ist schlecht.«
»Aber vielleicht bedeutet es eins – neun – drei – vier?«, fragte Tommy. »A, I, C und D?«
»Glaicd?«, fragte James. »Was soll das für ein Wort sein?«
»Nein«, antwortete Pritpal, »wir sind auf dem falschen Dampfer.«
»Wie wäre es, wenn jede Ziffer anstelle eines Buchstabens einem Wort entspräche?«, fragte James.
»Ich weiß nicht, was du meinst«, sagte Pritpal.
James stand auf und ging zu dem Plakat hinüber.
»Was wäre, wenn wir die Wörter vom Anfang an zählen?«, fragte er. »Das Datum lassen wir dabei außer Acht. Dann haben wir 7, 12 und 1934. Also zählen wir bis sieben, dann wieder bis eins, dann zwei, dann wieder eins, dann neun, drei und vier . . .«
James überflog den Brief und unterstrich die Wörter.
»Mein lieber Pritpal, nicht an jedem Dienstag, einer ist gerade sieben Tage vorbei, passiert es, dass man sieben Jungen unten in der Kreuzworträtsel-Gesellschaft trifft, die alles lösen, was sie in die Finger bekommen.«

»Dienstag, einer gerade, sieben unten, Kreuzworträtsel, lösen«, sagte Tommy. »Klar wie Kloßbrühe!«
»Das sind Kreuzworträtselbegriffe«, rief Pritpal. »Er will uns sagen, dass wir zwei Fragen in einem Kreuzworträtsel am Dienstag lösen sollen – eins waagerecht und sieben senkrecht.«
»Heute ist Dienstag«, entgegnete James. »Aber welches Kreuzworträtsel meint er?«
»Das Kreuzworträtsel in der Times«, sagte Pritpal und schlug sich an die Stirn. »Fairburns Kreuzworträtsel erscheint jeden Dienstag in der Times.«
»Hast du es?«, fragte James.
»Natürlich«, antwortete Pritpal und rannte aus dem Zimmer. »Bei der ganzen Aufregung heute habe ich allerdings noch keinen Blick darauf geworfen.«

Essex

»Das ist doch verrückt«, sagte Tommy. »Warum hat dieser durchgeknallte Pauker nur so viele Umstände gemacht?«

»Er will ganz offensichtlich nicht, dass einer von den anderen Lehrern erfährt, was los ist«, gab James zur Antwort. »Es ist wie ein Spiel. Wir gegen ihn. Wir dürfen Codrose nichts davon erzählen. Das geht nur uns etwas an.«

»Hoffentlich verschwenden wir unser Hirnschmalz nicht umsonst«, sagte Tommy.

»Es lohnt sich immer, wenn man Lehrern ein Schnippchen schlagen kann«, sagte James mit einem Lächeln.

Im selben Augenblick platzte Pritpal ins Zimmer und wedelte mit einer Zeitung.

»Ich habe es«, sagte er, legte die Zeitung auf den Tisch und schlug die Seite mit den Kreuzworträtseln auf.

»Du musst uns zeigen, wie man diese Rätseldinger löst«, forderte James ihn auf. »Wie hieß das noch gleich, worüber wir gestern Abend gesprochen haben? Es hatte etwas mit einer geheimen Grafschaft der Schmiedefeuer zu tun.«

»Die Antwort ist Essex«, sagte Pritpal.

»Das verstehe ich nicht«, sagte James.

»Was ist ein Schmiedefeuer?«, fragte Pritpal.

»Eine Esse«, gab Tommy zur Antwort.

»Ja. Das ist der erste Teil der Lösung, das Wort *Esse*. Aber der Verfasser des Kreuzworträtsels ist fair und gibt dir noch einen Tipp. In diesem Fall liegt der Hinweis bei dem Wort *Grafschaft*.«

»Ich weiß nicht recht, ob ich dir folgen kann«, warf James ein. »Wie kommt man von *höchst geheime Grafschaft der Schmiedefeuer* auf *Essex?«*

»Ein Schmiedefeuer ist eine Esse«, widerholte Pritpal geduldig.

»Ja, aber warum Esse*x?«*

»Welchen Tarnnamen würdest du zum Beispiel einem Geheimagenten geben?«, fragte Pritpal.

»Ich weiß nicht«, gab James zur Antwort. »Vielleicht eine Nummer?«

»Wie wär's mit Agent X? Oder, wenn es eine geheime Schmiede ist, Esse X? Und schon hast du die Grafschaft Essex.«

Die Jungen lachten.

»Das ist mir zu kompliziert«, sagte James.

»Gib die Hoffnung nicht auf«, tröstete ihn Pritpal. »Du brauchst nur ein bisschen Übung. Schauen wir uns mal die heutigen Fragen an, und zwar eins waagerecht und sieben senkrecht. Da haben wir's. Eins waagerecht: *Enterichs Rondo KG, König Alexanders Problem*. Und sieben senkrecht ist *Halbe Initiale, vermischt mit einem sportlichen Erfolg.«*

»Ein sportlicher Erfolg?«, fragte James. »Könnte das etwas mit dem Wettkampf zu tun haben, der vergangene Ostern hier in Eton stattgefunden hat?«

»Lass dich nicht verwirren«, sagte Pritpal. »Versuch nicht, eine Bedeutung aus den Wörtern herauszulesen, denk daran, es ist ein Geheimcode. Der erste Hinweis hat sicher nichts mit einer männlichen Ente oder Musik zu tun und der zweite Hinweis bezieht sich sicher nicht auf einen sportlichen Erfolg. So wie die geheime Grafschaft nichts mit einer Esse zu tun hatte.«

»Aber was sollen sie dann bedeuten?«, fragte Tommy.

»Gehen wir der Reihe nach vor«, sagte Pritpal. »Schauen wir uns den ersten Hinweis an. Die Antwort besteht aus zwei Wörtern, das erste mit zehn Buchstaben, das zweite mit sechs Buchstaben.«

»Enterichs Rondo KG, König Alexanders Problem«, murmelte James und hoffte, dass die Wörter ihre Bedeutung preisgäben, wenn er sie nur langsam genug vor sich hin sprach.
»Das Wort *Rondo«,* überlegte Pritpal, »könnte darauf hinweisen, dass wir einige Buchstaben vertauschen müssen.«
»Meinst du, es handelt sich wieder um ein Anagramm?«, fragte James.
»Das ist sehr gut möglich.«
»*Enterichs Rondo KG* hat sechzehn Buchstaben, genauso viele, wie wir für die beiden Lösungswörter brauchen«, bemerkte Tommy.
»Gut«, sagte Pritpal. »Dann brauchen wir also ein Anagramm von *Enterichs Rondo KG,* das in irgendeiner Weise mit Alexanders Problem zusammenhängt.«
»Welcher Alexander?«, fragte Tommy.
»Wer ist wohl der berühmteste Alexander in der Geschichte?«, fragte Pritpal zurück.
»Alexander der Große«, antwortete James.
»Genau«, sagte Pritpal. »Und was weißt du über ihn?«
»Dass er die halbe Welt beherrscht hat und dass er ein Pferd hatte, das Bukephalos hieß.«
»Und welches Problem hatte er?«, fragte Pritpal weiter.
»Ich kann mir vorstellen, dass er viele Probleme hatte«, gab James zur Antwort.
»Nein. Komm schon. Kennst du nicht die Geschichte vom Gordischen Knoten?«
»Ungefähr«, sagte James und kramte aus seinem Gedächtnis hervor, was er darüber wusste. »War da nicht ein persischer König, der einen Knoten knüpfte, von dem man glaubte, er wäre von niemandem zu lösen?«
Pritpal nickte. »Und dieser König sagte, wem immer es gelänge, diesen Knoten zu lösen, der würde sein Reich regieren.«

»Und Alexander fackelte nicht lange, oder?«, fragte James. »Er schlug den Knoten einfach mit seinem Schwert durch.« Er grinste. »Genauso hätte ich es auch gemacht.«
»Ich weiß«, antwortete Pritpal. »Du bist ein Mann der Tat, James. Du fackelst auch nicht lange.«
»Nicht der Richtige also, um Kreuzworträtsel zu lösen«, sagte James. »Ich wünschte, ich hätte ein Schwert, mit dem ich alle Knoten in Fairburns Brief durchschlagen könnte.«
»Ich verstehe immer noch kein Wort«, sagte Tommy.
»Gordischer Knoten ist ein Anagramm von *Enterichs Rondo KG«*, klärte ihn Pritpal auf.
»Dann ist das also die Antwort?«, fragte Tommy. *»Gordischer Knoten?«*
»Genau«, sagte Pritpal. »Das war Alexanders Problem.«
»Aber wie hilft uns das weiter?«, fragte James. »Wir haben zwar die Kreuzworträtselfrage gelöst, aber was will uns Fairburn damit sagen?«
»Ich fürchte, wir müssen auch noch die andere Frage beantworten, um das herauszufinden«, antwortete Pritpal. *»Halbe Initiale, vermischt mit einem sportlichen Erfolg.* Ein Wort mit sieben Buchstaben.«
Aber sosehr sie sich auch anstrengten, es gelang ihnen nicht, dieses Rätsel zu lösen.
Schließlich waren sie fast erleichtert, als sie vom Stockwerk der älteren Schüler aus einen langgezogenen Ruf hörten.
»B-o-o-oys!«
Sie sprangen auf. Das war der sogenannte *Boy Call*. Einer der Schüler aus der Abschlussklasse hatte einen Auftrag – vielleicht mussten seine Stiefel geputzt werden oder er wollte frischen Tee oder ein Botengang war fällig – und es war die Aufgabe der jüngeren Schüler, das für ihn zu erledigen.
Tommy und Pritpal rannten hinaus. James drehte eilig die Welt-

karte um und folgte ihnen. Der Junge, der als Letzter im Stockwerk der Älteren ankam, musste den Auftrag ausführen.
Während James den Korridor entlangrannte und mit Leichtigkeit die anderen Jungen überholte, zermarterte er sich immer noch das Gehirn.

In dieser Nacht konnte James nicht schlafen. Die Fragen schwirrten ihm unentwegt durch den Kopf, ärgerten ihn, hielten ihn zum Narren. Wirre Fetzen aus Fairburns Brief tauchten in seinem Bewusstsein auf und verschwanden wieder . . . Ashe Seelie-Greene . . . Tim Bloese . . . Mit Vergnügen erinnere ich mich noch daran, wie wir beim Field Game den entscheidenden Try gegen die Stümper von der Lehrermannschaft erzielt haben . . . Ich liebe diese Geschichten aus dem alten Rom, wie zum Beispiel die Liebesgeschichte von Nero und Cleopatra . . . Eton ist ein unvergleichlicher Ort . . . das gleichnamige Gedicht von David Balfour . . . vergiss den Schmerz . . . vermischt mit einem sportlichen Erfolg . . .
Auch während des Unterrichts am Mittwochmorgen gingen ihm diese Sätze nicht aus dem Kopf, und als er am Nachmittag zum Dutchman-Spielfeld trottete, um Field Game zu spielen, gelang es ihm anfangs nicht, sich auf das Match zu konzentrieren.
Erst als ein schlammverschmierter Ball in seinem Gesicht landete, schärften sich seine Sinne wieder, und von diesem Moment an stürzte er sich eifrig und verwegen wie immer ins Spiel.
James war groß für sein Alter. Außerdem war er ein schneller Läufer und ein Draufgänger, weshalb er von Haus Codrose ausgewählt worden war, um im Team der Jüngeren zu spielen. Heute spielten sie gegen ein anderes Haus, gegen Timbralls, und Codrose und Mister Merriot waren die Schiedsrichter.
Field Game war ein Spiel, das es ausschließlich in Eton gab. Es wurde nur während des Winterhalbjahres gespielt und war eine

Mischung aus Fußball und Rugby. Es ähnelte dem American Football, wie James gehört hatte. Jedenfalls war es ein total verrückter Sport. James hatte Mühe, die Regeln zu behalten, was umso schwieriger war, als diese sich offenbar von Jahr zu Jahr änderten, was dazu führte, dass die Mannschaften oft laut darüber stritten.

Eine halbe Stunde nach Spielbeginn war er über und über mit Schlamm bedeckt und von Schrammen übersät. Er war pausenlos hin und her gerannt. Es regnete und das Gras auf dem Spielfeld war inzwischen zertrampelt. Seine Schuhe waren lehmverschmiert und schwer wie Blei.

Das gegnerische Team rief plötzlich: »Sperren! Abseits! Das ist gegen die Regeln, Sir!«

»Richtig. Das war Abseits.«

Mister Merriot pfiff und das Spiel wurde unterbrochen. Beide Mannschaften konnten Luft holen und sich neu aufstellen.

James beugte sich vor, stützte seine Hände auf den Knien ab und schnappte nach Luft. Während des Spiels hatte er gar nicht darauf geachtet, doch jetzt merkte er, wie erschöpft er war.

Aber kaum hatte er aufgehört zu laufen, schwirrte sofort das Rätsel in seinem Kopf herum – sportlicher Erfolg . . . sportlicher Erfolg. Er schüttelte den Kopf.

Schluss damit!

Das Spiel ging weiter und James' Mannschaft musste sofort einen Bully ausführen. Sechs Spieler seines Teams hakten sich zusammen mit ihm an den Armen unter. Hinter ihnen hatte der Rest der Codrose-Mannschaft Aufstellung bezogen. Der Ball wurde in den Bully geworfen und die Jungen versuchten, ihn mit den Füßen unter Kontrolle zu bekommen. Die Codrose-Spieler drängten vorwärts und plötzlich hatte James den Ball zwischen den Füßen. Er dribbelte vorwärts. Der Bully löste sich auf und James stürmte nach vorne. Es war streng verboten, den Ball, der etwas kleiner als ein gewöhnlicher Fußball, aber ziemlich schwer war, anzufassen; nicht einmal die beiden Jungen, die im Tor standen, durften ihn mit den Händen berühren.

James sah, dass er freie Bahn hatte und ungestört bis zur gegnerischen Torlinie laufen konnte.

Er führte den Ball eng am Fuß und rannte weiter. Jetzt brauchte er nur noch über die Linie zu laufen und einen Try zu erzielen. Nein, keinen *Try,* fiel ihm ein, so hieß das ja beim Rugby. Beim Field Game hieß das *Rouge.*

James' Gedanken schweiften wieder ab. Was hatte Fairburn in seinem Brief geschrieben? *Mit Vergnügen erinnere ich mich noch daran, wie wir beim Field Game den entscheidenden Try gegen die Stümper von der Lehrermannschaft erzielt haben . . .«* Das musste etwas zu bedeuten haben. Weshalb hatte er von einem *Try* gesprochen anstatt von einem *Rouge?*

Eine Woge von Anfeuerungsrufen der Codrose-Anhänger holte ihn wieder ins Spiel zurück. Er war schon kurz vor der Ziellinie der Timbralls.

Was riefen sie jetzt?

Natürlich. Er durfte den Ball nicht direkt über die Linie schießen.

Zum Teufel, waren diese Regeln verzwickt! Es war beinahe so, als würde man eines dieser geheimnisvollen Kreuzworträtsel lösen. Man konnte nie den direkten Weg nehmen. Aber ohne Regeln kein Spiel; sie galten für jeden Spieler. James kümmerte sich wenig um Regeln. Er wusste genau, wie Alexander zumute gewesen war, als er den Knoten mit seinem Schwert durchschlug.

Einen Punkt kann man nur erzielen, wenn der Ball noch von einem Verteidiger berührt wird, bevor er die Linie überquert.

Nun gut, das ließ sich machen.

Kurz vor der Linie schlug er einen Haken nach rechts und rannte auf einen Verteidiger zu, der gleichzeitig auf ihn zustürzte. Im

letzten Augenblick schoss James den Ball mit aller Kraft auf seinen Gegner. Er traf den Verteidiger in den Magen und setzte ihn außer Gefecht. Der Körper des Jungen hatte die Wucht des Schusses zwar abgefangen, aber der Ball fiel trotzdem direkt hinter die Torlinie. James stürzte sich darauf und die Jubelrufe der Zuschauer sagten ihm, dass er ein wertvolles Rouge für seine Mannschaft erzielt hatte.
Alle rannten zu ihm und beglückwünschten ihn.
Um Extrapunkte zu erzielen, konnten sie nun versuchen, den Ball ins Tor zu drücken.
Dazu nahm ein Verteidiger von Trimballs die Position des Schlussmanns ein; er stand einige Zentimeter vor dem Tor und hatte den Ball zwischen die Füße geklemmt. Die anderen Verteidiger stemmten ihre Füße in den Boden und versuchten, den Schlussmann und den Ball zu verteidigen. Der Schlussmann war ein stämmiger Bursche und er würde seine ganze Kraft brauchen, denn die Angreifer würden versuchen, ihn samt Ball über die Torlinie zu schieben.
James und die drei Größten im Codrose-Team hielten sich gegenseitig an den Hüften fest und griffen an. Es gab einen dumpfen Schlag, als der Anführer mit seinem Kopf gegen die gegnerische Verteidigung prallte.
Sofort herrschte ein wildes Durcheinander, denn beide Mannschaften schubsten und rempelten wie verrückt.
Irgendjemand stieß seinen Fingerknöchel gegen James' Ohr und ein Stiefel traf sein Schienbein. Er war eingeklemmt und bekam fast keine Luft mehr. Er achtete jedoch kaum darauf, denn sein Verstand arbeitete schon wieder. Dieses verflixte Rätsel umschwirrte ihn wie Fliegen.
Rouge ... Try ... sportlicher Erfolg ... Try ...
Ein Try war ein sportlicher Erfolg.
Halbe Initiale, vermischt mit einem sportlichen Erfolg.

Was wäre, wenn ein Teil des Worts *Initiale* mit dem Wort *Try* kombiniert wäre?
Plötzlich wich einer der Spieler zurück und mit einem Mal lagen alle am Boden.
Als sie wieder auf den Füßen standen, sahen sie, dass der Ball gerade über die Linie rollte.
Neues Jubelgeschrei brach aus und Mister Merriot pfiff zur Halbzeit.
Die Mannschaftskameraden klopften James auf die Schulter und er humpelte vom Spielfeld. In seinem Ohr summte es und sein Gesicht war schlammverkrustet, aber er hatte nur einen Gedanken.
Pritpal hatte das Spiel zusammen mit den anderen Codrose-Anhängern von der Torlinie aus beobachtet. James ging schnurstracks auf ihn zu, und ehe Pritpal etwas sagen konnte, packte James ihn bei den Schultern.
»Trinity«, sagte er.
»Was?«, fragte Pritpal.
»Das ist die Antwort auf die Frage«, entgegnete James. *»Halbe Initiale, vermischt mit einem sportlichen Erfolg – Trinity.«*

Gordius

Am nächsten Tag, nach dem Morgenunterricht und dem Frühstück, ging James gerade inmitten einer lärmenden Horde Jungen die Keate's Lane entlang zur Kapelle, als er auf Pritpal aufmerksam wurde, der versuchte, sich zu ihm durchzukämpfen.

»James«, rief er von Weitem und wedelte mit einem Blatt Papier. »Ich habe dich schon den ganzen Morgen gesucht.«

»Was ist los?«, fragte James.

»Ich habe einen Teil gelöst«, erklärte Pritpal. »Den Teil über den Gordischen Knoten.«

»Ich wusste, dass du es herausfinden würdest«, sagte James. »In diesen Dingen bist du viel schlauer als ich.«

»Das stimmt nicht«, antwortete Pritpal. »Ich habe einfach nur diesen Brief geöffnet.«

»Von wem ist er?«, fragte James. »Sicherlich nicht von Mister Fairburn, oder?«

»Nein, nein«, antwortete Pritpal. »Er ist von einem seiner Freunde. Er schreibt darin, dass er wie geplant heute Abend nach Eton kommt, um vor der Kreuzworträtsel-Gesellschaft zu sprechen.«

Sie erreichten die Kapelle und traten nacheinander ein. In Eton gab es zwei Kapellen: jene, die Heinrich VI. selbst hatte erbauen lassen und die schlicht *College Chapel* genannt wurde, und eine neuere, die *Lower Chapel,* die Ende des neunzehnten Jahrhunderts erbaut worden war, als die Schule so groß geworden war, dass nicht mehr alle Jungen in der *College Chapel* Platz gefunden hatten.

Da sie zu den jüngeren Schülern gehörten, besuchten James und Pritpal die *Lower Chapel,* einen schmucklosen Steinbau, dessen Inneres Wandbehänge schmückten, die an den letzten Krieg erinnerten. Sie traten im hinteren Teil der Kapelle in eine leere Bankreihe und setzten sich.

»Mister Fairburn hat uns einmal erzählt, dass er in Cambridge Mathematik studiert hat«, begann Pritpal, »und dass ein guter Freund aus dieser Zeit jetzt dort Professor ist und zusammen mit ihm Kreuzworträtsel entwirft.«

»Und dieser Mann hat dir den Brief geschrieben?«, fragte James.

»Ja. Ich hätte eigentlich schon gestern daran denken müssen, es war ja so offensichtlich.«

»Was denn?«, fragte James.

In der Kapelle wurde es still, als der *Lower Master,* der Betreuer der jüngeren Schüler, auf die Kanzel stieg; Pritpal zog einen herausgerissenen Zeitungsausschnitt aus seiner Jacke.

»Schau dir den Namen an, der über dem Kreuzworträtsel steht«, flüsterte er.

James warf einen Blick darauf. Es war die Seite mit dem Kreuzworträtsel, ein gewisser *Gordius* hatte es verfasst.

Die beiden Jungen konnten nicht weiterreden und James blieb nichts anderes übrig, als ungeduldig das Ende der Andacht abzuwarten.

Zwanzig Minuten später, als die Schüler wieder hinausdrängten, konnte Pritpal endlich erklären, was es mit dem Namen auf sich hatte.

»Es ist üblich, dass die Verfasser der Kreuzworträtsel ein Pseudonym verwenden«, sagte er.

»Einen Decknamen?«, fragte James.

»Genau«, nickte Pritpal. »Wie Spione. Mister Fairburn nennt sich *Deadlock,* weil man beim Lösen seiner Aufgaben oft in einer Sackgasse landet.«

»Und das Rätsel gestern wurde von jemandem erdacht, der sich *Gordius* nennt?«, fragte James und gab ihm den Zeitungsausschnitt zurück.
»*Gordius* war der berühmte persische Kaiser, der den Gordischen Knoten geknüpft hat«, erklärte ihm Pritpal. »*Den* sprichwörtlichen Gordischen Knoten. Ein überaus passender Name für jemanden, der sich Kreuzworträtsel ausdenkt, findest du nicht auch?«
»Nun sag bloß nicht, dass genau dieser Gordius Fairburns Freund ist?«
»Doch. Seinen richtigen Namen kenne ich nicht. Der Brief ist auch nur mit *Gordius* unterschrieben.«
»Und er kommt heute Abend nach Eton?«
»Ja«, sagte Pritpal, »obwohl ich mich überhaupt nicht daran erinnern kann, dass Fairburn jemals davon gesprochen hat. Aber das hat nichts zu bedeuten; er war immer etwas zerstreut.«
»Das kann kein Zufall sein«, sinnierte James.
»Das glaube ich auch«, stimmte Pritpal ihm zu. »Das ist sicher Teil des Spiels.«
»Wenn es überhaupt ein Spiel ist«, sagte James.
»Was meinst du damit?«
James zögerte. »Ich weiß es nicht, Prit. Aber ich habe ein merkwürdiges Gefühl. Alles ist so verworren und verzwickt. Vielleicht steckt doch etwas Ernstes dahinter.«
Pritpal lachte. »Es ist nur ein Rätsel, nichts weiter.« »Vielleicht«, sagte James. »Aber ich werde heute zu eurem Treffen kommen und diesen Gordius unter die Lupe nehmen.«

Die Kreuzworträtsel-Gesellschaft traf sich jeden Dienstagnachmittag in einem kleinen Hinterzimmer von *Spottiswoode's*, einem Buchladen in der High Street. Die Jungen saßen auf bunt zusammengewürfelten Stühlen zwischen Bücherregalen, die unter der

Last verstaubter und vergessener Bücher beinahe zusammenbrachen. Eine nackte Glühbirne hing von der Decke und durch das kleine, schmutzige Fenster drang nur gedämpftes Tageslicht. James fand den Raum kalt, beklemmend, schäbig und unbequem, aber die anderen waren ganz offensichtlich so sehr in ihre Kreuzworträtsel vertieft, dass sie davon keine Notiz nahmen.
James kam frühzeitig, um sicherzugehen, dass er da sein würde, wenn der Ehrengast eintraf, aber er hätte sich nicht beeilen müssen, den Gordius verspätete sich.
Als er schließlich auftauchte, gab er sich übertrieben jovial und redselig.
»Ich weiß genau, was Jungen denken«, sagte er und ließ sich auf den breitesten Stuhl fallen. »Schließlich war ich selbst mal einer.«
Er schaute sich um und die Jungen erwiderten höflich sein Lächeln.
»Tut mir leid«, sagte er. »Diesen Witz habt ihr bestimmt schon hundert Mal gehört und er war noch nie gut.«
Er lachte und rieb sich mit seinen nikotingelben Fingern die Augen. James betrachtete ihn genau. Er hatte einen kurz geschnittenen Oberlippenbart. Lange Haare fielen ihm in die Stirn. Er trug einen teuren dunklen Maßanzug, der jedoch zerknittert war. Er wirkte wie jemand, der seit Tagen nicht mehr geschlafen und ebenso lange seine Kleider nicht gewechselt hatte.
Gordius murmelte etwas vor sich hin und James roch den Alkohol in seinem Atem. Die Augen waren wässrig und verquollen, sie fielen ihm immer wieder zu und sein Blick flackerte ziellos umher. Früher musste er ein gut aussehender Mann gewesen sein, aber inzwischen wirkte er ein wenig heruntergekommen und vernachlässigt. Seine Haut war blass und grau, so als bekäme er die Sonne selten zu Gesicht. Eine Seite seines Gesichts, die linke, hing leicht herunter und James bemerkte, dass seine linke Hand unablässig zitterte. Gordius hatte einen Gehstock mit ei-

nem elfenbeinernen Knauf, und als er hereingekommen war, hatte er leicht gehinkt.

»Und nun?«, fragte er und schaute die Jungen der Reihe nach an. »Ihr alle wisst, dass *ich* Gordius bin. Jetzt wollen wir sehen, wer ihr seid.« Er wandte sich zu Pritpal. »Du bist sicher Pritpal Nandra, von dem mir Alex schon so viel erzählt hat.«

»Das stimmt«, bestätigte Pritpal.

»Und was ist mit euch anderen?«, fragte Gordius und blickte in die Runde. »Nein, sagt es mir nicht. Lasst mich raten.« Sein Blick heftete sich auf einen groß gewachsenen, unglaublich dünnen Jungen mit langem Hals und schmaler, gebogener Nase, die ihn aussehen ließen wie einen Flamingo. Er hatte einen ellenlangen Schal um den Hals geschlungen und hinten zusammengeknotet, was bei einigen der Jungen als modisch galt.

»Du siehst aus, als wärst du Felix Dunkeswell«, sagte Gordius.

»Volltreffer«, erwiderte der Junge. »Auf Anhieb erraten.«

Gordius machte weitere Rateversuche, mal lag er richtig, mal falsch, und wandte sich dann an James, der etwas abseits in einer dunklen Ecke saß.

»Und du . . .?«, fragte er und blinzelte triefäugig in das Halbdunkel. »Du, der sich in die finstere Ecke verkrochen hat. Ich möchte wetten, dass du Tim Bloese bist. Hab ich recht?«

»Sehr gut«, gab ihm James zur Antwort. »Ich frage mich, wie Sie das anstellen.«

Pritpal wollte etwas sagen, aber James warf ihm einen kurzen Blick zu und brachte ihn zum Schweigen.

»Ganz einfach, detektivischer Spürsinn«, erwiderte Gordius. »Gepaart mit guter Beobachtung. Ich bin ein Menschenkenner. Ich lese in Menschen wie in Büchern. Ich durchschaue sie mit einem einzigen Blick.« Er schnippte mit den Fingern. »Ungefähr so.«

»Das ist sehr nützlich«, sagte James. »Was haben Sie in mir gelesen?«

»Du siehst anders aus«, sagte er. »Nicht wie die restlichen Jungen, und bei einem solchen Namen vermute ich, dass auch etwas ausländisches Blut in deinen Adern fließt.«
»Mein Vater war Schweizer, meine Mutter Schottin«, log James.
»Ja, schön«, sagte Gordius und sein Interesse an James schien bereits wieder zu schwinden. Er schaute sich mit geistesabwesendem Blick im Zimmer um und zupfte an seinem Bart. Dann kehrte er schlagartig in die Wirklichkeit zurück. Er kniff die Augen zusammen und klatschte mit den Händen auf die Armlehnen seines Stuhls. »Nun denn«, sagte er laut. »Es war Alexis' Idee, mich heute Abend hierher einzuladen. Ich muss sagen, ich bin erstaunt, dass er noch nicht da ist.«
»Wissen Sie es denn nicht, Sir?«, fragte Pritpal.
»*Was* weiß ich nicht?«
»Mister Fairburn hat die Schule verlassen«, erklärte Pritpal. »Ich dachte, er hat Ihnen vielleicht einen Brief geschrieben und es Ihnen mitgeteilt.«
»Nein«, entgegnete Gordius. »Ich habe schon seit ein paar Wochen nichts mehr von ihm gehört. Sonst hat er mir regelmäßig geschrieben und von euch und euren Zusammenkünften berichtet.«
»Dann wissen Sie sicher auch, dass wir uns Rätsel ausdenken und uns gegenseitig testen«, sagte Pritpal. »Haben Sie denn ein Lieblingsrätsel, Sir, oder eine richtig harte Nuss, an der wir uns die Zähne ausbeißen werden?«
Gordius starrte Pritpal an, als sähe er ihn zum ersten Mal. Minutenlang. »Was hast du gesagt?«, fragte er schließlich.
»Ein Rätsel, Sir? Haben Sie ein Lieblingsrätsel?«
Gordius fuchtelte unsicher mit der Hand herum. »Ich bin sicher, ihr Schlaumeier seid viel zu klug für mich«, murmelte er.
»Kommen Sie schon, Gordius«, sagte Dunkeswell. »Verraten Sie uns Ihr Lieblingsrätsel.«

»Ich könnte nicht behaupten, dass ich ein Lieblingsrätsel habe«, erwiderte Gordius ungehalten. »Aber sagt mir, habt ihr wirklich nichts von Alex gehört, seit er verschwunden ist?«
»Sie müssen doch ein Lieblingsrätsel haben?«, beharrte Pritpal.
»Ich habe keins«, knurrte Gordius, dem offensichtlich der Geduldsfaden riss. »Hört endlich auf damit. Das ist lästig. *Ihr* seid lästig.«
»Tut mir leid«, erwiderte Pritpal und rutschte nervös auf seinem Stuhl hin und her.
James begriff, dass Gordius zu den Erwachsenen gehörte, die junge Leute nicht ausstehen können. Deshalb wunderte er sich, weshalb der Mann hergekommen war, um mit einer Gruppe von Schuljungen zu sprechen. Vermutlich war er nur aus reiner Freundschaft zu Fairburn gekommen.
Vielleicht gab es aber auch einen anderen Grund.
Im Raum herrschte angespanntes Schweigen, das Pritpal schließlich brach.
»Ich habe tatsächlich einen Brief von Mister Fairburn bekommen«, sagte er.
»Aber er hat ihn nicht gelesen«, fiel James ihm ins Wort und warf Pritpal einen scharfen Blick zu. »Das Schreiben wurde von unserem Hausvater, Mister Codrose, beschlagnahmt. Es liegt hinter Schloss und Riegel.«
»Weshalb macht er das?«, fragte Gordius.
»Er wollte nicht, dass Pritpal den Brief in die Finger bekommt«, erklärte James. »Der Inhalt war anscheinend etwas merkwürdig.«
»Alex selbst ist merkwürdig«, erwiderte Gordius.
»Mister Fairburn hat uns immer Rätsel aufgegeben«, sagte Percy Odcombe, ein kleiner, ernster Junge mit Brille. »Hier bei unseren Treffen.«
»Ich bin aber nicht Mister Fairburn, oder?«, antwortete Gordius schroff.

»Und was machen wir jetzt?«, fragte Dunkeswell belustigt.
Gordius zuckte mit den Schultern.
James traute dem Mann nicht über den Weg. Er hatte etwas vor. Er war aus einem bestimmten Grund hierhergekommen, allerdings nicht, um über Kreuzworträtsel zu sprechen. James fragte sich, ob Gordius überhaupt derjenige war, für den er sich ausgab – falls nicht, warum gab er sich dann nicht mehr Mühe, den Schein zu wahren?
Und da dämmerte es ihm: Dieser Mann hatte die Jungen unterschätzt.
»Vielleicht könnten wir uns über Ihr gestriges Kreuzworträtsel in der *Times* unterhalten«, schlug James vor.
»Muss das sein?«, fragte Gordius widerwillig.
»Sie scheinen nicht gerade angetan zu sein von Kreuzworträtseln«, bemerkte James.
»Angetan?«, fragte Gordius sarkastisch zurück. »Wie könnte ich nicht davon angetan sein? Ich schwärme für Kreuzworträtsel. Ich träume von Kreuzworträtseln. Ich brauche sie wie die Luft und das Wasser. Ach, Kreuzworträtsel! Die größte Errungenschaft der Menschheit. Was sollten wir ohne sie anfangen?«
Er hielt inne und fuhr sich mit der Hand durchs Haar. Die Jungen schauten sich gegenseitig an, sie waren verwirrt und unsicher, was sie von diesem unerwarteten Gefühlsausbruch halten sollten. James jedoch wollte die Sache nicht auf sich beruhen lassen. Er hob eine Ausgabe der gestrigen Zeitung hoch. Einige der Jungen hatten sich damit beschäftigt und über die Fragen diskutiert. Er suchte sich die erstbeste Frage aus.
»Ich komme bei einem der vielen Rätsel einfach nicht weiter«, sagte er. »Vielleicht können Sie mir helfen.«
»Warum nicht«, sagte Gordius matt. »Das wird sicher ein Riesenspaß.«
»Sechs senkrecht«, fuhr James fort, unbeeindruckt von Gordius'

Sarkasmus. »Wir haben vier Buchstaben. *IERE*, Sie erinnern sich bestimmt. Die Antwort hat aber neun Buchstaben.«
James schaute gespannt zu Gordius und Gordius schaute James an. Keiner von ihnen wollte als Erster dem Blick des anderen ausweichen. James betrachtete das Gesicht seines Gegenübers und suchte darin nach irgendeiner Reaktion. Aber er fand nichts.
»Ich bin überrascht, dass du nicht darauf gekommen bist«, erwiderte Gordius, nahm die Zeitung und schaute auf das Kreuzworträtsel. »Es ist ganz einfach.«
»Können Sie mir vielleicht auf die Sprünge helfen?«, fragte James.
»Nun«, erwiderte Gordius. »Es sind augenscheinlich die Initialen von irgendetwas, meinst du nicht auch? Wenn ich mehr verrate, würde ich dir die Lösung auf dem Silbertablett servieren.«
»Schon gut«, antwortete James. »Aber was ist mit acht waagerecht . . .«
»Kein Wort mehr davon«, fuhr Gordius ihm ins Wort und warf die Zeitung quer durch den Raum. »Alex hat mir berichtet, dass ihr Burschen bei euren Zusammenkünften nicht nur Kreuzworträtsel löst, sondern euch auch mit anderen Spielen vergnügt.«
»Früher haben wir auch Schach gespielt«, bestätigte Percy Odcombe, aber Gordius hörte ihm gar nicht zu.
»He, wie wär's mit einem Kartenspielchen, während wir uns unterhalten?«, sagte er. »Ich bin sicher, einige von euch spielen gerne Karten, oder?«
Ein Murmeln ging durch die Reihen, einige Jungen zuckten die Achseln.
»Ja, ab und zu«, sagte James.
»Wunderbar, einen haben wir schon«, sagte Gordius. »Bloese ist mit von der Partie. Noch jemand?«
»Ich spiele mit«, sagte Dunkeswell und Percy Odcombe erklärte sich bereit, als vierter Mann dabei zu sein.
Gordius zog ein Blatt abgegriffener Karten aus seiner Jackenta-

sche und mischte sie fachmännisch. James fiel auf, dass die Augen des Mannes funkelten. Auf einmal schien er eifriger und lebendiger zu sein als vorher, während sie sich über Kreuzworträtsel unterhalten hatten.

»Könnt ihr alle Hearts spielen?«, fragte er. »Das ist ein nettes, einfaches Spiel.«

James und Felix Dunkeswell nickten, Odcombe jedoch zögerte.

»Es ist ganz einfach«, versicherte Gordius. »Man gibt sämtliche Karten aus und versucht, einen Stich zu machen, so wie bei allen anderen Spielen auch.«

Odcombe schaute verständnislos drein.

»Jemand spielt eine Karte aus«, erklärte ihm Felix Dunkeswell geduldig, »und wenn du eine Karte derselben Farbe hast, musst du sie ausspielen. Wenn ich zum Beispiel die Kreuz-Fünf spiele, musst du auch Kreuz spielen, wenn du eins hast. Das höchste Kreuz, das gespielt wird, macht den Stich.«

»Und was ist, wenn ich kein Kreuz habe?«, fragte Odcombe.

»Dann darfst du jede Karte spielen, die du willst«, erklärte ihm James. »Aber du kannst dann natürlich keinen Stich machen.«

»Der Gewinner spielt in der nächsten Runde als Erster aus, egal mit welcher Karte«, fuhr Felix fort.

»Und man muss versuchen, so viele Stiche wie möglich zu machen?«, fragte Odcombe.

»Bei einem normalen Kartenspiel ja«, erklärte Felix. »Bei Hearts ist es ein bisschen anders. Hier musst du versuchen, möglichst keinen Stich zu machen, bei dem Herz dabei ist oder – noch wichtiger – die Pik-Dame. Jedes Herz gibt einen Punkt Abzug für dich, mit der Pik-Dame handelst du dir gleich dreizehn ein. Es gibt noch ein paar Sonderregeln, aber die lernst du beim Spielen.«

»Und wer gewinnt?«, fragte Odcombe.

»Man spielt bis hundertfünfzig und es gewinnt derjenige, der dann die wenigsten Minuspunkte hat«, sagte Gordius und wandte sich an Pritpal. »Hast du etwas, worauf wir die Punkte anschreiben können, Sportsfreund?«, fragte er.

Pritpal gab ihm sein Notizbuch. Er wirkte nicht sehr glücklich dabei, hatte er doch gehofft, dass es am Abend voll sein würde mit Tipps und Rätseln vom großen Gordius. Stattdessen musste es jetzt zum Anschreiben der Punkte beim Kartenspiel herhalten.

Gordius legte das Notizbuch neben sich und begann die Karten auszuteilen. »Noch eine Regel«, sagte er, während er die Karten gekonnt über den Spieltisch schnippte. »Bevor wir zu spielen beginnen, gibt jeder drei Karten, die er nicht brauchen kann, an den Spieler zu seiner Linken weiter. In der zweiten Runde gibt er sie an den Spieler zu seiner Rechten weiter, in der dritten Runde an den Spieler, der ihm gegenübersitzt, und in der vierten Runde werden keine Karten weitergegeben.«

James schaute auf sein Blatt. Er rief sich die Strategie ins Gedächtnis. Man musste zuerst versuchen, alle Karo oder Kreuz loszuwerden, sodass man dann, wenn einer mit dieser Farbe rauskam, die Strafkarten abwerfen konnte, eben Herz und die Pik-Dame. Er hatte nur zwei Karo, den Karo-König und die Karo-Zehn, deshalb legte er sie ab. Er hatte auch das Pik-Ass, das er ebenfalls loswerden wollte, um nicht Gefahr zu laufen, die Pik-Dame zu bekommen, falls jemand Pik ausspielte.

Links von ihm saß Felix, Odcombe rechts und Gordius saß ihm gegenüber. Er schob die drei aussortierten Karten Felix zu und nahm selbst drei Karten von Odcombe. Odcombe mochte unerfahren sein, aber er war clever genug, sich von der Pik-Dame zu trennen; er gab sie an James weiter, zusammen mit dem Herz-Ass. Auch den Karo-Buben schob er ihm zu. James bemühte sich angestrengt, sich nichts anmerken zu lassen. Beim Kartenspielen hing der Erfolg nicht nur vom eigenen Blatt ab, sondern auch davon, ob man die Gedanken der anderen Mitspieler lesen konnte.

Er musste die Dame bei der erstbesten Gelegenheit loswerden.
»Der Spieler mit der Kreuz-Zwei fängt an«, sagte Gordius mit ausdrucksloser Miene. Er zeigte keinerlei Regung, offensichtlich war er ein versierter Kartenspieler. Er saß ganz still da, nur seine linke Hand zitterte leicht.
Felix hatte die Kreuz-Zwei und legte sie auf den Tisch. Gordius ging auf Nummer sicher und legte die Sechs darauf, Odcombe die Zehn. James wusste, dass er das Spiel machen würde, und zückte den Kreuz-König.
Jetzt kam er raus.
Odcombe hatte ihm den Karo-Buben zugeschoben. Es war das einzige Karo in seinem Blatt. Er musste es loswerden, deshalb wagte er es, die Karte auszuspielen. Es war eine hohe Karte, aber zu diesem frühen Zeitpunkt des Spiels waren die Chancen groß, dass auch die anderen Spieler noch Karo hatten, und außerdem, niemand konnte die Pik-Dame abwerfen, denn die hatte er ja selbst.
Er spielte den Buben und alle anderen zogen mit. Wieder hatte er den Stich gemacht. Jetzt spielte er ein niedriges Kreuz aus, die Drei, und Odcombe stach die Karte mit einer Neun.
James war erleichtert, als er sah, dass Odcombe danach Karo ausspielte. Die Acht. Da James kein Karo mehr hatte, konnte er jede Karte auflegen, die er wollte. Es tat ihm zwar leid um den unerfahrenen Odcombe, aber er konnte es nicht riskieren, auf der Pik-Dame sitzen zu bleiben. Er legte die Karte auf den Stich und hörte, wie Odcombe leise aufstöhnte.
Felix und Gordius spielten die Sechs und die Zwei und Odcombe musste wohl oder übel die Dame nehmen. Nach vier Runden war er schon mit dreizehn Punkten im Minus. Im weiteren Verlauf des Spiels erging es ihm nicht besser und zum Schluss hatte er auch noch das meiste Herz. James hatte am Ende des Spiels zwei, Felix vier Karten übrig. Gordius hatte alle Karten abgelegt.

Sie spielten noch einige Partien. James fiel auf, dass Gordius anfangs sehr vorsichtig spielte; er wollte herausfinden, wie gut die Jungen waren, und ihre Taktik durchschauen. Aber je länger sie spielten, desto mehr wagte er. Schließlich spielte er immer aggressiver, ohne jedoch unvorsichtig zu werden. Er versuchte, frühzeitig zu kontern, nahm jedoch Rücksicht auf Odcombe, den schwächsten Spieler. Stattdessen richtete sich seine Angriffslust gegen James, der der Versierteste von den dreien war. In jeder Runde versuchte er, James die Minuspunkte zuzuschanzen, sodass dieser sehr auf der Hut sein musste.
Sobald er Karten in der Hand hatte, war Gordius wie ausgewechselt, lebhaft und gut gelaunt, während er zuvor gelangweilt und lustlos gewesen war. Seit sie spielten, hatte er kein Wort mehr über Kreuzworträtsel verloren. Stattdessen plauderte er über Karten- und Glücksspiele und erzählte eine lange und verwickelte Geschichte, wie er einmal in einer Nacht im Casino von Royale-les-Eaux in Frankreich mehrere Tausend Pfund auf einmal gewonnen hatte.
Er hatte seine Gefühle sehr gut unter Kontrolle. James wusste, dass man diesen leeren Blick unter Spielern Pokerface nannte. Gordius beherrschte ihn gut, aber das reichte nicht aus. Man musste auf mehr als nur das Mienenspiel achten, wenn man sein Gegenüber durchschauen wollte. Man musste den ganzen Menschen beobachten und auf Kleinigkeiten achten, die ihn verrieten. James hatte bemerkt, dass Gordius sich die Hände rieb, nicht, wenn er sich freute, sondern, wenn er angespannt war. War ihm etwas gelungen, machte er etwas anderes. Wenn er zum Beispiel die Pik-Dame an jemanden loswerden konnte oder eine List durchschaute, bewegte er ganz leicht seine Finger. Er schnippte kurz mit dem Fingernagel gegen die Karten. Wahrscheinlich war ihm selbst gar nicht bewusst, dass er das tat.

Aber James bemerkte es. James sah alles.
Wenn Gordius sich ärgerte, weil das Spiel nicht so lief, wie er wollte, oder wenn ihm jemand schlechte Karten zuschob, dann sog er ganz leicht die Luft ein.
Diesen kleinen Hinweisen konnte James entnehmen, was der Mann wirklich dachte.
Und das war nicht gerade freundlich.
Gordius genoss es, die Jungen zu schlagen.
Je länger sich das Spiel hinzog, desto mehr Jungen, die bislang zugeschaut hatten, waren einzeln oder zu zweit wieder in ihre Häuser zurückgegangen, bis nur noch Pritpal und die vier Spieler übrig geblieben waren.
Odcombe hatte zweiundachtzig Punkte, Felix vierundfünfzig, James siebenundzwanzig und Gordius neunzehn.
Felix gab die Karten der Reihe nach aus.
»Es sieht ganz so aus, als würde unser lieber kleiner Freund Percy Oddbod keine weitere Runde mehr überleben«, sagte Gordius, betrachtete sein Blatt und schnippte ganz leicht gegen die Karten. »Es scheint, als würden wir das Spiel unter uns ausmachen, Tim.«
»Da könnten Sie recht haben«, antwortete James. »Aber ich kann Sie immer noch einholen.«
Er war froh, dass Gordius seinen wirklichen Namen nicht kannte. Der falsche Name war wie eine Verkleidung, wie die Tarnung eines Spions. Gordius glaubte, er könnte James' Gedanken lesen wie ein Buch, in Wirklichkeit aber verbarg James so gut wie alles vor ihm.
»Ich weiß, du bist ein wenig im Rückstand«, sagte Gordius. »Aber was hältst du davon, wenn wir das Ganze etwas spannender machen, hm?«
»Sie meinen, wenn wir um Geld spielen?«, fragte James.
»Das könnte ganz lustig werden«, antwortete Gordius.

»Für Sie vielleicht«, brummte Dunkeswell. »Sie gewinnen ja immer.«
»Nun ja, ich glaube, ich könnte mich in London nicht mehr blicken lassen, wenn ich gegen einen Schuljungen verlöre.«
»Wenn das so ist, nehme ich die Herausforderung an«, entgegnete James. »Ich habe auch einen Ruf zu verteidigen.«
»Fünf Pfund, dass ich dieses Spiel gewinne«, sagte Gordius.
»Das ist viel Geld«, antwortete James. »Schließlich bin ich noch Schüler.«
»Komm schon. Du bist in Eton. Hier haben doch alle Geld wie Heu.«
»Alle außer mir, fürchte ich«, sagte James.
»Also nimmst du die Wette nicht an?«
»Das habe ich nicht gesagt«, antwortete James. »Ich habe nur gesagt, dass fünf Pfund viel Geld ist.«
»Hast du Angst?«, fragte Gordius mit einem herausfordernden Grinsen.
James schüttelte den Kopf und lächelte. »Fünf Pfund. Die Wette gilt.«

Schieß den Mond ab

Zuerst war James enttäuscht über das Blatt, das er bekam – er hatte eine Menge hoher Herz- und Pikkarten –, aber dann fiel ihm eine andere Regel des Spiels ein und er überschlug in Gedanken seine Gewinnchancen. Sie waren nicht sehr groß, aber er war zuversichtlich, dass er Gordius so lange täuschen konnte, bis es für diesen zu spät sein würde, James' Strategie zu durchschauen

Er setzte alles auf eine Karte. Wenn es schiefging, wenn auch nur ein Stich nicht klappte, dann stünde er da wie ein ausgemachter Trottel. Aber mit etwas Glück konnte er es schaffen. Er schaute nochmals prüfend auf sein Blatt. Er hatte die hohen Karten, die er brauchte, mit Ausnahme des Herz-Buben und der Pik-Dame. Aber er glaubte zu wissen, wer diese Karten hatte.

Er hatte Gordius' leichtes Fingerschnippen beim Blick in die Karten bemerkt; vermutlich hatte er die Pik-Dame und freute sich schon darauf, sie an James weiterzugeben. Wenn Gordius sie jedoch aus irgendwelchen Gründen behielt, würde es sehr schwer werden für James, das Spiel zu gewinnen.

James gab seine beiden einzigen Karo zusammen mit dem Pik-Ass an Gordius weiter. Das Ass aus der Hand zu geben, war gewagt, aber er riskierte es, um seine wahren Absichten zu verschleiern. Er kannte Gordius' Spiel inzwischen gut genug, um zu wissen, wie er reagieren würde. James hoffte, dass er ihn auch diesmal nicht enttäuschen würde.

Gordius schob mit unbewegtem Gesicht die Dame weiter. James

hatte Mühe, ein Grinsen zu unterdrücken. Stattdessen schaute er enttäuscht in seine Karten, denn er wusste, dass Gordius ihn genau beobachtete. Nun war alles bereit, er musste nur seinen Plan verfolgen und hoffen, dass Gordius seine Taktik nicht zu früh durchschaute.

Das Spiel begann und die ersten paar Runden gingen ohne Minuspunkte ab. James gelang es, einige niedrige Karten loszuwerden, dann machte er ein paar Stiche mit Herz. Zu seiner Freude warf Odcombe den Buben ab. Genau darauf hatte James gehofft. Es war das einzige Herz, das ihm noch Sorgen bereitet hatte. Wenn er richtig mitgezählt hatte, konnte er jetzt nach Plan spielen, und zwar so lange, bis er Gordius dazu brachte, das Pik-Ass abzuwerfen.

Er machte einen weiteren Stich, der ihm ein Herz einbrachte, und setzte dabei eine säuerliche Miene auf. Er hatte nun drei Herz und war der einzige Spieler mit Punktabzug.

»Hast du die fünf Pfund dabei oder musst du sie dir borgen?«, fragte Gordius hämisch.

James seufzte, schaute mit viel Getue in seine Karten und kratzte sich scheinbar ratlos am Kopf. Er musste Gordius dazu bringen, das Pik-Ass auszuspielen.

Jetzt brauchte er nicht einmal mehr so zu tun, als sei er nervös. Das Spiel stand auf Messers Schneide. Aber aus einem anderen Grund, als Gordius dachte.

James spielte die Pik-Drei aus. Felix legte die Sieben drauf. Gordius wusste, dass James die Dame hatte, er hatte sie ihm schließlich selbst zugeschoben, und deswegen konnte er nun unbesorgt das Ass ausspielen. Da James in dieser Runde bereits dran gewesen war, bestand keine Gefahr mehr, dass er die Dame von ihm zugespielt bekäme. Gordius wusste auch, dass Percy Herz spielen könnte, aber es war ein Risiko, das sich für ihn einzugehen lohnte. Herz gab nur *einen* Punkt Abzug. Die Dame *dreizehn*.

Für James war das Risiko viel größer. Wenn Percy tatsächlich Herz spielte, dann war James verloren.
Aber James hatte mitgezählt, deshalb war er sich so gut wie sicher, dass Percy kein Herz mehr hatte.
So gut wie sicher, aber nicht völlig.
Gordius dachte nach. Würde er diesen Stich riskieren?
Er musste es.
James spürte einen warmen Schauer, als Gordius das Ass auf den Tisch legte.
Der Mann hatte nicht bemerkt, was James vorhatte.
Aber die Gefahr war noch nicht gebannt. Was, wenn James nicht gut genug aufgepasst hatte? Was, wenn Percy jetzt Herz spielte?
Er tat es nicht.
Er spielte ein harmloses Karo aus und Gordius machte den Stich.
James war immer noch der einzige Spieler, der mit Herz gestochen hatte.
Er hatte es geschafft. Was jetzt kam, war nur noch Routine.
Gordius war vorsichtig und spielte die Herz-Zwei aus.
James machte den Stich und tat, als sei ihm dies äußerst unangenehm; den nächsten Stich gewann er auch und bekam noch mehr Herz von Felix und Gordius.
Als James die Karten zusammenschob, merkte Gordius plötzlich, was da vor sich ging. Das Zittern seiner Hand wurde stärker. Er rümpfte die Nase und zum ersten Mal konnte man eine Gefühlsregung auf seinem Gesicht ablesen. Er zog die Augenbrauen zusammen und starrte auf seine Karten.
Endlich hatte er begriffen.
Aber es war zu spät.
Sein Blick irrte nach rechts und links in der Hoffnung, etwas zu entdecken, was ihm zuvor entgangen war. Im Geiste überschlug er, welche Karten schon gespielt worden waren, welche Stiche James gemacht hatte und was für ihn noch übrig blieb. Schweiß-

tropfen traten auf seine Stirn. Er zog ein Taschentuch heraus und wischte sich übers Gesicht.
»Du hinterhältiges Schwein«, sagte er. »Du versuchst den Mond abzuschießen!«
»Was soll das heißen?«, fragte Odcombe.
Gordius nahm den Notizblock und überflog schnell den Punktestand.
Felix lachte. Ihm gefiel das Ganze, selbst wenn es bedeutete, dass er das Spiel mit Pauken und Trompeten verlieren würde.
»So heißt es, wenn alle Strafkarten in einer Hand sind«, erklärte er Odcombe, »einschließlich der Pik-Dame. Anstatt selbst die Strafpunkte zu kassieren, bekommen alle anderen Spieler sechsundzwanzig Minuspunkte.«
»Aha«, sagte Percy und dachte darüber nach, was das bedeutete. Er schaute auf den Notizblock, dann zu James hinüber. »Heißt das, James gewinnt?«
»Es ist riskant«, fuhr Felix fort, »denn wenn diese Strategie nicht hundertprozentig funktioniert und nur einer von den anderen Spielern ein Herz bekommt, steht man mit einem riesigen Berg von Strafpunkten da.«
James schaute sein Gegenüber an und versuchte, eine unbewegte Miene beizubehalten. »Haben Sie die fünf Pfund dabei?«, fragte er. »Oder müssen Sie sie borgen?«
»Werd nicht auch noch frech«, erwiderte Gordius wütend und James konnte sich ein Grinsen nicht mehr verkneifen.
Sie spielten zu Ende, aber es gab keine Überraschungen mehr. James gewann alle Herzkarten und hatte am Schluss nur noch Pik-König und Pik-Dame übrig. James kostete seinen Triumph aus und hob sich die Dame bis zuletzt auf.
Niemand konnte sie schlagen.
Er machte den Stich.
Er hatte den Mond abgeschossen.

»Das macht sechsundzwanzig Punkte für jeden von euch«, sagte er.
Pritpal rechnete schnell zusammen und las den Punktestand vor. »Percy hat einhundertneun, Felix achtzig, Gordius fünfundvierzig und James gewinnt mit siebenundzwanzig Minuspunkten.«
Gordius hatte sich wieder gefasst und schaute gleichmütig in die Runde. Es gelang ihm sogar, zu lächeln.
Er zog eine Fünf-Pfund-Note aus seiner Brieftasche und schob sie über den Tisch zu James.
»Ich hätte vielleicht etwas vorsichtiger sein müssen«, sagte er. »Aber ich habe eigentlich nicht gespielt, um zu gewinnen. Danke für das Spiel, es war sehr unterhaltsam.«
»Ganz meinerseits«, erwiderte James. »Und vielen Dank, dass Sie uns heute Abend besucht haben. Wir haben wirklich viel über Kreuzworträtsel gelernt.«
James hielt Gordius' Blick stand. Der Mann versuchte, aus dem Jungen schlau zu werden. Wollte sich James über ihn lustig machen? Sollte dies eine Kampfansage sein? Schließlich hatte Gordius die ganze Zeit kein Wort über Kreuzworträtsel verloren.
Er schnaubte und wandte sich zum Gehen.
»Bis dann«, sagte er. »Wir sollten das bei Gelegenheit wiederholen.«
Er nahm seinen Stock. Als er zur Tür ging, rief James ihm nach: »Noch einen Augenblick . . . Gordius?«
»Ja?«
»Sie haben uns Ihren richtigen Namen noch nicht verraten, Sir. Wir alle möchten ihn gar zu gern wissen.«
»Mein richtiger Name, ja, nun . . .« Gordius machte eine Pause und rieb sich die Hände. Er schien darüber nachzudenken, was er antworten sollte. Dann sog er die Luft ein und sagte: »Mein richtiger Name ist Peterson. Professor Ivar Peterson.«

Als die vier Jungen *Spottiswoode's* verließen, fing es schon an, dunkel zu werden, und die Luft war feucht und kühl. James zog seinen Mantelkragen hoch. Eine der vielen seltsamen Regeln in Eton lautete, dass es jüngeren Schülern verboten war, den Kragen herunterzuklappen. Es war ihnen auch verboten, auf der westlichen Seite der High Street zu gehen. Deshalb mussten sie die Straße überqueren und auf der östlichen Seite entlanggehen, bis sie die Schulgebäude am Long Walk erreichten, wo James und Pritpal sich von Felix und Percy verabschiedeten, die zu Timbralls weitergingen.
James und Pritpal mussten die Straße wieder überqueren, um zum Hause Codrose zu gelangen. Als sie mitten auf der Fahrbahn waren, donnerte plötzlich ein schwarzer Daimler Double Six heran. Sie sprangen zur Seite und das Auto rauschte knapp an ihnen vorbei. Es hüllte sie in eine Wolke aus Wasser, sodass sie völlig durchnässt waren.
James hatte den Fahrer, der in einem offenen Fahrerstand, abgetrennt vom geschlossenen Passagierabteil saß, gut erkennen können. Es war ein großer Mann mit einem riesigen Kopf, der aussah wie ein Totenschädel. Sein Mund war zu einem Grinsen verzogen und man konnte die braunen Zahnstumpen sehen.
»Dieser Idiot fährt viel zu schnell!«, rief Pritpal.
»Sah fast so aus, als wollte er uns über den Haufen fahren«, sagte James.
»Das wäre ihm auch beinahe gelungen«, antwortete Pritpal.
»Schon möglich.«
Sie gingen weiter. Seit sie den Buchladen verlassen hatten, brannte Pritpal eine Frage unter den Nägeln, aber Felix hatte den ganzen Weg unaufhörlich gequasselt und das gesamte Kartenspiel noch einmal Revue passieren lassen, sodass sich für Pritpal keine Gelegenheit bot. Jetzt aber, als sie Judy's Passage entlangtrotteten, konnte er nicht länger an sich halten.

»Weshalb, um Himmels willen, hast du so getan, als wärst du Tim Bloese?«, fragte er. »Was sollte das?«

»Zum Glück war der richtige Tim nicht da und hat mich verraten«, antwortete James.

»Stell dich nicht dumm«, sagte Pritpal. »Du weißt so gut wie ich, dass es Tim Bloese überhaupt nicht gibt. Den Namen hat sich Mister Fairburn nur als Anagramm für sein Rätsel ausgedacht.«

»Und wie kommt es, dass Gordius diesen Namen kannte?«, fragte James.

»Nun, er . . .« Endlich ging Pritpal ein Licht auf. Abrupt blieb er stehen.

»Warum ist mir das nicht gleich aufgefallen?«, fragte er und schlug sich mit der Hand an die Stirn. »Du hast recht. Es gibt nur eine Erklärung dafür, dass Gordius diesen Namen kannte: Er muss Fairburns Brief gelesen haben.«

»Von dem er nichts gewusst haben will«, fügte James hinzu.

»Aber wenn er ein Freund von Fairburn ist«, überlegte Pritpal weiter, »vielleicht spielt er ja mit?«

»Ich bin mir gar nicht mehr sicher, ob es ein Spiel ist«, sagte James. »Gordius schien kein besonders großes Interesse an Kreuzworträtseln zu haben, findest du nicht auch?«

»Ja«, gab Pritpal zu. »Leider.«

»Und als ich ihn nach dem Rätsel fragte, war es offenkundig, dass er die Antwort nicht wusste«, fuhr James fort. »IERE. Ich behaupte nicht, dass ich viel von diesen mysteriösen Knobeleien verstehe, aber ich kann mir nicht vorstellen, dass es einfach nur vier Anfangsbuchstaben von irgendwas sein sollen.«

»Du hast recht«, stimmte Pritpal zu. »Ich weiß die Antwort zwar auch nicht, aber ich bin sicher, dass sie nichts mit Initialen zu tun hat.«

»Alles, was ihn interessierte, war Kartenspielen«, sagte James.

»Und der Brief«, ergänzte Pritpal. »Er hat viele Fragen nach dem Brief gestellt.«

»Ich habe ihm von Anfang an nicht getraut«, sagte James. »Deshalb habe ich auch gelogen und gesagt, du hättest den Brief nicht gelesen. Wer auch immer dieser Mann ist, ich bin mir ziemlich sicher, er ist nicht Professor Ivar Peterson aus Cambridge.«
»Aber was wird hier gespielt?«, fragte Pritpal. »Warum sollte sich jemand für Gordius ausgeben?«
»Ich weiß es nicht«, antwortete James. »Vielleicht finden wir das am schnellsten heraus, wenn wir nach Cambridge fahren und mit dem richtigen Professor Peterson sprechen.«
»Und wie willst du den aufstöbern?«
»Wir gehen einfach in sein College.«
»Aber in welches? Es gibt dort so viele.«
»Das Kreuzworträtsel«, erwiderte James. »Liegt es nicht auf der Hand? Fairburn hat uns alles mitgeteilt, was wir wissen müssen.«
»Ich weiß nicht, worauf du hinauswillst, James.«
»Trinity«, erklärte James. *»Halbe Initiale, vermischt mit einem sportlichen Erfolg.* Trinity. Das ist ein College in Cambridge. Und ich würde mit Vergnügen die fünf Pfund, die ich von dem sogenannten Gordius gewonnen habe, darauf wetten, dass wir dort auch Professor Peterson finden.«

In dieser Nacht konnte James nicht einschlafen. Er lag in seinem Bett, starrte an die Decke, seine Nasenspitze war eiskalt. Er hatte dem Direktor versprochen, sich aus allen Unannehmlichkeiten herauszuhalten, aber in der Kreuzworträtsel-Gesellschaft war ihm der Duft des Abenteuers um die Nase geweht und jetzt brodelte das Blut in seinen Adern.
Irgendwie musste er sich aus Eton wegstehlen und nach Cambridge fahren, aber er hatte nicht die leiseste Ahnung, wie er das anstellen sollte. Ihm war klar, dass er Hilfe brauchte. Aber nicht

Pritpal. Pritpal war zu ängstlich und außerdem wollte er seinen Freund nicht allzu tief in die gefährliche Sache hineinziehen. Gleich morgen würde er Perry Mandeville aufsuchen und ihn um Rat fragen.

Kaum hatte er Perry am nächsten Morgen in der Kapelle entdeckt, gab er ihm ein Zeichen, dass er mit ihm sprechen müsse. Etwas später, draußen vor der Kapelle auf der Keate's Lane, kam Perry auf ihn zugeschlendert. Er war ein großer, schlaksiger Bursche, der immer aufgeregt herumzappelte. Die Sätze sprudelten nur so aus ihm heraus, er redete schneller, als er denken konnte, deshalb verhaspelte er sich oft und begann zu stottern.

»Sch-Schmuddelwetter heute«, begrüßte er James. »Wenn es doch nur endlich Weihnachten wäre! K-Kling, Glöckchen, klingelingeling und so weiter. Für dieses Jahr habe ich g-genug von der Sch-Schule, von der Lernerei brummt mir schon der Sch-Schädel. Worüber wolltest du mit mir sprechen?«

»Über den Brief«, antwortete James. »Du weißt schon, den wir im Arbeitszimmer von Codrose fotografiert haben.«

»Was ist damit?«

Während sie weitergingen, erzählte James ihm alles, was sich seit dem letzten Dienstag ereignet hatte.

»Aber jetzt bin ich mit meinem Latein am Ende«, sagte James, als er mit seinem Bericht fertig war. »Ich habe keine Ahnung, wie ich noch vor den Weihnachtsferien nach Cambridge kommen soll.«

»Ich k-könnte vielleicht für dich nachschauen«, antwortete Perry.

»Und wie?«, fragte James.

»Ich habe es so gedreht, dass ich an diesem Wochenende Ausgang habe«, erklärte ihm Perry. »M-Mein Vater hat Geburtstag, er feiert eine Riesenfete und ich fahre in unser Haus nach London.«

»Das wird bestimmt lustig.«

»G-Glaube ich auch«, sagte Perry. »B-Besonders, weil mein Vater nicht zu Hause ist.«

»Wie?«, fragte James erstaunt. »Du hast doch eben gesagt, dass er eine Party feiert.«
»Das tut er auch«, erwiderte Perry lachend. »Auf unserem Landsitz in B-Buckinghamshire. Er hielt es wohl nicht für nötig, mich einzuladen, aber in der Schule braucht man das ja nicht zu wissen. Für mich ist es eine gute Ausrede, um mal loszuziehen und m-mich in London zu amüsieren, weil ich eine sturmfreie Bude habe. W-Wenn du mir das Auto leihst, könnte ich mich gleich nach dem Mittagessen nach Cambridge aufmachen und wäre bis zum Abendessen in London.«
James seufzte. »Ich weiß nicht, Perry«, sagte er. »Wenn du erwischt wirst, bekommst du großen Ärger und ich auch, weil ich dir das Auto geliehen habe. Ich würde mir dann ziemlich mies vorkommen.«
»Dann komm doch mit«, sagte Perry, als wäre es das Einfachste von der Welt. »Du fährst. Du bekommst die P-Prügel ab. Ich fabriziere einen Brief von meinem P-Papa, in dem steht, dass er dich gern zu uns einladen möchte.«
»Codrose würde niemals zustimmen«, sagte James. »Die Zeit bis dahin ist viel zu kurz. Könntest du nicht einfach am Samstag den Zug von London nach Cambridge nehmen?«
»Vergiss es«, sagte Perry. »Mein Wochenende ist schon ausgebucht. Wenn du m-mir das Auto nicht gibst, wirst du wohl bis zu den Ferien warten müssen. D-Denk drüber nach, James. Wenn du es dir anders überlegst, ich gehe heute Abend nach Upton, bevor ich nach London aufbreche. Du findest mich im *King's Head*, in der Nähe von St. Lawrence.«
James sah Perry hinterher und fluchte. Er wusste, dass Perry nur darauf aus war, den Wagen übers Wochenende zu bekommen, aber James konnte dieses Risiko nicht eingehen. Er musste sich etwas anderes einfallen lassen.
An diesem Morgen war James sehr unaufmerksam. In Chemie er-

rechnete er in einem Versuch völlig falsche Ergebnisse und hätte um ein Haar das Labor in die Luft gejagt. In Geschichte gab er auf eine einfache Frage zu den Napoleonischen Kriegen eine falsche Antwort und wurde von der ganzen Klasse ausgelacht. Und als Krönung dieses verkorksten Vormittags schlug ihn Mister Merriot mit dem Lineal auf die Finger und warf ihm vor, nicht bei der Sache zu sein und in den Tag hineinzuträumen.
Aber er träumte nicht – er dachte nach, dachte angestrengt nach. Er versuchte, sich einen Plan auszudenken, wie er aus Eton wegkommen könnte. Es war zum Verzweifeln: Er saß hier fest, fror sich in den dunklen, ungeheizten Klassenzimmern zu Tode, während er an nichts anderes mehr dachte, als Fairburns Geheimnis zu lüften.
Sosehr er sich auch anstrengte, ihm fiel nichts ein. Je länger sich die Stunden hinschleppten, desto verwegener und abenteuerlicher wurden seine Pläne. Er überlegte sogar, Haus Codrose in Brand zu stecken, aber schließlich wurden seine kühnsten Ideen noch übertroffen und er bekam Hilfe von gänzlich unerwarteter Seite.
Als er zum Mittagessen ins Haus zurückkehrte, herrschte dort ein heilloses Durcheinander. Brandgeruch hing in der Luft und überall war Rauch.
Die Jüngeren rannten aufgeregt hin und her. Die älteren Schüler standen in Judy's Passage herum, machten sich wichtig und taten, als seien sie unentbehrlich. Zwei Polizisten standen bei ihnen.
James wollte ins Haus gehen, aber ein Wachmann hielt ihn zurück, während ein Trupp Feuerwehrmänner mit Helmen und großen Stiefeln an ihm vorbeipolterte.
James entdeckte Pritpal und wollte von ihm wissen, was geschehen war.
»Ein Einbruch«, erklärte ihm sein Freund. »Das Arbeitszimmer

von Codrose wurde total auf den Kopf gestellt. Die Täter haben offensichtlich ein riesiges Durcheinander angerichtet und dann Feuer gelegt. Man vermutet, dass irgendein Zusammenhang mit dem Vorfall von neulich besteht.«

»Mit welchem Vorfall?«, fragte James.

»Du erinnerst dich doch«, entgegnete Pritpal augenzwinkernd, »als diese beiden Burschen aus der Stadt einen Ziegelstein durchs Fenster geworfen haben und dann weggerannt sind.«

»Ach ja, natürlich«, sagte James so laut, dass alle es hören konnten. »Dieser Vorfall.« Und dann fügte er mit leiser Stimme hinzu: »Hoffen wir, dass die Polizei nicht allzu genau nachforscht und herausfindet, dass Perry und Latimer die beiden Übeltäter waren.«

»An deiner Stelle würde ich mich hier nicht blicken lassen«, sagte Pritpal leise.

»Wurde was gestohlen?«, fragte James und beobachtete, wie ein weiterer Polizist aus dem Haus kam und sich mit seinen Kollegen beriet.

»Man weiß es noch nicht genau, im Haus herrscht Chaos. Codrose ist am Boden zerstört. Sein Arbeitszimmer ist verwüstet und er ist noch immer nicht in der Lage, hinaufzugehen und selbst nachzusehen. Die Feuerwehrleute überprüfen, ob das Gebäude sicher ist. Das Feuer war nicht besonders groß, die Eindringlinge haben es wahrscheinlich gelegt, um Spuren zu verwischen und vom Einbruch abzulenken, aber das Haus ist beschädigt und in allen Räumen hängt Qualm. Heute Abend werden alle Schüler nach Hause geschickt, damit die Handwerker für Ordnung sorgen können.«

»Meine Gebete wurden erhört«, sagte James mit einem breiten Grinsen.

In diesem Moment kam Tommy Chong herbeigelaufen.

»Ich habe mit der Hausdame gesprochen«, berichtete er aufge-

regt. »Alle Jungen, die nicht rechtzeitig eine andere Bleibe finden, werden in die Eton-Mission nach London geschickt.«
»Was ist die Eton-Mission?«, fragte James.
»Eine Wohltätigkeitseinrichtung, die die Schule in Hackney gegründet hat«, sagte Pritpal. »Damit Eton auch etwas für die Armen tut. Und der Osten von London ist wirklich eine arme Gegend.«
»Da es auf Weihnachten zugeht, hat man sich wohl gedacht, wir könnten dort ein bisschen mithelfen«, vermutete Tommy.
»Hast du etwas Neues über den Brand gehört?«, fragte James.
»Der einzige Mensch, der etwas gesehen hat, war das Hausmädchen Katey«, sagte Tommy. »Sie ist offenbar halb verrückt vor Angst. Es passierte während der Andacht und außer ihr war niemand im Haus. Ein Mann hat sie in einem Korridor niedergeschlagen. Viel konnte sie nicht erkennen, da alles voller Rauch war.«
»Irgendetwas muss sie gesehen haben«, sagte James und schaute zu den Fenstern des Arbeitszimmers von Codrose hoch, aus denen noch immer Rauch in die kalte Luft quoll.
»Sie sagt, der Teufel hätte sie angegriffen«, erzählte Tommy lachend weiter. »Satan höchstpersönlich. So was Verrücktes.«
»Wie sah er denn aus, dieser Teufel?«
»Sie sagt, er sah aus wie der leibhaftige Tod«, sagte Tommy und verdrehte die Augen.
»Wie der Tod?«, fragte James. »Du meinst wie ein Skelett?«
»Schon möglich«, sagte Tommy, »obwohl ich nicht glaube, dass es wirklich ein Skelett war, das sie angegriffen hat.«
James runzelte die Stirn. Das Bild des Mannes in dem Daimler tauchte vor ihm auf. Ein Mann wie ein Skelett, mit einem Kopf wie ein Totenschädel.
»Was meinst du?«, fragte Pritpal. »Kommst du bei deiner Tante unter oder gehst du mit in die Mission?«

»Perry meinte, er könnte einen Brief für mich fälschen«, antwortete James. »Von seinem Vater. In dem ganzen Durcheinander könnte es klappen. Wenn ich mich beeile, hole ich ihn vielleicht noch ein. Drück mir die Daumen. Bis später.«
Und damit machte James kehrt und sprintete Judy's Passage hinunter, während Bilder von einem Mann mit einem Kopf wie ein Totenschädel durch seinen Kopf geisterten.

Wunderschöner Schrott

Die St.-Lawrence-Kirche in Upton lag auf der anderen Seite der Sportplätze, am Stadtrand von Slough. Wenn James so weiterrannte, konnte er in zehn Minuten dort sein. Er lief über den Agar's Plough, die kalte Luft brannte in seinen Lungen. Ein nasser gelblicher Nebel lag über dem Schulgelände und James konnte kaum zehn Meter weit sehen.

Er kannte den Weg über die Spielfelder ziemlich gut, aber als er die Stadt auf der anderen Seite erreichte, war er sich auf einmal nicht mehr so sicher. Doch dann erspähte er die Kirchturmspitze, und als er durch die Datchett Road lief, sah er auch schon die unverwechselbare Gestalt von Perry Mandeville, der mit einem abgebrochenen Ast als Spazierstock den Gehsteig entlangschlenderte.

James rief ihn und Perry blieb stehen und drehte sich um.

»James!«, schrie er. »Du hast es d-dir doch noch anders überlegt! Ich hab's gewusst!«

James holte ihn ein, war jedoch so außer Atem, dass er nicht sprechen konnte.

»Ich bin froh, dass du g-gekommen bist«, sagte Perry und zog ihn am Arm hinter sich her. »Ich muss dir was zeigen.«

Ehe James widersprechen konnte, hatte Perry ihn schon über die Straße und hinter dem *King's Head* Pub vorbei in einen kleinen, schmuddeligen Hinterhof gezogen.

In der Mitte des Hofs stand aufgebockt ein in die Jahre gekommener 4,5-Liter-Bentley-Blower, ein PS-starker Zweisitzer mit

lang gezogener Motorhaube, früher das Lieblingsauto aller britischen Rennfahrer.
Aber dieses Auto hatte schon bessere Tage gesehen.
Es hatte keine Räder mehr, die Ledersitze waren zerschlissen und die grüne Lackierung war voller Schrammen und blätterte ab.
»Nun, was sagst du?«, fragte Perry. »Ist das nicht w-wunderschöner Schrott?«
»Das ist eine fantastische Maschine«, sagte James und strich mit der Hand über die imposante Kühlerhaube. »Meine Tante hat genau das gleiche Modell, nur dass es in einem etwas besseren Zustand ist. Was ist mit dem hier passiert?«
»Das Auto wurde in einem Rennen in Brookfield gefahren«, dröhnte eine Männerstimme.
James drehte sich um und sah einen Mann in einem Tweedmantel aus dem Hintereingang des Pubs treten. »Das erste Rennen, und gleich hat es ein Rad verloren.«
Der Mann trat ans Auto und tätschelte liebevoll den Kühler. »Es kam von der Straße ab«, erzählte er. »Hatte eine hässliche Beule. Das war im Januar. Bis zum Mai hatte man es wieder hergerichtet, sodass man Rennen fahren konnte. Nach der Hälfte der ersten Runde fing der Motor an zu brennen. Der Fahrer wäre fast ums Leben gekommen. Da haben sie es aufgegeben, das arme Ding, keiner wollte es mehr haben, alle dachten, es bringt Unglück. Im Sommer habe ich es für ein Butterbrot gekauft. Ich habe daran herumgebastelt, um es wieder fahrtüchtig zu machen, aber ich bin kein Mechaniker. Nun hat meine Beverley mich vor die Wahl gestellt: entweder sie oder diese Maschine.« Er seufzte. »Es ist traurig, aber sie muss weg.«
»Wer?«, fragte Perry. »Ihre Frau?«
»Die Entscheidung ist mir schwergefallen«, sagte der Mann mit einem Lächeln. »Aber ich verkaufe meine Frau nicht.«

»Was meinst du?«, fragte Perry und klopfte James auf die Schulter. »M-Mister Hanson will den Wagen für zweihundertfünfzig Pfund verkaufen.«
»Einen Augenblick«, sagte James. »Du schlägst doch nicht etwa im Ernst vor, das Auto zu kaufen, oder?«
»D-Doch, s-sicher«, erwiderte Perry. »So ein Auto finden wir für das wenige Geld nie mehr im Leben.«
»Aber wir haben das Geld nicht«, entgegnete James. »Wenigstens ich habe nicht so viel. Du etwa?«
Perry zog James zur Seite, sodass Mister Hanson nicht mithören konnte.
»N-Nicht so laut«, sagte er. »Ich habe ihm angedeutet, dass wir das G-Geld hätten.«
»Und? Hast du es?«
»N-Natürlich nicht«, zischte Perry. »Aber wir können es uns beschaffen. Ich bin sicher, dass wir das G-Geld irgendwie auftreiben, wir können ja hart dafür arbeiten, und wenn es sein muss, machen wir einen Raubüberfall. Schau dir den W-Wagen an, James. Zusammen könnten wir ihn wieder aufmöbeln und dann wäre er ein Prachtstück. Der Stolz der G-Gefährlichen Gesellschaft.«
»Wir haben doch schon ein Auto«, entgegnete James.
»Das gehört dir«, sagte Perry. »Und du lässt niemanden eine Spritztour damit machen. M-Mein Plan ist, dass wir alle in der G-Gesellschaft zusammenlegen, dann gehört das Auto uns allen. Wäre das nicht toll?«
»Ich weiß nicht, Perry«, sagte James. »Es ist verrückt.«
»Ohne V-Verrücktheiten wäre das Leben langweilig«, entgegnete Perry.
»Ich kann jetzt nicht darüber nachdenken«, sagte James. »Ich muss mit dir reden.«
»B-Bricht es dir nicht auch das Herz«, fragte Perry, »das Auto hier in einem solchen Zustand zu sehen?«

»Perry«, fuhr James ihn an, »ich meine es ernst.«
»Schon gut.« Perry gab nach und vereinbarte mit Mister Hanson, dass sie später noch einmal vorbeikommen würden.
Sobald sie außer Hörweite waren und wieder in Richtung Eton zurückgingen, berichtete James Perry von dem Brand. Perry meinte, dies sei das Beste, was seit Langem in der Schule passiert war.
»Also fahren wir beide stilvoll nach London?«, fragte Perry.
»Du hast wohl nichts anderes im Kopf, oder?«, seufzte James. »Zum letzten Mal, wir fahren nicht mit dem Auto.«
»B-Begreifst du nicht? Es ist ein Notfall«, sagte Perry. »Wer weiß, was in der Zwischenzeit mit M-Mister Fairburn passiert ist.«
»Wenn wir die restlichen Fragen gelöst hätten«, sagte James, »dann könnte ich es dir sagen.«
»Wie viele hast d-du bis jetzt gelöst?«, wollte Perry wissen.
»Leider nur zwei«, antwortete James. »Zwei von sieben. Das Anagramm aus den Namen der Jungen und die beiden Kreuzworträtsel-Fragen, die uns auf die Spur von Professor Peterson in Cambridge gebracht haben.«
»Ich weiß g-gar nicht mehr. Worum ging es eigentlich?«, fragte Perry.
»Eine Frage bezieht sich auf die Punkte im Field Game«, antwortete James, »und auf ein Boot, das beim Rennen am 4. Juni teilnimmt.«
»Stimmt.«
»Dann sagt er etwas über Nero und Cleopatra und auch über mich, weil ich angeblich keine Kreuzworträtsel mag. Ach ja, und dann ist da noch das schreckliche Gedicht.«
»Hast du eine Ahnung, warum er dieses Gedicht in seinem B-Brief erwähnt?«
»Überhaupt nicht«, gab James zu. »Pritpal hat jeden Gedichtband durchsucht, den er in die Finger bekommen konnte, aber nir-

gendwo hat er dieses Gedicht gefunden, geschweige denn seinen Autor, David Balfour.«
»B-Balfour – so wie in der Geschichte?«, fragte Perry.
»Welcher Geschichte?«
»Na hör mal, James«, sagte Perry. »Du hast sie b-bestimmt gelesen. Ich kenne keinen, der sie n-nicht gelesen hätte.«
»*Was* gelesen?«
»Das B-Buch von Robert Louis Stevenson!«, rief Perry aus und machte eine ungeduldige Handbewegung. »David B-Balfour ist bestimmt einer der bekanntesten Kinderbuchhelden.«
James blieb stehen und schlug sich an die Stirn.
»Du hast recht«, sagte er. »Natürlich habe ich es gelesen. Jetzt, wo du es sagst, erinnere ich mich wieder . . .«
Und dann fiel es ihm plötzlich wie Schuppen von den Augen. Mit einem Mal hatte sich die Situation schlagartig geändert.
»Mein Gott, Perry«, rief er. »Du hast das nächste Rätsel gelöst!«
»Wirklich?«
»Ja«, antwortete James. »Ich kann mich wieder an das Buch erinnern. »Darin geht es um eine Entführung, nicht wahr?«
»G-Genau«, antwortete Perry.
James packte ihn bei den Schultern, seine Augen sprühten vor Entschlossenheit. »Perry«, sagte er, »wir fahren jetzt nach Cambridge.«
»M-Mit dem Auto?«, fragte Perry zurück und grinste.
»Das geht am schnellsten«, sagte James. »Ich wusste es, das ist mehr als nur ein Spiel. Fairburn wurde entführt und wir müssen ihn finden.«

Es war ein Kinderspiel, die Sache mit Codrose zu regeln. Im Haus herrschte immer noch Chaos. Eltern, Polizisten, Schüler, Handwerker liefen durcheinander, es war ein ständiges Kommen und Gehen. Codrose warf nur einen flüchtigen Blick auf den gefälsch-

ten Brief und schien froh zu sein, James loszuwerden. Einer weniger, um den er sich kümmern musste.
Und nun, eine Stunde später, fuhren sie mit dem Bamford & Martin an London vorbei. Mit ihren Rennfahrerbrillen, Hüten und Mänteln waren sie kaum wiederzuerkennen.
»Hoffentlich hast du recht mit deinen V-Vermutungen«, schrie Perry gegen den Fahrtwind an.
»Ich weiß nicht, ob ich lieber recht oder unrecht hätte«, rief James zurück. »Wenn ich unrecht habe und das alles nur ein albernes Spielchen ist, riskieren wir eine ganze Menge für nichts und wieder nichts. Wenn ich aber recht habe, dann könnte es ziemlich gefährlich werden.«
Perry fuhr langsamer, als sie durch ein Dorf kamen, und das Pfeifen des Fahrtwindes ließ etwas nach.
»Sollten wir es nicht j-jemandem erzählen und die ganze S-Sache der Polizei überlassen?«, fragte er, ohne den Blick von der Straße zu nehmen.
»Ich weiß nicht recht«, antwortete James. »Deshalb will ich mir ja alles selbst ansehen, bevor ich einen von den Erwachsenen einweihe. Was ist, wenn herauskommt, dass wir in das Arbeitszimmer von Codrose eingebrochen sind und den Brief gestohlen haben? Außerdem habe ich dem Direktor versprochen, in Zukunft meine Finger von allem zu lassen, was gefährlich ist. Und jetzt? Zu allem Überfluss fahren wir auch noch mit einem Auto spazieren.«
»Am besten gar nicht d-daran denken«, sagte Perry und gab Gas, als sie das Dorf hinter sich gelassen hatten.
»Wir werden mit Professor Peterson reden«, rief James. »Er wird sicher wissen, was zu tun ist.«
»G-Ganz schön aufregend, nicht wahr?«, rief Perry, so laut er konnte, während er geschickt einen mit Schafen beladenen Viehtransporter überholte. »Vielleicht k-klären wir sogar ein K-Kapitalverbrechen auf.«

»Wir werden gar nichts aufklären«, rief James zurück. »Wenn es tatsächlich so ist, dass Fairburn entführt wurde, wird Peterson vermutlich sofort die Polizei benachrichtigen und uns bleibt nichts anderes übrig, als die Suppe auszulöffeln, die wir uns eingebrockt haben.«

Zwei Stunden nachdem sie Windsor verlassen hatten, erreichten sie den Stadtrand von Cambridge. Sie wollten es nicht riskieren, in den geschäftigen Straßen der Innenstadt gesehen zu werden, deshalb stellten sie das Auto in einer ruhigen Nebenstraße im Süden der Stadt ab. Hinter einer Straßenecke lag ein Café, dessen hell erleuchtete Fenster beschlagen waren.

Sie stiegen aus. Alle Glieder schmerzten und waren steif vor Kälte.

»Wir müssen uns beeilen«, sagte James und nahm seine Rennfahrerbrille ab.

»Hör zu«, sagte Perry und blieb stehen. »Ich g-glaube nicht, dass wir alle beide gehen sollten.«

»Was?«, fragte James. »Warum?«

»Um auf N-Nummer sicher zu gehen«, antwortete Perry. »Was ist, wenn auch P-Professor P-Peterson in der Sache drinsteckt? Wir wissen n-nicht, was Fairburns Brief zu bedeuten hat, vielleicht wollte er uns auch damit warnen. Ich werde hierbleiben und auf das Auto aufpassen; wenn irgendetwas passiert, dann kann ich dir wenigstens helfen.«

»Vielleicht hast du recht«, antwortete James nachdenklich. »Wir sollten nicht beide blindlings in diese Sache hineinstolpern.«

»Wir treffen uns in dem Café dort drüben«, schlug Perry vor. »Viel Glück.«

James bedankte sich und machte sich zur Stadtmitte auf.

Inzwischen war es dunkel geworden. Flackernde gelblich rote Laternen warfen ihr Licht auf die Straßen und ein verlockendes Leuchten drang aus den Schaufenstern und Türen der Geschäfte.

Die Auslagen waren schon weihnachtlich dekoriert. In einem Spielwarengeschäft waren Fahrzeugmodelle ausgestellt und normalerweise wäre James stehen geblieben und hätte sich umgeschaut, aber diesmal ging er weiter.
Schnell fand James den richtigen Weg zum Trinity College. In der Stadt herrschte lebhaftes Treiben. Überall auf den Straßen fuhren Studenten mit ihren Fahrrädern, lange Schals um den Hals geschlungen, sie klingelten und riefen ihren Freunden und Bekannten einen Gruß zu. Mütter und Kindermädchen mit kleinen Kindern an der Hand bevölkerten die Gehwege und bummelten an den Schaufenstern entlang. Musikstudenten standen an einer Straßenecke gegenüber dem King's College und sangen Weihnachtslieder, begleitet von vier Posaunen.
So wie sich in Eton alles um die Schule drehte, so drehte sich in Cambridge alles um die Universität. Die riesige rechteckige Kirche des King's College mit ihren spitzen Türmen an den Ecken ließ James an die Kapelle in Eton denken und er erinnerte sich vage, dass beide Kirchen etwa zur selben Zeit erbaut worden waren. Heinrich VI., der dieses College gestiftet hatte, hatte auch Eton gegründet; die Jungen aus Eton sollten nach seinem Willen hier studieren, wenn sie die Schule beendet hatten.
James erreichte das Torhaus des Trinity College. Auch hier war er verblüfft, wie sehr es einem Gebäude in Eton glich, dem hohen, aus roten Ziegelsteinen errichteten Lupton's Tower auf dem Schulgelände. Das Torhaus machte einen wehrhaften Eindruck und sah aus wie eine kleine Tudor-Burg. Eine alte, etwas pompöse Statue Heinrichs VIII. stand über dem Eingangstor. Anstelle des Zepters hielt er ein Stuhlbein in der Hand – vermutlich ein Scherz eines betrunkenen Studenten.
Im Torhaus sah James eine Pförtnerloge, in der ein Mann in dunklem Anzug und mit Bowler saß und Tee trank. James sagte zu ihm, dass er Professor Peterson eine Mitteilung zu überbringen hätte.

»Er ist ein gefragter Mann heute Abend«, sagte der Pförtner heiter. »Sie sind schon sein dritter Besucher. Warten Sie bitte einen Moment.«
Der Pförtner schlurfte in den Innenhof und pfiff laut, dann winkte er und rief jemandem etwas zu. Gleich darauf kam er mit einem großen, etwas zerzaust wirkenden jungen Mann zurück.
»Dieser Gentleman wird Ihnen den Weg zeigen«, erklärte er. »Er besucht den Professor oft, nicht wahr, Mister Turing? Gerade eben war er auf dem Weg zu ihm.«
James schrieb sich ins Besucherbuch ein. Im letzten Augenblick entschloss er sich, einen falschen Namen anzugeben. Er nannte sich John Bryce, weil er hoffte, sich einen Namen mit den gleichen Initialen wie seinen eigenen leichter merken zu können. Dann folgte er dem jungen Mann ins College.
»Sind Sie Professor hier?«, fragte James.
»Ich? Um Gottes willen, nein.« Der junge Mann lachte. »Wenigstens im Moment noch nicht. Ich heiße übrigens Alan Turing. Ich arbeite zusammen mit dem Professor an einem Forschungsprojekt. Er ist ein brillanter Mathematiker.«
»Das glaube ich Ihnen«, antwortete James. »Mathematik gehört leider nicht zu meinen Stärken. Ich weiß selbst nicht, wo meine Stärken liegen«, fügte er hinzu.
Der Innenhof, den sie überquerten, war riesig; er wurde von weiteren Gebäuden aus der Tudor-Zeit begrenzt und in der Mitte stand ein großer, prächtig verzierter Brunnen. Der Hof sah aus wie der Schulhof in Eton, nur viel größer und weitläufiger.
Unvermittelt begann eine Glocke zu schlagen.
»Wussten Sie«, fragte Turing, »dass einer der Studenten, Lord Burghley, im Jahre 1927 ein Mal um den ganzen Platz gelaufen ist, während die Glocke zwölf Uhr schlug? Das sind nicht einmal dreißig Sekunden. Das hat vor ihm und nach ihm keiner mehr geschafft.«

Wie sich herausstellte, war Turing ein ausgezeichneter Läufer und bald waren sie in ein ungezwungenes Gespräch über Sport vertieft. Während sie sich unterhielten, kamen sie durch ein lang gestrecktes gotisches Gebäude und gelangten in einen weiteren Innenhof, von dort aus in einen dritten, viel kleineren Hof.

»Wir sind da«, sagte Turing, als er James eine knarrende Holztreppe nach oben begleitete. Dann standen sie vor einer schwarzen Eichentür mit eisernen Beschlägen.

Alan lächelte James zu und klopfte an. Sie hörten ein Geräusch, als würde jemand auf der anderen Seite der Tür etwas hin und her schieben, aber niemand antwortete.

Turing klopfte ein zweites Mal, aber es kam noch immer keine Antwort.

»Ich bin sicher, dass ich jemanden gehört habe«, sagte James und blickte nach unten, wo ein schmaler Lichtschein durch den Türschlitz drang.

»Das haben Sie sich vielleicht nur eingebildet«, sagte Turing. »Oder das Geräusch kam aus einem der anderen Zimmer. Das ist schwer zu unterscheiden in diesem alten Gemäuer. Aber dennoch, es ist merkwürdig«, fügte er hinzu und fuhr sich mit der Hand durch sein strubbeliges Haar. »Wir waren verabredet.«

»Kommt er oft zu spät?«, fragte James.

»Nie«, gab Turing zur Antwort. »Er ist einer der pünktlichsten Menschen, die ich kenne.«

James war enttäuscht. Er hatte gehofft, dass er von Peterson Antwort auf all seine Fragen erhalten würde, und nun sah es so aus, als würde er ihn nicht einmal zu Gesicht bekommen. An diese Möglichkeit hatte er gar nicht gedacht. Aber vielleicht konnte Turing ihm ja doch helfen. Zumindest eine Frage konnte er ihm beantworten.

»Wie sieht der Professor eigentlich aus?«, fragte James.

»Wie er aussieht?« Turing kratzte sich am Kinn und dachte angestrengt nach. »Ich weiß nicht, ob ich ihn genau beschreiben kann. Er hat nichts Besonderes an sich, wirklich. Er sieht, denke ich, ganz gewöhnlich aus. Ja, absolut unauffällig.«

»Er hat nicht zufällig einen Bart?«

»Nein, jedenfalls sieht man keinen.«

»Nun, entweder man hat einen Bart oder man hat keinen«, sagte James und verkniff sich ein Lachen.

»Er hat keinen«, sagte Turing.

»Ist er groß oder eher klein?«

Turing kicherte. »Ich bin Ihnen keine große Hilfe, nicht wahr?«, gab er zur Antwort. »Wie ich schon sagte, ich habe nie darauf geachtet. Er ist, glaube ich, so groß wie ich. Ich hoffe, Sie halten mich nicht für einen Idioten, aber wenn ich ihm auf der Straße begegnen würde, würde ich ihn natürlich erkennen und ich würde sagen: ›Da geht Professor Peterson!‹ Aber ich kann mir Personen und Sachen, die ich einmal gesehen habe, schlecht merken; das ist *meine* große Schwäche, wissen Sie. Wenn Sie mich fragen würden, ob ich ihn zeichnen könnte, dann wäre ich aufgeschmissen. Er hat zwei Arme und Beine, eine Nase, zwei Augen, nichts Besonderes.« Er hielt inne und schaute auf seine Uhr, als wüsste er nicht, was er jetzt tun sollte.

James klopfte ein weiteres Mal, so heftig und laut, wie er konnte, aber auf der anderen Seite der Tür war nichts als Stille. Turing seufzte.

»Ich denke, ich werde später noch einmal zurückkommen«, sagte er. »Vielleicht habe ich mich auch im Tag geirrt. Ich bin nicht so ordentlich wie der Professor. Wollen Sie hier warten oder soll ich Sie nach draußen begleiten?«

»Ich warte noch ein paar Minuten«, gab James zur Antwort. »Vielen Dank für Ihre Hilfe.«

»Hilfe?«, fragte Turing. »Ich glaube nicht, dass ich Ihnen viel helfen konnte. Viel Glück.«

James hörte, wie die Fußtritte auf der Treppe leiser wurden, und als alles still war, drückte er vorsichtig die Klinke, um zu sehen, ob die Tür verschlossen war. Wenn Peterson schon nicht da war, konnte er vielleicht einige Hinweise in seinem Zimmer finden.
Er grinste zufrieden, als die Tür aufsprang. Sie führte in ein behagliches, hell erleuchtetes Zimmer. Im Kamin brannte ein Feuer. Die Wände waren mit Bücherregalen vollgestellt, dazu gab es einige abgenutzte Möbel und auf einem Beistelltischchen am Feuer stand eine Tasse Kaffee. Zigarettenqualm lag in der Luft.
»Professor Peterson?«, rief James leise. »Gordius?«
Vom Knistern des Feuers abgesehen, war kein Laut zu hören. James wusste, dass er schleunigst wieder verschwinden sollte, denn wenn man ihn fände, hätte er seine liebe Mühe, sich eine einleuchtende Entschuldigung einfallen zu lassen. Aber seine Neugier war stärker und so ging er hinüber zum Kamin.
Über dem Kaminsims war ein Notizbrett aus Kork, an dem Zettel, Briefe, Rechnungen und Fotos sorgfältig angeheftet worden waren. James betrachtete die Fotos. Fast alle zeigten dieselbe Person, aber die Aufnahmen lagen viele Jahre auseinander. Das musste Professor Peterson sein, allerdings war das ganz bestimmt nicht der Mann, der sich in der Kreuzworträtsel-Gesellschaft für Peterson ausgegeben hatte.
Turing hatte recht gehabt. Professor Peterson war eine unauffällige Erscheinung. Die Bilder zeigten einen ganz alltäglichen Menschen. Hier war ein Kind in einem Trainingsanzug mit einer Fahne in der Hand, dort ein ernst blickender älterer Junge zusammen mit seinen Eltern. Ein neueres Foto zeigte ihn gequält lächelnd in akademischer Robe, mit einem ungewöhnlichen Hut auf dem Kopf. Daneben hingen Bilder aus seiner Studentenzeit. Sie zeigten einen fröhlichen jungen Mann mit freundlichem Gesicht. Eine Fotografie stach James besonders ins Auge. Sie zeigte Peterson zusammen mit zwei Freunden, alle waren verkleidet.

Peterson hatte ein Kostüm in der Mode des achtzehnten Jahrhunderts an mit einer langen Lockenperücke, die Person neben ihm trug eine Ritterrüstung und einen Helm mit geschlossenem Visier und der dritte junge Mann war als Cowboy verkleidet. Auf das Bild war eine Sprechblase gezeichnet wie in einem Comicheft. Sie kam aus dem Mund des Cowboys und jemand hatte mit einer kratzigen Feder hineingeschrieben: *»Schöne Erinnerungen an heitere Tage. Viel Glück bei allem, was Du tust. Alex.«*

Alex?

Da erst begriff James, dass der Cowboy Alexis Fairburn war. Das Bild musste aus der Zeit stammen, als er noch zusammen mit Peterson studiert hatte. Fairburns Gesichtszüge waren prägnanter als die seines Freundes; er hatte eine lange Nase und große Ohren, dazu langes, lockiges Haar, das auf der einen Seite nach oben gekämmt war, sodass es aussah wie eine Welle.

James fuhr fort, das Zimmer zu untersuchen. Hinter einem Vorhang fand er eine kleine Tür. Der Vorhang war sicher angebracht worden, um die Zugluft abzuhalten.

Vorsichtig öffnete er die Tür und trat ein.

Er befand sich in einem Arbeitszimmer. Hier gab es noch mehr Bücher, Regal stand neben Regal und auf jedem freien Fleckchen lagen säuberlich aufgetürmte Papierstapel.

Doch James achtete nicht darauf.

An einem Schreibtisch am Fenster saß ein Mann, reglos, den Blick starr auf James geheftet, seine Hände ruhten auf der Schreibfläche, die Feder in seiner Hand schien mitten in einem Satz innegehalten zu haben. Eine Zigarette glomm im Aschenbecher und füllte das Zimmer mit Rauch.

Es war Peterson.

»Entschuldigung«, stammelte James. »Niemand hat geantwortet ... Ich habe angeklopft ... Ich wollte nicht ...«

James' Mut schwand unter dem eiskalten Blick des Mannes. In ei-

ner Ecke stand ein schmaler elektrischer Heizlüfter, der seine Wärme ins Zimmer verströmte, aber der Raum schien mit einem Mal sehr kalt zu sein und es kam James so vor, als wollten ihn die Wände erdrücken.
Er trat einen Schritt näher. Irgendetwas stimmte nicht. Der Mann war zu still, zu kalt. Als James sich bewegte, folgten ihm die Augen des Mannes nicht, sondern starrten ausdruckslos in Richtung Tür.

Cambridge sehen und sterben

Peterson saß so starr da wie eine Statue.

James war sich sicher, dass er tot war. Dieser unscheinbare Mann, den er auf den Fotos im Zimmer nebenan vom Kind bis zum Erwachsenen hatte reifen sehen, dieser Mann war tot.

Und der Tod machte ihn zu jemand Außergewöhnlichem.

Er atmete nicht mehr. Sein Brustkorb hob und senkte sich nicht mehr. Nicht einmal ein schwaches Pulsieren der Adern war an seinen Schläfen zu erkennen. Seine Augen waren trübe, wie vertrocknet. Ein Funke war erloschen, ein Licht ausgegangen.

Es gibt einen Unterschied zwischen einem toten und einem lebendigen Menschen, einen Unterschied, der sich nicht in Worte fassen lässt. Irgendwie ist ein Toter keine Person mehr. Er ist nur noch ein Klumpen Fleisch. Das Einzige, was an Peterson noch lebte, waren die Bakterien in seinem Magen. Er würde aufquellen, dicker werden, die Gase würden sich aufstauen, bis der Magen platzte und die Bakterien sich im restlichen Körper ausbreiteten.

Der Verfall und die Verwesung hatten im Augenblick des Todes eingesetzt.

James streckte vorsichtig die Hand nach ihm aus. Die Haut war noch warm, folglich war Peterson noch nicht lange tot. Aber woran war er gestorben? James konnte keinerlei Anzeichen von Gewalt erkennen, Peterson schien unverletzt zu sein. Vielleicht hatte er einen Herzanfall erlitten?

Nein. Auf dem Gesicht lag kein Ausdruck von Schmerz, seine

Miene war nicht verzerrt. Er schaute freundlich, beinahe ruhig. Was auch immer passiert sein mochte, es war sehr schnell geschehen. James stand vor einem Rätsel. Als er den Leichnam genauer betrachtete, quoll ein winziger Tropfen Blut aus Petersons rechtem Augenwinkel und lief langsam über das Gesicht; es sah aus wie eine scharlachrote Träne.

Ein leises, zartes »Plopp« war zu hören, als der Blutstropfen von Petersons Kinn auf den Schreibtisch tropfte.

James schaute auf den Tisch. Peterson hatte gerade einen Brief geschrieben. *»Lieber John . . .«*, las er.

James blickte wieder in Petersons Gesicht und bemerkte ein winziges Einstichloch im Tränenkanal des Auges, ungefähr so groß wie das O in dem Namen des Adressaten.

Er schluckte, seine Kehle war wie ausgedörrt. Von einem Augenblick zum anderen hatte er eine neue Welt betreten; es war nicht mehr die alltägliche Welt, in der man Weihnachtslieder sang, Fahrrad fuhr, es war nicht mehr die Welt der Modellbaugeschäfte, sondern eine Welt, in der ein Toter ruhig an seinem Schreibtisch saß, für immer und ewig erstarrt in der Haltung eines Briefschreibers.

Seine Gedanken rasten, er versuchte zu verstehen, was passiert war. Beinahe kam es ihm so vor, als wäre er in ein weiteres von Fairburns verzwickten Rätseln hineingeraten.

Obwohl er in seinem dicken Mantel schwitzte, lief es ihm kalt den Rücken hinunter. Er war unfähig, sich zu bewegen.

Dann war noch ein »Plopp« zu hören, ein zweiter Tropfen Blut war auf den Brief gefallen. James spürte einen Lufthauch. Ein Geruch drang zu ihm herüber. Ein Geruch nach Lavendel und verstopftem Abflussrohr. Und dann stürzte eine ganze Flut von Gedanken auf ihn ein.

Peterson war noch warm.

Peterson war gerade erst ermordet worden.

Irgendjemand hatte ihn getötet.
Jemand hatte ihm diesen winzigen Stich in sein Auge beigebracht, und das war so schnell und so präzise geschehen, dass er auf der Stelle tot war und reglos an seiner Schreibtischplatte lehnte.
Der Pförtner hatte gesagt, dass James der dritte Besucher an diesem Nachmittag war.
James und Turing hatten mehrere Minuten vor der Tür gewartet. Sie hatten niemanden das Zimmer betreten oder verlassen sehen, aber als sie angekommen waren, war da dieses Geräusch gewesen, so als liefe jemand in Petersons Zimmer hin und her.
Turing war der zweite Besucher. Der Mörder musste der erste gewesen sein. Sie hatten ihn offensichtlich überrascht, nur Augenblicke nachdem er den Professor getötet hatte.
Also musste der Mörder noch hier gewesen sein, als James das Zimmer betrat.
Und er war immer noch da.
James war schlagartig hellwach. Alle Sinne waren zum Zerreißen gespannt. Seine Aufmerksamkeit, die sich vorher nur auf den Tisch konzentriert hatte, richtete sich auf den ganzen Raum. Es gab eine zweite Tür. Und dahinter hörte er ein leises Geräusch. Das Rascheln eines Blatts Papier vielleicht.
Irgendjemand war hinter der Tür, da war sich James sicher. So sicher, wie er wusste, dass Peterson tot war und die Person hinter der Tür ihn ermordet hatte.
So sicher, wie er wusste, dass man auch ihn ermorden würde, wenn er das Zimmer nicht schleunigst verließ.
Beinahe ohne nachzudenken, packte James einen Stuhl und wuchtete ihn unter den Türgriff, dann riss er den Brief aus Petersons Hand. Als er ihn wegnahm, zog die Feder, noch immer von der leblosen Hand fest umklammert, einen Strich über das Papier.
Peterson saß unverändert da, die Feder ruhte nun auf einem

Blatt, das unter seinem Brief gelegen hatte. Auf diesem stand etwas geschrieben, das aussah wie eine Geheimschrift. Unzählige Spalten mit kleinen Einsern und Nullen.
James nahm auch dieses Blatt an sich, und im selben Augenblick hatte er den Raum auch schon verlassen und rannte, rannte zurück durch das Eingangszimmer und zum Treppenabsatz. Dort hielt er plötzlich inne, überlegte blitzschnell und lief zurück. Er riss das Foto, das Peterson und Fairburn zeigte, von der Pinnwand und steckte es in seine Tasche. Dann rannte er wieder los, die Treppe hinunter, hinaus in die kalte Nachtluft.
Hinter einigen geparkten Autos erblickte er einen weiteren Ausgang, der vom College auf die Straße führte. Er rannte hindurch und folgte einer Nebenstraße, die zwischen hohen Backsteinmauern eingezwängt war und auf die Trinity Street führte. Hier kannte er sich wieder aus. Rechts lag das King's College. Aus dieser Richtung war er gekommen.
James lief etwas langsamer. Er war zurück in der Wirklichkeit, in der Weihnachtslieder gesungen wurden, Studenten Fahrrad fuhren. Er hatte die andere Welt hinter sich gelassen, die andere Welt und den leblosen Mann, der hinter seinem Schreibtisch in diesem stickigen Zimmer saß und aussah, als schreibe er einen Brief. Er könnte einfach verschwinden, wieder eintauchen in diese normale Welt, er bräuchte sich um all das nicht zu kümmern. Man würde den Toten sicher bald finden . . .
Nein, er musste es jemandem sagen.
Er blieb stehen und wollte gerade wieder zurückgehen, als er ein bekanntes Gesicht erblickte.
Es war Alan Turing, der die Auslagen einer Buchhandlung betrachtete.
James lief zu ihm hinüber und zupfte ihn am Ärmel.
»Bryce«, sagte Turing, erstaunt darüber, James zu sehen. »Ist er noch aufgetaucht?«

»Nein . . . oder doch . . .« James wusste plötzlich nicht mehr, was er sagen sollte, und platzte heraus mit dem Erstbesten, was ihm einfiel. Es war eine Frage, die ihm schon lange auf den Nägeln brannte.

»Woran haben Sie und der Professor eigentlich gearbeitet?«

»Ach . . .«, sagte Turing, zog einen Schal aus seiner Tasche und schlang ihn um den Hals. »Uns beide beschäftigt sehr die Frage, ob es möglich ist, eine Maschine zu bauen, die denken kann wie ein Mensch, nur tausendfach, millionenfach schneller. Ein künstliches Gehirn, wenn Sie so wollen. Ein Superhirn. Ich selbst arbeite noch nicht lange daran, aber der Professor brütet schon seit Jahren darüber, seit seiner Studienzeit.«

»Wäre so etwas nützlich?«, fragte James.

»Du meine Güte, was das betrifft, habe ich keine Ahnung«, entgegnete Turing. »Was für eine Frage. Darüber habe ich mir noch nie Gedanken gemacht. Es ist ein rein theoretisches Problem. Ich bin mir auch nicht sicher, ob es uns jemals gelingen wird, so eine Maschine zu bauen. Obwohl man schon seit den Tagen von Charles Babbage daran arbeitet.« Turing verstummte und betrachtete James zum ersten Mal aufmerksam. »Ist alles in Ordnung mit Ihnen?«, fragte er. »Sie scheinen ziemlich aufgeregt zu sein.«

Turing konnte es nicht wissen, aber das war wohl die Untertreibung des Jahres. Denn James hatte gerade über die Schulter des jungen Mannes geblickt und jemanden erkannt.

Er war groß und ging gebückt, trug einen langen schwarzen Mantel und einen Zylinder und schritt langsam die Straße entlang. Sein riesiger Kopf sah aus wie ein Totenschädel.

Kein Zweifel, es war derselbe Mann, den James nach dem Treffen der Kreuzworträtsel-Gesellschaft in dem Daimler gesehen hatte. Derselbe Mann, der ihn und Pritpal um ein Haar überfahren hätte.

James war klar, es konnte kein Zufall sein, dass er gerade jetzt hier war und zielstrebig auf ihn zukam.
Wie der Tod, so hatte ihn Katey, das Hausmädchen in Eton, beschrieben, und er sah tatsächlich aus wie der leibhaftige Tod.
»Gehen Sie nicht zurück«, platzte James heraus. »In das Arbeitszimmer des Professors. Gehen Sie nicht alleine. Gehen Sie zur Polizei. Holen Sie die Polizei. Auf der Stelle.«
»Hören Sie, was reden Sie da? Was soll das mit der Polizei?«
Der Mann in dem schwarzen Mantel blickte James direkt ins Gesicht und grinste. Nun brauchte James keinen Beweis mehr. Diese beiden Reihen morscher brauner Zähne würde James niemals mehr vergessen.
Und sogar aus der Entfernung konnte James es riechen. Diesen faulen Atem, den der Lavendelduft nur mühsam überdecken konnte.
»Bitte«, drängte James und trat einige Schritte zurück. »Tun Sie, was ich Ihnen sage.«
»Ich verstehe nicht, Bryce«, fragte Turing. »Was hat das alles zu bedeuten?«
»Ich dürfte gar nicht hier sein«, erklärte James und wich noch ein paar Schritte zurück. »Aber ich war es nicht. Sie müssen mir glauben . . .«
Schließlich drehte er sich um und rannte davon. Über die Schulter schrie er dem völlig verwirrten Turing noch zu: »Sagen Sie ihnen, es war Petersons erster Besucher. Okay? Ich war es nicht!«
James schaute nicht zurück, um zu sehen, ob der Totenkopfmensch ihm folgte. Er betete nur, dass er schnell genug lief, um dem Mann auf den immer noch belebten Straßen entkommen zu können.
Er rannte mitten durch eine Menschentraube hindurch und eine Flut von Verwünschungen und Protesten folgte ihm, als er die Straße überquerte. Ein Radfahrer kam ins Schlingern, als er aus-

weichen wollte, er verlor die Kontrolle über sein Rad und stieß mit einem anderen Radfahrer zusammen. James hörte ein metallisches Klirren und einen Schwall Flüche, aber er blieb nicht stehen und drehte sich auch nicht um.

Wie ein Besessener hastete er den Gehweg entlang, bis er einen hell erleuchteten Pub erreichte und durch die Vordertür hineinplatzte. Sogar um diese Zeit war das Lokal noch mit Studenten und Einheimischen voll. Es war der Freitag vor Weihnachten und die Menschen waren schon in Festtagsstimmung.

James zwängte sich durch die dampfende Menge und fand eine Hintertür, die in eine ruhige Seitenstraße führte. Er hetzte die Straße entlang und erst, als er das Ende erreicht hatte, wagte er es, sich umzuschauen.

Niemand war zu sehen. Er hatte seinen Verfolger abgeschüttelt.

Als James sich wieder umwandte und weiterlaufen wollte, stieß er mit einem jungen Mann zusammen, der ihm entgegengeschlendert kam und eine Melodie von Mozart vor sich hin pfiff. Beide prallten gegen eine Mauer und hielten sich aneinander fest, um nicht zu stürzen.

»He, pass auf, wo du hinläufst«, sagte der junge Mann mit einem Lächeln. »Beinahe hättest du uns beide umgerissen.« Er sah aus, wie man sich einen Jurastudenten oder einen Büroangestellten vorstellt. James murmelte eine Entschuldigung und ging hastig weiter. Fürs Erste war er in Sicherheit, aber er wusste, er durfte sich nicht ausruhen. Zunächst musste er Perry finden und von hier verschwinden, dann erst konnte er darüber nachdenken, was sie weiter unternehmen sollten.

Auf Nebenstraßen machte er sich auf den Weg zu dem Café, in dem Perry und er sich treffen wollten. Es hatte zu nieseln begonnen und der Regen ging allmählich in Schnee über. Die Straßen wurden langsam leerer, jetzt würde er noch mehr auffallen. Auch wurden die Wege immer rutschiger, er musste langsamer gehen.

James stapfte weiter, mittlerweile schon ganz durchnässt, bis er endlich das Café vor sich sah. Er rannte die letzten Schritte und riss die Eingangstür auf.
Zigarettenqualm und Regendampf drangen ihm entgegen. Am Eingang watete er durch Pfützen aus Schneematsch und der Geruch von Bratkartoffeln und süßen Törtchen schlug ihm entgegen. Eine riesige Teemaschine blubberte und zischte hinter dem Tresen.
James ließ seinen Blick über die rot glänzenden Gesichter der Gäste schweifen; er musste Perry unbedingt finden. Das Lokal war überfüllt. Anscheinend suchten die Menschen hier nicht nur Entspannung, sondern auch Schutz vor dem schlechten Wetter.
»Kann ich dir helfen, mein Lieber?«, fragte eine korpulente Frau; sie kam auf ihn zu und wischte sich die Hände an der Schürze ab.
»Ich suche jemanden«, erklärte James. »Einen Jungen. Größer als ich, ein bisschen älter. Er war alleine.«
»Ich weiß, wen du meinst«, sagte die Kellnerin. »Er hat gestottert, der arme Kerl.«
»Genau der.«
»Er ist vor ungefähr zehn Minuten gegangen.«
»Vielen Dank«, sagte James. »Vielleicht warte ich hier auf ihn. Würden Sie mir eine Tasse schwarzen Kaffee bringen?«
»Gerne, mein lieber Junge«, sagte die Frau und schlurfte zum Tresen.
James fand einen leeren Tisch und setzte sich. Er suchte in seinen Manteltaschen nach Geld und dabei kam ihm der Brief in die Finger, den er aus Petersons Arbeitszimmer mitgenommen hatte.
Plötzlich fühlte er sich wieder unbehaglich. So als ob alle im Raum ihn anstarren würden. Weshalb nur hatte er den Brief mitgenommen? Das war dumm und unüberlegt gewesen.
Doch er wusste, warum. Wenn er ihn liegen gelassen hätte, dann

hätte der Mörder ihn mitgenommen. Vielleicht enthielt er ja Hinweise darauf, was vor sich ging. Wie vielleicht auch das zweite Blatt Papier mit den Zahlenreihen.

Das Foto von Peterson und seinen Freunden steckte in seiner anderen Manteltasche. Er zog es heraus und betrachtete es verstohlen.

Als er Peterson sah, das Lächeln auf seinem Gesicht, fühlte er sich unsagbar traurig. Dieser junge Mann war so lebensfroh gewesen, so unbekümmert, und nun war er tot.

James drehte das Bild um. Auf der Rückseite stand etwas in schwungvoller Schrift.

Ivar, ich dachte, das Bild von uns auf dem Maiball wird Dir gefallen. Das Trio infernale – Peterson, Charnage und Fairburn. Oder besser Sir Isaac Newton, Sir Lancelot und Hopalong Cassidy! Ich habe für mich selbst auch einen Abzug machen lassen. Das wird mich immer an Dich und John erinnern.

Ich hoffe, wir bleiben für immer Freunde,

Alexis

John?

James zog den Brief aus der Tasche. Er war an einen gewissen John gerichtet. War es vielleicht derselbe John wie auf dem Bild?

Er schaute auf und bemerkte, dass eine alte Frau ihn unablässig anstarrte. Er lächelte ihr zu und las eilig, was Peterson vor seinem Tod geschrieben hatte.

Lieber John,

seit meinem letzten Besuch am Berkeley Square habe ich weder von Dir noch von Alexis etwas gehört. Ich weiß, Du hattest mir gesagt, ich solle mir keine Sorgen machen. Gewiss, Du hast mir versichert, Alexis gehe es gut und wir bräuchten die Polizei nicht einzuschalten, aber dennoch mache ich mir große Sorgen um ihn. Ich glaube, es ist an der Zeit ...

Die wenigen Wörter, die noch folgten, waren blutverschmiert und unleserlich.

James steckte den Brief zurück in die Manteltasche und zog das Blatt mit den Zahlenreihen heraus. Es war handgeschrieben, aber in der kleinsten und akkuratesten Schrift, die James jemals gesehen hatte. Unzählige Spalten von Nullen und Einsern, getrennt durch kleine schwarze Pünktchen, zogen sich über das Papier.

Er streifte einen seiner Schuhe ab. Im Absatz hatte er ein Geheimfach anbringen lassen, das er benutzte, wenn er etwas verstecken musste; außerdem verbarg er dort immer ein kleines Federmesser. Unter der Tischplatte faltete er die verschlüsselte Nachricht sorgsam zusammen und presste sie in den hohlen Absatz, bevor er den Schuh wieder anzog.

Das Foto und den Brief konnte er darin nicht verstecken, das war klar, deshalb warf er noch einen letzten Blick darauf und prägte sie sich ein. Dann steckte er sie in seine Tasche zurück.

Jetzt fühlte er sich sicherer, und als die Kellnerin ihm den Kaffee brachte, nippte er zufrieden daran. Der bittere Geschmack weckte seine Lebensgeister und die Wärme tat ihm gut. Er trank langsam und hoffte, dass Perry zurückkäme, doch als er die Tasse ausgetrunken hatte, war von seinem Freund immer noch nichts zu sehen. James zahlte und ging wieder in die Nacht hinaus.

Die Wärme, die er im Café genossen hatte, ließ ihn nun umso deutlicher die Kälte und Nässe spüren, die ihm draußen entgegenschlugen. James hoffte sehr, dass Perry zum Auto zurückgegangen war, und machte sich auch auf den Weg dorthin. Er schlug den Kragen hoch, um sich gegen den Schneeregen zu schützen.

Als er beim Auto angekommen war, war sein Freund nirgends zu sehen, der Wagen selbst stand schmutzig in einer Pfütze, die Sitze waren völlig durchweicht.
James sah sich nach allen Richtungen um und rief nach Perry, aber die hohen Häuser und die feuchte Schneeluft verschluckten seine Rufe.
Was nun?
Vielleicht war Perry zum Trinity College gegangen, um ihn zu suchen.
James musste unbedingt mit jemandem sprechen. Er war ratlos und wusste nicht, was er als Nächstes tun sollte. Schneeregen fiel auf ihn herab. Er zitterte vor Kälte. Ihn fror, er war durchnässt und er fühlte sich hundeelend.
Enttäuscht trat er gegen das Vorderrad des Bamford & Martin und fluchte.
Er wischte sich über die feuchten Augen, und als er wieder klar sehen konnte, sah er den jungen Mann, mit dem er zusammengestoßen war, wie er sich geduckt und mit weit ausgestreckten Armen näherte.
Dann hörte er leises Motorengeräusch. Plötzlich war die Straße von zwei Autoscheinwerfern in gleißendes Licht getaucht. Der junge Mann hielt sich die Hand vor Augen.
James wirbelte herum.
Es war der Daimler.
Welch ein Narr war er doch gewesen.
Der totenköpfige Mann war natürlich nicht allein.
Sie waren zu zweit.
James zögerte keinen Moment. Er sprang ins Auto, betätigte den Anlasser und legte den Rückwärtsgang ein. Als der Motor dröhnend ansprang, blieb der junge Mann kurz stehen, dann rannte er los.
James löste die Handbremse, das Auto machte einen Satz rück-

wärts und die Räder wühlten den Boden auf. Es schien geradezu versessen darauf zu sein loszufahren. James gab Vollgas und hielt direkt auf den jungen Mann zu, der zur Seite sprang und über den Rinnstein stürzte.
James trat auf die Bremse und das Auto blieb mit quietschenden Reifen stehen. So schnell er konnte, trat er die Kupplung und legte den ersten Gang ein. Der junge Mann war schon wieder auf den Beinen und griff nach dem Auto, aber es gelang ihm nur, sich mit den Fingerspitzen am Türrahmen festzuhalten.
James gab Gas, und als der Wagen beschleunigte, schrie der junge Mann auf und ließ los.
James sah sich nicht um, er raste die Straße entlang und bog so schnell nach links in die Hauptstraße ab, dass das Heck des Wagens ausbrach und ins Schleudern kam. Er nahm den Fuß nur so viel vom Gaspedal, dass er den Wagen wieder unter seine Kontrolle brachte. Kaum war das geschehen, legte er einen höheren Gang ein und raste weiter. Verdutzte Radfahrer fuhren an den Straßenrand, um ihn passieren zu lassen, das Brüllen des Motors hallte von den Fassaden der Geschäftshäuser wider.
Er fuhr in Richtung Süden, um Cambridge möglichst rasch hinter sich zu lassen. Er wollte sich außerhalb so lange verstecken, bis er sich sicher genug fühlen konnte, um zurückzukehren und nach Perry zu suchen. Bald hatte er die Vororte der Stadt erreicht. James wollte gerade tief durchatmen, als er neben sich den schwarzen Schatten eines Autos wahrnahm. Er wandte blitzschnell den Kopf.
Es war der Daimler. Der Totenschädel saß am Steuer, neben ihm der Jüngere.
Zum Teufel. Jetzt ging es erst richtig los . . .

Die Smith-Brüder

James schaltete einen Gang herunter und trat das Gaspedal bis zum Anschlag durch. Der Motor heulte auf und der Bamford & Martin beschleunigte. Die Anzeigen auf dem Armaturenbrett schlugen bis zum Anschlag aus. Rasch schaltete James hoch und dann noch einmal. Er fuhr jetzt fast Höchstgeschwindigkeit, sechzig Meilen die Stunde.

Er überholte zwei Autos, dann zog er wieder nach links und eine Schlammfontäne ergoss sich über eine Gruppe von Menschen, die auf einen Bus wartete.

James drosselte das Tempo nicht; der Schneeregen peitschte unbarmherzig und nahm ihm die Sicht. Er wischte sich über die Augen und sah, dass die Häuserreihen verschwunden waren und er inzwischen über offenes Land fuhr. Hier, vor der Stadt, gab es keine Straßenlaternen mehr und alles, was er sah, war der schmale Lichtkegel, den die Scheinwerfer aus der Dunkelheit vor ihm herausstanzten.

James spürte Angst und Erregung zugleich. So schnell wie jetzt war er nie zuvor gefahren. Er spürte, wie alles an dem Wagen zitterte und bebte. Er spürte jedes kleine Schlagloch, als sei es eine hohe Bordsteinkante. Sein Gesicht war vor Kälte zu einer Grimasse erstarrt, sogar die Zähne schmerzten. James musste seine ganze Kraft aufbieten, um den Wagen unter Kontrolle zu halten, dabei waren seine Hände schon längst taub und das Lenkrad glatt und rutschig.

Er wusste nicht, ob er den Daimler würde abhängen können.

Dieses Auto war zwar schwerer und größer als der Bamford & Martin, aber es hatte auch einen stärkeren Motor und sein Chauffeur war viel erfahrener. Zudem hatte der Mann den Vorteil, dass er James' Rückleuchten folgen konnte. James dagegen hatte nichts, woran er sich orientieren konnte.

Er wollte sich gerade umschauen, wie weit der Daimler noch weg war, als er einen heftigen Stoß spürte und ein lautes Krachen hörte.

Sie hatten ihn gerammt. Er schlitterte über die Straße. Mit knapper Not konnte er, eingehüllt in einen Sprühnebel aus Spritzwasser, einem entgegenkommenden Fahrzeug ausweichen. Es gelang ihm, den Wagen wieder unter Kontrolle zu bekommen und sogar noch etwas schneller zu fahren. Das Auto ließ sich problemlos steuern, also konnte der Zusammenstoß nicht allzu viel Schaden angerichtet haben; aber wenn sie ihn ein zweites Mal rammten, hatte er vielleicht nicht so viel Glück.

Vor ihm tauchten die Lichter eines Dorfs auf. James nahm verschwommen einige Gebäude und ein Heulen wahr, dann war es wieder dunkel um ihn herum.

Die Gegend war sumpfig, flach und eintönig, so weit das Auge reichte. Hier gab es nichts, wo man sich verstecken konnte, alles lag offen da. Der Wind pfiff unbarmherzig über die Ebene. James fragte sich, wie lange er das wohl durchhalten konnte. Er fuhr nur noch nach Gefühl, das Denken hatte er ausgeschaltet. Seine Augen brannten, und ganz gleich, wie oft er blinzelte, er sah so gut wie nichts.

Dann fiel ihm die Rennfahrerbrille im Handschuhfach ein. Er beugte sich hinüber, steuerte das Auto nur mit einer Hand und tastete nach der Brille. Seine Finger bekamen das Band zu fassen und er zog die Brille heraus. Er versuchte, sie sich über das Gesicht zu streifen. Einen Moment lang war er blind, dann saß sie richtig. Sofort waren die Gläser vom Schnee verklebt und er

musste sie sauber wischen, aber immerhin, sie waren eine kleine Erleichterung.
Wieder rammte ihn der Daimler und sein Kopf wurde heftig nach hinten geschleudert. Wenn diese wahnsinnige Verfolgungsjagd noch länger dauerte, würden sie irgendwann unweigerlich von der Straße abkommen oder zusammenstoßen.
Im nächsten Dorf bog James scharf nach rechts ab und verließ die Straße, die nach London führte. Dann fuhr er im Zickzack, wendete mehrmals, um den Daimler abzuschütteln, schoss einmal sogar mitten durch eine Hecke und raste quer durch einen Garten bis zu einer Straße auf der anderen Seite. Aber der Daimler blieb dicht an ihm dran. Zweimal fuhr er auf gleicher Höhe mit ihm und versuchte, ihn von der Straße abzudrängen, und James musste seine ganze Kraft aufbieten, um den Wagen auf der Straße zu halten.
In dem kleinen Städtchen Fulford witterte er schließlich seine Chance.
Ein defekter Lastwagen versperrte die Fahrbahn.
Eine schmale Lücke war allerdings frei, gerade breit genug, dass der Bamford & Martin hindurchpasste, aber viel zu klein für den Daimler.
James bremste kaum ab, als er auf die Lücke zufuhr. Es krachte und knirschte fürchterlich, als er den Lastwagen streifte. Funken stoben auf. Dann schoss der Wagen auf der anderen Seite hervor wie ein Korken aus einem Flaschenhals. James schaute zurück. Der Fahrer rannte mit geballter Faust hinter ihm her, aber es gab nirgends eine Spur von dem Daimler. James stieß einen Freudenschrei aus, bremste ab und fuhr mit normaler Geschwindigkeit weiter.
Er hatte es geschafft.
Gerade noch.
Er war erschöpft, völlig durchnässt und durchgefroren bis auf die Knochen. Inzwischen fuhr er wie in Trance, wusste nicht, wohin es ging und was er tat. Der Schock, als er den toten Professor gefun-

den hatte, und die aberwitzig schnelle Verfolgungsjagd hatten ihn so ausgelaugt, dass er seine Augen kaum noch offen halten konnte. Wenn er darüber nachdachte, was soeben passiert war, wusste er nicht, ob er lachen oder weinen sollte. Er hatte in Lebensgefahr geschwebt. Wenn auch nur eine Kleinigkeit schiefgegangen wäre ... Er wischte sich zum hundertsten Mal über die Brille.

Und dann stockte ihm das Blut in den Adern.

Die Form der beiden Scheinwerfer würde er niemals vergessen, sie war für alle Zeiten in sein Gedächtnis eingebrannt. Mitten auf der Straße stand der Daimler und versperrte ihm den Weg. Irgendwie hatten die beiden Männer es geschafft, ihm den Weg abzuschneiden. Vielleicht waren sie auf einer besseren Straße gefahren, bestimmt hatten sie eine Straßenkarte dabei.

James war zum Heulen zumute. Das war nicht fair nach allem, was er durchgemacht hatte.

Also gut, verdammt, sollen sie zur Hölle fahren! Aufgeben würde er nicht.

James trat das Gaspedal bis zum Anschlag durch und hielt direkt auf sie zu. Er dachte an gar nichts mehr, sondern starrte nur auf die Scheinwerfer, die immer größer und größer wurden. Wenn es sein musste, würde er direkt darauf zufahren und dann einfach mittendurch und weiter.

Er lachte auf. Jetzt war es so weit. Jetzt war er verrückt geworden. Sollten sie nur genau das von ihm glauben.

Die Lücke wurde enger, der Daimler kam immer näher, seine große Kühlerhaube funkelte.

James sah die entsetzten Gesichter der beiden Männer vor sich.

»Kommt schon«, stieß er zwischen den Zähnen hervor. »Geht ihr mir jetzt aus dem Weg oder lasst ihr euch lieber überfahren?«

Im allerletzten Augenblick beschloss der Totenschädelmann, den Weg frei zu machen. Hastig legte er den ersten Gang ein, riss das Lenkrad herum und schlitterte von der Straße in den Graben.

James schoss an dem Wagen vorbei und stieß einen Triumphschrei aus – doch dann weiteten sich seine Augen vor Entsetzen. Der Daimler hatte ihm die Sicht auf die Straße genommen. Jetzt tauchte vor ihm eine Senke auf, in der eine große Wasserlache stand, die teils schon mit Eis überzogen war. Der Bamford & Martin pflügte mitten hindurch. Die Räder verloren die Bodenhaftung, wirbelten eine Wasserfontäne auf und das Auto glitt wie ein Boot übers Wasser.

Auf der anderen Seite der Riesenpfütze machte die Straße eine leichte Biegung und stieg zu einer schmalen Brücke mit einer massiven Steinbrüstung an. Es knirschte, als die Schnauze des Wagens an der Böschung entlangschrammte. James wurde nach vorn geschleudert und schlug mit dem Gesicht gegen das Lenkrad. Das Auto raste weiter. Es schoss gegen die Brückenmauer, durchbrach sie und stürzte in die Tiefe.

James hielt sich noch immer am Lenkrad fest. Das Auto kippte nach unten und überschlug sich. James sah, wie der Boden vor ihm auftauchte und wieder verschwand, dann wurde er aus dem Auto geschleudert und wusste nicht, wo oben oder unten war. Er merkte es erst, als er im Dickicht des Flussufers landete.

Alle Knochen schmerzten und für den Bruchteil einer Sekunde verlor er sogar das Bewusstsein. Dann gab es einen dumpfen Knall, als das Auto neben ihm aufschlug.

Benommen rappelte er sich wieder auf und zog sich mühsam die steile Uferböschung hinauf; immer wieder sanken seine Füße in dem morastigen Grund ein. Das Auto hatte eine lange Schlammspur aufgewühlt und sich überschlagen. James stolperte auf den Wagen zu, alles drehte sich in seinem Kopf. Irgendwie hatte er die fixe Idee, er könnte das Auto wieder herrichten und davonfahren. Aber kaum hatte er drei Schritte gemacht, als es eine laute Explosion gab und der Benzintank in die Luft flog. James wurde von der Druckwelle erfasst und in das eiskalte Wasser geschleudert.

Sie hießen Wolfgang und Ludwig Smith und sie waren Brüder. Ludwig war der ältere der beiden und schon immer hatte er ausgesehen wie ein Skelett. Als er auf die Welt kam, war er so blass und dünn gewesen und seine Haut hatte sich so straff über die Knochen gespannt, dass der Hebamme vor Schreck der Mund offen stehen geblieben war und sie befürchtete, seine Mutter hätte ein totes Kind zur Welt gebracht.
»Mach dir keine Sorgen«, hatte der Vater gesagt, »der wird bald zulegen.« Aber da hatte er sich geirrt. Egal, wie viel er auch aß, Ludwig sah immer aus wie Haut und Knochen. Sein riesiger Schädel hatte seine Mutter bei der Geburt fast umgebracht und sein Hals hatte sich unter dem Gewicht gekrümmt. Oft quälten ihn Kopfschmerzen und das machte ihn reizbar und übellaunig. Sein Bruder dagegen hatte immer normal ausgesehen; er war geradezu langweilig normal, sodass sich die Leute oft fragten, ob die beiden wirklich Brüder sein konnten.
Ihre Eltern waren Musiker, die in Varietés auftraten. Der Vater war Geiger, die Mutter Pianistin. Sie hatten die beiden Jungen nach ihren Lieblingskomponisten genannt, Ludwig van Beethoven und Wolfgang Amadeus Mozart, in der Hoffnung, dass sie in ihre Fußstapfen treten würden.
Aber das taten sie nicht. Sie schlugen einen ganz anderen Weg ein als ihre Eltern.
Vielleicht lag es an ihren Namen. In Hackney, im Londoner East End, aufzuwachsen, war hart für jedes Kind. Aber es war hundertmal schlimmer, wenn man von den Eltern mit einem kuriosen Vornamen ausgestattet war. Zumal die Namen deutsch klangen und das eigene Land sich gerade anschickte, gegen Deutschland in den Krieg zu ziehen.
Für die anderen Jungen war es ein steter Quell der Belustigung, dass jemand mit einem derartig exotischen Namen wie Wolfgang so überaus gewöhnlich aussah, und Wolfgang hatte sehr

früh im Leben gelernt, dass man den Leuten das Lachen am besten mit der Faust austrieb.
Ludwig indes wurde nicht nur wegen seines Namens, sondern auch wegen seines Aussehens aufgezogen, aber seine Fäuste waren genauso schnell wie die seines Bruders.
Sie erwarben sich mit der Zeit den Ruf, die härtesten Burschen weit und breit zu sein, und die Namen Ludwig und Wolfgang Smith verbreiteten Angst anstelle von Heiterkeit. Sie stellten fest, dass ihr Ruf es ihnen ermöglichte, Geld und andere Gefälligkeiten aus schwächeren Kindern herauszupressen.
Die Eltern versuchten zwar, die Jungen zu zügeln, aber sie waren zu selten zu Hause, um wirklich etwas auszurichten. Sie arbeiteten meist nachts und waren oft tagelang unterwegs, wenn sie irgendwo weit weg in Sälen oder Theatern auftraten.
Keiner der Brüder war musikalisch, und selbst wenn sie es gewesen wären, sie hätten nicht das geringste Bedürfnis verspürt, so wie ihre Eltern mit harter Arbeit wenig Geld zu verdienen. Stattdessen wurden sie kriminell; es lockte das schnelle, einfach verdiente Geld.
Sie schlossen sich einer mächtigen und gefürchteten Londoner Verbrecherbande an, den Sabinis, mit ihrem Boss Darby Sabini. Dort erwarben sie sich schnell den Ruf, skrupellose Ganoven zu sein. Nachdem sie zwei Männer in einer Schlägerei getötet hatten, mussten sie nach Paris fliehen und untertauchen. Zwei Jahre lang blieben sie in Frankreich und führten das gleiche Leben wie zuvor. Dort hörte Ludwig auch von den berüchtigten Apache-Gangs, die zur Jahrhundertwende ihr Unwesen getrieben hatten. Begeistert von deren üblen und gleichzeitig genialen Waffen, ließ er sich eigene anfertigen.
Als die Luft wieder rein war, kehrten sie nach England zurück und waren in der Unterwelt bald sehr gefragt. Wann immer jemand einen Rivalen aus dem Weg geräumt haben wollte, rief er

die Smith-Brüder. Gab es eine Leiche, die man verschwinden lassen wollte, sollte ein reicher Geschäftsmann eingeschüchtert werden, ein Haus abgefackelt oder ein loses Mundwerk gestopft werden, dann waren die Smith-Brüder die Richtigen.

Bis zu diesem Abend hatte ihnen ihr neuer Job ungemein viel Spaß gemacht, doch jetzt lief alles aus dem Ruder. Sie hatten sich gegenseitig die Schuld in die Schuhe geschoben und den ganzen Weg von Cambridge bis hierher miteinander gestritten. Sie stritten ständig miteinander, wie alle Brüder.

Auch jetzt stritten sie noch, als sie im Regen am Rand der zerstörten Brücke standen und hinüberschauten, wo der lichterloh brennende Bamford & Martin auf dem Acker lag.

»Er ist tot, Wolfgang«, sagte Ludwig und stocherte mit seinen langen, schmutzigen Fingernägeln zwischen seinen verfaulten Zähnen herum.

»Wir sollten nachsehen«, entgegnete Wolfgang. »Man kann nie wissen.«

»Wie soll er das überlebt haben?«, fragte Ludwig verächtlich. »Sieh dir dieses Feuerwerk an.«

»Wir sollten nachsehen«, wiederholte Wolfgang.

»Wir werden uns dreckig machen«, sagte Ludwig. »Dazu habe ich keine Lust. Ich bin schon ganz nass. Mir reicht's.«

»Aber wir müssen auf Nummer sicher gehen«, sagte Wolfgang.

»Gut, warum gehst du dann nicht und siehst nach?«, fragte Ludwig. »Dann wirst *du* dreckig, Wolfgang. Ich habe meine besten Schuhe an.«

»Wir sollten beide gehen«, antwortete Wolfgang. »Was, wenn er es überlebt hat? Wenn er sich versteckt? Wenn wir ihn verfolgen müssen?«

Ludwig blickte finster über die offene Landschaft. »Wo sollte er sich hier verstecken?«, fragte er.

»Ich werde nachsehen«, sagte Wolfgang. »Und du wirst mitkommen, Ludwig. Sonst erzähle ich dem Boss, dass du deinen Job leider nicht erledigen konntest, weil du Angst hattest, deine besten Schuhe werden dreckig.«

»Das würdest du ihm sagen, du kleine Petze, ich weiß, das würdest du tun«, sagte Ludwig. »Du warst schon immer eine Petze. Warum ist es so wichtig, dass ich mitkomme?«

»Wenn ich mich dreckig mache, dann sollst du dich auch dreckig machen«, sagte Wolfgang. »Immer überlässt du mir die Dreckarbeit.«

»Weil du der Jüngere von uns beiden bist«, entgegnete Ludwig und sein Gesicht verzog sich zu einem hässlichen Grinsen.

»Das ist nicht fair.«

»Es ist auch nicht fair, dass ich mich dreckig mache«, antwortete Ludwig. »Es ist auch nicht fair, dass ich mich nass regnen lasse. Es ist auch nicht fair, dass ich in einer Nacht, in der man nicht mal einen Hund vor die Tür jagt, irgendeinen kleinen Dreckskerl suchen soll. Das ganze Leben ist unfair, kleiner Bruder. Gewöhn dich dran.«

»Es ist mein Ernst«, sagte Wolfgang. »Wenn du nicht mitkommst, dann sage ich es dem Boss.«

»Schon gut, schon gut, ich komme ja«, seufzte Ludwig. »Du hast einfach Angst, stimmt's?« Er vergrub die Hände tief in den Hosentaschen. »Soll ich dein Händchen halten?«

»Halt die Klappe«, antwortete Wolfgang, während sie über den Acker stapften. »Ich finde dich zum Kotzen.«

Sie folgten der langen Spur, die das Auto in den Boden gefurcht hatte, aber wegen der großen Hitze konnten sie nicht nah genug an das brennende Wrack herangehen.

»Wir müssen uns beeilen«, sagte Ludwig. »Das Feuer wird die Leute aus der ganzen Gegend anlocken.«

»Wir können nicht gehen, bevor wir uns nicht vergewissert haben.«

»Das überlebt keiner«, sagte Ludwig und machte eine wegwerfende Handbewegung. »Wenn ihn der Sturz nicht umgebracht hat, dann sicher die Explosion.«
»Sieh mal nach, ob du Fußspuren findest«, befahl Wolfgang. »Wenn er weggelaufen ist, dann muss etwas zu sehen sein.«
Sie gingen um das brennende Wrack herum und suchten den aufgeweichten Boden nach Fußabdrücken ab, sondierten das Gelände bis hin zum Flussufer, aber nichts deutete darauf hin, dass jemand überlebt hatte.
»Ich glaube, wir haben unsere Pflicht getan«, sagte Ludwig. »Lass uns jetzt verschwinden, bevor jemand aufkreuzt.«
»Sehen wir noch mal nach dem Auto«, sagte Wolfgang. »Vielleicht liegt ja eine Leiche drin.«
»Du siehst nach«, sagte Ludwig. »Ich gehe zurück zum Daimler.«
Wolfgang fluchte, ging zu dem brennenden Wrack und versuchte, sein Gesicht vor der Hitze zu schützen. Er sah nach, ob er irgendetwas in dem Wagen erkennen konnte, aber was nicht vom Sturz verbogen, zerfetzt oder zerrissen war, dem hatte das Feuer den Rest gegeben.
Er spuckte aus und die Spucke zischte, als sie verdampfte. Im selben Augenblick ließ die Hitze einen Zylinder platzen, das explodierende Benzingemisch in seinem Inneren hatte ihn aufgerissen. Mit einem Knall flog die Zündkerze heraus wie ein Geschoss.
Wolfgang sah sie kommen und drehte den Kopf instinktiv zur Seite. Er hörte ein knirschendes Geräusch an seinem rechten Ohr und spürte einen Schlag, beinahe so, als hätte er eine kräftige Ohrfeige bekommen. Ein stechender Schmerz jagte durch seinen Kopf, und als er mit der Hand nach seinem Ohr tasten wollte, merkte er, dass es nicht mehr da war.
Die Zündkerze hatte es pulverisiert.
James, der unter der Brücke kauerte, hörte einen lang gezogenen Schmerzensschrei und dann rief Wolfgang nach seinem Bru-

der. Gleich darauf hörte er oben auf der Straße eilige Schritte und dann das Aufheulen eines Motors. Der Daimler verschwand in der Dunkelheit; wenig später war alles still, nur noch der Regen und das Gurgeln des Flusses waren zu hören.
Durch den Sturz in das kalte Wasser war James wieder hellwach geworden. Die Strömung hatte ihn ans Ufer gespült und dabei hatte er sich in einem Fahrradrahmen verheddert, den jemand achtlos unter die Brücke geworfen hatte. Er hatte sich ans Ufer gezogen und saß nun zusammengekauert und zitternd in der Dunkelheit. Er hatte gehört, wie die beiden Männer über ihm stritten, und beobachtet, wie sie das Gelände nach ihm absuchten.
Jetzt gingen ihm die gleichen Gedanken wie ihnen durch den Kopf. Er wollte weg von hier. Bald würden Leute hier sein und ihm Fragen stellen. Wem gehört das Auto? Wer ist gefahren? Vielleicht glaubten sie ihm ja die Geschichte, dass zwei Mörder ihn verfolgten, aber im Grunde zweifelte er daran. Sie würden ihn zur Polizeiwache mitnehmen, es würde Tage dauern, bis er das ganze Durcheinander aufklären konnte. In der Zwischenzeit konnte Fairburn alles Mögliche zugestoßen sein.
Was hatte Fairburn in seinem Brief geschrieben?
Dass er außer Landes gehen würde, dass das Kreuzworträtsel in dieser Woche sein letztes sein würde und dass er nicht mehr da wäre zu dem Termin, an dem er sein nächstes einsenden müsste. Sein Kreuzworträtsel wurde immer dienstags in der Zeitung abgedruckt. Wann musste Fairburn es dann abschicken? Am Montag? Oder schon am Samstag?
Die Zeit war so knapp. Er musste sich beeilen.
Ja, beeil dich, Bond. Denk nicht über Kreuzworträtsel nach. Sieh zu, dass du hier wegkommst.
Er kroch aus seinem Versteck und lief los, querfeldein, so schnell es ging. Er war benommen und verwirrt. Blut lief ihm über das Gesicht, beim Aufprall auf das Lenkrad hatte er sich eine Platz-

wunde zugezogen. Alles um ihn herum schien sich zu drehen und er wusste nicht, wohin er eigentlich lief. Am wolkenverhangenen Himmel war kein Mond, kein Stern zu sehen und in der Dunkelheit kam James immer wieder ins Stolpern. Im Fluss hatte er seinen Mantel und seine Uhr verloren; er wusste nicht, wie spät es war, aber er zwang sich weiterzustolpern.

Die Augen fielen ihm zu, aber er taumelte weiter. Der Kopf saß ihm so schwer auf den Schultern wie ein Granitblock. Ihn fror, seine Arme und Beine prickelten wie von kleinen Nadelstichen und seine Hände und Füße wurden allmählich taub, je weiter er ging.

Die Zeit schien verrücktzuspielen, sie sprang vorwärts und rückwärts; gerade noch war er auf einem Feld zwischen schwarz weißen Kühen, im nächsten Augenblick lief er mitten auf der Straße. Dann befreite er sich aus dem Gestrüpp einer Hecke, dann wieder lief er zwischen Bäumen herum. Eben hatte es noch geregnet, im nächsten Augenblick hatte es zu regnen aufgehört. Dann lag er mit dem Gesicht im Schlamm und eine Kuh glotzte neugierig auf ihn herunter.

Er schloss die Augen und fühlte, wie die wohlige Decke des Schlafs ihn allmählich einhüllte. Er träumte, dass er immer weiterging. Er träumte von der Straße. Und dann näherten sich Stimmen, aber er verstand sie nicht.

Nun war sein ganzer Körper taub. Seltsam, er fühlte sich geborgen und friedvoll. Fühlte man sich so, wenn man starb? Dann breitete sich die Taubheit auch in seinem Gehirn aus, James spürte, wie es aussetzte, Stück für Stück, wie Fenster, hinter denen das Licht verlischt, und wie Räume, in denen es still wird.

Teil 2

Samstag

Big Smoke

James schlug die Augen auf. Er war warm. Er war trocken. Er lag in einem Bett.
Aber sein Kopf dröhnte noch immer.
Langsam richtete er sich auf und sah sich um.
Blassgrüne Wände. Eiserne Bettgestelle in einer langen Reihe. Eine Uhr, die tickte.
Ein Wort tauchte in seinem Kopf auf, aber er konnte es nicht greifen, ein Wort, das allem hier einen Sinn gegeben hätte. Er versuchte angestrengt, sich an das Wort zu erinnern, aber sein Gehirn wollte nicht.
Ein Verband war um seinen Kopf gewickelt und er hatte den Schlafanzug eines Fremden an. Ein strenger Geruch nach Desinfektionsmitteln lag in der Luft.
Wie hieß das Wort noch gleich?
Er legte sich zurück und schloss die Augen.
Krankenhaus. Ja, das war es.
Ein warmes Gefühl des Triumphs und der Zufriedenheit durchströmte ihn. Sein Verstand arbeitete gut.
Krankenhaus. Er war in einem Krankenhaus.
Sofort schlief er wieder ein.
Irgendwann wachte er auf, weil er Stimmen vernahm. Er blieb ganz ruhig liegen und hörte zu. Die Augen hielt er geschlossen.
»Wann wurde er eingeliefert?« Die Stimme, nüchtern und geschäftsmäßig, gehörte zu einem Mann. Einem Mann, der es gewohnt war zu befehlen.

»Kurz vor Mitternacht.« Diese Stimme gehörte zu einer Frau, zu einer Irin. Zu einer jungen Frau. Sie klang freundlicher als der Mann. »Er ist mitten auf der Straße herumgeirrt. Ein Handlungsreisender hat ihn aufgelesen und hierhergebracht.«
»Was weiß man über ihn?«
»Gar nichts. Er hatte nichts bei sich, womit man ihn identifizieren könnte. Er muss einen Unfall oder etwas Ähnliches gehabt haben. Wenn er aufwacht, werden wir mehr erfahren.«
»Ist er seit seiner Einlieferung in diesem Zustand?«
»Er war bei Bewusstsein, als er herkam, aber er hat fantasiert. Wir haben nichts von dem verstanden, was er gesagt hat. Wir haben ihn gewaschen, die Wunde versorgt und ihm ein Schmerzmittel gegeben; seitdem schläft er.«
»Haben Sie die Polizei verständigt?«
»Ja. Sie kommt gleich morgen in der Früh vorbei, um sich mit ihm zu unterhalten.«
»Sonst gab es keine Hinweise?«
»Keine. Wir haben seine Kleidung durchsucht. Alles, was er bei sich hatte, waren ein paar Münzen.«
»Wo sind seine Kleider jetzt?«
»Sie trocknen gerade.«
»Passen Sie darauf auf. Die Polizei wird sie sicher untersuchen wollen.«
»Gewiss, Doktor, natürlich.«
Die Schritte entfernten sich. Stimmen flüsterten. Ein Knarren und Stöhnen aus einem anderen Bett. Dann herrschte wieder Ruhe.
James öffnete vorsichtig ein Auge. Am anderen Ende des Krankenzimmers sah er die Schwester und den Arzt an einem Bett stehen. Sie blieben eine Weile dort, dann verschwanden sie aus seinem Gesichtsfeld.
James drehte den Kopf so weit, bis er die Uhr sehen konnte. Es war fast fünf.

Sie hatten ihn kurz vor zwölf eingeliefert. Das hieß, er war schon fünf Stunden hier. Fünf Stunden Schlaf. Das musste reichen. Er fühlte sich jetzt hellwach. Das, was sie über die Polizei gesagt hatten, brachte ihm schlagartig seine Erinnerungen zurück. Er würde hier nicht herumliegen und bis zum Morgen warten, so viel war klar. Die Polizeiwache war sicher der letzte Ort, an dem er sich in den nächsten Tagen aufhalten wollte.
Vorsichtig inspizierte er seine Umgebung. Erst als er sicher sein konnte, dass niemand etwas mitbekam, entschloss er sich aufzustehen.
Er brauchte etwas zum Anziehen.
Als er sich aufrichtete, überkam ihn eine Welle von Übelkeit und Schwindel, aber er kämpfte dagegen an, bis sein Kopf wieder klar wurde, dann durchsuchte er das kleine Schränkchen neben seinem Bett. Alles, was er fand, waren seine nassen Schuhe. Irgendjemand hatte sie mit Zeitungspapier ausgestopft, damit sie schneller trockneten.
Er tappte an der Reihe der Betten entlang und schaute in alle Schränke. Manche waren so leer wie seiner, aber in einigen fand er Stapel mit sorgsam zusammengelegter Wäsche. Als er zum Bett eines Mannes kam, der ungefähr so groß war wie er, aber wesentlich älter, so um die fünfzig, und der rasselnd und stoßweise atmete, öffnete er den Schrank und fand darin eine dunkle Anzughose mit passender Jacke, beides säuberlich zusammengelegt.
James zog den Anzug über seinen Schlafanzug. Er hatte keine Zeit, nach Socken zu suchen, und die Schafanzugjacke musste als Hemd herhalten.
Er ging zurück zu seinem Bett, nahm das Zeitungspapier aus den Schuhen und zog sie an. Er wollte das Zimmer gerade verlassen, als er Stimmen hörte. Rasch kroch er unter die Bettdecke und zog sie hoch bis zum Kinn.

Durch die halb geöffneten Augenlider sah er die Krankenpflegerin ins Zimmer zurückkommen in Begleitung einer Ordensschwester. Sie blieben bei einem Bett stehen, wechselten ein paar Worte und gingen dann wieder hinaus.
Innerlich stieß er einen Seufzer aus. Dann wartete er ein paar Minuten, bevor er das Bett wieder verließ. Diesmal musste er sich dazu durchringen. Das Bett war warm, gemütlich und sicher, und eine leise innere Stimme sagte ihm, er solle bleiben, weiterschlafen, andere sollten sich um seine Probleme kümmern.
Nein.
Er stopfte die Kissen unter die Bettdecke, damit es so aussah, als würde jemand darunter schlafen, schlich bis ans Ende des Krankensaals und spähte um die Ecke. In einem Schwesternzimmer brannte Licht. Dort saß das junge irische Mädchen, trank Tee und las in einer Zeitschrift. Dahinter lag ein weiterer Krankensaal.
Die Schwester kam zurück. James drückte sich an die Wand. Direkt neben ihm befand sich ein Garderobenständer, an dem Mäntel und Hüte hingen, und James versuchte, sich zwischen den schweren Kleidungsstücken zu verstecken.
Aber seine Sorgen waren unnötig; weder die Krankenpflegerin noch die Schwester schauten in seine Richtung und nach einer Weile ging die Schwester eilig wieder weg.
James nahm vorsichtig einen der Mäntel vom Haken und zog ihn an. Dann griff er nach einem Hut und drückte ihn sich tief ins Gesicht.
Er ging in den Krankensaal zurück und suchte nach einem zweiten Ausgang. An der irischen Pflegerin vorbei unbemerkt nach draußen zu gelangen, war ausgeschlossen.
An einer Wand war ein großes Fenster, von dem ein Flügel einen Spaltbreit offen stand, damit frische Luft für die Patienten hereinkam. James schlich auf Zehenspitzen hin, öffnete es ganz

und schaute hinaus. Die Straße lag drei Stockwerke unter ihm, aber um das Gebäude lief ein Mauersims, über den man zu einer eisernen Feuerleiter gelangen konnte. James stieg hinaus und kletterte auf den Sims, der gerade breit genug war, dass er dort stehen konnte. Er hielt sich am Fenster fest, dann drehte er sich um und presste den Rücken an die regennasse Wand.
Ein leichter Nieselregen lag in der diesigen Luft. Es war noch immer dunkel, aber von hier oben aus konnte er genug sehen, um zu erkennen, dass er in einer großen Stadt war. In der Nähe standen viele mehrgeschossige Gebäude, die Straßen waren gut beleuchtet und es herrschte reger Verkehr, sogar zu dieser Uhrzeit. Wahrscheinlich war er irgendwo in London, das von den Einheimischen Big Smoke genannt wurde wegen der schlechten Luft.
Wenn er tatsächlich in London war, konnte er zum Haus der Mandevilles gehen. Ob Perry zu Hause war oder nicht, darüber wollte sich James jetzt nicht den Kopf zerbrechen.
Er tastete sich vorwärts und rutschte prompt aus. Nur mit Mühe gelang es ihm, das Gleichgewicht zu halten. Er zwang sich, gleichmäßig weiterzugehen. Weit unter ihm verlief eine Mauer mit einer Reihe gefährlich aussehender Eisenzacken. Nein, es wäre nicht gut, hier runterzufallen.
Langsam hangelte er sich den Sims entlang, ertastete den Weg mit den Füßen, bis er die sichere Feuerleiter erreicht hatte.
Die Rettungsleiter hinunterzuklettern war einfach und kurz darauf fand er sich in einer düsteren Gasse wieder, die mit stinkenden Abfalltonnen vollgestellt war.
Eine fette Maus huschte hinter einer Tonne hervor; sofort stürzte sich eine räudige Katze mit nur einem Ohr auf sie. Die Katze hielt die Maus mit einer Pfote am Boden fest und sah mit leerem Blick zu James auf.
»Lass dich nicht stören«, murmelte James und wollte gerade wei-

tergehen, als er bemerkte, dass er von jemandem mit weit aufgerissenen leuchtenden Augen beobachtet wurde.
Es war ein Stadtstreicher in einem zerlumpten Mantel, der sich zwischen die Mülltonnen gekauert hatte. Seine Wangen waren eingefallen, er hatte nur noch einen Zahn, an seiner Brust hingen Orden aus dem Krieg.
James wich zurück, als der Bettler aufzustehen versuchte und seine zitternde Hand nach ihm ausstreckte. James hatte nichts, was er dem Mann hätte geben können, und so schüttelte er den Kopf. Der Bettler humpelte aus dem Schatten heraus. Er hatte nur noch ein Bein.
»Lassen Sie sich nicht stören«, sagte James und lief bis ans Ende der Gasse.
Als er die Hauptstraße erreichte, bog er nach rechts, weg vom Krankenhaus. Er lief und lief, den Mantelkragen hochgeschlagen und die Krempe des Huts tief ins Gesicht gezogen.
Wieder einmal war er davongekommen. In den letzten Stunden hatte er mehr als einmal Glück gehabt und er hoffte, dass dieses Glück noch ein Weilchen anhielt.
Er musste lachen.
Was für ein Unsinn! Er war weiß Gott wo gelandet, mit einem Verband am Kopf, keinen Penny in der Tasche, und er stapfte ohne Socken und in einem gestohlenen Anzug durch den Regen. Warum sollte er sich freuen? Eine Leiche zu finden, von zwei Mördern gejagt zu werden, sein Auto zu Schrott zu fahren und zuzusehen, wie es ausbrannte, konnte man nicht gerade als Glück bezeichnen.
Es kam wohl darauf an, von welcher Seite aus man die Sache betrachtete.
Immerhin war er besser dran als der Kriegsveteran mit einem Bein, der sich die Straße mit einer räudigen Katze teilen musste.

So betrachtet, sah die Lage, in der er sich befand, schon besser aus.

Er war den Killern entkommen und hatte einen Autounfall überlebt.

Das war doch beinahe schon Grund genug, ein fröhliches Liedchen zu trällern.

Ein gut gekleideter Betrunkener mit schwarzer Fliege und Frack schwankte an ihm vorbei und stieß ohne ersichtlichen Grund Verwünschungen gegen James aus.

»Auch Ihnen einen wunderschönen guten Morgen«, sagte James und fing an, hysterisch zu lachen.

Etwas später traf er auf eine kleine Gruppe hungrig aussehender Männer, die sich vor dem Regen in den Eingang eines Geschäfts geflüchtet hatten und rauchten. Sie waren unrasiert, ihre Anzüge waren schäbig, die Schuhe zerschlissen. Sie starrten James mit der gleichen Miene an wie die Katze – ausdruckslos, fast feindselig.

James kam sich vor wie die Maus und beeilte sich weiterzugehen.

Er hatte sich nicht vorstellen können, dass zu dieser frühen Stunde so viele Menschen auf den Straßen unterwegs waren. Aber in London war wohl alles ein wenig anders. Vorausgesetzt, er war tatsächlich in London.

Er schaute sich um, ob er irgendetwas fände, woran er sich orientieren konnte, entdeckte aber keinen Hinweis. Die Straßennamen sagten ihm nichts. Alles, was er wusste, war, dass er sich in einem armen und heruntergekommenen Stadtviertel befand. Doch dann fiel sein Blick auf ein Geschäft, in dessen Schaufenster mit großen goldfarbenen Buchstaben THE LONDON BOX COMPANY stand.

Er hatte also richtig vermutet. Wenn der Mann, der ihn aufgelesen hatte, aus Richtung Cambridge nach London gekommen war

und beim erstbesten Krankenhaus, an dem er vorbeikam, angehalten hatte, dann war James jetzt irgendwo im Nordosten von London.
Perrys Haus lag im Regent's Park. James wusste zwar Straße und Hausnummer, er hatte jedoch keine Ahnung, wie er dorthin kommen sollte.
Die nassen Schuhe schnitten in seine Füße ein, und als die Taubheit in den Gliedern allmählich nachließ, merkte er, dass alles an ihm wund war und schmerzte. Er überlegte, ob er wie diese Männer irgendwo Unterschlupf suchen und bis zum Tagesanbruch warten sollte, um einen Bus zu nehmen. Aber dann fiel ihm ein, dass er kein Geld hatte. Er durchsuchte die Taschen seines gestohlenen Anzugs, aber sie waren leer.
Ihm ging es auch nicht besser als dem Stadtstreicher. Ohne einen Penny unterwegs auf den Straßen von London. Vielleicht musste er sogar noch betteln?
Er blieb stehen, lehnte sich gegen einen Laternenpfosten und sah zu, wie die Regentropfen im Lichtkegel aufblitzten.
Wohin würde ihn sein Schicksal jetzt führen?
Er warf einen Blick zurück und sah die vier Männer, die im Eingang des Geschäfts gestanden hatten, langsam auf sich zukommen. Die Hände in den Hosentaschen vergraben, starrten sie ihn unter dem Schirm ihrer Mützen an.
James fluchte leise, aber kräftig.
Die Nacht war noch nicht vorbei.
Die Männer kamen immer näher. James wusste nicht, was sie von ihm wollten. Immer wenn das Laternenlicht auf ihre Gesichter fiel, sah er ihre kalten und ausdruckslosen Mienen. Was James mit Sicherheit wusste, war, dass zu dieser nachtschlafenden Zeit jeder anständige Mensch geborgen in seinem Bett lag. Normalerweise hätte er einfach auf dem Absatz kehrtgemacht und wäre weggegangen, aber er war müde, hundemüde sogar.

Er hatte es satt, zu laufen. Er hatte genug von der Gefahr. Er hatte keine Lust mehr, sich zu fürchten. Und außerdem, wohin sollte er gehen?
Der Anführer der Männer nahm die Zigarette aus dem Mund, warf sie auf den Boden und trat sie aus, dabei ließ er James nicht aus den Augen.
James hörte ein Motorengeräusch und schaute die Straße hinunter. Durch den Regen tuckerte ein Taxi heran. Ohne nachzudenken, sprang er mitten auf die Straße, winkte mit beiden Armen und rief: »Taxi!«
Dem Fahrer blieb nichts anderes übrig, als stehen zu bleiben, sonst hätte er James überfahren. Es war ein dicker, rotgesichtiger Mann mit Knollennase. Er kurbelte das Fenster herunter.
»Na, Junge, du bist aber spät unterwegs«, sagte er. »Oder bist du schon so früh auf den Beinen, wie ich? Du bist mein erster Fahrgast heute. Steig ein.« Er streckte den Arm aus, um die hintere Tür zu öffnen, und James stieg erleichtert ein.
»Wohin soll's gehen, Kumpel?«, fragte der Taxifahrer und fuhr los.
»Regent's Park«, antwortete James und warf einen Blick zu den Männern. Sie waren auf dem Gehweg stehen geblieben und sahen verdattert dem Taxi hinterher.
»Ein bisschen jung, um zu dieser Tageszeit unterwegs zu sein, oder?«, fragte der Fahrer mit einem Blick in den Rückspiegel.
James war zu erschöpft, um irgendwelche unangenehmen Fragen zu beantworten. Er überlegte, ob er nicht einfach wieder aussteigen sollte, wenn das Taxi an der nächsten Kreuzung anhielt. Aber hier drinnen war es warm und trocken und von den Straßen hatte er genug. So sagte er gar nichts, wickelte sich noch fester in seinen gestohlenen Mantel und senkte den Kopf, damit der Fahrer sein Gesicht nicht sehen konnte.
»Es geht mich zwar nichts an«, fuhr der Mann fort, »aber wenn du irgendwelchen Ärger hast . . . «

»Sie haben recht«, unterbrach ihn James, »das geht Sie gar nichts an.«
»Nichts für ungut«, sagte der Mann beschwichtigend. »Ich meine ja nur, vielleicht kann ich dir helfen. Ich weiß, die Zeiten sind schlecht. Alle möglichen Leute treiben sich auf den Straßen herum. Hast du eine Bleibe?«
»Ich bin nach London gekommen, um einen Freund zu besuchen«, sagte James. »Er wohnt im Regent's Park.«
»Da bist du aber weit vom Schuss.«
»Ich habe mich verlaufen. Sobald ich im Regent's Park bin, ist alles in Ordnung.«
Aber stimmte das wirklich? Was, wenn Perry gar nicht zu Hause war? James hatte keinen Penny. An wen könnte er sich wenden?
»Ich kenne die Stadt wie meine Westentasche«, sagte der Taxifahrer. »London. Du würdest nicht glauben, was ich hier schon alles erlebt habe. Ich könnte dir Sachen erzählen. Und die Leute erst, die ich gefahren habe. Du hast auch so einiges hinter dir, das merke ich. Vielleicht willst du es mir erzählen, vielleicht auch nicht. Wahrscheinlich hast du recht; es geht mich wirklich nichts an. Ich werde dich im Regent's Park absetzen und dich dann vermutlich nie mehr wiedersehen. Dann bist du nur eine weitere einsame Seele in einer großen Stadt voller einsamer Seelen.«
In der Tat, James fühlte sich einsam und verlassen. Er starrte aus dem Fenster auf die in endloser Reihe vorbeiziehenden Häuser. Er wollte sich gar nicht erst ausmalen, wie viele Menschen hier wohl lebten. An manchen Türen hingen Weihnachtsgestecke und in den Fenstern hing Adventsschmuck. Er versank in einer düsteren Wolke von Trauer. Seit dem Tod seiner Eltern war Weihnachten nie mehr so gewesen wie früher. Die Weihnachtsfeste in dem kleinen Landhaus seiner Tante Charmian in Kent waren immer schön, aber doch nicht so wie früher. Insgeheim ahnte er, dass er immer allein sein würde auf der Welt.

Vielleicht hatte er sich in dieses irrwitzige Abenteuer gestürzt, um sich von der Leere abzulenken, die ihn zu dieser Jahreszeit immer überfiel, wenn die dunklen Tage den Verlust, den er erlitten hatte, nur noch größer machten.
Er schüttelte den Kopf und fuhr sich übers Gesicht.
Nur nicht grübeln, James, immer weitermachen.
»Gleich sind wir da, mein Sohn«, sagte der Taxifahrer und James schaute durchs Fenster.
Sie fuhren durch eine Straße mit öden, unscheinbaren Gebäuden mit Aufschriften wie Transco Trading, Allianz Gesellschaft, Minimax Feuerlöscher und Universal Export. Schließlich bogen sie von der Hauptstraße ab und anstelle der Bürogebäude reihten sich nun Bäume rechts und links der Straße.
Sie waren im Regent's Park angekommen.
Es hatte aufgehört zu regnen und ein zarter heller Lichtstreifen zeigte sich am Horizont, aber der Tag war noch immer mattgrau und träge. Den Park säumten elegante cremefarbene Stadtvillen im griechisch-klassizistischen Stil mit eindrucksvollen säulengestützten Portalen.
James hatte schon immer gewusst, dass Perrys Familie wohlhabend war, aber er hatte noch nie zuvor darüber nachgedacht, was sie beide unterschied. James war zufrieden, mit seiner Tante Charmian in dem kleinen Häuschen in Kent zu wohnen; er konnte sich gar nicht vorstellen, in solch einem riesigen, imposanten Herrenhaus zu leben. Er wusste nicht einmal, ob es ihm gefallen würde.
Sie erreichten Perrys Haus an der Cumberland Terrace. Es lag etwas abseits der Straße, mit Blick auf den riesigen Park. Der Fahrer hielt vor dem Eingangsportal an.
»Ich muss mir das Geld von meinem Freund borgen«, erklärte ihm James. »Der Weg war doch länger, als ich gedacht hatte.«
»Versuch gar nicht erst wegzulaufen, ich krieg dich doch«, sagte

der Taxifahrer, allerdings in einem eher gutmütigen Ton. »Ich sehe vielleicht nicht so aus, als ob ich der Schnellste wäre, aber glaub mir, ich habe viel Erfahrung, wie man Schwarzfahrer jagt.«

»Ich laufe nicht weg«, versicherte James, obwohl er mit dem Gedanken gespielt hatte, für den Fall, dass Perry nicht zu Hause war.

Er ging die Stufen zur großen schwarzen Eingangstür hinauf und läutete.

Nichts rührte sich. James hörte kein Läuten im Haus und auch sonst drang kein Lebenszeichen nach draußen. Es war totenstill.

Er läutete noch einmal und sein Herz schlug höher.

Wieder nichts.

Er drehte sich um. Der Taxifahrer beobachtete ihn, das Lächeln auf seinem Gesicht schwand.

James winkte ihm aufmunternd zu und überlegte, wie schnell der alte Mann tatsächlich laufen konnte.

Rühreier

James wollte gerade weglaufen, als die Tür nach innen aufsprang und ein triefäugiger Diener erschien, der seine Livree offensichtlich in großer Hast angezogen hatte. Er beäugte James, der nur allzu gut wusste, welchen Eindruck er machte. Ein Junge in einem viel zu weiten Mantel, ohne Strümpfe und mit einem Hut, der tief über den bandagierten Kopf gezogen war.

»Guten Morgen, kann ich Ihnen behilflich sein?«, fragte der Mann bemüht freundlich.

»Guten Morgen«, erwiderte James, so höflich er konnte. »Ich bin ein Freund von Perry.«

Der Mann seufzte und fuhr sich mit der Hand übers Gesicht. »Das dachte ich mir schon.«

»Ist er zu Hause?«, fragte James.

»Er schläft«, gab der Diener zur Antwort, nun schon nicht mehr so höflich.

»Er sch-schläft nicht mehr!«, dröhnte es aus dem Haus und gleich darauf erschien Perry in Morgenmantel und Hausschuhen. »Das gibt's doch nicht«, rief er, als er James erblickte. »Was ist mit dir passiert?«

»Das erkläre ich dir gleich«, sagte James. »Aber vorher muss ich das Taxi bezahlen und ich habe kein Geld.«

»Braeburn«, sagte Perry und klopfte dem Diener auf die Schulter, »seien Sie so nett und bezahlen Sie den Mann.«

Braeburn grummelte vor sich hin, während er die Stufen hinunterschlurfte und eine Brieftasche aus seiner Jacke zog.

Derweil nahm Perry James mit ins Haus.
»K-Komm mit«, sagte er. »Du siehst aus, als ob du ein Frühstück vertragen könntest.«
Perry führte James durch eine riesige, mit Marmorfliesen ausgelegte Eingangshalle, von der aus eine ausladende Treppe in die oberen Stockwerke führte. An den Wänden hingen Familienporträts; die wenigen Möbelstücke waren mit Tüchern zugehängt und alles wirkte kühl und unbewohnt. James fiel ein, dass Perrys Familie verreist war, deshalb war das Haus vermutlich winterfest gemacht worden.
»Jetzt werden wir deine Batterien wieder aufladen«, sagte Perry und führte James über eine Dienstbotentreppe nach unten. »Dabei kannst du m-mir genau erzählen, weshalb du m-mich in der Stadt der träumenden Kirchturmspitzen hast sitzen lassen.«
»Ich glaube«, sagte James müde, »das ist Oxford.«
»Was ist mit Oxford?«
»Oxford ist die Stadt der träumenden Kirchturmspitzen.«
»Egal, in Cambridge habe ich auch einige Kirchturmspitzen gesehen«, sagte Perry, »und sie sahen m-mir ganz so aus, als würden sie träumen, aber darum geht's jetzt nicht. Viel wichtiger ist – was, zum Teufel, ist eigentlich passiert? Ich habe auf dich gewartet, und als du nicht mehr aufgetaucht bist, bin ich zum Trinity College gegangen. Als ich dort ankam, herrschte am Pförtnerhäuschen ein ziemliches Durcheinander; ein junger M-Mann war mit der Polizei dort.«
»Wir müssen uns verpasst haben«, sagte James. »Ich bin nicht auf direktem Weg zum Auto zurückgegangen.«
Sie waren inzwischen in einer geräumigen Küche im Souterrain des Hauses angekommen. Ein Herd stand hier, der so groß war, dass man für eine Fußballmannschaft hätte kochen können. Er verströmte eine wunderbare Wärme im ganzen Raum.
»Als ich zurückkam, war das Auto weg«, fuhr Perry beleidigt fort.

»Und die Frau in dem Café erzählte mir, dass du nach m-mir gefragt hättest. Das war gar nicht nett von dir, mich so zu versetzen, m-muss ich schon sagen, ich m-musste nämlich mit dem Zug zurückfahren.« Perry hielt inne und schaute James erwartungsvoll an. Dann zog er die Stirn in Falten und seufzte. »Wo bist du gewesen, James?«, fragte er versöhnlich. »Ich bin vor Angst um dich fast gestorben.«

»Das ist eine lange Geschichte«, sagte James und setzte sich an den Herd. Er streifte die Schuhe ab und wärmte seine Füße. »Und ich brauche erst etwas Essbares und eine Tasse starken Kaffee, bevor ich anfangen kann zu erzählen.«

Ich schlage Rühreier vor«, sagte Perry. »Nicht zuletzt deshalb, weil ich nichts anderes kochen kann.«

Er stellte eine Kanne Kaffee zum Aufwärmen auf die Platte, schob zwei Scheiben Brot in einen Grill, suchte dann ein paar Eier, schlug sie auf und begann, sie geräuschvoll in einer Schüssel zu verquirlen.

James sah hungrig zu, wie Perry die Eier in eine Pfanne mit zerlassener Butter goss und sie rührte, bis sie fertig waren. Plötzlich fiel ihm etwas ein und er fing an zu lachen.

»Was ist los?«, wollte Perry von ihm wissen.

»Rühreier.«

»Was ist damit?«

»Das ist die Antwort auf eine Frage aus dem Kreuzworträtsel«, sagte James.

»Was soll d-das heißen?«, entgegnete Perry. »Welche Frage meinst du?«

»Das Rätsel, über das ich mit dem falschen Gordius gesprochen habe«, erwiderte James. »Es bestand einfach aus den Buchstaben *I-E-R-E*. Es ist offensichtlich eine Art Schüttelrätsel und ich habe gerade die Antwort darauf gefunden. Sie heißt *Rühreier.«*

»Das verstehe ich nicht«, sagte Perry.

»Die Buchstaben ergeben das Wort *Eier*, man muss sie nur kräftig durcheinanderrühren«, erklärte James.
»Ist m-mir zu hoch«, murrte Perry. Er legte den Toast auf einen Teller und verteilte die Eier darauf.
James saß am Tisch und aß langsam und bedächtig, bis kein Krümel mehr auf dem Teller übrig war. Dann lehnte er sich mit einem zufriedenen Seufzen zurück und wischte sich über den Mund. »Das war das Beste, das ich je gegessen habe«, sagte er.
Perry lächelte und reichte James eine Tasse Kaffee. »Jetzt musst du aber endlich erzählen«, forderte er ihn auf. »Spann mich nicht länger auf die Folter.«
Und so erzählte James die ganze Geschichte, angefangen von dem Augenblick, als er Peterson tot in seinem Arbeitszimmer fand, über die Verfolgungsjagd quer durch die Grafschaft Cambridge bis dahin, als er im Krankenhaus wieder zu sich kam. Perry hörte ungewohnt still und aufmerksam zu. Erst als James seinen Bericht damit beendete, wie er auf Perrys Treppenstufen stand, fand er die Sprache wieder.
»Wenn ich dich nicht k-kennen würde, James«, begann er, »dann würde ich glauben, dass du das alles nur erfunden hast. Du hast ein unglaubliches Geschick, dir Ärger einzuhandeln. Was das angeht, bist du wie ein M-Magnet. So ein Sch-Schlamassel. Was sollen wir jetzt machen?«
»Das weiß der Himmel«, antwortete James. »Ich konnte noch keinen klaren Gedanken fassen. Aber vielleicht wird es jetzt besser, nach dem Kaffee und den Eiern. Ich war völlig durcheinander, Perry. Ich kann dir gar nicht sagen, wie froh ich bin, dich wiederzusehen.«
»Und ich erst«, sagte Perry lächelnd und setzte sich neben ihn.
»Die Situation ist total verfahren«, seufzte James.
»Wie ich das sehe, haben wir zwei M-Möglichkeiten«, überlegte Perry laut. »Entweder wir gehen direkt zur nächsten P-Polizeiwa-

che, erzählen alles und l-löffeln dann die Suppe aus, die wir uns eingebrockt haben, oder, das ist die zweite M-Möglichkeit – die, wie ich zugeben muss, mir viel b-besser gefällt –, wir stecken den Kopf in den Sand wie ein Pfau und die Polizei soll ohne unsere Hilfe damit klarkommen.«

»Strauß«, verbesserte ihn James, »nicht Pfau.«

»Du kannst es m-meinetwegen m-machen wie ein Strauß«, gab Perry zurück. »Was m-mich angeht, ich bin lieber ein Pfau. Er hat so sch-schöne Federn.«

James lachte. Er fühlte sich noch immer benommen und leicht überdreht. »Kannst du denn nie ernst bleiben?«, fragte er.

»Ich versuche es zu vermeiden«, gab Perry zurück, aber dann wurde er plötzlich doch ernst. »Es tut mir l-leid. Ich wünschte, ich könnte dir einen Rat geben. Ich begreife das alles noch gar nicht, James. Mir wäre es am l-liebsten, wir würden uns irgendwo v-verkriechen, bis alles vorbei ist.«

»Aber machen wir keinen Fehler, wenn wir es niemandem sagen?«, fragte James.

»Wir m-müssen unsere eigene Haut retten«, entgegnete Perry. »Inzwischen werden sie die Leiche von P-Peterson wohl gefunden haben. Vielleicht können sie sich alles selbst zusammenreimen.«

»Vielleicht habe ich den einzigen Hinweis mitgenommen«, sagte James.

»Meinst du den Brief?«, sagte Perry. »Hast du ihn noch?«

»Nein«, seufzte James. »Er steckte in meiner Manteltasche, zusammen mit dem Foto von Peterson und Fairburn. Den Mantel habe ich leider im Fluss verloren.«

»Aber du erinnerst d-dich doch noch, was d-drin stand?«

James schloss die Augen und dachte angestrengt nach. In Gedanken versetzte er sich wieder in das Café zurück, wo er den Brief heimlich gelesen hatte. Er stellte sich die einzelnen Wörter vor und allmählich formten sie sich in seinem Kopf zu Sätzen.

»Lieber John«, begann er, *»seit meinem letzten Besuch bei Dir am Berkeley Square habe ich weder von Dir noch von Alexis etwas gehört. Ich weiß, Du hattest mir gesagt, ich solle mir keine Sorgen machen. Gewiss, Du hast mir versichert, Alexis gehe es gut und wir bräuchten die Polizei nicht einzuschalten, aber dennoch mache ich mir große Sorgen um ihn. Ich glaube, es ist an der Zeit ...«* Er hielt inne und öffnete die Augen. »Das war alles.«
»Wenn wir nur wüssten, wer dieser John ist«, sagte Perry. »Dann könnten wir ihm am B-Berkeley Square einen Besuch abstatten.«
»John Charnage«, antwortete James.
»Woher weißt du das?«
»Von dem Foto. Auf dem Foto waren drei Personen. Fairburn, Peterson und ein Dritter – John Charnage.«
»Der in der Ritterrüstung?«, fragte Perry.
James nickte.
»Jetzt sehen wir k-klarer«, sagte Perry. »Mal sehen, wenn wir noch mehr K-Kaffee in dich hineinschütten, vielleicht kommt dann noch etwas zutage.« Er schenkte James Kaffee nach, dann setzte er sich wieder an den Tisch.
»Hast du sonst noch etwas in dem Fluss verloren?«, fragte er.
»Ich glaube nicht«, antwortete James.
»Was ist mit dem anderen Zettel? Dem mit dem C-Code? Hast du den noch?«
»Ich hoffe es.« James zog die Schuhe aus und öffnete das Geheimfach im Absatz. Das zusammengefaltete Papier war noch da. An der Außenseite war es etwas feucht geworden, aber das Wasser hatte nicht viel Schaden angerichtet.
James faltete das Blatt auseinander und glättete es auf dem Küchentisch. Man konnte das Geschriebene immer noch lesen.
»Was fangen wir damit an?«, fragte er.
Aufmerksam betrachtete Perry die Spalten mit den Nullen und

Einsen. »Keine Ahnung«, sagte er dann. »M-Mathe war nie meine starke Seite.«

»Meine auch nicht«, gab James zu. »Wir müssen es Pritpal zeigen. Was Zahlen angeht, ist er ein Genie.«

»Wir sollten ihn in der Eton-M-Mission besuchen«, schlug Perry vor. »In einer halben Stunde könnten wir dort sein.«

»Zuerst gehen wir zum Berkeley Square«, sagte James, »und suchen John Charnage. Er weiß bestimmt, was hier gespielt wird, und kann uns vielleicht weiterhelfen.«

»Siehst du«, antwortete Perry, »jetzt haben wir einen P-Plan und die Welt sieht gleich nicht mehr so trüb aus. Aber in diesem Aufzug kannst du nicht gehen; du siehst aus wie eine V-Vogelscheuche.«

James schaute seine schäbige, schlecht sitzende Kleidung an. »Du hast recht«, sagte er. »Ich weiß nicht, ob ich in diesem Aufzug in Mayfair aufkreuzen sollte.«

»Ich werde dir ein paar alte Sachen von m-mir heraussuchen«, sagte Perry. »Und ein Bad würde dir, glaube ich, auch nicht sch-schaden.«

Über eine Hintertreppe gingen sie in den ersten Stock und von dort aus in ein riesiges, kaltes Badezimmer mit einer gusseisernen Wanne, die von Rostflecken übersät war.

Zehn Minuten später lag James in der Wanne und starrte an die Decke, die voller Risse und Schimmelflecken war. Er schwebte beinahe in dem trüben Wasser und versuchte, zur Ruhe zu kommen und an gar nichts zu denken. Er wollte nur kurz die Augen schließen, aber sofort spürte er, wie der Schlaf ihn beinahe übermannte, und er kämpfte dagegen an. Aber er musste dennoch eingenickt sein und schreckte plötzlich hoch, als er mit dem Kopf untertauchte. Schlagartig war er wieder wach, hustete und spuckte. Er wusch sich eilig und verließ das Bad.

Perry hatte ihm ein Aertex-Polohemd, einen dunkelblauen

Kammgarnanzug und frische Unterwäsche bereitgelegt. Sobald er sich angezogen hatte, entfernte er vorsichtig den Verband von seinem Kopf und betrachtete die Wunde in einem Spiegel über dem Waschbecken.
Es war nur eine Schramme, die Verletzung war nicht so schlimm, wie er befürchtet hatte. Er kämmte sich das Haar mit den Fingern in die Stirn und verdeckte so die Wunde. Das Ergebnis gefiel ihm. Der Verband hätte allzu verdächtig gewirkt. Jetzt konnte man die Wunde allenfalls erahnen.
Er war bereit.

Es war neun Uhr, als James und Perry in einem Taxi am Berkeley Square ankamen. Die Jungen stiegen aus und Perry bezahlte den Fahrer.
Der Berkeley Square war größer, als James ihn in Erinnerung hatte. An allen Seiten von Häusern eingerahmt, lag in der Mitte des Platzes ein Park, der von einem eisernen Zaun umgeben war. Die Platanen darin sahen zu dieser Jahreszeit ohne ihr Blätterkleid nackt und dürr aus.
Mattes, regenverhangenes Licht drang mühsam durch die Wolken, die tief am stahlgrauen Himmel hingen. Zwar hatte der Regen noch nicht wieder eingesetzt, aber Perry hatte vorsichtshalber einen Schirm mitgenommen, den er beim Gehen so energisch aufsetzte, dass die metallene Spitze bei jedem Schritt klackte.
»Wo fangen wir an?«, fragte James, der nicht den geringsten Anhaltspunkt hatte, in welchem der vielen Häuser John Charnage leben mochte. »Wir sind den ganzen Tag beschäftigt, wenn wir an allen Türen klopfen wollen.«
»Ich sch-schlage vor, wir fragen jemanden«, sagte Perry, der sich nicht aus der Ruhe bringen ließ.
Der Platz lag ruhig da an diesem Samstagmorgen, abgesehen

von einem Karren, mit dem Lebensmittel ausgeliefert wurden. Die Pferde waren an einen Zaun angebunden und der Laufbursche des Händlers kam gerade mit einem leeren Korb zurück. Perry schlenderte auf ihn zu und fragte ihn, ob er vielleicht auch Lebensmittel an einen gewissen Mister John Charnage ausliefere. Der Junge schniefte und schaute verständnislos.

Perry kramte in seinen Taschen und fingerte ein paar Münzen heraus, die er dem Jungen augenzwinkernd zusteckte.

»John Charnage«, wiederholte Perry. »K-Kennst du ihn?«

Der Junge sah sich um. Niemand war in der Nähe.

»Wir beliefern alle hier in der Gegend«, sagte er stolz, dann deutete er mit einer Kopfbewegung die Straße entlang. »Seine Bude ist da drüben, an der Ecke. Netter Kerl, aber er hat's nicht so mit dem Bezahlen.«

Perry bedankte sich bei dem Jungen und ging mit James auf ein hässliches graues Backsteinhaus zu. Hinter keinem der Fenster war Licht, bei einigen waren sogar die Vorhänge noch zugezogen.

Perry ging zur Eingangstür und versuchte, durch die beschlagenen Scheiben ins Haus zu schauen.

»Wirkt wie ausgestorben«, sagte er und wäre beinahe der Länge nach hingefallen, als die Tür plötzlich aufging.

Vor ihnen stand ein Butler, dessen makellose Livree sich über seinem massigen, muskulösen Körper spannte. Der Mann hatte eine Glatze und die platt gedrückte Nase eines Boxers.

»Verschwindet«, begrüßte er sie barsch.

»Äh, guten Morgen«, erwiderte Perry unbeeindruckt. »Wohnt hier Mister John Ch-Charnage?«

»*Sir* John Charnage«, gab der Butler zur Antwort, wobei er das *Sir* übertrieben betonte.

»G-Genau den suchen wir«, sagte Perry. »Wir würden Sir John gerne sprechen.«

»Ich habe euch doch gesagt, dass ihr verschwinden sollt«, knurrte der Butler.
»Es ist sehr wichtig«, mischte sich James ein. »Es geht um seinen Freund, Alexis Fairburn.«
Der Mann schaute James an und rieb mit dem Rücken seiner fleischigen Hand über die Nase.
»Wer seid ihr eigentlich?«, fragte er dann.
»Sir John wird uns nicht kennen«, wich James aus.
»Aber vielleicht kennt er m-meine Familie«, mischte sich Perry ein. »Sagen Sie ihm, dass –«
»Wir heißen Tim Bloese und Ashe Seelie-Greene«, unterbrach James seinen Freund hastig. »Aber die Namen werden ihm nichts sagen. Richten Sie ihm einfach nur aus, dass wir wichtige Neuigkeiten über Alexis Fairburn und Professor Ivar Peterson haben.«
»Wartet hier«, sagte der Butler und schlug ihnen die Tür vor der Nase zu.
»Tut mir leid«, sagte Perry. »Ich sollte mich etwas m-mehr in Acht nehmen. Wer von uns ist wer?«
»Du bist Ashe, ich Tim«, sagte James.
Im selben Augenblick kam der Butler zurück. Er schaute kein bisschen freundlicher, aber er ließ sie widerstrebend eintreten.
»Sir John empfängt euch«, sagte er.
In der schummrigen Eingangshalle hing ein schaler, abgestandener Geruch, der James an überquellende Aschenbecher, verwelkte Blumen und noch etwas anderes erinnerte, das er nicht genau benennen konnte.
Fotos von Sportlern hingen vor grün gestreiften Tapeten. Neben der Tür befand sich eine Garderobe, daneben ein Schirmständer. Perry stellte seinen Schirm zu den anderen.
»Folgt mir, bitte«, sagte der Butler und führte die Jungen in die Bibliothek. Es war kalt und dunkel in dem Raum, der mit einem unaufgeräumten Schreibtisch und Regalen mit uralten, in Leder

gebundenen Büchern vollgestellt war. James beschlich das Gefühl, dass diese Bücher seit vielen, vielen Jahren von niemandem mehr zur Hand genommen worden waren. Die Wände waren mitternachtsblau gestrichen und durch das kleine Fenster drang nur wenig Licht herein. In eine Ecke hatte man einen kleinen Flügel gezwängt, er machte einen genauso vernachlässigten Eindruck wie die Bücher.

Das einzig Interessante in dem Raum war ein Schrank mit Glasfläschchen. Sie sahen ganz harmlos aus, bis man die säuberlich beschrifteten Zettel darauf las – Arsen, Zyanid, Strychnin, Schierling, Curare, Schlangengift, Gift der Schwarzen Witwe, Skorpiongift, Grüner Knollenblätterpilz, Algenfarn, Eisenhut, Tollkirsche . . . Es waren allesamt gefährliche Gifte. Und es waren zu viele, um sie zu zählen.

James stand in dem kühlen, stillen Raum, hörte das Ticken der alten Uhr, die auf dem Sims über einem kalten Kachelofen stand, und betrachtete die Flaschen.

»Besser als eine Sammlung N-Nippes oder Z-Zinnsoldaten, nicht wahr?«, meinte Perry.

»Was ist das für ein Mensch, der solche Gifte sammelt?« Ehe Perry etwas sagen konnte, wurde James' Frage schon beantwortet. Die Tür öffnete sich quietschend und Sir John Charnage trat ein. Er knipste das Licht an. Ein kleiner Leuchter in der Mitte der Decke erstrahlte und tauchte den Raum in etwas freundlicheres Licht.

James erkannte Charnage auf der Stelle. Es war der Mann, der bei dem Treffen der Kreuzworträtsel-Gesellschaft aufgetaucht war und sich dort als Gordius ausgegeben hatte.

Eine Klarinette sang am Berkeley Square

Sieh einer an«, sagte Charnage lächelnd. »So treffen wir uns wieder. Solltet ihr um diese Zeit nicht in der Schule sein?«
»Wir sind in der Eton-Mission in Hackney«, antwortete James.
»Wir tun gute W-Werke für die Armen«, fügte Perry hinzu.
»Bravo«, erwiderte Charnage und zog eine Augenbraue hoch.
Er trug eine Smoking-Jacke und sein Halstuch war nachlässig gebunden. Zwischen den Zähnen steckte eine Zigarette und in einer Hand hielt er ein Glas Brandy. Die andere Hand ruhte auf seinem elfenbeinbesetzten Gehstock, er strich mit seinem Finger über sein schmales Bärtchen und betrachtete die Jungen aus schläfrigen braunen Augen. Dann sog er bedächtig an seiner Zigarette und blies den Rauch geräuschvoll durch die Nase aus. Mit einem Seufzer ließ er sich in einen ledernen Sessel fallen, als ob das Rauchen ihn überanstrengt hätte. Er schlug die Beine übereinander. Dabei ließ er die Jungen nicht aus den Augen.
»So, und was soll das alles?«, fragte er mit einer Stimme, die so schläfrig wirkte wie seine Augen. »Warum seid ihr bei mir aufgetaucht und stört mich am Wochenende?«
»Warum haben Sie sich für Professor Peterson ausgegeben?«, fragte James zurück.
Charnage blickte ihn lange schweigend an, dann nahm er einen Schluck aus seinem Glas.
»Ich glaube, *ich* stelle hier die Fragen«, sagte er.
»Wir wollten eigentlich mit Ihnen über Mister Fairburn spre-

chen«, fuhr James fort. »Aber jetzt bin ich mir nicht mehr so sicher.«
Charnages Mund verzog sich zu einem Lächeln.
»Ich wollte nicht unhöflich sein«, sagte er. »Kann ich euch eine Erfrischung bringen lassen? Ich weiß nicht, was trinken Jungs wie ihr heutzutage? Brause? Sodawasser? Milch? Es ist schon so furchtbar lange her, dass ich ein Junge war.«
»Nicht nötig, vielen Dank«, sagte James.
Charnage kicherte leise vor sich hin. »Schon gut«, fuhr er fort. »Ich glaube, ich bin euch eine Erklärung schuldig. Alexis ist mein Freund. Wir waren zusammen am Trinity College.« Er kicherte wieder und rieb sich die Schläfen, die Zigarette noch zwischen den Fingern. Asche fiel auf seinen Ärmel, er wischte sie beiläufig weg. »Er ist nicht ganz richtig im Kopf, wisst ihr. Exzentrisch ist nicht das richtige Wort. Er schwebte schon immer in anderen Sphären, schon damals wälzte er Probleme in seinem großen Hirn. Er brachte es fertig, tagelang zu verschwinden, aber neulich, wie ihr wisst, verschwand er und kehrte nicht mehr zurück. Ich war halb krank vor Sorge um ihn, aber ich wusste nicht, wem ich vertrauen sollte.«
»Aber als Ivar Peterson zu Ihnen kam, haben Sie ihm doch gesagt, er soll sich keine Sorgen machen«, wandte James ein.
»Ihr wisst davon?«, fragte Charnage.
»Ja«, antwortete James.
»Wie habt ihr das herausbekommen?«
»Das kann ich Ihnen im Moment nicht sagen«, antwortete James. »Mir geht es so wie Ihnen, ich weiß nicht, wem ich vertrauen soll.«
»Sehr klug«, antwortete Charnage und nahm einen Schluck. »Aber du hast recht. Ich habe dem guten alten Ivar tatsächlich geraten, sich keine Sorgen zu machen. Falls wirklich etwas Gefährliches im Gange war, wollte ich nicht, dass er darin verwickelt

würde. Er hat mir von dem Treffen der Kreuzworträtsel-Gesellschaft erzählt und ich dachte mir, es wäre eine gute Möglichkeit, nach Eton zu fahren und vielleicht mehr herauszufinden. So kam ich zu euch.« Charnage hielt inne und starrte James über den Rand seines Glases an. Seine Augen mochten müde und blutunterlaufen sein, sein Blick war dennoch stechend scharf. »Wir beide sind in der gleichen Lage, Tim«, sagte er mit einem leichten Kopfnicken. »Keiner von uns weiß, wem er glauben kann. Wir sind beide auf der Hut. Wir stürzen uns nicht blindlings in etwas hinein.«

»Ich versuche nur herauszufinden, was mit Fairburn passiert ist«, sagte James.

»Und ich glaube, du weißt viel mehr, als du zugibst«, erwiderte Charnage. »Es ist offensichtlich, dass du dir nicht gern in die Karten schauen lässt. Aber jetzt, wo du schon da bist, willst du mir nicht sagen, was vor sich geht? Hast du mit Peterson gesprochen?«

»Nicht direkt«, wich James aus.

»Nun, ein Junge, auf den deine Beschreibung genau passt, wurde im Trinity College gesehen, kurz bevor man Ivar tot auffand«, sagte Charnage und schaute in sein Glas. »Im Zusammenhang mit dem Mord an dem Professor wird nach ihm gefahndet.«

»Damit haben wir n-nichts zu tun«, platzte Perry heraus. James fluchte leise vor sich hin.

»Du liebe Zeit«, sagte Charnage und schnalzte mit der Zunge. »Das war ziemlich dumm von euch, nicht wahr?«

James sagte nichts.

»Ihr hättet zur Polizei gehen sollen, gleich nachdem ihr bemerkt habt, dass etwas nicht stimmt«, sagte Charnage und fuhr sich mit der Hand durchs Haar.

»Wir wollten uns keinen Ärger einhandeln«, sagte James.

»Das ist euch aber gründlich misslungen.« Charnage sagte dies auf eine Art und Weise, dass James sich auf einmal klein und dumm vorkam.

Irgendjemand steckte seinen Kopf zur Tür herein, ein Mann mit aufgedunsenem Gesicht. Er trug einen Tweedanzug. »Komm schon, Johnnie«, bellte er. »Mach schneller. Die Karten werden schon kalt.«

»Nur noch eine Minute, Baxter«, antwortete Charnage, ohne sich umzudrehen. »Ich bin gerade beschäftigt.«

Baxter musterte die beiden Jungen aus zusammengekniffenen, blutunterlaufenen Augen und nahm einen kräftigen Schluck aus seinem Whiskyglas. »Kinder«, sagte er verächtlich.

»Geh wieder nach oben, mein Alter«, sagte Charnage. »Ich komme nach, sobald ich fertig bin.«

Baxter murmelte etwas und verließ den Raum.

»Wollt ihr mir nun sagen, was passiert ist«, fragte Charnage, »oder soll ich die Polizei rufen?«

»Wenn w-wir Ihnen alles sagen, was w-wir bis jetzt herausgefunden haben«, sagte Perry, »würden Sie uns dann aus der ganzen Sache heraushalten?«

»Möglicherweise«, antwortete Charnage. »Wenn ihr mir die Wahrheit sagt.«

»Nein«, sagte James entschlossen. »Wir sagen kein Wort mehr.«

Charnage steckte die Nase in sein Glas, sog das Aroma ein und stürzte dann den Brandy in einem Schluck hinunter. Er fuhr sich mit der Zunge über die Zähne und stand auf.

»Nun, dann kann ich euch ja genauso gut sagen, dass ich niemals vorhatte, euch aus der Angelegenheit herauszuhalten«, sagte er. »Ich bin ein ehrbarer Geschäftsmann. Glaubt ihr im Ernst, ich würde die Polizei anlügen? Noch dazu, wenn es sich um ein derart schwerwiegendes Verbrechen wie Mord handelt? Ich weiß nicht, was ihr für Jungen seid, aber zu meiner Zeit wussten die Buben besser, was sich gehört und was nicht. Wir hatten Respekt vor den Erwachsenen, Respekt vor der Polizei. Manchmal möchte ich verzweifeln, wenn ich daran denke, was in diesem Lande vor sich geht. Noch dazu seid ihr auf einer guten Schule – in Eton!«

»Was werden Sie jetzt m-machen?«, fragte Perry.

»Ich werde euch sagen, was ich jetzt mache«, erwiderte Charnage. »Ich werde die Polizei anrufen und ihnen alles sagen. Ich werde ihnen auch sagen, dass ich ein Pärchen hinterhältige kleine Schlangen in meinem Haus habe, die Augenzeugen eines Mordes wurden. Was sage ich, Augenzeugen? Vielleicht sogar noch Schlimmeres.« Er drückte seine Zigarette aus und ging zur Tür. Dort drehte er sich noch einmal um. »Ihr bleibt hier. Verhaltet euch ruhig, damit ihr nicht noch mehr Scherereien bekommt, als ihr ohnehin schon habt.«

Charnage verließ den Raum und schlug die Tür hinter sich zu. Beklommen hörte James, wie sich der Schlüssel im Schloss drehte.

Perry blickte James an. »Nun ja, das hätte b-besser laufen können.«

»Wir müssen hier raus«, sagte James.

»Schlag dir das aus dem Kopf«, erwiderte Perry. »Du hast doch gehört, was er gesagt hat. Die F-Finger haben wir uns schon verbrannt; wenn wir n-nicht aufpassen, landen wir selbst im Kochtopf.«

»Irgendetwas stimmt hier nicht«, sagte James.

»Gut, dann lass uns warten, bis die Polizei kommt«, schlug Perry vor.

»Du kannst hierbleiben, wenn du willst«, sagte James, der schon am Fenster stand und prüfte, ob es eine Gelegenheit zur Flucht bot. Nein. Ein massives Eisengitter war davor angebracht. Genauso war es bei dem zweiten Fenster.

»Ich nehme an, wir k-können immer noch durch den K-Kamin

klettern«, sagte Perry und verrenkte den Hals, um in den Rauchabzug schauen zu können.
»Denk nach, Perry«, drängte James. »Und versuch endlich mal, ernst zu bleiben. Gibt es hier eine zweite Tür?«
Eilig suchten sie den Raum ab, aber es schien keinen anderen Weg nach draußen zu geben.
»Denk nach«, wiederholte James.
»Bitte«, sagte Perry, »verlang von mir, was du willst, nur das nicht.«
»Versuch es wenigstens«, sagte James.
Perrys Miene hellte sich auf. »In diesen alten B-Bibliotheken gibt es oft Geheimtüren«, sagte er. »Getarnt als B-Bücherregale.«
Noch ehe Perry zu Ende gesprochen hatte, war James schon die Buchreihen abgegangen und hatte eine Stelle entdeckt, in der Attrappen standen. Man hatte abgelöste Buchrücken auf das Holz geklebt. Auf den ersten Blick sah das Regal aus wie die anderen, aber aus der Nähe konnte man erkennen, dass es sich um eine Tür handelte, obwohl nirgends ein Griff zu sehen war. James drückte dagegen und rüttelte daran, aber sie öffnete sich nicht.
Perry stieß James mit dem Ellbogen an. Er hatte ein kleines Schlüsselloch entdeckt.
»Wir müssen den Schlüssel suchen«, sagte James.
Er lief zum Schreibtisch und begann die Schubladen zu durchwühlen.
Dann erstarrte er.
»Schau dir das an«, sagte er zu Perry, der neben ihm stand.
»Was denn?«
James deutete auf einen Brief, der auf dem Schreibtisch lag. Er war übersät mit Notizen und Kritzeleien.
»Ich hab's gewusst«, sagte James. »Das ist Fairburns Rätselbrief.«
»Das Original?«, fragte Perry. »B-Bist du sicher?«

»Ich würde ihn jederzeit wiedererkennen.« James hob ihn auf und steckte ihn in seine Jackentasche. »Bist du jetzt überzeugt?«, fragte er.

»Ja«, antwortete Perry. »Lass uns sch-schleunigst von hier verschwinden.«

Aber sie fanden keinen Schlüssel und so nahm James stattdessen einen Brieföffner zur Hand.

»Der muss genügen«, sagte er und stieß die lange Klinge so fest er konnte in das Schlüsselloch der Geheimtür. Er bewegte sie so lange hin und her, bis er ein Knirschen hörte und spürte, dass sich im Schloss etwas bewegte. Dann zwängte er den Brieföffner in den Türrahmen neben dem Schlüsselloch und hebelte die Tür auf.

Dahinter lag eine schmale Wendeltreppe. Sie führte zu einer anderen Tür, ein Stockwerk höher, die zum Glück nicht verschlossen und auch als Bücherregal getarnt war. Sie drückten die Tür vorsichtig auf und traten auf einen Treppenabsatz hinaus.

Auf Zehenspitzen schlichen sie weiter, vorbei an dunklen, schweren Möbelstücken, noch mehr Bildern von Sportlern und düsteren Ahnenporträts.

Sie hörten Jazzmusik, die vermutlich aus einem Grammofon kam. Ein Klarinettist spielte so raffiniert, dass sein Instrument wie eine menschliche Stimme klang. Er ließ es stöhnen und jammern wie jemand, der sich über die schlechten Zeiten beklagt. Dann fiel eine Frauenstimme ein, sie sang einzelne Töne und man konnte heraushören, dass *ihre* Stimme wie eine Trompete klingen sollte.

Die Musik drang aus einer halb geöffneten Tür am anderen Ende des Gangs. James schlich dorthin und lugte durch den Spalt. Der Raum war verraucht und die Vorhänge waren zugezogen, aber er konnte ein paar Männer erkennen, unter ihnen Baxter, die um einen Tisch herum saßen. Sie hatten aufgehört zu trinken und Kar-

ten zu spielen und blickten Charnage an, der mit dem Rücken zur Tür stand.
Ein Gemisch von Tabak- und Alkoholdunst drang aus dem Raum, zusammen mit einem Blumenduft, der, anstatt die anderen Gerüche zu überdecken, sich auf unangenehme Weise damit vermischte.
Charnage sagte etwas zu den Männern im Zimmer und drehte sich um. James duckte sich weg, gab Perry schnell ein Zeichen, sich zu verstecken, und drückte sich selbst hinter einen Ständer mit alten Feuerwaffen.
Charnage kam heraus, schloss die Tür hinter sich und hinkte zur Haupttreppe. James und Perry warteten einen Augenblick, dann folgten sie ihm. Sie traten ans Treppengeländer und schauten hinunter. Die Eingangshalle schien leer zu sein. Die Tür zur Bibliothek war geschlossen, der Schlüssel steckte.
Die beiden Jungen schlichen die Treppe hinunter, die alten Stufen knarrten unter jedem Schritt. Auf halbem Weg blieben sie jedoch wie angewurzelt stehen. Sie hörten Stimmen und rochen Zigarettenqualm. James beugte sich vorsichtig über den Handlauf und erblickte unter sich ein kleines Zimmer mit einer Glastür. Charnage war hineingegangen und telefonierte.
James machte Perry ein Zeichen und deutete lautlos an, was dort unten vor sich ging, und Perry nickte.
Von der Treppe aus sahen sie die Eingangstür, den direkten Weg in die Freiheit.
Sie schauten einander an. Perry nickte erneut.
James holte tief Luft und dann rannten sie los. In langen Sätzen sprangen sie die Treppe hinunter; laut hämmerten ihre Schritte auf den blank polierten Fliesen der Eingangshalle. Sie konnten es kaum fassen, dass ihnen die Flucht gelingen würde. Doch im allerletzten Augenblick legte sich ein Schatten über das beschlagene Glas der Eingangstür.

Es war der Butler. Er war aus einer Dienstbotentür in die Eingangshalle getreten.
Hinter ihnen ertönte eine laute Stimme.
»Halt sie fest, Deighton!«
Charnage war aus dem Zimmer, in dem er telefoniert hatte, in die Halle gekommen.
Sie saßen in der Falle.
Was folgte, geschah blitzschnell. James handelte, ohne lange zu überlegen, allein nach seinem Instinkt. Genauso, wie er es auch beim Field Game gemacht hatte.
»Rammen!«, schrie er Perry zu, der direkt vor ihm lief, und zum Glück verstand sein Freund ihn genau. Er duckte sich und James legte den Arm um seine Taille. Die beiden rannten weiter und krachten gegen den verdutzten Butler, der so heftig gegen die Eingangstür geschleudert wurde, dass das Glas zerbrach.
James riss die Tür auf und klemmte den Butler zwischen Tür und Wand ein. Dann packte er Perry hinten an der Jacke und zog ihn mit sich hinaus auf die Eingangstreppe.
Der Laufbursche stand draußen auf dem Gehweg und starrte mit offenem Mund auf das Haus. Er hatte einen Korb voller Lebensmittel bei sich, Konservendosen, Gläser und überquellende braune Papiertüten. James riss ihm den Korb aus der Hand und in dem Augenblick, in dem Charnage aus der Tür gestürmt kam, warf er ihn mit voller Wucht gegen ihn. Charnage schrie auf und stürzte. Der Laufbursche versuchte, James aufzuhalten, aber der stieß ihn weg und rannte mit Perry, der ihm dicht auf den Fersen war, zur anderen Seite des Platzes. Plötzlich kam ein Ford Y hupend auf sie zugerattert. Die beiden Jungen wichen aus, jeder rannte an einer Seite des Wagens vorbei. Am Ende des Platzes schaute sich James noch einmal um, bevor sie in die Davies Street einbogen. Der Butler stand noch in der Tür, aber Charnage hastete hinter ihnen her und fuchtelte mit seinem Gehstock.

»Er kommt!«, rief James. »Bleib nicht stehen.«
»Das hatte ich auch n-nicht vor«, keuchte Perry.
Sie liefen die Grosvenor Street entlang und überquerten die New Bond Street in Richtung Hanover Square; ihre Schritte hallten laut auf dem Asphalt und die Fußgänger wichen zur Seite. James wagte es nicht, sich noch einmal umzudrehen. Er war ein guter Läufer, musste jedoch achtgeben, dass er Perry nicht abhängte.
Sie rannten weiter bis zur Oxford Street, in der es vor Menschen wimmelte, die samstags in den großen Warenhäusern ihre Einkäufe erledigten. Dort, untergetaucht im Meer der Menschenmassen, verlangsamten sie ihr Tempo.
»Du musst m-mir erklären, was hier eigentlich g-gespielt wird«, sagte Perry, der völlig außer Atem war. »Was hat Charnage mit alldem zu tun?«
»Ich bin mir nicht sicher«, sagte James. »Ich weiß nur, dass er uns von Anfang an belogen hat. Und sein scheinheiliges Getue von wegen Respekt, den man den Erwachsenen schuldet, kaufe ich ihm auch nicht ab. Die Leute in dem Zimmer haben die ganze Nacht Karten gespielt, so viel ist sicher. Der Raum stank nach Zigarettenqualm und verbrauchter Luft. Eben noch trinkt und spielt er mit seinen Kumpanen Karten, im nächsten Augenblick kriegt er einen moralischen Anfall und sitzt auf dem hohen Ross und schwadroniert darüber, dass die Jungen heutzutage nicht mehr wüssten, wie man sich ordentlich benimmt.«
Perry musste lachen. »Wenigstens in dem P-Punkt hatte er recht.«
Nun musste auch James lachen. »Wenn man uns erwischen sollte, Perry, dann hängen sie uns auf.«
»Oder wir kriegen einen Orden«, sagte Perry. »Was m-machen wir jetzt?«
»Wir gehen zur Eton-Mission und suchen Pritpal«, antwortete

James. »Und hoffen inständig, dass er Petersons Geheimcode entschlüsseln kann.«

Perry winkte ein Taxi heran und schon waren die beiden unterwegs, diesmal nach Osten in Richtung Hackney. Je weiter sie kamen, desto ärmlicher sahen die Menschen aus. Auf den Straßen fuhren nicht mehr so viele Autos. Die Häuser wirkten immer schäbiger. Die Waren in den Auslagen der Geschäfte wurden immer billiger. Als sie Hackney Wick erreichten, waren sie wirklich in einem sehr ärmlichen Stadtviertel angekommen. Die Häuser hier standen dicht gedrängt und waren von Ruß und Rauch geschwärzt. Große, hässliche Fabriken und Werkshallen überragten die Straßen wie mittelalterliche Festungen.

Die Gainsborough Road, die Straße, in der sich die Mission befand, war fast menschenleer, als sie dort ankamen. Nur eine Schar neugieriger Kinder gaffte sie an, als hätten sie noch nie ein Taxi gesehen; vermutlich fragten sie sich, welche reichen, vornehmen Pinkel wohl aussteigen mochten.

Die Mission selbst bestand aus mehreren Häusern gleich neben einer aus roten Ziegelsteinen errichteten viktorianischen Kirche, von deren Turm furchterregende Wasserspeier herabsahen.

»Soll ich hier warten?«, fragte der Taxifahrer, während Perry den Fahrpreis bezahlte.

»Nein, schon gut, vielen Dank«, erwiderte James. »Wir finden selbst wieder zurück.«

»Nehmt euch in Acht«, sagte der Fahrer und schaute argwöhnisch die Straße entlang, ehe er davonfuhr.

»Ich m-muss schon sagen, ein nettes Stadtviertel ist das hier«, meinte Perry. »Hast du gewusst, dass man die Schüler früher erst geimpft hat, bevor man sie von Eton hierherließ?«

Aus der Kirche drang Gesang zu ihnen. Dann brach er ab und einen Moment lang war es still, ehe die Tür aufging und eine Schar Jungen herausströmte. James und Perry zogen sich etwas zurück

und warteten in sicherer Entfernung, bis sie Tommy Chong erblickten.
James lief zu ihm und packte ihn am Ellbogen.
»Kannst du hier weg?«, fragte er rasch.
»Ich denke schon«, antwortete Tommy verdutzt.
»Dann schnapp dir Pritpal, wir treffen uns in fünf Minuten an der nächsten Ecke. Wir brauchen seine Hilfe.«

Knack den Code

Das ist ein binärer Code.«

Pritpal studierte den Zettel, den James aus Professor Petersons Arbeitszimmer mitgenommen hatte. Die vier Jungen saßen auf einer niedrigen Mauer unweit der Mission.

»Was ist binärer Code?«, fragte James.

»Ein Zahlensystem«, erklärte Pritpal. »*Wir* verwenden das Dezimalsystem; da gibt es zehn Ziffern, von null bis neun. Damit können wir alle Zahlen bilden, indem wir das Vielfache von zehn verwenden. Das binäre System kommt dagegen mit zwei Ziffern aus – mit Null und Eins.«

»Wie, um Himmels willen, funktioniert das?«

»Ganz einfach«, antwortete Pritpal. »Genau betrachtet, ist es die einfachste Art zu zählen. Null ist 0. Und was ist die nächstgrößere Zahl, wenn du nur 1 und 0 verwendest?«

»1«, antwortete James.

»Gut. Also 1 ist 1«, fuhr Pritpal fort. »Und was ist dann zwei?«

»11?«, fragte James.

»Nein. Man nimmt 1 und hängt eine 0 an. Zwei ist 1-0. Drei ist 1-1. Die nächstgrößere Ziffer, die du bilden kannst, ist 1-0-0, das entspricht einer Vier. Fünf ist dann folglich 1-0-1, sechs 1-1-0 und so fort.«

James dachte einen Augenblick lang nach. »Dann ist sieben 1-1-1 und acht 1-0-0-0?«

»Ganz genau«, bestätigte Pritpal.

Mit einem Kopfnicken wies James auf das Papier, das Perry in

der Hand hielt. »Also steht hier einfach nur eine Folge von Zahlen?«
Pritpal schaute noch einmal auf das Blatt. »Zum größten Teil niedrige Zahlen«, sagte er. »Keine größer als dreißig, würde ich sagen.«
»Vielleicht entsprechen sie den Buchstaben des Alphabets?«, sagte Tommy, der Pritpal über die Schulter schaute. »Wenn A 1 wäre und B 10 . . . Wie war gleich noch der erste Zahlenblock?«
Pritpal las ihn vor. »1100 – 1001 – 101 – 10 – 101 – 10010. Oder anders ausgedrückt: zwölf, neun, fünf, zwei, fünf und achtzehn.«
Tommy zählte an den Fingern ab. »L-I-E-B-E . . .«, begann er. »Dann eine größere Zahl, 1-0-0-1-0, das entspricht der Achtzehn, sagtest du? Das ist also ein . . .«
»R«, sagte James. »Das erste Wort heißt *Lieber.* Das ist ein Brief. Das kann nur ein Brief sein. Mach dich nützlich, Pritpal, und entziffere auch noch den Rest für mich, ja?«
»Hör mal«, sagte Pritpal entrüstet. »Ich habe mich schon sehr nützlich gemacht! Tommy und ich haben über Fairburns Brief gebrütet, und während ihr beiden euch ein schönes Leben im Regent's Park gemacht habt, haben wir ein weiteres Rätsel gelöst.«
James wollte gerade protestieren, als er ein Motorengeräusch hörte und sah, wie sich ein Polizeiauto näherte.
»Verdünnisier dich«, zischte er Perry zu, als zwei Polizisten in Zivil aus dem Fond stiegen. Ein dritter Polizist in Uniform blieb hinter dem Steuer sitzen.
Perry vergrub die Hände in den Hosentaschen und schlenderte die Straße hinunter, ohne sich umzusehen.
James holte tief Luft.
Was nun?
Die beiden Polizisten kamen näher. Sie trugen graue Regenmäntel und braune Filzhüte; ihren Mienen nach zu urteilen, waren sie hart und abgebrüht. Einer von ihnen hatte eine gebrochene

Nase. Wenn sie nicht Kriminalpolizisten gewesen wären, hätte man sie auch für Gangster halten können. Aber wenn das hier ihr Revier war, dann, so vermutete James, waren sie den Umgang mit ziemlich harten Burschen gewöhnt.

»Gehört ihr beiden zur Mission?«, fragte der Polizist mit der gebrochenen Nase und steckte sich eine Zigarette an.

»Ja«, antwortete Pritpal.

»Ihr seid aus Eton? Von der Schule dort?«

»Stimmt«, sagte Pritpal.

»Hört mal«, fuhr der Polizist fort, »wir suchen zwei Jungen, Bloese und Seelie-Green. Kennt ihr sie vielleicht?«

Schon wieder diese Namen. Das konnte nur eines bedeuten: Charnage hatte James und Perry schon bei der Polizei verpfiffen.

Pritpal wollte gerade antworten, als er James' Blick auffing, der ihm unmissverständlich zu verstehen gab, dass er den Mund halten sollte.

»Die kenne ich nicht, tut mir leid«, sagte Pritpal.

»Was haben sie angestellt?«, wollte Tommy wissen.

»Das geht dich nichts an, mein Sohn«, sagte der zweite Mann. »Polizeisache. Wer ist der Leiter hier?«

»Reverend Falwell, soviel ich weiß«, antwortete Pritpal. »Soll ich Sie zu ihm bringen?«

»Danke.«

Pritpal führte die beiden Polizisten zur Rückseite der Kirche, wo die zur Mission gehörenden Wohngebäude lagen. James wartete einen Moment, dann folgte er ihnen lächelnd. Die Polizisten hatten ihn nicht einmal bemerkt, sondern nur auf die beiden anderen geachtet: einen chinesischen Jungen und einen Jungen aus Indien, beide in ihrer Schuluniform. Dann noch Pritpals auffälliger Turban und schon war James so gut wie unsichtbar geworden. Aus diesem Grund hatte er auch Perry weggeschickt. Für den Fall, dass Charnage der Polizei eine Beschreibung von James

und Perry gegeben hatte, wollte er nicht, dass man sie zusammen sah.
Sobald sie im Haus waren, wartete James hinter einem kleinen Windfang, bis Pritpal die beiden Polizisten zu einem Zimmer am Ende eines düsteren Gangs begleitet hatte. Kurze Zeit später kam er zu James zurück, der auf ihn gewartet hatte.
»Wo hast du sie hingebracht?«, flüsterte James.
»In Reverend Falwells Wohnzimmer«, sagte Pritpal. »Warum? Was ist los?«
»Das sag ich dir gleich«, gab James zurück. »Geh schon mal zu den anderen zurück. Ich versuche zu lauschen.«
Pritpal ging nach draußen. James schlich den Gang entlang, vorbei an einer Küche auf der rechten Seite, und dann stand er auch schon an der Wohnzimmertür. Er presste das Ohr an die Tür, hörte aber nur undeutliche Stimmen. Geduckt huschte er zur Küche zurück und nahm ein Glas, das zum Trocknen auf einem Gestell stand. Damit ging er zur Wohnzimmertür zurück und drückte es vorsichtig gegen das hell gestrichene Holz. Er legte sein Ohr daran und hörte nun wesentlich deutlicher die Stimme des Polizisten mit dem gebrochenen Nasenbein.
»Sie behaupteten, sie seien aus Eton und würden sich zurzeit hier aufhalten.«
»Was haben sie angestellt? Etwas Ernstes?«
Die unbekannte Stimme gehörte vermutlich Reverend Falwell.
»Etwas sehr Ernstes, fürchte ich«, sagte der Polizist. »Sie sind in das Haus eines Herrn am Berkeley Square eingebrochen. Als er unerwartet zurückkam und sie beim Einbruch ertappte, hat er sie in ein Zimmer eingeschlossen. Sie sagten ihm, wie sie heißen und woher sie kommen, doch noch während er die Polizeiwache anrief, sind sie ihm entwischt.«
»Wir wissen nicht, was wir von dieser Geschichte halten sollen«, sagte eine dritte Stimme, vermutlich die des zweiten Polizisten.

»Es klingt unwahrscheinlich, dass zwei Jungen aus Eton einen Einbruch verüben, doch sie wussten immerhin genug, um zu behaupten, sie seien von hier und ... nun ja, vorher sind noch viel merkwürdigere Sachen passiert.«

»Möglicherweise waren es Einheimische«, fügte der erste Polizist hinzu. »Sie kannten die Mission und taten so, als seien sie von hier.«

»Wir müssen diesen Dingen auf den Grund gehen, verstehen Sie?«, erklärte der zweite Polizist.

»Selbstverständlich«, antwortete Falwell. »Zwei Jungen, sagen Sie? Einer ungefähr sechzehn, der andere jünger, mit schwarzen Haaren und blauen Augen.«

»Richtig«, erwiderte der erste Polizist.

»Diese Beschreibung passt auf mehrere Jungen. Wie, sagten Sie noch gleich, waren die beiden Namen?«

»Tim Bloese und Ashe Seelie-Greene«, sagte der erste Polizist.

»Nein«, erklärte Falwell, »diese Namen kenne ich nicht. Zur fraglichen Zeit war ich mit allen Jungen unterwegs. Ich glaube nicht, dass es jemand von hier war.«

»Das haben wir auch vermutet«, sagte der zweite Polizist. »Falls Ihnen doch etwas zu Ohren kommen sollte, rufen Sie uns bitte an. Einstweilen haben wir die Polizeistation in Windsor verständigt. Die Kollegen dort werden sich mit der Schule in Verbindung setzen. Wenn diese Burschen tatsächlich aus Eton sind, finden wir es früher oder später heraus ...«

»Peterson hat ganz offensichtlich geahnt, was da gespielt wurde«, sagte James. »Und wer die Kreuzworträtselfragen lösen konnte, der würde, davon ging Fairburn aus, Peterson aufsuchen und es herausfinden.«

Zehn Minuten später saßen die Jungen in der leeren Kirche. In der kalten Luft kondensierte ihr Atem zu kleinen Wölkchen.

Perry seufzte. »Leider war schon vorher jemand da.«
»Ja, Charnage«, sagte James.
»Das kannst du nicht mit Sicherheit sagen«, wandte Perry ein.
James kramte etwas aus seiner Tasche hervor und gab es Pritpal.
»Der Brief, den Fairburn eigenhändig geschrieben hat«, sagte er.
»Als wir ihn zuletzt gesehen haben, lag er noch im Schreibtisch von Codrose in Eton, stimmt's?«
Perry nickte.
»Das war am Dienstag«, fuhr James fort. »Was ist dann passiert?«
»Charnage taucht in der Kreuzworträtsel-Gesellschaft auf und gibt sich als Ivar Peterson aus«, antwortete Pritpal.
»Ja«, bestätigte James. »Als du den Brief erwähnst, weiß er angeblich nichts davon, ist aber sehr daran interessiert. Am folgenden Tag wird bei Codrose eingebrochen und Katey, das Hausmädchen, wird von einem Mann erschreckt, dessen Kopf aussieht wie ein Totenschädel.«
»Glaubst du, er ist gekommen, um den Brief zu stehlen?«, fragte Pritpal.
»Eine andere Erklärung gibt es nicht«, sagte James. »Daraufhin fahren wir nach Cambridge und ich finde Peterson ermordet auf.«
»Und der Mörder ist ein Mann, dessen G-Gesicht aussieht wie ein T-Totenschädel«, sagte Perry.
»Genau«, bestätigte James. »Und heute Morgen entdecken wir den Brief im Haus von Charnage. Wie viele Beweise brauchst du noch, Perry?«
»Aber er ist ein G-Gentleman«, widersprach Perry. »Er stammt aus einer angesehenen F-Familie, lebt in einer noblen Wohngegend. Verdammt noch mal, er ist schließlich ein Ritter.« Perry schlug mit der Faust auf die Kirchenbank.
»Was meinst du damit?«, fragte James. »Ein Ritter?«
»Er ist ein Adliger. *Sir* John Charnage. Leute wie er laufen nicht durch die Gegend und bringen M-Menschen um.«

»Aber wieso hat er die Polizei angelogen?«, fragte James. »Wieso hat er ihnen nicht gesagt, warum wir wirklich bei ihm waren? Sie wissen offensichtlich nichts davon, dass Fairburn verschwunden ist.«

»Du musst zur Polizei gehen«, sagte Pritpal, »und ihnen sagen, was los ist. Du hast zwar einiges falsch gemacht, aber es ist besser, von der Polizei Schelte zu bekommen, als von diesen Schurken umgebracht zu werden.«

»Nein!« James sprang auf und lief im Gang auf und ab; er war viel zu aufgeregt, um ruhig sitzen zu bleiben. »Denk doch mal nach«, sagte er. »Charnage hat die Polizei verständigt, oder?«

»Ja«, bestätigte Pritpal.

»Aber er hat ihnen nicht die Wahrheit gesagt«, fuhr James fort. »Er hat ihnen nur so viel gesagt, dass sie uns auf die Spur kommen. Und er hat dafür gesorgt, dass wir gehörig in der Patsche sitzen, selbst wenn wir uns tatsächlich entschließen, freiwillig zur Polizei zu gehen.«

»Ich weiß nicht, worauf du hinauswillst«, sagte Perry.

»Lass mich ausreden.«

»Entschuldige.«

»Nehmen wir einmal an, die Polizei würde uns finden und festnehmen«, fuhr James fort. »Was würde passieren?«

»Wir würden ihnen die W-Wahrheit sagen«, antwortete Perry.

»Und wem würden sie mehr glauben? Uns oder Charnage?«

»Uns jedenfalls nicht. So v-viel ist sicher.«

»Genau«, sagte James. »Die Aussage zweier Schuljungen stünde gegen die Aussage deines hoch geschätzten *Sir* Charnage.«

»Zuerst ja«, sagte Perry. »Aber dann m-müssten sie sich doch näher mit unserer Version befassen. Und mit der Zeit würde die Wahrheit ans Licht kommen. Es dauert vielleicht ein paar T-Tage, aber früher oder später werden sie herausfinden, dass wir die Wahrheit sagen.«

James nickte. »Ja, aber dann ist es zu spät.«
»Was willst du d-damit sagen?«
»Lies den Anfang des Briefs noch einmal vor, Prit«, bat James. »Den Abschnitt, in dem Fairburn davon spricht, dass er Eton verlässt.«
»Ich bin sicher«, begann Pritpal, *»der allmächtige Elliot hat Ihnen schon berichtet, dass ich Eton verlassen musste. In Wahrheit gehe ich ganz außer Landes. Das nächste Kreuzworträtsel wird mein letztes sein, da ich schon vor dem Abgabetermin abreisen werde.«*
»Er will uns sagen«, verkündete James, »dass er entführt worden ist und man ihn außer Landes bringen wird. Er entwirft jede Woche ein Kreuzworträtsel, nicht wahr? Wann ist sein nächster Abgabetermin, Prit, weißt du das?«
»Ja«, antwortete Pritpal. »Manchmal ist er die Rätsel noch mit uns durchgegangen, bevor er sie an die *Times* geschickt hat.«
»Wann?«, fragte James. »Wann wäre sein nächster Abgabetermin gewesen?«
»Morgen«, antwortete Pritpal. »Am Sonntag. Er brachte die Rätsel immer sonntagabends zur Post.«
»Deshalb hat Charnage die Polizei gerufen«, sagte James. »Er fürchtete, dass er allein uns nicht schnell genug finden würde. Wir sind ihm in die Quere gekommen. Wenn wir aber in einer Polizeizelle sitzen, können wir nicht herumschnüffeln und Rätsel lösen, stimmt's? Er hat darauf spekuliert, dass es einige Tage dauern würde, bis die Polizei uns verhört hat. In der Zwischenzeit bliebe ihm genug Zeit, ins Ausland zu verschwinden und Fairburn mit ihm. Wir müssen diese Angelegenheit selbst lösen, und zwar vor morgen Abend. Also los, Pritpal, was hast du herausgefunden?«
Pritpal breitete Fairburns Brief auf der Bank vor sich aus.
»*Eine* Frage haben wir vermutlich gelöst«, sagte er. »Hör dir das an: *Ich liebe diese Geschichten aus dem alten Rom, wie zum Beispiel die*

Liebesgeschichte von Nero und Cleopatra. Sie sollten unbedingt die große Nekropole in Porta Alta besuchen und die wundervolle Statue von Nero ansehen, die zu Cleopatras Obelisk hinüberblickt.«

»Was soll das b-bedeuten?«, fragte Perry.

»Er möchte anscheinend, dass wir irgendeinen Ort aufsuchen, einen Ort, der nicht allzu weit entfernt ist«, erklärte Pritpal. »Deshalb kann es sich weder um Ägypten noch um Rom handeln. Der Hinweis auf den Obelisk ließ uns zuerst an den Obelisk an der Themse denken, den man *Cleopatra's Needle* nennt, aber die anderen Hinweise passten nicht dazu. Deshalb haben wir uns den lateinischen Begriff näher angesehen.«

»P-Porta Alta?«, fragte Perry. »Wo ist das?«

»Es bedeutet *Großes Tor* oder *Hohes Tor«,* erklärte Pritpal.

»Hohes Tor ...«, überlegte Perry. »M-Meint er etwa Highgate? Im Norden von London?«

»Das nehmen wir an«, nickte Pritpal, »denn der Rest passt dazu.«

»Aber was hat C-Cleopatra mit Highgate zu tun?«, fragte Perry. »Und was ist eine N-Nekropole?«

»Es ist eine Totenstadt«, sagte James.

»Ja«, fuhr Pritpal fort. »Und in Highgate gibt es einen großen Friedhof aus viktorianischer Zeit.«

»Steht dort auch eine Statue von Nero?«, fragte James.

»Ich weiß nicht«, gab Pritpal zu. »Aber es gibt da einige berühmte ägyptische Grabmale, sogar mit Obelisken.«

»Ich hab's!«, rief Tommy plötzlich aus.

Während die anderen nach Lösungen suchten, hatte er Schritt für Schritt den binären Code entschlüsselt und die Botschaft auf ein sauberes Blatt Papier geschrieben.

»Du hattest recht, James, es ist tatsächlich ein Brief. Von Fairburn an Peterson. Er lautet folgendermaßen: *Lieber Ivar, entschuldige bitte die Geheimschrift, aber dieser Brief ist nur für dich allein bestimmt. Ich habe einen Entschluss gefasst. Es war nicht einfach. Ich fürchte, du wirst die Maschine ohne mich weiterbauen müssen. Ich glaube, ich weiß, für wen John arbeitet, und damit möchte ich nichts zu tun haben. Kannst du dich noch daran erinnern, wie er gelacht hat, als ich ihm die Geschichte von Sir Amoras erzählt habe? Nun, ich glaube, John hat einen Pakt mit dem Teufel geschlossen. Ich habe meine Heimat verlassen, Ivar, und ich werde niemals zurückkehren. Ich weiß, wie es dort ist. Falls du jedoch weitermachen willst, werde ich es dir nicht übel nehmen. Viele Grüße, Alexis.«*

»Was meint er damit, dass er seine Heimat verlassen hat?«, fragte James.

»Er ist Halbrusse«, erklärte Pritpal. »Seine Mutter ist aus Manchester, aber er selbst ist in Russland aufgewachsen; als er so alt war wie wir, schickte man ihn nach England, damit er hier studieren konnte. Sein Geburtsname ist Alexej Fjodorov. Fairburn ist der Mädchenname seiner Mutter.«

»Und was b-bedeutet der Rest?«, fragte Perry. »Von welcher M-Maschine spricht er? Und wer ist Sir Amoras?«

»Keine Ahnung«, sagte Pritpal.

»Hier ist noch ein Postskriptum«, sagte Tommy. *»PS: Es ist schwer vorstellbar, dass diese harmlos aussehenden grauen Klumpen im Schrank 22, Raum V, im Museum des Royal College for Surgeons an all dem schuld sind.«*

»Der Friedhof von Highgate und das Royal College for Surgeons«, überlegte James. »Was ist näher?«

»Das Royal College«, sagte Perry. »Es ist am Lincoln's Inn Field.«

»Dann komm«, sagte James und eilte zur Tür.

»Und wohin?«, fragte Perry und stand ächzend auf.

»Ins Museum natürlich«, antwortete James. »Wir müssen herausfinden, was sich in dem Schrank in Raum V befindet.«

Weiches Gewebe

Das Royal College of Surgeons war in einem imposanten weißen Gebäude an der Südseite eines großen Platzes, dem Lincoln's Inn Field, untergebracht. Die Fahrt quer durch London mit der Bahn und der U-Bahn war James und Perry wie eine Ewigkeit vorgekommen. James wurde wieder einmal bewusst, wie riesig London war und wie viel Zeit es kostete, um von einer Ecke der Stadt in die andere zu gelangen.

In diesen Teil der Stadt kamen die Menschen nur, um zu arbeiten, hauptsächlich an örtlichen Gerichten und in den vielen Anwaltsbüros. Da Wochenende war, lagen die Straßen wie ausgestorben da. Die Jungen hatten befürchtet, das Museum könnte geschlossen sein, doch die Eingangstür stand offen. Sie stiegen die Treppe zwischen den hohen Säulen an der Stirnseite des Hauses hinauf und traten ein.

Hinter einem Tresen saß ein alter Mann in Uniform, der den beiden einen flüchtigen Blick zuwarf.

»Seid ihr zur Erste-Hilfe-Vorführung gekommen?«, fragte er.

»Richtig«, antwortete Perry dreist.

»Sie hat schon angefangen«, sagte die Aufsicht und gab den Jungen eine Schreibunterlage mit einem Blatt Papier darauf. »Ihr müsst euch beeilen. Aber tragt euch zuerst in die Liste ein.«

Die beiden Jungen kritzelten unleserliche Namen auf die Liste, dann folgten sie den Wegweisern eine Treppe hinauf zur Erste-Hilfe-Vorführung.

Sie kamen in einen Ausstellungssaal, in dem man mehrere Reihen Stühle zwischen den Vitrinen aufgestellt hatte. Die Zuhörerschaft war bunt gemischt. Einige Krankenschwestern und Leute in Rotkreuz-Uniform waren da, eine Schar eifriger Pfadfinder, einige junge Männer und Frauen, vermutlich Medizinstudenten, und ein paar ältere, ernst aussehende Männer mit Bart und Brille.

Vorne neben einer Leinwand stand ein Arzt; auf die Leinwand hatte er ein Dia projiziert, das Soldaten zeigte, die in steifer Haltung vor der Kamera posierten.

»Wir warten hier ein bisschen«, flüsterte James und setzte sich auf einen Stuhl in einer der hinteren Reihen. »Wenn sich eine Gelegenheit ergibt, dann stehlen wir uns davon und schauen uns um.«

»In Ordnung«, sagte Perry und setzte sich neben James.

James betrachtete die Umgebung. An den Wänden reihten sich Vitrinen und Schränke, in denen Gefäße mit allen möglichen Absonderlichkeiten standen. In einer Mischung aus Faszination und Abscheu las er die Etiketten einiger Gefäße in seiner Nähe ... »Weibliche Missgeburt, aus dem Unterleib des Thomas Lane, eines ungefähr fünfzehn- bis sechzehnjährigen Burschen aus Sherborne in Dorsetshire, 6. Juni 1814 ... Torso eines männlichen Foetus aus dem Unterleib von John Hare, eines neun bis zehn Monate alten Kindes, geboren am 8. Mai 1807 ... Weibliches Zwillingsungeheuer, am Kreuzbein zusammengewachsen ... Eingeweide Napoleons, die den Verlauf der Krankheit veranschaulichen, die ihn schließlich dahinraffte ... Einbalsamierter Leichnam der ersten Ehefrau des verstorbenen Martin Van Butchell ...«

Er hatte sich keine Gedanken darüber gemacht, was in dem Museum wohl gezeigt würde; jetzt stellte er fest, dass es voller medizinischer Kuriositäten steckte. Perry stieß ihn an und deutete mit einem Kopfnicken nach vorn. Er war blasser geworden und

James fragte sich, was denn wohl noch schlimmer sein könnte als die Sachen in den Gläsern, die er sich angeschaut hatte.
Ein neues Dia war auf die Leinwand projiziert worden; es zeigte den Kopf eines Mannes. Eine Seite fehlte ganz, sie sah aus wie weggefressen. Die Wange war eingefallen, das Auge war nicht mehr da und große, derbe Klammern hielten den Rest des Kopfes zusammen. Die Wunde war gesäubert und auf dem Gesicht des Mannes lag ein stumpfer, beinahe gelangweilter Ausdruck.
Der Arzt dozierte: »Während des Krieges haben wir eine Menge über Schusswunden und deren Behandlung gelernt. Darüber hinaus wurden erhebliche Fortschritte auf dem Gebiet der plastischen Chirurgie gemacht. Wir konnten zahllosen jungen Männern mit schrecklich entstellten und verstümmelten Gesichtszügen helfen und ihnen neue Hoffnung geben. Die nächste Dia-Serie zeigt die schrittweise Wiederherstellung eines solchen jungen Mannes, des Gefreiten Edwin Carter, der in der Schlacht von Passchendaele im Oktober 1917 von einem großkalibrigen Geschoss mitten ins Gesicht getroffen wurde.«
James konnte fast nicht hinsehen, als das nächste Bild gezeigt wurde. Auch hier hatte der Mann einen ruhigen, ausdruckslosen Blick, obwohl seine Nase und sein Oberkiefer fehlten und an deren Stelle ein dunkles Loch klaffte.
Einer der Pfadfinder sprang von seinem Stuhl auf und stürzte, grün im Gesicht, aus dem Raum. Er presste sich die Hand vor Mund und Nase.
»Auf dem nächsten Bild kann man sehr gut erkennen, wie mithilfe von Knorpelgewebe aus der Schulter des Mannes sowie mit Hautgewebe von seinem Rücken und seinem Oberschenkel mit der Rekonstruktion des fehlenden Gewebes begonnen wurde . . .«
Eine der Rotkreuz-Helferinnen, eine magere junge Frau mit Bubikopf, folgte dem Pfadfinder nach draußen; sie sah genauso mitgenommen aus.

James stand auf.
»Das ist *die* Gelegenheit«, sagte er zu Perry, der nur nickte; sein Blick lag gebannt auf den schrecklichen Bildern.
James ging auf die Toilettenräume zu; er hörte, wie sich der Pfadfinder übergab, aber er ging nicht hinein. Stattdessen bog er ab und schlich in den nächsten Saal.
Im Licht der matten Leselampen bot sich ihm eine gespenstische Szenerie. Er war in einer großen Halle, die über drei Stockwerke ging; ganz oben, unter dem hohen Kuppeldach, verlief eine Fensterreihe. In den beiden oberen Etagen führten eisenvergitterte Balkone an endlosen Bücherregalen entlang. Daran hingen unzählige Geweihe und Hörner. Im Hauptgeschoss darunter standen noch mehr hölzerne Vitrinen und bizarre Skelette, darunter Dinosaurier und andere prähistorische Tiere, aber auch Skelette von noch lebenden Tierarten, wie zum Beispiel das eines Elefanten, eines Straußes, einer Giraffe, sogar die sterblichen Überreste einiger Menschen fanden sich dort. James betrachtete das Skelett eines Menschen, der fast zweieinhalb Meter groß gewesen sein musste. Er vermutete, dass es sich um einen Höhlenmenschen oder etwas Ähnliches handelte, doch als er näher trat und die Aufschrift las, sah er, dass es das Skelett von Charles Byrne war, eines riesenhaften Menschen aus Irland, der 1783 gestorben war. Neben ihm stand das Skelett eines Mädchens, es war nur einen halben Meter groß. Dabei handelte es sich um Caroline Crachami, eine Zwergin aus Sizilien.
James ging an den Vitrinen und Schränken entlang. Er entdeckte noch mehr Gläser. Neben Missgeburten und Absonderlichkeiten fand er unzählige Beispiele von scheußlichen Krankheiten und Unfallopfern und automatisch musste er an die vielen schrecklichen Arten denken, wie ein Mensch zu Tode kommen konnte.
Ihm fiel ein, wie auch er dem Tod in den letzten vierundzwanzig Stunden so nahe gekommen war, dass er dessen fauligen Atem

riechen konnte. Daran hatte er vorher noch gar nicht gedacht. Er war immer so beschäftigt gewesen und hatte die Erinnerungen daran in den hintersten Winkel seines Gedächtnisses verbannt, aber jetzt machte sich seine Nervenanspannung bemerkbar und eine düstere Stimmung ergriff ihn.

Es war kalt in den Räumen und sein Kopf schmerzte. Außerdem war er hundemüde. Seine Arme und Beine fühlten sich steif an und mit einem Mal spürte er auch die Blessuren wieder, die er sich bei dem Unfall in der vergangenen Nacht zugezogen hatte. Sein Blick fiel auf ein weiteres Skelett, es starrte aus leeren Augenhöhlen zurück. Er musste unwillkürlich daran denken, dass sich unter seiner Haut auch so ein Skelett verbarg, egal, wie gut man aussah, egal, wie sehr man vor Leben und Tatendrang sprühte. Früher oder später musste jeder sterben. Wenn nicht durch Gewalt, dann durch Krankheit, und wenn man wie durch ein Wunder allen Krankheiten dieser Welt entging, dann war da immer noch das Alter, der langsame Verfall des Körpers, der einen erwartete.

Er schüttelte den Kopf und fluchte leise. *Komm schon, James. Es hilft nichts. Tu das, weshalb du hierhergekommen bist.*

Er ging schnell in den nächsten Raum, vorbei an einem Schaukasten mit chirurgischen Instrumenten. Allmählich gewöhnte er sich an die bizarren Gegenstände, deshalb schaute er kaum hin, als er an einer Reihe konservierter Lungen vorbeikam, die in Gläsern schwammen, sowie an einer Sammlung menschlicher Haarbüschel – einer davon so groß wie ein Fußball –, dann an einer Rippe des schottischen Königs Robert the Bruce und einer mumifizierten Hand eines Sohns von John of Gaunt, Herzog von Lancaster, aus dem vierzehnten Jahrhundert.

Er war in Raum V.

Auf einer Tafel am Eingang stand: *Serie D. Die Entwicklung des Nervensystems – Gehirn und Rückenmark.*

Eine endlose Reihe von Schränken zog sich an der Wand entlang. Darin waren Gehirne verschiedenster Größe und Form ausgestellt, angefangen von Fischhirnen und winzigen Klümpchen, die zu Ratten gehörten, bis hin zu massigen Hirnen von Elefanten und Walen. James ging an den Schaukästen vorbei, las die Nummern und stieg dann zu einer der oberen Galerien hinauf, auf der noch mehr Vitrinen standen.
Er kam an Affenhirnen vorbei – von Schimpansen, Orang-Utans und Gorillas – und schließlich fand er Schrank Nr. 22.
Er schaute hinein. Noch mehr Gehirne. Doch was war das Besondere daran? Er studierte die Aufschriften – *Nr. D683 & D683a Gehirne von Schwachsinnigen mit Mikrozephalie* – nein, das war es bestimmt nicht, wonach er suchte.
Aber wonach dann?
Da stach ihm ein Name ins Auge.
Nr. D685 Gehirn des berühmten Mathematikers Charles Babbage, von ihm selbst gestiftet, 1857.
Babbage? Wo hatte er diesen Namen schon einmal gehört?
Babbage – ein Mathematiker.
Auch Fairburn und Peterson waren Mathematiker in Cambridge.
Cambridge. Ja. Dort hatte er diesen Namen gehört, und zwar von einem Mathematikstudenten namens Alan Turing. Er hatte etwas erzählt von einer Maschine, die man bauen wollte und die wie ein Mensch denken konnte, ein Wissenschaftstraum seit den Tagen von Charles Babbage.
James hatte nicht genau verstanden, was Turing meinte, und er hatte damals ohnehin nicht so genau zugehört, aber das musste es sein, worauf sich Fairburn in seinem Brief an Peterson bezog.
James betrachtete das Gehirn. Es war säuberlich in zwei Hälften geschnitten, jede befand sich in einem eigenen Glas, wie die Hälften einer riesigen Walnuss. James starrte auf die runzeligen

hellgrauen Klumpen, die in der klaren Flüssigkeit schwammen. Kaum vorstellbar, dass das einst das Gehirn eines großen Geistes mit hochfliegenden Ideen gewesen war. Es wirkte unscheinbar, leer, tot und nutzlos.

Als er zu der Vorführung zurückkam, stand noch ein weiterer Mann auf dem Podest. Er trug die Uniform eines Grenadiers mit Ordensspangen auf der Brust. Ganz offensichtlich hatte er eine Schussverletzung überlebt. Eine Gesichtshälfte sah aus wie Pergament und wies Flecken auf. Die Haut um das Auge herum war überdehnt und die Nase wirkte wie ein gerollter Teigklumpen. Ein dünner Schnauzbart verdeckte kaum die vernarbte und gespaltene Lippe.

»Danke, Bill«, sagte der Arzt und der Soldat verließ unter Beifall die Bühne.

»Nun«, fuhr der Chirurg fort, »möchte ich Ihnen die Wirkung einer Schussverletzung auf das Bindegewebe demonstrieren.«

Ein Assistent trug ein Präparat herein und stellte es auf den Tisch. Man sah einen Längsschnitt durch einen menschlichen Oberkörper und man konnte deutlich erkennen, wie eine Kugel einen ausgefransten Schusskanal herausgestanzt hatte.

James zog Perry am Arm.

«Wir können gehen«, sagte er leise.

»Gott sei Dank«, erwiderte Perry und sprang auf. »Ich g-glaube nicht, dass ich d-das noch länger ausgehalten hätte.«

Während sie nach draußen gingen, hörten sie, wie der Arzt mit unbewegter Stimme weitersprach. »Es versteht sich von selbst, dass es im Falle einer Schussverletzung am allerwichtigsten ist, die Wunde mit einem starken Antiseptikum zu behandeln . . .«

Sobald sie im Freien waren, schnappte Perry tief nach Luft. Er sah schlecht aus.

»Ich hoffe, du hast g-gefunden, wonach du g-gesucht hast«,

stöhnte er. »S-Solange ich lebe, werde ich nie mehr einen Fuß in dieses Gruselkabinett setzen.«

»Ich habe es gefunden«, beruhigte ihn James.

»Was war es denn?«

James erzählte ihm alles.

»Irgendwie grauenhaft, findest du nicht auch?«, fragte Perry. »Ich bin mir nicht so sicher, ob es mir g-gefiele, wenn mein G-Gehirn nach meinem Tod in einer Museumsvitrine stünde.«

»Ich kann mir nicht vorstellen, dass irgendein Museum es haben will«, sagte James.

»Ha, ha«, brummte Perry. »Ich nehme an, dass sich jedes M-Museum im Land um dein G-Gehirn reißen wird, wenn du einmal den Löffel abgegeben hast. Wo du doch so ein großes Genie bist.«

»Ich möchte eigentlich gar nicht, dass man nach meinem Tod meiner gedenkt«, sagte James leise. »Asche zu Asche, Staub zu Staub und all das. Das Leben allein zählt. Etwas machen. Sich nicht langweilen und sein Leben vergeuden. Bevor er starb, hat mein Onkel Max irgendeinen Vers zitiert: *Verschwende deine Zeit nicht damit, nach einem langen Leben zu streben, sondern nutze jeden einzelnen Tag.«*

»Also ist dein Onkel an allem schuld?«, fragte Perry.

James lachte. Dann wurde er wieder ernst. »Wir dürfen keine Zeit verlieren«, sagte er. »Wir müssen was essen, wir müssen noch mal mit Pritpal sprechen und dann fahren wir nach Highgate.«

Sie liefen zum nächsten *Lyons Corner House*. Das Lokal war voll und laut, in einer Ecke spielte ein kleines Orchester.

Sie traten an einen Tresen, an dem es billiges Essen gab, und bedienten sich mit Brot und Suppe. Beide waren froh, wieder in einer warmen hellen und lebendigen Umgebung zu sein. Schon bald fühlte sich James erholt, er war voller Tatendrang und verbannte alle düsteren Gedanken aus seinem Kopf.

James rief Pritpal von einer Telefonzelle im Eingangsbereich des Restaurants aus an.
»Wer war Charles Babbage?«, fragte er, als Pritpal am Apparat war.
»Er war Erfinder und lebte im neunzehnten Jahrhundert«, erklärte Pritpal prompt. »Und wie Fairburn und Peterson studierte er Mathematik in Cambridge. Warum?«
»Das war es, was in dem Schaukasten im Museum lag: Babbages Gehirn.«
»Babbage hat sein ganzes Leben damit verbracht, zwei Maschinen zu konstruieren«, sagte Pritpal. »Sie sollten in der Lage sein, mathematische Berechnungen um vieles schneller auszuführen als der Mensch. Die erste Maschine war die Differenzmaschine. Sie hätte die Welt verändert, wenn sie funktioniert hätte.«
»Woher weißt du das alles?«, fragte James. »Hat Fairburn mit dir darüber gesprochen?«
»Sehr oft«, sagte Pritpal. »Wie Babbage war Fairburn besessen davon, alle menschlichen Gedanken in Zahlen zu verwandeln. Wenn man jeden Gedanken als Folge von binären Zahlen darstellen könnte, so wie auf deinem Stück Papier, dann könnte man alles, was auf der Welt existiert, mit Einsen und Nullen beschreiben.«
»Ich verstehe kein Wort«, sagte James. »Wozu soll das alles gut sein?«
»Es ist ganz einfach«, erwiderte Pritpal, so wie die Leute es immer machen, wenn sie etwas besonders Kompliziertes erklären wollen. »Wenn du eine beliebige Aussage in eine Reihe von Zahlen umwandeln kannst, versetzt dich das in die Lage, jedes Problem im ganzen Universum mithilfe eines Rechengeräts zu lösen. Verstehst du das?«
»Nicht so ganz«, gestand James ein. »Aber sprich weiter.«
»Vielleicht habe ich es falsch angefangen«, sagte Pritpal. »Es geht

einfach darum, eine Maschine zu konstruieren, die so arbeitet wie ein menschliches Gehirn, nur eine Million Mal schneller, eine Art Superhirn. Du gibst auf der einen Seite ein mathematisches Problem ein und das Gerät spuckt auf der anderen Seite die Lösung aus, sekundenschnell und wie von Geisterhand. Stell dir vor, welche Fortschritte die Wissenschaft machen würde. Das war genau das, was Babbage mit seiner zweiten Maschine bezweckt hat, der Analysemaschine. Sie war viel komplizierter als die erste, aber unglücklicherweise konnte er sie, wie schon seine Differenzmaschine, nie vollenden. Die Werkzeuge, die er damals zur Verfügung hatte, waren nicht präzise genug. Und so war alles umsonst.«

»Und jetzt sieht es so aus, als wenn Charnage eine solche Maschine bauen will«, sagte James.

»Denkbar wäre es«, stimmte Pritpal zu.

»Es gibt nur einen Weg, es herauszufinden«, sagte James entschlossen.

»Was willst du jetzt tun?« Pritpals Stimme klang, als wäre sie Millionen Meilen entfernt.

»Wir gehen zum Friedhof von Highgate.«

»James, sei vorsichtig«, bat Pritpal.

»Mach dir keine Sorgen. Der Friedhof ist voll von Toten«, antwortete James lachend. »Von denen wird mir wohl kaum ein Unheil drohen, meinst du nicht auch?«

Es wurde schon dunkel, als James und Perry das Restaurant verließen. Nach und nach gingen die Straßenlaternen an und ganz London leuchtete fahlorange. Sie stießen auf einen kleinen Eisenwarenhandel und kauften sich eine Taschenlampe, dann stiegen sie in ein Taxi und machten sich auf den Weg in den Norden Londons. Unterwegs berichtete James von seinem Gespräch mit Pritpal.

»Das klingt ja so, als ob wir eine dieser M-Maschinen gebrauchen könnten, um Fairburns R-Rätsel zu lösen«, stellte Perry fest.
James zog den Brief aus der Tasche und überflog die handschriftlichen Zeilen. Es war das Original, das er von Charnage stibitzt hatte. Charnage hatte es mit Notizen vollgekritzelt. Offensichtlich hatte er versucht, den Sinn des Ganzen zu entschlüsseln. Voller Befriedigung stellte James fest, dass er nicht sehr erfolgreich gewesen war. Er konnte nur hoffen, dass sie Charnage auch weiterhin um eine Nasenlänge voraus waren.
»Wir kommen voran«, sagte er zu Perry. »Wir haben schon vier von sieben Rätseln gelöst, also mehr als die Hälfte.«
»Was b-bleibt noch übrig?«
»Da ist noch das Gedicht«, zählte James auf, »dann die Passage über mich, der ich angeblich keine Kreuzworträtsel mag, und das Zeug über den Sport.«
»Worum g-ging es da noch mal? Hilf mir auf die Sprünge«, bat Perry.
»Mit Vergnügen erinnere ich mich noch daran, wie wir beim Field Game den entscheidenden Try gegen die Stümper von der Lehrermannschaft erzielt oder die Callisto in der Bootsparade am vierten Juni gesteuert haben«, las James vor.
»Man könnte glauben, der M-Mann wäre nie in Eton gewesen«, wunderte sich Perry. »In diesem Satz sind mehr F-Fehler als in jeder meiner L-Lateinübersetzungen.«
»Was denn zum Beispiel?«
»Erstens, beim Field Game erzielt man keinen T-Try, sondern ein Rouge«, sagte Perry. »Zweitens, die Stümper sind eine *Rudermannschaft,* die aus Lehrern besteht; mit dem Field Game haben sie nichts zu tun. Drittens, in der B-Bootsparade am 4. Juni gibt es kein B-Boot, das Callisto heißt.«
»Was will er uns damit sagen?«, überlegte James. »Es muss etwas mit Booten zu tun haben.«

»Vielleicht hat der v-versteckte Hinweis auf *Rouge* etwas zu bedeuten?«, erwiderte Perry. »Vielleicht meint er ein rotes B-Boot?«

»Hast du eine Ahnung, was Callisto ist?«

»Ein Sternbild«, antwortete Perry. »Der Große B-Bär.«

»Ach ja, jetzt erinnere ich mich«, sagte James.

»Also müssen wir uns nach einem roten B-Bären umsehen, der in einem roten B-Boot fährt«, fasste Perry zusammen.

Die Jungen schauten sich an, grinsten und einen Augenblick lang dachte James nicht mehr daran, wie müde er war. Er dachte nicht mehr an seine Verletzungen und an die Angst, die ihm wie ein eiskalter Klumpen im Magen lag.

Man stirbt nur einmal

So, wir sind da«, sagte der Taxifahrer und Perry gab ihm das Fahrgeld. »Rechts ist der westliche Friedhofsteil, links der östliche.«

Die Straße nahe dem Park von Hampstead Heath lag dunkel und menschenleer vor ihnen; mächtige Bäume überragten sie auf beiden Seiten.

»In welchem Teil des Friedhofs sind die ägyptischen Gräber?«, fragte James.

»Vermutlich im älteren Teil des Friedhofs«, sagte der Fahrer, während er Perry das Wechselgeld zurückgab. »Der liegt im Westen. Aber ich glaube, der Friedhof wird bei Einbruch der Dunkelheit geschlossen. Seid ihr sicher, dass ich euch nicht wieder in die zivilisierte Welt zurückbringen soll?«

»Nein, vielen Dank«, antwortete James. »Wir wollen uns nur mal umschauen.«

»Klar doch, man stirbt schließlich nur einmal«, sagte der Taxifahrer und kicherte über seinen kleinen Scherz, bevor er davonfuhr.

Die beiden Jungen warteten ab, bis das Taxi nicht mehr zu sehen war, dann gingen sie über die Straße zum Friedhof. Eine massive Mauer umgab ihn und eine prunkvolle gotische Kapelle bewachte den Eingang. Wie der Taxifahrer vermutet hatte, war er verschlossen.

Perry schaute James an, der schon wieder diesen rastlosen Blick hatte. »Sag b-bloß nicht, wir klettern über die M-Mauer.«

»Wie hast du das nur erraten?«, fragte James. »Komm, hilf mir beim Hochsteigen.«
James kletterte wieselflink an der Mauer hoch, dann legte er sich auf den Bauch und zog Perry zu sich hoch.
Die schwere Wolkendecke, die den ganzen Tag wie ein graues Tuch über London gelegen hatte, riss für einen Augenblick auf und machte einem gelblichen Mond Platz. Sein Licht ließ den Friedhof in einem verzauberten Licht erstrahlen. Dann schloss sich die Wolkendecke wieder und wie zuvor umfing sie tiefe Dunkelheit.
Sie sprangen von der Mauer und Perry knipste seine Taschenlampe an. Ihr schmaler Lichtkegel beleuchtete merkwürdige Einzelheiten: eine Engelsstatue, eine steinerne Urne, einen uralten knorrigen Baum, der mit Efeu bewachsen war. Es lag etwas Urtümliches, Verwildertes über diesem Ort und es war nicht schwer, sich vorzustellen, dass die Geister der Verstorbenen hier herumspukten.
Der Friedhof lag auf einem bewaldeten Abhang. Die Gräber waren nicht in Reih und Glied angeordnet, sondern lagen wie zufällig unter Bäumen und Sträuchern und zwischen gewundenen Pfaden verstreut.
Nebelschwaden hingen im Geäst der Bäume, sie verschluckten alle Geräusche, die von der Stadt hereindrangen. Es herrschte eine gespenstische Stille. Man konnte leicht vergessen, dass man sich mitten in London befand.
»Wo, um Himmels willen, sollen wir anfangen?«, fragte Perry.
»Ich könnte mir vorstellen, dass die ägyptischen Grabmale sehr einfach zu finden sind«, antwortete James.
Der Weg stieg leicht an und führte immer tiefer hinein in den Friedhof. Die meisten Gräber direkt am Weg waren gepflegt, diejenigen aber, die etwas abseits lagen, waren zugewachsen. Gräser, Farn und Dornengestrüpp wucherten zwischen den umge-

stürzten, moosbewachsenen Grabsteinen. Viele der Gräber waren mit prächtigen Statuen und Steinmetzarbeiten geschmückt, manche waren unter glänzenden schwarzen Efeuranken kaum mehr zu erkennen. Neben Engeln und Kreuzen in allen Größen und Formen waren auch betende Kinder und schlafende Babys, aufgeschlagene Bücher und sogar Hunde in Stein gemeißelt, die treu über ihre verstorbenen Herrchen wachten.

James zitterte, aber er hätte nicht sagen können, ob vor Angst oder vor Kälte. Die Erschöpfung zehrte an seinen Nerven. An diesem Ort hätte er schon bei Tageslicht eine Gänsehaut bekommen, aber bei Nacht, im Schein der Taschenlampe, die mit ihrem geisterhaften Strahl die neblige Luft durchschnitt, lauerten in seiner Einbildung alle erdenklichen Schreckgestalten auf ihn. Vielleicht hätte er doch lieber auf Perry hören und bis zum nächsten Morgen warten sollen.

Sei kein Dummkopf, James, sagte er zu sich selbst. *Es gibt nichts, wovor man sich fürchten müsste.*

Aber es gab doch etwas.

Die letzten vierundzwanzig Stunden hatten ihm bewiesen, dass es genug gab, das einem Angst einjagen konnte, wenn es auch nicht unbedingt Schreckgespenster oder Fratzen waren.

Die düsteren Statuen sahen aus wie Menschen, die sich zwischen den Bäumen versteckten, und bei jedem Grab, an dem sie vorbeikamen, war er darauf gefasst, dass jemand hervorsprang. Er blieb dicht bei Perry und wünschte, sie hätten zwei Taschenlampen bei sich.

Außer den normalen Gräbern standen auch riesige Mausoleen auf dem Friedhof, groß wie Häuser, deren Wände mit Moosteppichen überwachsen waren. Einige waren halb verfallen, die Dächer eingestürzt. Die Menschen der viktorianischen Zeit hatten bestimmt geglaubt, ihre letzten Ruhestätten seien für die Ewigkeit geschaffen, aber inzwischen wehrte sich der Friedhof nicht

mehr, er verlor den Kampf gegen die Natur. Wie die Toten unter der Erde verfiel er immer mehr, kehrte zurück zur Wildnis.
James und Perry wollten gerade die Hoffnung aufgeben, als sie um eine Ecke bogen und um ein Haar gegen zwei schlichte steinerne Obelisken geprallt wären. Sie standen vor etwas, das aussah wie ein verfallener ägyptischer Tempel. Perry ließ den Strahl der Taschenlampe über eine hohe Mauer wandern, die in den Abhang hineingebaut worden war. Schlingpflanzen und Dornengestrüpp zogen sich über das Gemäuer und die großen, mit Lotosornamenten verzierten Säulen zu beiden Seiten. Der Eingang mündete in einen langen düsteren Weg, der links und rechts von Grabstätten gesäumt wurde.
»Meine G-Güte«, rief Perry aus. »Wir sind ja wahrhaftig in einer richtigen Totenstadt.«
Eine unirdische Stimmung lag über diesem Teil des Friedhofs. James fühlte sich, als würde er Zeit und Raum hinter sich lassen. Aber Perry holte ihn schnell in die Wirklichkeit zurück.
»Also gut«, sagte er. »Die Obelisken haben wir gefunden, aber wo ist N-Nero?«
»Ich weiß es nicht«, antwortete James. »Sehen wir uns etwas gründlicher um.«
Sie gingen durch das Eingangstor und folgten dem Weg, der sanft anstieg. Auf beiden Seiten standen Mausoleen, deren eiserne Türen mit auf dem Kopf stehenden Fackeln verziert waren und deren Schlüssellöcher verkehrt herum eingelassen waren. Von den herunterhängenden Ästen tropfte das Wasser und rann an den Wänden entlang.
Der Pfad mündete in ein verfallenes Rondell, das von Mauern begrenzt wurde, die höher als vier Meter waren. In der Mitte erhob sich eine ausladende Libanonzeder, die ihre Äste wie eine große schwarze Fledermaus ausbreitete. Sie tauchte den Friedhof in die tiefste Dunkelheit, die die beiden Jungen je erlebt hatten. An

der Außenseite des Rondells waren noch mehr Grabstätten in den Hang gehauen. Sie waren größer und prächtiger als jene, an denen sie vorbeigekommen waren. Die Namen der Familien waren über die Eingangstore gemeißelt, manches Tor hatte sogar ein kleines Fenster. Als sie mit ihrer Lampe hineinleuchteten, sahen sie Steinsärge, die auf Podesten standen.

»Ich kann m-mir nicht helfen, ich glaube, die M-Menschen in der viktorianischen Zeit waren geradezu besessen vom Tod«, sagte Perry. »Dieser Ort ist ein D-Denkmal des Todes.« Er blieb stehen und zeigte auf ein Grab. »Schau«, sagte er, »das Grab da drüben steht offen.«

Tatsächlich, nicht weit von ihnen entfernt war das Tor zu einem der Grabmale einen Spaltbreit geöffnet.

»Schauen wir mal rein«, schlug Perry vor.

»Sei vorsichtig«, warnte James.

»Du hast d-doch nicht etwa Angst?«, fragte Perry.

»Nein, natürlich nicht«, protestierte James, aber in Wahrheit schlug sein Herz bis zum Hals und trotz der Kälte begannen seine Hände zu schwitzen. Ehe er noch etwas sagen konnte, war Perry schon auf und davon und spähte durch die offene Tür ins Innere des Mausoleums. James holte ihn ein und beide traten ein.

Im Innern des Grabmals befand sich ein Raum von mittlerer Größe, höher als breit, mit feuchten Wänden und zwei marmornen Sargpodesten auf jeder Seite. Die Luft war kühl und roch muffig, Fenster gab es nicht. Tote brauchten keine Aussicht. Auf dem niedrigeren Podest zur Linken stand ein verschlossener Steinsarg, aber der Sarg auf dem höheren Podest war offen. Die Steinplatte war gegen die Wand gelehnt.

Perry leuchtete mit seiner Lampe in den Sarg hinein.

Drinnen lag ein Körper, der Körper eines Mannes, gehüllt in Lumpen, das Gesicht dunkel, wie mit Firnis überzogen, das Haar struppig und matt. Er roch fürchterlich. Säuerlich und modrig.

Perry trat näher. »Ich habe noch nie einen T-Toten gesehen«, flüsterte er.
»Lass das«, sagte James. »Sei nicht respektlos.«
»Er ist t-tot«, protestierte Perry. »Was kann er uns jetzt noch anhaben?«
James sah, wie Perry die Hand nach dem Gesicht des Toten ausstreckte. Gerade als er mit den Fingern die Wange berührte, riss der Tote die Augen auf und war mit einem Mal sehr lebendig.
Perry schrie auf und ließ die Taschenlampe fallen. Augenblicklich war das ganze Mausoleum in tiefste Dunkelheit gehüllt.
James hatte das Gefühl, als habe man einen Eimer mit eiskaltem Wasser über ihn ausgegossen. Einen Moment lang stand er wie angewurzelt da. Er wusste nicht, ob das, was er eben gesehen hatte, Wirklichkeit war. Dann hörte er ein schlurfendes Geräusch und wie Perry um Hilfe rief.
Er musste sofort etwas tun.
James kniete sich auf den Boden und tastete nach der Taschenlampe. Perry keuchte und gurgelte schrecklich. Dabei zappelte er mit den Füßen und versetzte James einen schmerzhaften Tritt in die Seite.
Plötzlich verstummte Perry und James hörte eine Männerstimme, leise und drohend.
»Wen haben wir denn da, he?«
Von Perry kam keine Antwort, nur ein ersticktes Grunzen.
»Und was hast du vor, dass du dich wie ein Dieb mitten in der Nacht anschleichst, he? Spielst vielleicht den Teufel, Sir? Oder 'ne Ratte? Oder bist du einer von den Burschen, denen es Spaß macht, 'nen alten Mann im Schlaf zu überfallen? Wer bist du? *Quid pro quo?*«
Endlich ertasteten James' Finger die glatte Metallhülle der Lampe; er packte sie, suchte fahrig nach dem Einschaltknopf und schaltete die Lampe wieder ein.

Der Mann, ein Stadtstreicher, hielt Perry mit seiner starken braunen Hand an der Gurgel fest und drückte ihn gegen die Wand. Perry rang nach Luft. Mit den Händen schlug er kraftlos gegen die Unterarme des Mannes.
»Aufhören!«, schrie James. »Wir wollten Ihnen nichts tun.«
Der Stadtstreicher drehte blitzschnell den Kopf und starrte James an; seine Augen leuchteten gelb in der Dunkelheit.
»Da ist ja noch einer.«
»Bitte!«, rief James. »Lassen Sie ihn los.«
»Lassen Sie ihn los, sagt er, als ob das so einfach wäre.«
»Ehrlich, wir tun Ihnen nichts«, sagte James. »Wie dachten, Sie wären tot.«
Der Mann schaute verdutzt. Ein Zucken lief durch seinen Körper; er sah aus wie ein Hund, der träumt. Endlich ließ er Perry los. Perry rutschte an der Wand zu Boden. Keuchend schnappte er nach Luft und rieb sich die schmerzende Kehle.
»Tot?«, fragte der Obdachlose. »Wie kommt ihr denn darauf?«
»N-Nun, hauptsächlich deswegen, weil Sie wie eine L-Leiche aussahen und regungslos in einem S-Sarg lagen«, antwortete Perry verärgert.
»Ich hab schon viel zu lange unter den Toten gelebt«, sagte der Mann. »Am schlimmsten war es im Krieg. In den Schützengräben stapelten sich die Leichen, alle meine Kameraden lagen dort. Wie oft habe ich mir gewünscht, auch tot zu sein. Vielleicht bin ich es ja jetzt.« Er lachte, es klang wie Wasser, das gurgelnd im Abfluss verschwindet. »Das muss ein schöner Schrecken für dich gewesen sein! Von einem Toten gewürgt zu werden!«
»Es tut uns wirklich leid, dass wir Sie gestört haben«, sagte James.
»Dulce et decorum est, pro patria mori«, gab der Stadtstreicher zur Antwort.
»Sie wohnen also hier?«, fragte Perry und schaute in den Steinsarg.

»Ich komm im Winter hierher«, erklärte der Mann. »Hier isses warm und trocken. Ich brech die Tür auf und mach's mir bequem. Is' doch 'ne Schande, so 'n schönes Bett verkommen zu lassen. Aber ich weiß, was sich gehört, Meister. Ich weiß, dass ich hier nicht zu Hause bin. Mein Geschäft verrichte ich nicht hier, das mach ich woanders. Andere benehmen sich nicht so gut. Die lassen ihren Dreck liegen, wo es ihnen passt. Ich nicht! *Omni fulcit temporens* oder so ähnlich. Oh, ich sterbe, wenn ich nicht was Trinkbares kriege. Meine Knochen sind schon staubtrocken.«
»Kennen Sie sich hier auf dem Friedhof aus?«, fragte James.
»Der Friedhof ist mein Reich«, erwiderte der Mann.
»Wir suchen nämlich etwas«, erklärte James.
»Dacht ich mir's doch«, knurrte der Stadtstreicher.
»Vielleicht können Sie uns helfen«, sagte James unbeirrt. »Wir suchen Nero. Kennen Sie eine Statue von ihm? Oder ein Grab, auf dem dieser Name steht?«
»Ihr wollt wissen, ob ich Nero kenne?«, wunderte sich der Mann. »Klar weiß ich, wer Nero ist. Den kennt doch jeder. Nero ist ein Löwe. *Leo, leonis.*«
»Lass es gut sein«, murmelte Perry leise. »Das ist Zeitverschwendung. Er ist nicht g-ganz dicht im Oberstübchen.«
Aber James beachtete seinen Freund nicht. Der Mann war vielleicht verwirrt, aber aus seiner Verrücktheit sprach auch Intelligenz. »Wollen Sie damit sagen, dass es hier einen Löwen gibt?,« fragte er. »Einen Löwen, hier auf dem Friedhof?«
»Klar doch«, bestätigte der Stadtstreicher. »Aber er hat ausgebrüllt. Der is' nämlich aus Stein.«
»Also eine Statue?«
»Natürlich 'ne Statue. Was hast du denn gedacht?«, entgegnete der Alte. »Hast wohl gedacht, hier laufen wilde Tiere rum. Stolzieren zwischen den Gräbern auf und ab. Was bringt man euch heutzutage eigentlich bei in der Schule?«

Der Obdachlose hielt inne und beugte sich vor zu James. Er stank schrecklich. Anscheinend hatte er seine schmierigen Kleider seit Jahren nicht gewechselt, geschweige denn gewaschen.
James konnte sein Gesicht jetzt deutlich vor sich sehen. Es war aufgedunsen und übersät von Narben von Verletzungen, die er sich irgendwann einmal zugezogen hatte. Das Nasenbein war gebrochen und schief zusammengewachsen. Die Haut war dunkel, so tief saß der Schmutz, dunkel von den Spuren, die das schier endlose Leben auf der Straße hinterlassen hatten.
»Aber sicher bin ich mir nicht«, flüsterte der Mann. »Manchmal, in der Nacht, wenn ich was getrunken hab, seh ich Dinge. Dann könnt ich schwören, der alte Nero steht auf und jagt Kobolde.«
»Und warum g-gibt es hier eine v-verdammte Löwenstatue?«, grummelte Perry.
»Sie steht auf dem Grab des alten George Wombwell.«
»Wer war das?«, fragte Perry.
»Er hatte einen Wanderzirkus und einen Zoo. Jeder, der dafür zahlte, konnte die Tiere anschauen. Er richtete den armen Nero zum Kämpfen gegen andere wilde Tiere ab, Hunde, egal, was. Oh ja, Nero war 'ne Berühmtheit. Aber Nero und Wombwell sind schon lange tot. Ja, eines Tages holt uns alle der Teufel.« Der alte Mann bekreuzigte sich.
James merkte, wie er zitterte. Den »Toten« wieder lebendig werden zu sehen, war ein Schock gewesen und sein Herz schlug ihm immer noch bis zum Hals. Alles, was an diesem Abend geschehen war, hatte etwas Unwirkliches. Jetzt, so schien es, würde der Stadtstreicher sogar das Rätsel für sie lösen.
»Können Sie uns das Grab zeigen?«, fragte er.
»Was? Jetzt?«, rief der Alte. »Mitten in der finstersten Nacht?«
»So spät ist es auch w-wieder nicht«, wandte Perry ein.
»Wer behauptet das?«
»Ich w-wollte nur sagen . . .«

»Wer bist du, dass du mir vorschreiben kannst, wie spät es ist, he?«, knurrte der Mann und drehte Perry sein schmutziges, zerfurchtes Gesicht zu. »Wer bist du? Der Herr über die Zeit höchstpersönlich? Für mich ist es spät, basta. Ich schlafe, wenn es dunkel ist, und ich wache auf, wenn es hell ist. *Caramba santifex, omnia mori.«*

»Bitte«, beharrte Perry. »Sie m-müssen es nicht umsonst tun. Wie wär's mit ein bisschen Geld, hm? Sie können sich d-davon was zu trinken kaufen, eine ganze F-Flasche voll.«

Perry fingerte in seinen Hosentaschen nach einigen Geldstücken, die er dem Alten hinhielt.

Der kratzte sich am Kopf und wischte sich die Nase am Ärmel ab. »Es ist eines Mannes nicht würdig, Geld von einem Fremden anzunehmen«, sagte er, »aber ich tus trotzdem.«

Behutsam klaubte er eine Münze nach der anderen aus Perrys Hand. »Kommt mit. Ich bring euch zu Nero.«

In der Zwischenzeit hatte es zu nieseln begonnen und plötzlich öffnete der Himmel seine Schleusen. Der Regen stürzte wie aus Kübeln auf die drei herunter. Er trommelte auf den Boden und verwandelte ihn im Nu in zähen Schlamm. Perry fluchte. Er hatte seinen Regenschirm bei Charnage zurückgelassen. Sie hatten nichts, womit sie sich schützen konnten.

Den Stadtstreicher schien das nicht zu stören. »Das sind alles meine Freunde!«, rief er durch das Geprassel und klang dabei wie ein stolzer Hausbesitzer, der Bekannten sein neues Zuhause zeigt. »Die Toten, die hier schlafen.«

»Sind hier auch b-berühmte Leute begraben?«, rief Perry zurück.

»Das will ich meinen«, gab der Alte zur Antwort. »Greatorex, Wellbelow, Faraday, Petavel, Charlie Cruft und Tommy Sayers, sogar der gute alte Karl Marx liegt hier, der Vater des Kommunismus, der Mann, der den russischen Bären rot gemacht hat. Ich wäre auch gern hier begraben, aber niemand wird einen Grabstein mit meinem Namen aufstellen.«

»Wie heißen Sie eigentlich?«, fragte James durch das laute Prasseln des Regens.

»Ihr könnt mich Theo nennen«, antwortete der Mann. »Früher hatte ich mal 'nen längeren Namen, aber den brauch ich jetzt nich' mehr. Der is' weg, zusammen mit meinen Zähnen.«

Er blieb stehen, grinste die Jungen an und bleckte dabei sein nacktes Zahnfleisch. »Kein einziger Zahn mehr im Mund«, sagte er. *»Omnia dentisterei fugit.«*

»Sein Latein ist ziemlich k-kraus«, flüsterte Perry. »Was will er damit sagen?«

»Alle seine Zähne sind entflohen«, antwortete James und Perry fing an zu lachen. James konnte nicht anders, er musste mitlachen. Und während sie lachten, wich die Anspannung von ihm und wurde vom kalten Regen weggewaschen.

Sie kehrten zurück zum Hauptteil des Friedhofs. Theo brummelte andauernd vor sich hin, während er sie über die verschlungenen Pfade führte. James sah, dass seine Füße nackt und die Zehennägel lang waren wie Krallen.

Irgendwann blieb Theo plötzlich stehen.

»Da sind wir«, sagte er und zeigte auf einen steinernen Sockel, auf dem die lebensgroße Statue eines schlafenden Löwen ruhte.

James betrachtete das Grabmal näher. Auf einer Tafel stand: *Im Gedenken an George Wombwell, Menagerie-Besitzer*.

Er wandte sich um und wollte Theo danken, doch er war verschwunden. Man hörte nur noch das leise Klimpern von Münzen.

»Reizender B-Bursche«, meinte Perry.

»Ohne ihn wären wir aufgeschmissen gewesen«, sagte James.

»Wir hätten halt bei T-Tageslicht zurückkommen und einen vernünftigen M-Menschen fragen müssen«, sagte Perry. »Einen Friedhofswärter, einen Totengräber oder so jemanden. Was wir m-machen, ist total verrückt. Wir stochern hier im Dunkeln herum, lassen uns bis auf die Knochen durchweichen und holen uns vielleicht noch eine Lungenentzündung.«

»Red nicht so viel, tu lieber was«, mahnte James. »Wir müssen herausfinden, weshalb Fairburn wollte, dass wir hierherkommen.«

James suchte die Umgebung im Schein der Taschenlampe systematisch ab. Er hoffte auf einen Hinweis, etwas Auffälliges, aber er wusste nicht genau, was. Er tappte in mehr als einer Hinsicht im Dunkeln.

»Es ist aussichtslos«, sagte Perry. »Wieso k-kommen wir nicht morgen früh zurück?«

»Weil wir keine Zeit haben«, fuhr James ihn an. »Morgen ist Sonntag. Sie bringen Fairburn außer Landes, zusammen mit dieser Maschine, falls es sie gibt. Wenn nötig, werden wir die ganze Nacht lang suchen.«

»Tut mir leid«, antwortete Perry. »Aber hier k-kriege ich eine G-Gänsehaut.«

James erwiderte nichts, sondern kniete sich hin und begann den Boden rund um den Sockel der Statue abzutasten.

»Irgendetwas muss hier sein«, sagte er. »Wir müssen es nur finden.«

Er schob die vom Frost braun verfärbten Blätter eines Farns beiseite. Und dort lag es vor ihm auf dem Boden, nass und durchweicht: ein zusammengefaltetes Blatt Papier.

Er hob es auf. Es ließ sich auseinanderfalten, ohne zu reißen.

»Was hast du da?«, fragte Perry und kniete sich neben James.

James zeigte ihm, was er gefunden hatte. Auf der einen Seite war die Abschrift einer Grabinschrift zu lesen, sie war mit Wachsstift abgepaust: *In liebendem Angedenken an Doktor Cornelius Shotbolt, F.R.S. und A.S.*

»Steht etwas auf der Rückseite?«

James drehte das Blatt um und lachte triumphierend auf. Es war ein Brief von Peterson an Fairburn.

»Tut mir leid, dass ich an dir g-gezweifelt habe«, sagte Perry. »Aber können wir jetzt g-gehen? Mir ist kalt, ich bin p-pitschnass und ich möchte einfach nur weg von diesem g-grauenvollen Friedhof. Wenn ich hier noch länger bleibe, dann m-muss man mich auch beerdigen.«

»Ich bin sicher, das lässt sich machen«, sagte eine Stimme aus der Dunkelheit.

James wirbelte mit seiner Taschenlampe herum.

Zwei Männer standen vor ihnen. Es waren die beiden, die in der vergangenen Nacht versucht hatten, ihn zu töten.

Wolfgang und Ludwig Smith.

Carcass Row

Wolfgangs Kopf war mit einem Verband umwickelt; eine dicke Kompresse saß dort, wo einmal sein Ohr gewesen war. Sein Gesicht war aschfahl und die dunkel geränderten Augen glänzten fiebrig. Regentropfen liefen über sein Gesicht. Es sah aus, als ob er weinte. In der einen Hand hielt er eine Pistole, in der anderen eine Taschenlampe. Beide zitterten leicht.

Ludwig hatte die Hände in den Taschen vergraben. Der Zylinderhut, den er trug, hielt den ärgsten Regen ab. Mit seinem schmalen, hohen Schädel sah er aus, als sei er auf dem Friedhof zu Hause.

»Gib uns das Papier, Junge«, befahl er mit tonloser Stimme.

»Und wenn nicht?«, fragte James.

»Das kannst du dir dann aussuchen«, sagte Ludwig und zog die Hände aus den Hosentaschen. Zwei üble Waffen kamen zum Vorschein – Stummelrevolver mit kurzem Lauf, deren Griff als Schlagring diente.

Ludwig grinste. *Seine* Hände zitterten nicht. Sie waren ganz ruhig. Als er die Pistolen auf die beiden Jungen richtete, klappte ein schmales Bajonett vor der Mündung auf. Die Klingen waren kaum breiter als eine Stricknadel und liefen nadelspitz zu.

James schluckte heftig und wischte sich mit der Hand übers Gesicht. Er dachte an die Wunde in Petersons Auge. Das Letzte, das der Professor gesehen hatte, war vermutlich eine dieser Klingen gewesen, bevor sie sich in seinen Kopf bohrte.

»Sie sollten vorsichtig sein mit diesen Dingern«, sagte James. »Sie könnten sich leicht damit verletzen.«

»Sehr lustig«, entgegnete Ludwig. »Nun sei ein lieber kleiner Junge und gib uns das Blatt Papier.«
James steckte das Papier in seine Jackentasche.
»Pass auf, Ludo«, sagte Wolfgang heiser. »Vielleicht ist er bewaffnet.«
»Ich passe auf«, antwortete Ludwig gereizt. »Was glaubst du, was ich mache? Ich habe hier zwei verdammte Pistolen, die auf ihn gerichtet sind. Wenn er was aus seiner Tasche zieht, das gefährlicher ist als ein Kaninchen, werde ich ihn durchlöchern und auf seine Leiche spucken.«
In diesem Augenblick merkte James, dass Fairburns Brief mit dem binären Code noch immer in seiner Tasche steckte. Er brauchte ihn nicht mehr. Tommy hatte ihn abgeschrieben.
Er zerknüllte ihn und holte ihn hervor. »Hier«, sagte er und trat einen Schritt vor. Als Ludwig seine Hand nach dem Blatt Papier ausstreckte, warf James es so weit er konnte ins Gebüsch.
Ludwig seufzte. »Hol es, Wolf«, sagte er.
»Warum ich?«, fragte Wolfgang. »Lass den Jungen gehen. Er hat es schließlich weggeworfen.«
»Eine ausgezeichnete Idee«, sagte Ludwig sarkastisch. »Geradezu genial. Wir lassen den Jungen im Dunkeln danach suchen – und weg ist er. Du hast die Lampe. Also hol den Zettel.«
Wolfgang murmelte mürrisch vor sich hin, folgte jedoch der Anweisung seines Bruders.
Ludwig ging auf James zu, eine der beiden widerlichen Klingen war direkt auf dessen Gesicht gerichtet.
»Das hättest du wirklich nicht tun sollen, mein Junge«, sagte er. »So was macht mich ärgerlich.«
»Das war auch meine Absicht«, erwiderte James.
»James«, sagte Perry leise. »Ich g-glaube, du solltest den M-Mann nicht in Rage bringen.«
»Halt die Klappe, du stotternder Affe.«

»Hören Sie mal! N-Nennen Sie mich nicht Affe«, protestierte Perry.
Ludwig wollte gerade auf ihn losgehen, als sein Bruder rief: »Ich kann ihn nicht finden, Ludo.«
Ludwig schrie zurück: »Dann such weiter, du nutzloser Trottel!«
Genau in diesem Augenblick brach in dem Gebüsch ein Tumult los. Äste wirbelten durch die Luft. Wolfgang kreischte vor Angst auf und man hörte, wie jemand zu Boden stürzte.
»Hilfe!«, schrie Wolfgang. Der Strahl seiner Taschenlampe zuckte wild hin und her. »Hier ist irgendein Tier. Hilfe! Hilfe!«
Ludwig drehte sich zur Seite, um herauszufinden, was mit seinem Bruder passiert war. Darauf hatte James nur gewartet. Er zielte mit der Taschenlampe auf Ludwigs Kopf und traf ihn hinterm Ohr. Ludwig stöhnte auf, stolperte nach vorn und suchte an einem Grabstein Halt. Er war benommen, aber nicht ohnmächtig.
Der Schlag war so hart, dass das Glas der Taschenlampe splitterte, der Griff sich löste und die Batterien durch die Luft flogen.
»Lauf weg!«, schrie James. »Hau ab, Perry!«
Perry ließ sich das nicht zweimal sagen. Er rannte den Kiesweg entlang, ohne sich umzusehen.
Als James ihm folgen wollte, sprang Wolfgang aus dem Gebüsch hervor wie ein Elefant, der aus seiner Deckung bricht, und prallte mit James zusammen. Beide stürzten zu Boden.
Direkt dahinter tauchte Theo auf und brüllte wie ein wildes Tier. Wolfgang wälzte sich zu ihm herum und blendete ihn mit der Lampe. Dann knallte es zweimal hintereinander, es blitzte kurz auf und Theo sackte mit einem dumpfen Stöhnen zusammen.
Ludwig stand da und hielt seine rauchenden Pistolen in der Hand.
James war hundeelend zumute. Tränen der Wut schossen ihm in die Augen und brannten wie Feuer. Halb blind, ohne recht zu

wissen, was er tat, stürzte er sich auf Ludwig und riss ihn zu Boden.
Blitzschnell rollte er zur Seite weg, aber da holte Ludwig auch schon mit einer der beiden Waffen aus. Die Spitze der Klinge schrammte quer über James' Brust, zerriss seine Jacke, verletzte ihn jedoch nicht. James taumelte in die Büsche und kroch auf allen vieren davon.
»Los, hinterher!«, schrie Ludwig seinem Bruder zu.
»Warum ich?«
»Weil du die Taschenlampe hast, du Idiot.«
James tappte im Dunkeln weiter und stieß auf ein Stück Marmor, das halb im Boden steckte; es hatte einmal zu einem Grabstein gehört. Er packte es und zog kräftig daran. Gerade in dem Augenblick, als Wolfgang wieder auftauchte, gab es nach. James überlegte nicht lange und schlug damit gegen das Knie seines Verfolgers.
Wolfgang heulte auf und sank zu Boden. Als er wieder aufstehen wollte, schlug James erneut zu. Diesmal traf er seinen Gegner seitlich im Gesicht. Es gab ein fürchterliches Knacken und feine weiße Splitter flogen durch die Luft – Splitter von Marmor und ausgeschlagenen Zähnen.
»Omnia dentisterei fugit«, murmelte James.
Wolfgang war außer Gefecht, sodass James wieder Hoffnung zu schöpfen wagte. Geduckt kroch er weiter, vorbei an Gräbern und Büschen, durch Nässe und Schmutz. Der Regen verschluckte alle Geräusche.
Er hatte keine Ahnung, welche Richtung er eingeschlagen hatte, aber er wusste, dass er bergab musste. Dort lag die Straße, dort war er in Sicherheit.
Er riskierte es aufzustehen. Er sah so gut wie gar nichts, als er im Dunkeln zwischen den Bäumen stand, aber er nahm an, dass es Ludwig nicht viel besser erging.

Nirgends eine Bewegung, nirgends ein Geräusch, nur der Regen war zu hören.
Okay, sagte er zu sich selbst. *Jetzt oder nie. Lauf, so schnell du kannst.*
Kaum hatte er drei Schritte gemacht, prallte er so heftig gegen einen Ast, dass er rückwärts über einen Grabstein fiel. Er schrie auf vor Schmerz und ihm wurde schwindelig, aber er zwang sich, sofort wieder aufzustehen.
Da stand Ludwig vor ihm, das Gesicht zu einem hässlichen Grinsen verzerrt.
James wich zurück. Er spürte einen Ast hinter seinem Rücken. Das brachte ihn auf eine Idee. Er wich weiter zurück, bog den Ast noch stärker nach hinten und hoffte darauf, dass es so dunkel war, dass Ludwig nicht erkennen konnte, was er vorhatte. Er musste seine ganze Kraft aufbieten, aber wenn er daran dachte, was Ludwig Theo angetan hatte, verlieh ihm der Zorn zusätzliche Stärke.
Ludwig kicherte.
»Du entwischst mir nicht mehr, Junge«, sagte er. »Piks, piks – ich stech dir deine blauen Babyaugen aus für das, was du meinem kleinen Bruder angetan hast.«
Inzwischen drückte der zurückgebogene Ast James schmerzhaft in den Rücken; seine Füße begannen zu rutschen und er stemmte sie fest in den Boden.
Ludwig kam näher.
»Du hast gesehen, was ich mit Peterson gemacht habe«, sagte er. »Er ist gestorben, ohne einen Laut von sich zu geben. Wenn nötig, kann ich einen sauberen Mord begehen, darauf bilde ich mir etwas ein. Meine Klinge ist direkt ins Gehirn gedrungen. Ein bisschen Rütteln und Drehen und dann gute Nacht, Professor, schlafen Sie fest und träumen Sie schön. Aber bei dir werde ich langsam und sachte vorgehen, mein Junge. Ich werde zuerst dahin

stechen, wo es nicht gefährlich ist. Und dann arbeite ich mich weiter vor zu den gut durchbluteten Stellen.«

»Sie reden zu viel«, sagte James und ließ sich auf den Boden fallen. Er spürte, wie der Ast über ihm vorbeipeitschte, und hörte den dumpfen Schlag, als er Ludwig direkt in den Magen traf und ihn ins Gebüsch katapultierte.

James wartete nicht ab, ob Ludwig wieder aufstand, sondern rannte los. Mit langen Schritten lief er über den durchweichten, matschigen Boden und blickte kein einziges Mal zurück. Einmal rutschte er aus und schürfte sich die Knie auf, aber er nahm keine Notiz davon. In Windeseile hatte er die Friedhofsmauer erreicht. Auch dort hielt er nicht inne. Schnell und geschmeidig wie eine Katze kletterte er auf einen Baum, ja er flog beinahe von einem Ast zum anderen. Dann stand er auf der Mauerkrone und sprang auf den Gehweg auf der anderen Seite hinunter.

Er war zurück in der realen Welt, stand auf einer ruhigen Londoner Straße in einer feuchten Dezembernacht. Ein Auto sauste vorbei und war schon wieder verschwunden, bevor James der Gedanke kam, es anzuhalten.

Er schaute nach rechts und nach links.

Gleich neben der gotischen Kapelle am Eingangstor parkte der Daimler.

James kam eine Idee.

Er hatte genug davon, vor diesen Leuten davonzulaufen. Es war an der Zeit, damit aufzuhören und zu kämpfen. Er wollte nicht länger den Gejagten spielen. Jetzt war er der Jäger.

James rannte zum Daimler und spähte durch die Gitterstäbe in den Friedhof. Nirgendwo war etwas von den Brüdern zu sehen, geschweige denn von Perry. Na gut, Perry hatte mehr als genügend Zeit gehabt, davonzulaufen. Ganz offensichtlich hatten beide Brüder es nur auf James abgesehen. Und Perry Mandeville war alt genug, um auf sich selbst aufzupassen.

James ging zur Rückseite des Wagens und öffnete den Kofferraum, dann sah er sich noch einmal kurz um und kletterte hinein. Die Smith-Brüder würden ihn zu Fairburn bringen.
Er zog seinen Schuh aus, drehte den Absatz zur Seite, holte sein Federmesser aus dem Geheimfach und hielt es stoßbereit in der Hand. Wenn jemand den Kofferraum öffnete, erwartete ihn eine unangenehme Überraschung.

Es kam ihm vor wie eine Ewigkeit, bis er draußen Stimmen hörte. Eine Wagentür ging auf. Der Daimler schaukelte, als sich jemand schwer auf den Rücksitz des Wagens fallen ließ und stöhnte. James hörte, wie die beiden Brüder sich zankten. Dann erneut ein langes, jämmerliches Stöhnen und schließlich knallte die Tür zu. Gleich darauf schaukelte der Wagen wieder – vermutlich hatte sich Ludwig auf den Fahrersitz gesetzt.
Der Motor sprang an und sie fuhren los. Wolfgang stöhnte und ächzte in einem fort und jedes Mal, wenn der Wagen durch ein Schlagloch fuhr, hörte James sein wütendes Protestgeheul.
Offenbar hatte er Schmerzen. Aber auch James fühlte sich nicht besonders gut. Er war durchnässt bis auf die Haut und schmutzig, Jacke und Hose waren zerrissen. Seine aufgeschürften Knie brannten, das eine blutete und klebte am Hosenbein fest. Wenn er noch die Verletzungen hinzuzählte, die er sich bei dem Autounfall zugezogen hatte, dann war sein Zustand wirklich nicht beneidenswert.
Im Kofferraum war es kalt und der Motor dröhnte, aber wenigstens war es dort trocken. Obwohl James dagegen ankämpfte, überfiel ihn eine bleierne Müdigkeit. Er schloss die Augen und fiel in einen unruhigen Halbschlaf, wurde jedoch immer wieder vom Schaukeln des Autos wach gerüttelt.
Er musste etwas tun, um nicht einzuschlafen.
Da fiel ihm das Blatt Papier ein, das er auf dem Friedhof gefun-

den hatte und das noch in seiner Tasche steckte. Er fischte es heraus und faltete es auseinander. Dabei achtete er sorgsam darauf, dass es dort, wo es feucht geworden war, nicht zerriss. Von einem der Rücklichter des Daimlers fiel gerade so viel Licht in den Kofferraum, dass er den Brief lesen konnte, auch wenn die Schrift schon verblasst und das Papier an einigen Stellen ausgerissen war.

»Lieber Alexis . . .«, begann der Brief, dann folgten einige Belanglosigkeiten, bevor es interessant wurde. *»Ich habe mit der Arbeit an Johns Maschine begonnen. Dabei habe ich die Pläne verwendet, die du an jenem Abend am Berkeley Square skizziert hast. Sie wird riesig sein, wenn sie erst fertig ist, beinahe so groß wie ein Zimmer. Ich kann nicht sagen, ob sie funktionieren wird. Ich wünsche mir so sehr, dass du mir dabei helfen würdest. Manchmal weiß ich nicht mehr weiter, aber ich verstehe deine Bedenken. John ist immer noch der Alte, wie damals im Trinity College. Ich glaube, du hattest recht mit deinen Vermutungen, um wen es sich bei Johns Auftraggeber für Nemesis handelt . . .«*

Die folgende Zeile war unleserlich und der untere Teil des Blatts fehlte. Der einzige Satz, den James noch entziffern konnte, lautete: *». . . aber welchen Schaden kann schon eine simple Rechenmaschine anrichten . . .?«*

James wusste es auch nicht. Aber wegen dieser Maschine war ein Mensch entführt und ein zweiter ermordet worden.

Er faltete das Blatt sorgfältig zusammen und versteckte es in seinem Absatz, dann konzentrierte er sich darauf herauszufinden, wohin sie fuhren.

Sie hatten offenbar das beschauliche Highgate verlassen und geschäftigere Gegenden Londons erreicht. Das Auto hielt nun öfter an und James hörte Verkehrslärm und Stimmen; sie stammten sicher von Leuten, die einen Samstagabendbummel unternahmen. Nach einer Weile verebbte der Verkehrslärm und auf den Straßen war es wieder ruhig. James vermutete, dass sie quer durch das Zentrum von London gefahren waren und sich nun in den Außenbezirken befanden, aber er hätte nicht sagen können, welche Richtung sie eingeschlagen hatten.

Schließlich bremste das Auto und blieb stehen.

Die Brüder stiegen aus. Dabei stritten sie unentwegt und machten sich gegenseitig Vorwürfe. Die Türen wurden zugeschlagen, Schritte verloren sich in der Ferne.

James wartete lange und lauschte angestrengt nach dem kleinsten Geräusch. Nach einer Weile nahm er sein Messer und stemmte den Kofferraum auf. Er drückte den Deckel hoch und schaute sich um.

Es regnete nicht mehr.

James stieg aus dem Kofferraum und verschloss ihn wieder. Er stand in einem Innenhof, der von hohen rußgeschwärzten Mauern mit Glasscherben obenauf gesichert war. Der Platz lag verlassen da. Irgendwo tropfte Wasser.

Der Hof gehörte zu einem großen, hässlichen Werksgebäude. Dem Anschein nach war die Fabrik seit Jahren geschlossen. Einige Fenster waren zerbrochen, kein einziger Schornstein qualmte. Das Gebäude wirkte düster und wie ausgestorben.

Im hinteren Teil des Hofs stand ein verlassenes Nebengebäude, das früher einmal ein Lagerhaus gewesen sein mochte. Das Dach war eingestürzt, kein einziges Fenster, keine einzige Tür war mehr heil. In einer Ecke fand James einen Stapel alter Kalender aus dem Jahr 1930. Sie zeigten Bilder der Fabrik aus besseren Tagen und James lächelte unwillkürlich, als er den Namen las.

Charnage Chemiewerke.

Mehr Beweise brauchte er nicht.

Wolfgang und Ludwig arbeiteten eindeutig für Sir John Charnage.

James ging wieder hinaus und versuchte, eine Fabriktür zu öff-

nen. Sie war verschlossen. Er wischte den Schmutz von einem Fenster und spähte ins Innere, konnte jedoch nichts erkennen. Er hielt nach einer anderen Tür Ausschau, aber der einzige Eingang, den es noch gab, war von einem Berg von Müll versperrt: Bauschutt und verrostetes Eisen, alte Flaschen und Dosen, ölige Lappen und verrottendes Holz.
In der Ferne hörte er eine Schiffssirene.
Er ging zu den Toren, die in den Hof führten. Es überraschte ihn nicht, dass sie verriegelt und mit Vorhängeschlössern gesichert waren. Er musste husten und presste die Hand vors Gesicht. Ein Gestank lag in der Luft, der ihm die Kehle zuschnürte. Er spähte durch das Tor. Draußen führte eine gepflasterte Straße vorbei, sie war schwarz und glänzend vom Regen. Eine einzelne grelle Lampe, die an einem Lagerhaus auf der gegenüberliegenden Straßenseite angebracht war, warf ihr Licht auf ein Straßenschild: Carcass Row E1.
Also war er irgendwo im Osten der Stadt. Das Lagerhaus und die Geräusche, die vom Fluss zu ihm heraufdrangen, sagten ihm, dass er sich vermutlich in der Nähe der Docks befand.
Rauchschwaden zogen von einer Ecke des Lagerhauses zu ihm herüber und der Gestank wurde immer unerträglicher. James schaute nach oben und konnte gerade noch die Umrisse zweier Schornsteine ausmachen, die sich gegen den Himmel abhoben. Dem Geruch nach zu urteilen, musste es eine Leimfabrik oder eine Gerberei sein. Es stank nach Tierkadavern, die hier verwertet wurden.
Er überlegte, was er tun sollte. Sollte er sich einfach in dem Anbau verstecken und warten, bis die beiden Brüder wiederkamen?
Nein.
Hatte er nicht beschlossen, von jetzt an selbst der Jäger zu sein?
Er würde die Brüder suchen und ihnen heimzahlen, was sie ihm

angetan hatten. Zweimal hatten sie versucht, ihn umzubringen. Sie hatten sein Auto demoliert. Sie hatten Theo ermordet. James würde den Kampf mit ihnen aufnehmen, jetzt, auf der Stelle, und dann würde er sehen, wie ihnen das gefiel.

Und wie es Sir John Charnage gefiel.

Er ging zu dem Daimler und durchsuchte ihn gründlich. Im Fond war eine Klappe angebracht, hinter der zwei Branntweinkaraffen, Gläser und ein Zigarettenspender zum Vorschein kamen. Er fand auch ein Briefchen Streichhölzer mit einem bunten Bild, auf dem zwei tanzende Würfel und ein paar Spielkarten zu sehen waren, darunter der Name *Casino Paradiso*.

Er nahm den Verschluss von einer der Karaffen und roch daran. Brandy. Das war gut. Brandy brannte genauso gut wie Benzin. James nahm beide Karaffen und leerte sie über den Sitzen aus. Dann holte er Lumpen von dem Müllberg und so viele Kalender, wie er tragen konnte. Die Lumpen stopfte er unter den Sitz; von den Kalendern riss er Blätter ab und zerknüllte sie.

Dann nahm er einen weiteren Kalender, rollte ihn zusammen und zündete ihn an einem Ende an. Sobald das Papier Feuer gefangen hatte, steckte James damit die zerknüllten Blätter an. Es dauerte nicht lange, bis die Flammen auf die öligen Lumpen übergegriffen hatten und sich beißender schwarzer Rauch im ganzen Auto ausbreitete.

James rannte weg und versteckte sich in dem leer stehenden Nebengebäude, sodass er sowohl das Auto als auch die Eingangstüren zur Fabrik im Auge behalten konnte.

Jetzt war es geschafft, es gab kein Zurück mehr. Es war vielleicht eine verrückte Idee, aber er fühlte sich gut dabei. Sein eigenes Auto war ausgebrannt, nun war Charnage an der Reihe.

Er lachte lautlos.

Es gab einen lauten Knall und der Daimler verwandelte sich in einen hell lodernden Feuerball.

Casino Paradiso

Das brennende Auto erleuchtete den Innenhof, der tanzende Feuerschein erhellte sogar noch die Wand des gegenüberliegenden Lagerhauses. Die Flammen zischten, prasselten, loderten in die Höhe und hin und wieder gab es einen lauten Knall, wenn im Innern des Fahrzeugs etwas explodierte. Funken stoben in alle Richtungen. Eine dichte blaugraue Rauchwolke stieg in den Himmel und wetteiferte mit dem gelblichen Qualm aus der Leimfabrik. Jetzt war ein lautes Fauchen zu hören, als die Flammen aus der Motorhaube schlugen und die Windschutzscheibe mit einem fürchterlichen Knall splitterte. Gleich darauf gab es eine Reihe dumpfer Schläge und der Daimler sackte mit geplatzten Reifen auf die Felgen.

Mit einem Mal flogen die Fabriktüren auf und drei Männer kamen herausgerannt. Der erste war ein schmächtiger Chinese, seiner Kleidung nach zu urteilen ein Koch; der zweite war Charnages Butler, Deighton, und der dritte war Ludwig.

James grinste. Die Ratten kamen aus ihren Löchern gekrochen. Doch wo blieb Wolfgang?

Da tauchte auch der Bruder auf. Er kam hinter Ludwig hergehumpelt, sein Bein war mit einer provisorischen Schiene bandagiert. Ein Auge war schwarz und blutunterlaufen und über sein Gesicht zog sich ein hässlicher dunkelroter Striemen; dort, wo James ihn mit dem Marmorstein getroffen hatte, war es dick und verschwollen.

»Holt Eimer!«, kreischte Ludwig. »Wasser, schnell!«

»Ich kann nichts tragen«, erwiderte Wolfgang beleidigt. »Und ich gehe auch nicht in die Nähe des Autos. Nicht nach dem, was mir passiert ist.« Er fuhr mit der Hand zum Verband und tastete über die Stelle, wo sein Ohr gewesen war.

Deighton lief in die Fabrik zurück. Dabei stieß er beinahe mit drei älteren Chinesen zusammen, die, ihrer Kleidung nach zu schließen, ebenfalls Köche waren. Ludwig rief ihnen etwas zu und sie antworteten aufgeregt, dann wurden sie von einem weiteren Mann unsanft beiseitegeschoben.

Charnage.

Er fuchtelte mit seinem elfenbeinbesetzten Gehstock in Richtung Auto und rief, jemand solle endlich irgendetwas unternehmen.

»Geschieht dir recht«, flüsterte James.

Schnell hatte sich eine Menschenkette gebildet, die Eimer und Wannen voll Wasser aus dem Innern des Gebäudes herausschaffte, aber es half nichts. Selbst wenn es ihnen gelänge, das Feuer zu löschen, das Auto war verloren. James erinnerte sich an den aufgebockten Bentley, der hinter der Kneipe in Slough stand. Sein Besitzer hatte Monate damit zugebracht, das Auto herzurichten, aber es war immer noch ein Wrack.

Wolfgang fand einen Schlauch und schloss ihn unbeholfen an einen Wasserhahn an. Er fummelte und fluchte, bis endlich Wasser floss, und er richtete den Strahl aus sicherer Entfernung auf die Flammen.

Die Männer hörten auf, Wasser aus dem Haus zu tragen, stattdessen standen sie um Wolfgang herum, stritten und zeigten auf den brennenden Daimler.

Das war die Gelegenheit, erkannte James. Er holte tief Luft und lief gebückt auf eine Lücke in der Wand des Anbaus zu, die früher ein Fenster gewesen war. Hier konnte man ihn nicht sehen, deshalb kletterte er schnell ins Freie und schlich vorsichtig wei-

ter, bis er die Männer, die den Brand bekämpften, und die offen stehenden Türen vor sich sah.
Er wartete ab. Erst als er sicher war, dass niemand ihn bemerkt hatte, flitzte er zur Fabrik und verschwand im Innern.
Er fand sich in einem langen Korridor wieder, rechts und links gingen Türen ab. Er öffnete die erstbeste, ging in den Raum, der dahinter lag, und schloss sie hinter sich.
Er stand im Dunkeln, konnte es jedoch nicht wagen, das Licht einzuschalten. Stattdessen zündete er ein Streichholz an. In dem schwachen Licht sah er, dass er sich in einer großen, leeren Werkstatt befand. Nur die Reste einiger Maschinen standen herum, außerdem ein Stapel zerbrochener Regale und eine lange Werkbank. An einer Seite waren ein Bohrer und eine Metallsäge angebracht, auf der Werkbank lagen Metallstangen. Daneben stapelten sich Schachteln mit Tausenden von Zahnrädern in allen Größen. An der Wand hing ein Bauplan für eine Maschine, aber als James einen Blick darauf werfen wollte, war sein Streichholz abgebrannt.
Er wartete im Dunkeln.
Es war eiskalt und ihm wurde schmerzhaft bewusst, dass seine Kleider nass und zerrissen waren. Er musste sie irgendwie wechseln. So wie er jetzt aussah, war er viel zu auffällig.
Vom Korridor näherten sich Schritte und Stimmen. Die Männer kamen wieder herein. Er wartete ab, bis alle vorbeigegangen waren, und zählte langsam bis tausend.
Dann zündete er ein zweites Streichholz an.
In dem Lichtschein wurde er auf eine Tür aufmerksam, die er vorher übersehen hatte. Ein Schild warnte: GEFÄHRLICHE CHEMIKALIEN – KEIN ZUTRITT.
James öffnete die Tür und schaute hinein. Es war ein kleiner Lagerraum, der fast leer geräumt worden war. Nur einige verstaubte Behälter und Kanister standen noch herum. Er las die

Aufschriften – *Caesium*, *Kalium*, *Weißer Phosphor*, *Magnesium*, *Lithium*.

Er erinnerte sich daran, wie sie im Chemieunterricht dünne Magnesiumstreifen angezündet hatten; sie waren mit gleißendem Licht abgebrannt und brannten sogar noch unter Wasser weiter. Auch die anderen Chemikalien waren höchst gefährlich. Einige entzündeten sich, wenn sie mit Luft in Berührung kamen, andere, wenn sie feucht wurden. Ein Unfall in diesem Lagerraum hätte eine verheerende Explosion zur Folge und einen Brand, der kaum unter Kontrolle zu bringen wäre. Einige der Flaschen machten nicht gerade einen vertrauenerweckenden Eindruck, aber sie standen sicherlich schon jahrelang hier. Ihnen entströmte ein unangenehmer beißender Geruch.

James nahm eine Flasche mit Kalium in die Hand. Er wusste, dass das leichtsinnig war, aber abgesehen von seinem Federmesser hatte er keine andere Waffe. Er betrachtete die Flasche genauer. Silbrig graue Metallklumpen schwammen in einer trüben Flüssigkeit.

Er steckte die Flasche vorsichtig in die Tasche.

Dann ging er zur Haupttür und öffnete sie einen Spaltbreit, gerade so viel, dass er hinausschauen konnte.

Alles war ruhig.

Er trat auf den Korridor hinaus und begann seine Erkundungstour. Als er um eine Ecke bog, hörte er etwas, das wie ein leises Summen und Klopfen klang. Er ging in die Richtung, aus der die Geräusche kamen. Nach ein paar Schritten konnte er ein rhythmisches Stampfen ausmachen, als ob irgendwo Musik gespielt würde, und Stimmengewirr.

Offenbar war das Gebäude doch nicht so verlassen und menschenleer, wie es schien.

Eine große, rostige Eisentür am Ende des Korridors versperrte ihm den Weg. Die Geräusche schienen von jenseits der Tür zu

kommen. Er wollte an der Tür lauschen, wich jedoch sofort zurück, als er ein metallisches Knirschen hörte. Jemand öffnete die Tür von der anderen Seite.
Er drückte sich flach gegen die Wand. Glücklicherweise öffnete sich die Tür in seine Richtung, sodass er dahinter verschwand. Deighton, der Butler, kam heraus und ging den Korridor entlang. Er zerrte einen Mann hinter sich her, der ihn mit zitternder Stimme anflehte. Der Mann war elegant gekleidet und hatte etwas Aristokratisches an sich.
»Bitte«, sagte er. »Ich kann zahlen. Ich verspreche es. Ich habe das Geld. Bitte . . .«
Deighton zog den Mann um eine Ecke und beide verschwanden aus James' Blickfeld.
Gleich darauf hallte ein Schrei durch den Gang, jemand kreischte »Nein!« und dann hörte James das hässliche Geräusch, wenn ein harter Gegenstand auf einen weichen Körper trifft. Er wartete nicht länger ab, sondern huschte durch die Tür.
Es war, als träte er durch einen Spiegel in eine andere Welt.
Diesen Teil der Fabrik hatte man völlig verändert. Ein Plüschteppich mit einem Muster aus Würfeln und Spielkarten bedeckte den Boden. Die Wände waren dekoriert mit schweren Tapeten und Spiegeln in vergoldeten Rahmen, goldverzierten Leuchtern und Gemälden von üppigen nackten Frauen, die sich obstessend auf Betten rekelten. Die Musik und auch das Stimmengewirr waren nun viel lauter geworden.
Niemand war in der Nähe, deshalb machte sich James daran, die Umgebung zu erkunden. Die nächste Tür, die er öffnete, führte in einen Umkleideraum.
Für James war es wie ein unverhofftes Weihnachtsgeschenk. Es war besser, als würde man mit Taschen voller Geld in ein Süßwarengeschäft hineinplatzen.
Ringsum an den Wänden hingen Männerkleider an Haken und an

einem Garderobenständer waren Kochmonturen und Kellnerschürzen aufgereiht.
Er fragte sich, wie oft er noch seine Kleidung wechseln musste, bevor das Wochenende vorüber war. Seine eigenen Kleider hatte er im Krankenhaus zurückgelassen und stattdessen den Anzug eines Patienten gestohlen. Nun war er im Begriff, die teuren Sachen, die Perry ihm geborgt hatte, wegzuwerfen und zum wiederholten Mal Kleidung zu stehlen.
Er durchwühlte die Garderobe, bis er eine Jacke und eine Hose gefunden hatte, die ihm zu passen schienen. Dann zog er sich rasch aus und probierte die neuen Kleider an; seine feuchten, zerrissenen Sachen stopfte er in einen Abfalleimer.
Der Anzug war alt und abgetragen. Die Ellbogen waren durchgescheuert. Beine und Ärmel hatten die richtige Länge, aber der Anzug musste jemandem gehören, der viel dicker war als James, denn er war zu weit und hing wie ein Sack an ihm herunter. Trotzdem war James froh, die nassen Sachen los zu sein und etwas Trockenes am Leib zu tragen.
Gerade noch rechtzeitig fiel ihm die Kaliumflasche ein und er holte sie aus seinen alten Kleidern hervor.
Dann ging er weiter. Vom Umkleideraum aus kam er in eine große, hell erleuchtete Küche. Hier ging es laut zu: Chinesische Köche hantierten herum, riefen sich gegenseitig etwas zu, klapperten geräuschvoll mit ihren Pfannen auf den Herdplatten. Es war heiß und feucht und es roch köstlich nach Essen.
James hatte es eilig, die Küche wieder zu verlassen. Er wollte niemandem in die Quere kommen. Am anderen Ende des Raums schwangen zwei Türen immer wieder auf und zu, wenn Kellner geschäftig mit schmutzigem Geschirr oder voll beladenen Tellern in die Küche hinein- und wieder hinaushasteten.
James folgte einem der Kellner und fand sich im Herzen der Fabrik wieder. Nur, es war gar keine Fabrik mehr. Alle Maschi-

nen und Geräte waren entfernt worden, jetzt standen dort Tische und Stühle. In der Mitte der Halle öffnete sich eine freie Fläche, an den Seiten hatte man eine Balkongalerie eingerichtet. Sie war voll besetzt mit Männern und Frauen, die aßen, tranken und sich lautstark unterhielten, um den allgemeinen Lärm zu übertönen.

Er war in einem Nachtclub gelandet.

Es gab auch eine Bühne, auf der eine Jazzband wilde Tanzmusik spielte, aber niemand tanzte, denn dort, wo man die Tanzfläche vermutet hätte, standen Spieltische. Kartentische, Würfeltische, Roulettetische. Viele Leute, meist Männer, hatten sich um die Tische geschart und warfen mit Geld um sich.

Mit Ausnahme der hell erleuchteten Spieltische in der Mitte lag die Halle in einem schummrigen Halbdunkel. Das Licht der winzigen Lämpchen auf den Esstischen wurde von roten Lampenschirmen gedämpft und die Kellner mussten sich ihren Weg förmlich ertasten.

Die Luft hing voller Tabakqualm, es roch nach Schweiß und Alkohol und es war fürchterlich laut. Ein junges, dunkelhäutiges Mädchen begann ein Liebeslied zu singen, aber niemand hörte ihr zu. Alle hatten nur ihr Spiel im Kopf.

Das Publikum war bunt gemischt, es waren feine Pinkel da mit schwarzer Fliege, deren Begleiterinnen mit Pelzen und Schmuck behängt waren, aber auch betrunkene Matrosen in Uniform, Chinesen aus Limehouse tummelten sich hier genauso wie kleine Ganoven in papageibunten Anzügen. Zwischendrin standen oder saßen Männer in stiller Verzweiflung, mit einem gespenstischen Ausdruck im Gesicht.

Eine Frau in einem glitzernd roten Kostüm und mit viel zu viel Make-up wurde auf James aufmerksam und schlenderte zu ihm herüber; sie wiegte ihre Hüften im Takt der Musik.

»Bist du nicht ein bisschen zu jung, mein Lieber?«, sprach sie ihn an. »Aber so naiv und unschuldig siehst du gar nicht mehr aus. Möchtest du eine Dame nicht zu einem Drink einladen?«

»Ein andermal«, antwortete James und machte sich schnell davon. Ihm fielen einige andere junge Männer auf, vielleicht sechzehn oder siebzehn Jahre alt, die sich Mühe gaben, erwachsen und überlegen zu wirken, aber ihr ängstlicher Blick verriet das Gegenteil.

Auf einem der Tische lag eine Schale mit Streichholzschachteln. Er nahm eine davon. Sie sah genauso aus wie jene, die er in dem Daimler gefunden hatte.

Demnach musste dies hier das *Casino Paradiso* sein.

James wusste, dass Glücksspiel in England verboten war. Auch wenn sich das Casino in einer aufgelassenen Chemiefabrik versteckte, war es doch sehr groß, sehr laut und offenbar weithin bekannt.

Zu hoffen, es bliebe unentdeckt, war so, als würde man hoffen, dass niemand von einem Elefanten in der Oxford Street Notiz nehmen würde. Die Besitzer schienen sich ihrer Sache sehr sicher zu sein und fürchteten sich nicht vor der Polizei.

James entschied, dass er lange genug hier gewesen war. Es war nur eine Frage der Zeit, bis jemand ihn bemerkte. Er wollte weg und über alles nachdenken.

Er bemerkte eine Tür und ging darauf zu. Sie führte in einen kleineren Raum, in dem es jedoch, falls das überhaupt möglich war, noch voller und lauter war. In der Mitte hatte man einen provisorischen Boxring aufgebaut und zwei Männer mit nacktem Oberkörper kämpften mit bloßen Fäusten. Sie wirkten erschöpft, ihre Gesichter zeigten Kampfspuren. Die elegant gekleideten Damen und Herren in der ersten Reihe feuerten sie lautstark an und lachten. Auf ihrer Kleidung waren Blutspritzer.

James zog sich zurück und entdeckte einen weiteren Ausgang auf der gegenüberliegenden Seite der Spielhalle. Zwei Türsteher

bewachten ihn, aber sie kontrollierten nur diejenigen, die hereinwollten; die, die den Saal verließen, blieben unbehelligt. James drängelte sich durch die Schar der Leute.
Ein gut gelaunter Matrose bot ihm ein Bier an, aber James lehnte ab. Eine Frau mit Pelzstola und Perlenhalsband zwinkerte ihm zu und fuhr ihm durchs Haar. Doch James ging weiter, zwängte sich zwischen den Tischreihen hindurch.
Da packte ihn jemand an der Schulter. Es war ein schmächtiger Mann in einem billigen Anzug und einem schäbigen grauen Hemd. Er sah kränklich aus. Seine kleinen, verschwollenen Augen schweiften ziellos umher, das Haar hing strähnig und fettig herunter und seine Nase sah so aus, als habe er sie sich schon einmal gebrochen. Zwischen seinen Zähnen klemmte eine Zigarre und er schien genauso betrunken zu sein wie alle anderen in dem Raum.
»He, Junge«, sagte er mit breitem amerikanischem Akzent. »Ich habe eine Pechsträhne. Du siehst aus, als könntest du mir Glück bringen. Hilf mir aus der Patsche.«
»Ich bin gerade am Gehen«, wehrte James ab.
»Tatsächlich?«, fragte der Mann und grinste. Aber als James weitergehen wollte, packte ihn der Mann wieder und fuchtelte mit einer gelben Spielmarke vor seinem Gesicht herum.
»Schau dir das an«, sagte er. »Das ist mein letzter Chip. Fünf englische Pfund. Weißt du, wie viel ich bei mir hatte, als ich hierherkam? Fünfhundert!« Er wandte sich an einen Mann, der neben ihm stand, einen fetten Burschen mit teigigem Gesicht und Haarausfall. »Wie viel ist das in richtigem Geld, Abbadabba?«, fragte er ihn.
»Zweitausendvierhundertfünfunddreißig.«
»Hast du das gehört?«, fragte der Amerikaner. »Zweitausend Kröten den Bach runter. Hier . . .« Er drückte James den gelben Chip in die Hand. »Setz ihn für mich, Junge. Beende meine Pechsträhne.«

»Nein«, sagte James, doch der Mann beugte sich zu ihm und packte ihn noch fester. Er war unerwartet kräftig und seine Finger gruben sich schmerzhaft in James' Arm.

»Keiner sagt Nein zu mir«, murmelte er mit einem drohenden Unterton. »Setz jetzt diesen Chip. Wenn du gewinnst, bekommst du deinen Anteil, wenn nicht . . .« Er zog bedeutungsvoll die Augenbrauen in die Höhe.

Und schon wurde James durch die Menge geschubst und fand sich einigermaßen ratlos vor dem Roulettetisch wieder. Er war voll von Zahlen, Kästchen und Zeichen, auf denen haufenweise Jetons in verschiedenen Farben lagen. Tommy Chong hatte ihm die Grundregeln von Roulette auf einem Miniaturspiel beizubringen versucht, das ihm sein Cousin geschenkt hatte, aber sie hatten nur wenige Male gespielt, bevor Codrose es konfiszierte. Das Wettsystem war kompliziert, so viel wusste er noch. James kramte in seinem Gedächtnis und dann fiel es ihm wieder ein.

Rings um das Rad waren Zahlen von eins bis sechsunddreißig, abwechselnd in Rot und Schwarz, und eine grüne Null. Auf dem Spieltisch standen die gleichen Zahlen. Man konnte auf jede beliebige Zahl setzen, und wenn man gewann, erhielt man das Fünfunddreißigfache seines Einsatzes zurück. Die Chance, dass die eigene Zahl gewann, stand siebenunddreißig zu eins, war also sehr, sehr gering.

Aber es gab noch andere Möglichkeiten. Man konnte auf Rot oder auf Schwarz setzen; dann bekam man das Doppelte seines Einsatzes als Gewinn zurück. Oder man konnte auf gerade oder ungerade Zahlen setzen oder darauf, dass eine niedrige oder hohe Zahl gewann. Auch konnte man auf mehrfache Chancen setzen, zum Beispiel konnte man auf Zahlenreihen, -spalten oder -gruppen setzen. Wenn man den Chip auf vier nebeneinanderliegende Zahlen legte, dann gewann man, wenn eine dieser Zahlen fiel; die Chancen standen dann acht zu eins.

James wollte nicht zu waghalsig sein, zudem wollte er möglichst schnell von hier verschwinden, daher ging er auf Nummer sicher und setzte auf Rot. Die Chance, zu gewinnen, stand fünfzig zu fünfzig, wäre da nicht die Null. Denn wenn die Kugel auf der Null landete, gewann niemand am Spieltisch, es sei denn, jemand hatte auf die Null gesetzt. Das war ein kleiner Vorteil für das Casino. Er garantierte, dass, was immer auch geschah, am Ende eines langen Abends immer ein Überschuss übrig blieb.

Der Croupier, ein Mann mit unbewegtem Gesicht und einem dünnen Bärtchen, drehte das Rad in die eine Richtung und warf die Kugel in die entgegengesetzte. Sie ratterte herum, sprang von einem Fach in das andere und blieb zuletzt auf der Achtzehn liegen.

Rot.

Der Amerikaner klopfte James auf den Rücken, stieß ihn beinahe um, nebelte ihn mit dem Rauch seiner Zigarre ein und schrie ihm ins Ohr: »Gut gemacht, Junge.«

Der Croupier schob einen gelben Jeton hinzu. Aus den fünf Pfund des Amerikaners waren nun zehn geworden. Es waren zwar noch keine fünfhundert, aber immerhin besser als nichts.

James wandte sich zum Gehen, aber der Amerikaner hielt ihn zurück.

»Wo willst du hin, Junge?«, fragte er. »Wir sind noch nicht fertig. Du bist mein Glücksbringer. Spiel noch mal.«

»Nein«, protestierte James. »Ich muss jetzt gehen . . .«

»Warum so eilig?« Diesmal war der drohende Unterton des Amerikaners unüberhörbar. »Setz noch einmal.«

James war machtlos. Der Mann war betrunken und es schien, als würde er leicht in Rage geraten.

James wollte nicht, dass man auf ihn aufmerksam wurde. Deshalb kehrte er zum Spieltisch zurück.

»Nun«, fragte der Amerikaner. »Was meinst du?«

»Lassen Sie die Jetons, wo sie sind«, seufzte James.
»Auf Rot?«
»Ja.«
»Du bist der Boss.«
Wieder setzte der Croupier das Rad in Bewegung und diesmal landete die Kugel auf der Vierunddreißig. Wieder Rot.
James konnte sich ein Lächeln nicht verkneifen, als der Croupier zwei weitere gelbe Jetons herüberschob. Er hatte schon fünfzehn Pfund für den Mann gewonnen.
Auch der Amerikaner lachte. Er legte den Arm um James' Schulter. »Du bist in Ordnung, weißt du. Wie heißt du eigentlich, Junge?«
»Mein Name ist Bond, James Bond«, antwortete James, ohne nachzudenken, und bedauerte es im gleichen Augenblick. Er hätte besser lügen und seinen falschen Namen benutzen sollen, aber die Aufregung über seinen Gewinn hatte ihn an nichts anderes mehr denken lassen.
»Ich heiße Flegenheimer«, antwortete der Mann. »Aber du darfst Dutch zu mir sagen.«
»Nicht so laut«, warnte Abbadabba, der Freund des Amerikaners.
»Immer mit der Ruhe, Abbs«, antwortete Dutch. »Wir sind Kumpel, der Bursche und ich.«
Dutch zog die Luft ein und packte James am Kinn. »Wir machen weiter, Junge«, sagte er. »Zwanzig Pfund sind gar nichts. Ich bin mit fünfhundert hierhergekommen und ich werde nicht gehen, bevor ich den Zaster wiederhabe.«
»Nein«, sagte James. »Ich muss gehen.«
»Ihre Einsätze, bitte!«, rief der Croupier.
»Du hast gehört, was der Mann gesagt hat«, brummte Dutch. »Mach dein Spiel.«
James starrte auf den Tisch. Er musste weg. Aber der beste Weg, von hier wegzukommen, war, die Sache zu Ende zu bringen.

Wenn er das Geld des Amerikaners verlor, dann würde er ihn nicht mehr als Glücksmaskottchen betrachten. Waghalsig schob er den Stapel Jetons in die Mitte des Spieltischs, auf die Sechzehn.
»Wow!«, staunte Dutch. »Du setzt alles auf die Sechzehn? Das ist teuflisch riskant, Junge.«
»Bin ich Ihr Glücksbringer, oder nicht?«, fragte James.
Der Mann starrte James an. In seinen Augen lag etwas Kaltes und Tödliches, ja fast Unmenschliches. Er war jemand, der einen anderen, ohne lang nachzudenken, umbringen würde.
»Das Glück ist wie eine kapriziöse Frau und so muss man es auch behandeln«, sagte er. »Wenn es dir den kleinen Finger reicht, musst du die ganze Hand nehmen. Ja, Bursche, ich vertraue dir. Die Hälfte von dem Zaster steht dir zu. Aber ich warne dich, ich bin ein schlechter Verlierer.«
Dutch drehte sich um und sagte etwas zu Abbadabba und beide lachten.
James schaute auf den Stapel Chips, der auf dem Tisch lag. Es war ein überwältigendes Gefühl zu gewinnen; aber zu verlieren ... Wie fühlte sich das wohl an?
Der Croupier wollte gerade die Scheibe drehen, als James sich im letzten Augenblick vorbeugte und alle Jetons auf die Sieben schob.
Die Sieben war seine Glückszahl.
Die Scheibe drehte sich, die Kugel setzte sich in Bewegung, tanzte am Rand entlang, rollte langsam, endlos langsam, nach innen, dann fing sie sich in den Fächern, hüpfte dazwischen hin und her, klapperte und sprang in alle Richtungen. Schon schien sie in einem Fach liegen zu bleiben, aber nur, um im nächsten Augenblick wieder herauszuspringen und auf die nächste Zahl zu hüpfen.
James schwitzte. Er nahm nicht mehr wahr, was um ihn herum

vorging, sondern hatte nur noch Augen für dieses winzige Ding – die silberne Kugel, die über die Scheibe tanzte.
Er wusste nicht, ob die Musiker noch spielten, er hätte nicht sagen können, ob außer ihm überhaupt noch jemand im Casino war. Es gab nur noch ihn und die Roulettescheibe.
Er hielt es nicht mehr länger aus. Er kniff die Augen zu, gerade als die Kugel zu klappern aufhörte. Einen Augenblick lang war es still, dann brach Jubel aus, und James öffnete die Augen wieder. Die Kugel lag friedlich im Kästchen mit der Nummer sieben.
James drehte sich um. Dutch starrte ihn an, als wolle er ihn umbringen.
»Ich habe dich gewarnt, Bursche. Du hättest nicht verlieren dürfen.«
»Hab ich auch nicht«, sagte James. »Ich habe gerade noch rechtzeitig die Zahl gewechselt.«
»Tatsächlich?«
»Ja, ich habe alles auf die Sieben gesetzt.«
»Und was ist mit der Sechzehn?« Dutch drängte sich an James vorbei und schaute auf den Spieltisch. »Oh, Mama, er hat's geschafft. Hurra! Das bringt uns ein nettes Sümmchen ein. Schnell, Abbadabba, wie viel ist fünfunddreißig mal zwanzig?«
»Siebenhundert«, antwortete Abbadabba wie aus der Pistole geschossen.
»Bursche«, sagte Dutch. »Du gefällst mir. Hättest du nicht Lust, für mich zu arbeiten?«
»Lass gut sein«, mischte sich Abbadabba ein.
James wusste nicht, wie ihm geschah. Jeder am Tisch klopfte ihm auf die Schulter und beglückwünschte ihn und der Croupier schob ihm mit säuerlichem Blick einen riesigen Stapel Jetons zu.
»Okay«, sagte Dutch und rieb sich die Hände. »Wir machen weiter. Mitten in einer solchen Glückssträhne darf man nicht aufhören.«

»Sie haben Ihr Geld zurückgewonnen«, sagte James. »Kann ich jetzt gehen?«
»Du wirst nirgendwohin gehen, Junge«, sagte Dutch.
Im selben Augenblick spürte James, wie jemand ihn an beiden Ellbogen packte und nach hinten zog.
»Er kommt mit uns«, sagte eine Stimme, die er kannte. Es war Ludwig, zusammen mit Deighton und einem anderen Aufpasser. Sie stießen James zwischen den Leuten hindurch.
»He, Junge!«, schrie Dutch ihm nach. »Wohin soll ich dein Geld schicken?«
»Schicken Sie es zur Eton-Mission«, sagte Ludwig mit einem dreckigen Lachen. »Damit können sie seine Beerdigung bezahlen.«

Welches Gift möchtest du?

Von Anfang an hast du uns nichts als Scherereien gemacht, Bloese oder Bryce oder wie immer du dich auch nennst. Wie heißt du eigentlich wirklich?«

»Rumpelstilzchen«, antwortete James, aber niemand lachte.

Er war in einem Raum hoch über dem Casino. Früher einmal musste es das Büro des Fabrikleiters gewesen sein. Große quadratische Fenster erstreckten sich über eine ganze Seite des Zimmers; von da aus konnte man den verwinkelten Hof überblicken, sodass der Boss immer ein Auge auf seine Arbeiter werfen konnte.

Die Einrichtung war typisch für das Büro eines reichen Mannes. An den Wänden hingen öde Landschaftsbilder, ein Telefon war da, Messinglampen mit grünen Schirmen, Bücherregale und Aktenordner. Das einzig Bemerkenswerte war eine seltsame Maschine direkt neben der Tür. Es war eine Art Schreibmaschine, die an einen Metallkasten angeschlossen war, in dem es von komplizierten Zahnrädern und Schaltern nur so wimmelte.

Sir John Charnage saß hinter einem mit Leder verkleideten Schreibtisch. Er hatte sich vorgebeugt, das Kinn in die Hand gestützt. Eine Zigarette glomm in einem Aschenbecher vor sich hin, daneben stand ein Glas mit Whisky.

Rechts und links von ihm hatten sich Wolfgang und Ludwig Smith postiert. Deighton war weggegangen, um wieder seiner Beschäftigung im Casino nachzugehen. Im Halbdunkel des hinteren Zimmerteils saß eine Frau. James konnte sie nicht erkennen,

denn eine Schreibtischlampe schien ihm direkt in die Augen und blendete ihn. Sie saß still und regungslos da, aber ihre geheimnisvolle Anwesenheit machte ihn nervös.
»Macht nichts«, sagte Charnage. »Wir brauchen deinen Namen ja auch nicht, mein Guter, denn wir haben ja dich, nicht wahr? Und wenn wir mit dir fertig sind, brauchen wir ihn noch viel weniger, höchstens für deinen Grabstein. Was für eine Inschrift hättest du denn gerne? Wie wär's mit: *Hier liegt ein Junge, der es nicht lassen konnte, seine Nase in anderer Leute Angelegenheiten zu stecken?«*
James war entschlossen, Charnage nicht zu zeigen, dass er Angst hatte.
»*Hier liegt ein Mann, der hundertdrei Jahre alt wurde,* wäre mir lieber«, gab er zur Antwort.
Charnage kicherte und nippte an seinem Whisky.
»Wie können Sie noch lachen, nach allem, was er mit Ihrem Auto angestellt hat?«, fragte Ludwig.
»Wir haben ihn endlich«, antwortete Charnage lässig, nahm seine Zigarette aus dem Aschenbecher und machte einen langen Zug. »Also ist die Welt wieder in Ordnung, oder nicht?« Er blies den Rauch zwischen gespitzten Lippen hervor. »Die einzige Frage, jetzt, wo wir ihn haben, ist: Was fangen wir mit diesem kleinen Quälgeist an?«
»Überlassen Sie ihn mir«, presste Wolfgang zwischen seinen eingeschlagenen Zähnen hervor. Er trat hinter dem Schreibtisch vor und ging langsam auf James zu. »Ich werde ihn auseinandernehmen.«
»An deiner Stelle würde ich ihm nicht zu nahe kommen«, sagte Charnage spitz. »Jedes Mal, wenn du ihm begegnet bist, ist ein Stück weniger von dir übrig geblieben.« Er lachte wieder und Wolfgang warf ihm einen bösen Blick zu.
Aber der Blick, den Ludwig ihm zuwarf, war noch hasserfüllter, falls das überhaupt möglich war.

»Halten Sie den Mund!«, blaffte er. »Und lachen Sie nicht über meinen Bruder.«
»Red nicht so aufgeblasen daher«, sagte Charnage. »Und vergiss nicht, für wen du arbeitest.«
»Das gibt Ihnen trotzdem nicht das Recht, sich über Wolfgang lustig zu machen«, antwortete Ludwig.
»Aber du musst doch zugeben, dass das alles sehr lustig ist«, sagte Charnage. »Er fällt auseinander. Erst das Ohr, dann die Zähne. Ich frage mich, was kommt als Nächstes? Eine Niere? Sein linkes Bein vielleicht? Er humpelt jetzt schon herum wie einer, der auf eine Landmine getreten ist.«
»Es wird kein nächstes Mal geben«, schnarrte Ludwig. »Wolfgang und ich werden diesen Dreckfink an seinen eigenen Eingeweiden aufhängen.«
»Dein Eifer in allen Ehren«, sagte Charnage. »Aber wir dürfen nichts überstürzen. Wir müssen überlegt vorgehen. Wir sind noch nicht so weit, dass wir abhauen können, und ich möchte die Polizei nicht im Nacken sitzen haben, bevor wir so weit sind.«
»Wir können seine Leiche vergraben, sodass ihn niemand mehr findet«, sagte Ludwig.
»Gewiss«, erwiderte Charnage. »Aber vielleicht ist es sogar besser, *wenn* ihn jemand findet.«
»Warum soll das besser sein?«
»Wenn sie ihn finden, Ludwig, werden sie nicht mehr nach ihm suchen, nicht wahr? Streng mal deinen Kopf an. Ein junger Bursche, der einen Unfall hatte und tot aufgefunden wird. Tragisch, aber ganz allein *seine* Schuld. Ende der Geschichte.«
Charnage schaute James an und grinste. Sein Grinsen ging in ein gespieltes Bedauern über. »Oh, wie unhöflich von mir«, sagte er. »Ich habe dir ja gar nichts zu trinken angeboten. Was hättest du denn gerne? Whisky, Brandy, Gin, russischen Wodka?«
»Nein, danke«, antwortete James.

»Na, komm schon«, sagte Charnage mit einem widerlichen Lächeln. »Wir sind hier unter Freunden. Ich werde es nicht weitersagen, dass du dieses Teufelszeug angerührt hast.«

»Ich werde gar nichts trinken, was immer Sie mir auch anbieten.«

»Warum eigentlich nicht?«, fragte Charnage. »Oh, ich verstehe. Du hast meine kleine Sammlung gesehen. Und jetzt hast du Angst, ich könnte ein bisschen von dem Gift dazutun.« Er nahm einen kleinen Schluck aus seinem Glas und leckte sich die Lippen. »Hast du gewusst, dass zur Zeit der Renaissance in Italien die Familie Borgia – mörderische, intrigante Halsabschneider – derart vom Gift fasziniert waren, dass sie Flaschen mit dem Zeug in ihren Weinkellern verteilten, so als wäre es alter Wein? Und einer von ihnen wurde sogar Papst!«

Er lachte und nahm noch einen Schluck aus seinem Glas.

»Ich habe die Borgias schon immer bewundert«, fuhr er fort. »Und ich habe, wenn man so will, die Gifte studiert. Weißt du eigentlich, wie viele Arten giftiger Tiere in den Meeren schwimmen?«

»Nein«, sagte James. »Darüber habe ich mir noch nie Gedanken gemacht.«

»Rate mal«, forderte Charnage ihn auf.

»Ich weiß nicht. Vielleicht hundert?«

»Zwölfhundert«, sagte Charnage. »Und das allein im Meer. Auf der Erde leben etwa vierhundert giftige Schlangenarten, zweihundert Spinnenarten, fünfundsiebzig verschiedene giftige Skorpione, sechzig Zeckenarten ... Ich könnte noch viele andere aufzählen. Kurz gesagt, die ganze Welt ist voller Gift. Genau genommen ist *alles* giftig, wenn man nur genug davon zu sich nimmt. Die meisten Arzneien sind nichts anderes als Gift, das in winzigen Dosen verabreicht wird. Ist die Dosis zu groß, dann tötet sie dich, anstatt dich zu heilen. Wenn man beispielsweise zu viel trinkt, dann wird das Blut so dünn, dass man es eigentlich nicht mehr als Blut bezeichnen kann, und man fällt tot um mit einer Hyponatriämie. Was ich damit sagen will, mein Junge: Ich brauche kein ausgefallenes Gift, um dich wegzuputzen. Ich muss kein Arsen in dein Glas schütten, während du nicht hinschaust, oder eine Zyankalikapsel in meinem Ring verstecken oder dir unbemerkt Curare spritzen. Das alles wäre sicherlich sehr wirkungsvoll, ist jedoch völlig unnötig. Was mir vorschwebt, ist etwas anderes. Ich werde dich mit etwas ganz Alltäglichem töten, sodass niemand Verdacht schöpfen wird.«

»Darauf stoße ich an«, sagte Ludwig und kicherte.

Charnage leerte sein Glas, schenkte es gleich wieder voll, dann stand er auf, ging zu einem Schrank und öffnete ihn. Dahinter kam eine bunte Reihe Flaschen zum Vorschein.

»Wir beide werden jetzt einen netten kleinen Drink zu uns nehmen«, sagte er. »Also sag schon – welches Gift möchtest du?«

Ludwig fing wieder an zu kichern.

»Ich werde nichts trinken«, sagte James stur.

»Und ob«, antwortete Charnage. »Auf die eine oder die andere Weise wirst du etwas trinken. Nun, ich denke, wir nehmen guten alten britischen Gin. Wir sind doch Patrioten, nicht wahr? Stoßen wir an auf unser glorreiches England. Rule Britannia und dieser ganze Quatsch. Stoßen wir auf das britische Empire an. Erheben wir unser Glas zu Ehren von König George, der Millionen junger Männer in den Krieg geschickt hat.«

»Ich werde keinen Schluck trinken«, wiederholte James.

»Das kann ich dir nicht verdenken«, sagte Charnage und füllte ein Glas beinahe bis zum Rand voll mit Gin. »Alkohol ist eindeutig ein tödliches Gift. Er zerstört die Leber, die Eingeweide, das Gehirn, vergiftet das Blut und verstopft die Arterien. Einen gesunden Menschen macht er krank, einen klugen Menschen macht er zu einem Schwachkopf. Ich frage mich manchmal, woran es liegt, dass gerade das dem Menschen das größte Vergnügen bereitet, was ihn umbringt«, fügte er hinzu. »Vielleicht zeigt sich darin Gottes Sinn für Humor. Nun denn ... Wer möchte ihm den Gin einflößen?«

Er gab Ludwig das Glas und setzte sich auf die Schreibtischkante. Ludwig ging zu James und hielt ihm das Glas vor die Nase. Der Gin roch wie ein Gemisch aus Blumenduft, Zitronen und Putzmittel und James spürte ein Kratzen im Hals.

»Trinkst du das?«, fragte Ludwig. »Oder muss ich dich dazu zwingen?«

Trotzig nahm James das Glas. Der Gin sah so klar und harmlos aus, und wäre nicht der Geruch gewesen, es hätte Wasser sein können.

Charnage erhob sein Whiskyglas.

»Chin-Chin«, sagte er. »Wohl bekomm's und runter damit.«

James schleuderte das Glas, so fest er konnte, in Charnages Richtung. Doch der wich geschickt aus und das Glas zerbarst hinter ihm an der Wand, ohne Schaden anzurichten. Der Gin spritzte in alle Richtungen und sein Geruch erfüllte den Raum.

»Oje«, sagte Charnage und wischte mit einem seidenen Taschentuch über seinen Schreibtisch. »Die Party fängt an mich zu langweilen.«

Er zog eine Schublade auf und holte ein Paar Handschellen hervor.

»Nimm die«, sagte er und warf sie Ludwig zu.

Ludwig fing sie geschickt auf, aber in dem kurzen Augenblick, in dem er abgelenkt war, sprang James von seinem Stuhl hoch und griff ihn an. Er stieß Ludwig gegen die Wand, aber da packte Charnage James von hinten, zerrte ihn zurück auf seinen Stuhl und drehte ihm die Arme auf den Rücken. James schlug mit den Füßen um sich und trat Charnage gegen das Schienbein. Charnage fluchte laut, als James auch noch mit aller Kraft auf seinen Fuß stampfte. Doch er ließ nicht los und drehte James' Arme noch fester nach hinten.

Jetzt griff Ludwig ein und nahm James in den Schwitzkasten. Sein Bruder blieb in sicherer Entfernung.

Es war ein erbitterter Kampf. James ließ keine Sekunde locker. Aber die Männer waren stärker als er und schließlich hatten sie ihm die Hände an die Rückenlehne gefesselt.

Mit Genugtuung stellte James fest, dass sich Ludwig eine blutige Nase geholt hatte und Charnage stärker humpelte als zuvor. Natürlich hatte er nicht geglaubt, dass er entkommen könnte, aber sein Stolz ließ es nicht zu, sich kampflos geschlagen zu geben. Auch hatte dieser kurze Gewaltausbruch seine Nerven beruhigt, für einen kühlen Kopf gesorgt und seine Wut etwas gezügelt.

»Gut«, sagte Charnage und füllte ein neues Wasserglas mit Gin. »Versuchen wir es noch einmal.«

Ohne Vorwarnung riss Ludwig James' Kopf nach hinten und hielt ihm die Nase zu, sodass ihm nichts anderes übrig blieb, als den Mund aufzumachen, wenn er nicht ersticken wollte. Blitzschnell schüttete Charnage ihm den Gin in den Mund. James musste ihn entweder schlucken oder erbrechen.

Der Gin schmeckte bitter und brannte in der Kehle bis hinunter in den Magen. Ludwig ließ James los, während Charnage zum Schreibtisch ging und das Glas erneut füllte.

James saß hustend auf seinem Stuhl, aus seinem Mund tropften Gin und Spucke auf den Teppich. Er stöhnte. Sein Körper meldete ihm, dass etwas nicht in Ordnung war. Es war nicht gut, was er im Magen hatte, und sein Körper wollte es wieder loswerden. Aber bevor James etwas unternehmen konnte, hatte Charnage seinen Kopf schon wieder nach hinten gezogen und ihm noch einen Schluck Gin in den Mund geschüttet. James versuchte, ihn nicht hinunterzuschlucken, und es gelang ihm sogar, die Hälfte wieder auszuspucken, doch die andere Hälfte gelangte in den Magen.

»Was mich interessieren würde«, sagte Charnage, der James

noch immer an den Haaren festhielt, »was wolltest du eigentlich mit deinen kindlichen Heldentaten bezwecken?«
»Fairburn finden«, keuchte James. »Ihn befreien. Sie daran hindern, das zu tun, was Sie vorhaben.«
»Mich hindern, das zu tun, was ich vorhabe?«, spottete Charnage mit unüberhörbarem Sarkasmus in der Stimme. »Das alles ist ein bisschen vage, nicht war, Kumpel?« Er nahm sein Glas in die Hand und blickte über den Rand hinweg zu James. »In Wirklichkeit weißt du gar nichts, stimmt's?«
James spürte inzwischen die Wirkung des Alkohols. Sein Blick wurde trüb. Ein Teil von ihm wollte den Mund halten, der andere Teil war waghalsig und draufgängerisch.
Der draufgängerische Teil behielt die Oberhand – wie immer.
»Ich weiß, dass Sie eine Maschine bauen«, sagte er mit unsicherer, belegter Stimme.
Charnage lehnte sich in seinem Sessel zurück und zog überrascht die Augenbrauen hoch.
»Sprich weiter«, sagte er.
»Eine Maschine, die denken kann wie ein Mensch«, fuhr James fort. »Nur tausendmal schneller.«
Charnage runzelte die Stirn und blickte sich nach der Frau um, die noch immer regungslos in der dunklen Ecke saß.
James machte eine Kopfbewegung zu der Maschine an der Tür. »Ist sie das?«, fragte er.
»Dieses Ding?« Charnage lachte. »Das ist nur ein Spielzeug.«
»Sie haben mit Peterson zusammengearbeitet, nicht wahr?«, fuhr James fort. »Ich vermute, er hat diese Maschine für Sie gebaut. Vielleicht ist es nur der Prototyp einer größeren Maschine, ich weiß es nicht.«
»Natürlich weißt du nichts«, erwiderte Charnage matt. »Rein gar nichts weißt du. Du bist nichts weiter als ein dummer Junge, der leeres Stroh drischt.«

»Peterson arbeitete an einer großen Maschine«, redete James weiter. »Aber allein hat er es nicht geschafft. Sie brauchten Fairburn dazu, doch der wollte Ihnen nicht helfen, stimmt's? Denn er wusste, für wen Sie diese Maschine bauen. Er wusste, dass Sie einen Pakt mit dem Teufel geschlossen haben.«
Zum ersten Mal wirkte Charnage so, als würde er ernst nehmen, was James sagte.
»Wer hat das behauptet?«, fragte er.
»Gauben Sie mir jetzt endlich?«, fragte James zurück. »Dämmert Ihnen, dass ich sehr wohl weiß, was Sie vorhaben?«
»Für wen arbeite ich?«, fragte Charnage kalt.
James schwieg.
Er wusste es nicht. Drei von Fairburns Rätseln waren noch immer nicht gelöst.
Charnage nickte Ludwig zu, der zu James ging und ihn zwang, noch mehr von dem Gin zu schlucken.
James würgte und bemühte sich verzweifelt, den Alkohol nicht hinunterzuschlucken. Der Gin blubberte und gurgelte in seiner Kehle, einiges davon lief in seine Lungen und brannte wie Feuer in seiner Brust.
Noch bevor James sich davon erholen konnte, schüttete Ludwig noch mehr Gin in ihn hinein. Doch da spielte der Magen nicht mehr mit. James erbrach sich und ein bitterer Geschmack blieb in seinem Mund zurück. Er würgte und erbrach sich noch einmal.
»Das ist ein mörderisches Zeug«, sagte Charnage. »Kein Wunder, dass diese Weltverbesserer in Amerika es verboten haben. Aber die Menschen lassen sich das, was sie wollen, nicht verbieten. Das Einzige, was die Prohibitionsgesetze erreicht haben, war, dass überall Gangsterbanden wie Pilze aus dem Boden geschossen sind, die den heiß begehrten Stoff beschafft haben. Du bist unten einem dieser amerikanischen Ganoven begegnet, dem liebenswerten Mister Schultz, einem Bierbaron aus New York. Er

sieht gar nicht so aus, nicht wahr? Aber allein in diesem Jahr hat er, glaube ich, vierzehn Millionen Dollar verdient und Gott weiß wie viele seiner Landsleute umgebracht. Was weißt du sonst noch, Junge?«

Charnages Stimme dröhnte blechern. Sie schmerzte James in den Ohren. Hinter seiner Stirn hatte es zu pochen begonnen, als ob jemand gegen seinen Schädel hämmerte und mit der Brechstange nach draußen drängte.

Er sah sich um. Der Raum war jetzt schmutzig grau und eintönig; alles vermischte sich vor seinen Augen zu einem hässlichen Gelb und Braun. Er versuchte, seinen Blick auf etwas zu konzentrieren, aber er fand keinen Halt und sein Blick schweifte ziellos umher. Schließlich blieb er an der Frau haften.

Die Schreibtischlampe stand offensichtlich an einem anderen Platz, denn er konnte die Frau zum ersten Mal deutlich erkennen. Ihre Kleidung war khakifarben und lag eng an ihrem knochigen Körper an. Die kurz geschnittenen Haare waren ergraut. Sie hatte ein flaches, hartes Gesicht, wie aus Granit gemeißelt. Abgesehen von ihren Augen hätte man sie für eine Frau mittleren Alters halten können, die ihr ganzes Leben hart arbeitend im Freien zugebracht hatte. Frauen wie sie könnten in Marktbuden stehen oder auf dem Feld arbeiten. Aber ihre Augen waren Furcht einflößend, schwarz und unsagbar alt. Es war, als hätten sie schon alles gesehen, als könnte sie nichts mehr überraschen. James wusste, es war sinnlos, von dieser Seite Hilfe zu erwarten.

Vor seinen Augen begann sich das Zimmer zu drehen, alles rutschte und purzelte durcheinander, als wäre er zu lange auf einem Karussell gefahren. Er schloss die Augen, aber es wurde noch schlimmer, er wusste nicht mehr, wo oben und unten war, und er fühlte sich schrecklich hilflos.

»Was weißt du sonst noch, Junge?«, wiederholte Charnage. »Für wen arbeite ich?«

In James' Kopf schwappten Gedanken herum, genauso wie diese verdammte Flüssigkeit in seinem Körper. Sie waren wirr und zusammenhanglos, aber ein verirrter Gedanke drängte sich langsam an die Oberfläche seines Bewusstseins ...

Der Stadtstreicher, Theo, hatte etwas gesagt, das eine Assoziation bei ihm weckte, eine Kleinigkeit, auf die er damals nicht geachtet hatte. Aber dieser Hinweis weckte neue Assoziationen. Informationen fügten sich in der brodelnden Suppe seines benebelten Verstandes zusammen.

Es hatte etwas mit Karl Marx zu tun.

Was hatte Theo gesagt?

Er hatte gesagt, dass Marx auf dem Friedhof von Highgate begraben war. *Ja.* Aber da war noch etwas, ein Vergleich, den Theo gebraucht hatte.

Marx sei derjenige gewesen, der den russischen Bären rot gemacht habe.

Russland wurde oft mit einem Bären verglichen, so wie die Bulldogge für die Briten oder der Adler für die Amerikaner stand. Und Rot war die Farbe des Kommunismus.

James fiel wieder ein, wie er mit Perry im Taxi vor dem Friedhof herumgealbert hatte, dass sie einen roten Bären in einem Segelboot suchten.

Rouge. Callisto. Der rote Bär. Was wollte ihnen Fairburn mit diesem Rätsel sagen?

Nun, es gab eine Möglichkeit, das herauszufinden.

James hob den Kopf und strengte sich an, Charnage direkt und fest in die Augen zu blicken.

»Sie arbeiten für die Russen«, sagte er.

Charnage war wie vom Donner gerührt. Im Zimmer war es totenstill geworden. Als wäre die Zeit mit einem Mal stehen geblieben.

Schließlich brach die Frau, die wortlos in einer Ecke des Büros gesessen hatte, das Schweigen. Sie sagte nur ein einziges Wort.

»John.«
Charnages Augen verdunkelten sich für einen kurzen Augenblick. James begriff, dass Charnage vor dieser Frau Angst hatte. Nicht Sir John war es, der hier das Sagen hatte, sondern sie.
Charnage ging zu ihr und sie flüsterten kurz miteinander. James konnte nicht verstehen, was sie sagten, so laut rauschte das Blut in seinen Ohren. Er schloss die Augen und versuchte sich einzureden, es ginge ihm gut. Aber das half nichts. Er zitterte am ganzen Körper. Das Gift breitete sich aus und es gab nichts, was er dagegen hätte tun können.
Es gab kein Entrinnen, bald würde er tot sein.
»Sprich weiter.« Es war die Stimme von Charnage. Sie klang so nah, dass sie ihm wehtat, aber gleichzeitig schien sie unendlich weit entfernt zu sein.
James schlug die Augen auf, aber er brachte keinen Ton heraus. Er kippte nach vorne und sein Magen gab alles in einem einzigen großen Schwall wieder von sich. Es bespritzte den Teppich und Charnages Hosenbeine. James schnappte nach Luft wie ein Fisch auf dem Trockenen und versuchte, seine Lungen mit frischem Sauerstoff zu füllen, aber der Alkoholdunst stieg in seinem Hals auf und umnebelte seinen Kopf mit einem widerlichen Gestank.
Charnage wischte ihm übers Gesicht, aber nicht aus Freundlichkeit; er wollte sich nicht wieder schmutzig machen, wenn er James das nächste Mal anfasste.
»Nein«, stöhnte James. »Bitte . . .«
»Wie bitte?«, fragte Charnage. »Widerspricht das deinem Verständnis von Fair Play? Bist du schockiert, dass es hier nicht zugeht wie beim Cricket?«
»Bitte nicht . . .«, wiederholte James.
Aber seine Worte wurden in Gin ertränkt.

Eine flüchtige Substanz

Nebel. Dunkelheit. Dröhnen. Sein Gehirn wird zermalmt. Schwarze Schatten tanzen vor seinen Augen. Rauschen in den Ohren. Der Gestank von Erbrochenem. Nackte Ziegelsteine. Scheppernde Schritte auf einer Treppe. Stimmen, die streiten. Echo. Hände, die ihn an den Fußgelenken und unter den Achseln packen.

»Pass doch auf . . .«

Ein weißer Lichtblitz, als sein Kopf gegen eine Wand schlägt.

Gelächter.

Türenquietschen. Eine Tapete, die ihm bekannt vorkommt. Das Bild einer nackten Frau, die Trauben isst. Hier war er schon einmal. Aber wann . . .?

Frische Luft. Kalte Luft. Schneidend wie ein Messer. Sie weckt seine Lebensgeister.

James schaute in den Himmel. Die Smith-Brüder hatten ihn aus der Fabrik in den Hof hinausgebracht. Er sog die Lungen mit Sauerstoff voll. Die Wolken hatten sich verzogen. Sterne standen am Himmel. Sie drehten sich, verschwammen. Er tauchte ein in ein riesiges Abflussloch, wirbelte und wirbelte und wirbelte . . .

Und wieder verlor er das Bewusstsein.

Er träumte. Wirre Gedanken schwirrten ihm durch den Kopf. Dinge stürzten auf ihn ein. Er bildete sich ein, er stünde auf Dutchman's Farm in Eton und spielte Cricket. Ein Spieler warf ihm die Bälle zu, sie sprangen auf, trafen ihn – im Gesicht, an der Brust, im Bauch, an den Beinen. Sein ganzer Körper schmerzte.

Er wollte schreien: »Das ist nicht fair«, aber er brachte kein Wort heraus.
Er versuchte sich zusammenzunehmen. Er durfte nicht zulassen, dass das Durcheinander ihn verschlang. Er musste sich konzentrieren. Alles, was er sah, waren Kreuzworträtsel und unlösbare Fragen. Binäre Zahlen trudelten ins Unendliche. Fairburn, als Cowboy verkleidet. Eine Sprechblase kam aus seinem Mund . . .
»Ich weiß, nicht jedem macht das so viel Spaß wie Ihnen. Ihr Tischgenosse, dieser Runner, zum Beispiel, muss akzeptieren, was er ist, und anfangen, mündig zu werden.«
»Das stimmt«, murmelte James. »Ich hasse Kreuzworträtsel.«
»Löse sieben geheime Rätsel.«
»Löse sie doch selbst . . .«
»Was sagt er?«
»Er fantasiert.«
James hörte das Klatschen der Wellen und roch die faulige, nach Fisch stinkende Luft, die von der Themse heraufzog.
Er schlug die Augen auf. Die beiden Brüder trugen ihn über eine glitschige Holzleiter auf einen Lastkahn. Er sah, dass sie in einem großen Dock waren, in dem es vor Booten nur so wimmelte. Gelbliche Nebelschwaden krochen tief über das Wasser. Irgendwo weit draußen war der lang gezogene, klagende Ton einer Schiffssirene zu hören.
James fühlte sich wie eine willenlose Stoffpuppe, als sie ihn mit dem Gesicht nach unten auf den Boden des Kahns fallen ließen, in dem eiskaltes Wasser stand. Für wenige Augenblicke kam er wieder zu sich.
James wälzte sich auf den Rücken. Wolfgang und Ludwig schauten auf ihn herunter. Ludwigs Totenkopfgesicht verzog sich zu einem Grinsen.
»Aufgewacht, mein Kleiner?«, fragte er. »Fein. Ist auch viel schöner, wenn du mitkriegst, was passiert.«

»Mach schon«, sagte Wolfgang. »Du weißt, dass ich Schiffe hasse.«
»Nicht meine Schuld, dass du nie schwimmen gelernt hast«, gab ihm Ludwig zur Antwort.
»Bringen wir's hinter uns, damit wir schnell wieder festen Boden unter die Füße bekommen.«
Wolfgang kann nicht schwimmen. Er hasst Schiffe.
Es war, als hätte man im hintersten Winkel von James' Kopf eine winzige Flamme entzündet. Er speicherte dieses Wissen. Wissen ist Macht. Das hatte sein Onkel immer gesagt. Onkel Max, der Spion im Weltkrieg gewesen war. Er hatte James gesagt, dass sich ein Bond von niemandem unterkriegen lässt.
Er musste kämpfen. Kämpfen, um bei Bewusstsein zu bleiben. Gegen das Gift in seinen Adern kämpfen. Gegen diese beiden Männer kämpfen.
Er durfte nicht sterben.
Ludwig kniff James derb in die Wange. Dann schüttelte er dessen Kopf so grob hin und her, dass die Zähne klapperten.
»So ist's recht. Bleib nur wach«, sagte er, »ich möchte hören, wie du um Gnade winselst, wenn wir dich über Bord werfen.«
»Bitte«, sagte Wolfgang gereizt. »Lass uns endlich anfangen.«
»Dann mach die Leinen los«, erwiderte Ludwig.
»Kannst *du* das nicht machen? Ich hab Angst, ins Wasser zu fallen.«
»Du bist zu nichts nutze, zu gar nichts.«
»Es ist wegen meinem Knie, Ludo«, jammerte Wolfgang. »Du weißt, ich hab Schwierigkeiten mit meinem Knie, und diesen Bengel hierherzuschleppen hat die Sache noch schlimmer gemacht.«
»Wie immer muss ich alles alleine machen«, brummte Ludwig.
Es gab einen Ruck und ein knatterndes Geräusch, als der Motor ansprang. Es roch nach Diesel auf dem Boden des Kahns und James spürte, wie eine Welle der Übelkeit in ihm hochstieg. Plötzlich kam sein ganzer klebriger Mageninhalt nach oben und ergoss sich über den Boden.

»Pass doch auf!«, schrie Ludwig.
Wolfgang schleppte James zur Bordkante. Das Schiff schwankte bei jeder Bewegung. Dann setzte er sich schnell wieder auf der anderen Seite hin.
»Behalt ihn im Auge«, sagte Ludwig. »Hier soll er noch nicht reinfallen. Wir müssen weiter raus, bis zum Limehouse Reach; da hat er keine Chance mehr zurückzuschwimmen.«
James klammerte sich an der Bordwand fest. Die Übelkeit hatte seine Sinne etwas geschärft, aber ihm tat alles weh. Der Alkohol, den sie in ihn hineingeschüttet hatten, reichte aus, um ihn zu töten. Das Blut schwemmte ihn in alle Organe. In seine Leber, seine Nieren, sein Gehirn . . .
James wusste, dass sein Körper ums Überleben kämpfte. Wenn sie ihn ins Wasser warfen, wäre sein Leben zu Ende.
Bleib wachsam. Schau dich um, James. Wissen ist Macht.
Sie hatten ihn auf einen motorisierten Lastkahn gebracht, der aus rostigen Eisenteilen notdürftig zusammengeschweißt worden war. Bug und Heck waren stumpf, die Seiten flach. Das Boot war weder bequem noch schnell. Es war ein Frachtschiff, das mit allen möglichen Gütern flussaufwärts und -abwärts schipperte.
Ludwig stand in einem engen Ruderhaus am Heck und steuerte. James beobachtete ihn, wie er den Kahn langsam an den anderen Schiffen, die im Dock festgemacht waren, vorbeimanövrierte. So viele Boote lagen hier, dass man über ihre Decks von einem Ende des Docks zum anderen hätte laufen können. Ringsherum standen Lagerhäuser, aber nirgendwo regte sich etwas. Es musste mitten in der Nacht sein.
James' Blick verschwamm wieder, nun sah er zwei Ludwigs vor sich. Er strengte seine Augen an, aber es war, als steckte er im Körper eines anderen, ohne jede Möglichkeit, dessen Bewegungen zu kontrollieren.
Konzentrier dich, James. Hör nicht auf zu denken.

Wenn es ihm jemals gelänge, hier wieder wegzukommen, dann musste er immer noch Fairburn finden.
Löse sieben geheime Rätsel.
Dein Tischgenosse, dieser Runner, zum Beispiel, muss akzeptieren, was er ist, und anfangen, mündig zu werden.
Warum nur hatte Fairburn ihn in dieser verflixten Rätselfrage erwähnt? Warum hatte er ihn *Runner* genannt?
Sein Name musste etwas mit der Antwort zu tun haben.
Natürlich.
Bond. Das Wort *Bond.*
Er muss akzeptieren, was er ist, und anfangen, mündig zu werden ...
James schlug die Augen auf und bemerkte gerade noch rechtzeitig, dass der Kahn ganz dicht an einem anderen Schiff vorbeifuhr. Blitzschnell zog er die Hand von der Kante des Boots zurück, bevor sie gegen das andere Schiff gequetscht wurde.
Er lächelte. Die Reflexe waren also noch in Ordnung. Sein Wille, zu überleben, war ungebrochen. Er durfte einfach nicht aufgeben. Eine lebhafte Erinnerung an seine Kindheit stieg in ihm auf. Sein Vater brachte ihm das Segeln im Ärmelkanal bei, ihr kleines Boot tanzte über die ungestümen grauen Wellen. Er war gerne mit seinem Vater zusammen gewesen und hatte viel zu selten die Gelegenheit dazu gehabt. James dachte daran, wie sicher er sich bei seinem Vater gefühlt hatte, der ein ausgezeichneter Segler gewesen war.
Nicht wie bei diesen beiden, Wolfgang und Ludwig. Das waren keine Seeleute. Das waren Stadtmenschen. Sie kannten nur Kopfsteinpflaster, Häuserreihen und einen Boden, der nicht unter ihren Füßen schwankte.
Der Kahn stieß mit dem Bug gegen ein anderes Schiff und James wurde nach vorn auf den Boden geschleudert.
»Pass doch auf!«, rief Wolfgang.
Ludwig stieß einen Fluch aus.

Wolfgang saß auf einer schmalen Bank und hielt sich krampfhaft an den Bootswänden fest, als stünde sein nacktes Leben auf dem Spiel, obwohl sie sich nur im Schneckentempo vorwärtsbewegten und der Kahn so robust gebaut war, dass nicht einmal Ludwigs ungeschickte Zusammenstöße ihn in Gefahr bringen konnten zu sinken.
James ließ seinen Kopf auf seine Brust sinken und ein schwarzer Schleier legte sich über ihn.
Er war an einem anderen Ort. Einem sicheren Ort. Sein Vater war wieder bei ihm.
Sie kamen nach Hythe zurück. Die Mutter wartete am Kai auf sie. Aber James missachtete eine der Grundregeln des Segelns und hielt sich an der Bootsseite fest. Als sie längsseits der Hafenmauer kamen, streiften sie einen Poller und seine Finger wurden eingequetscht. James heulte und sein Vater schalt ihn wegen seiner Dummheit. Die Mutter jedoch nahm ihn in den Arm und machte so viel Aufhebens, als hätte er sich lebensgefährlich verletzt. Er entzog sich ihrer Umarmung, weil er sich bemuttert vorkam wie ein kleines Baby.
Jetzt hätte James alles darum gegeben, wenn sie hier bei ihm gewesen wäre und er ihre Umarmung gespürt hätte.
Sei kein Schwächling, James. Sie ist tot. Beide sind tot. Niemand ist da, der deine Hand hält. Du musst allein damit fertig werden. Niemand wird dir helfen. Also tu was.
Akzeptiere, was du bist, und beginne, mündig zu werden . . .
Was sollte er sein? Nun, laut Fairburns Brief war er ein *Runner*.
Beginne, mündig zu werden?
Rätselfragen haben immer einen Hintersinn, man darf sie nicht wörtlich nehmen, hatte Pritpal ihm erklärt. Also hatte die Lösung womöglich gar nichts mit ihm selbst zu tun. Vielleicht kam es nur auf die Buchstaben an. Ließ sich aus seinem Namen ein anderes Wort bilden?
B-O-N-D.

Beginne ... mündig.

Der Anfang eines Wortes war ein Beginn. Was, wenn er den Anfang des Wortes *mündig* nähme?

Der Anfang von *mündig* – das war ein M.

Bond muss akzeptieren, was er ist, und beginnen, mündig zu werden. Ja. Es war gar nicht so schwer, wenn man erst einmal wusste, worauf es ankam.

Das Wort *Bond* muss den *Runner* akzeptieren und den Buchstaben *M*.

Das klang logisch.

Alles, was man tun musste, war, die Buchstaben R-U-N-N-E-R-M zwischen die Buchstaben B-O-N-D zu setzen.

Brunnermond ... Borunnermnd ... Bonrunnermd ...

Alles Quatsch. Wie hatte er nur jemals annehmen können, dass er imstande wäre, dieses Rätsel zu lösen? Warum hatte ihm sein nutzloses, betrunkenes Gehirn vorgegaukelt, es wüsste, was es tat?

Es war kompletter Unsinn.

Eine neue Welle von Übelkeit holte ihn in die Wirklichkeit zurück. Sein Magen war leer, und als sich die Muskeln zusammenkrampften, gab es nichts mehr, was noch hätte hochkommen können, nichts mehr, was James unter Schmerzen hätte hervorwürgen können. Sein Magen war wie eine Faust, die sich öffnete und schloss.

Als die Krämpfe nachgelassen hatten, setzte James sich auf und schaute sich um. Direkt vor ihnen lag ein großes Dampfschiff, daneben ein mit Kohle beladener Lastkahn. Zwischen beiden tat sich eine schmale Lücke auf und dahinter sah James offenes Wasser, die Öffnung des Docks in die Themse.

Das Geräusch des Dieselmotors schwoll an und der Kahn wurde schneller.

»Nicht so schnell«, mahnte Wolfgang.

»Oh, hör endlich auf zu jammern«, erwiderte Ludwig. »Ich weiß schon, was ich mache.«
»Es ist dunkel, Ludo, und es ist gefährlich«, gab Wolfgang zu bedenken. »Wir sollten zu dieser Nachtzeit gar nicht auf dem Wasser sein. Sieh dir nur diesen Nebel an.«
Komm schon, Junge. Deine Chancen sind nicht groß, aber wenn du nicht auf Trab kommst, hast du schon verloren.
James ließ sich auf Hände und Füße fallen. Er spürte, wie die harten Bootsplanken ihm ins Fleisch schnitten, aber das schärfte seine Sinne. Solange er noch Schmerz fühlte, war er am Leben.
Er fing an zu kriechen.
»Wo will der denn hin?«, fragte Ludwig, aber Wolfgang gab keine Antwort.
James zog sich mühevoll nach vorn. Ein dünner, klebriger Faden Galle rann aus seinem Mund. Er merkte es kaum. Er hatte schon wieder vergessen, wo er war und was er tat, er wusste nur noch, dass er weiterkriechen wollte. Er stieß mit dem Kopf irgendwo dagegen. Es war Ludwigs Bein. Er schaute auf.
»Hau ab!«, knurrte Ludwig und stieß ihn weg. James fiel auf die andere Seite des Boots und verlor das Bewusstsein.
Er fühlte die Arme seiner Mutter. Sie flüsterte ihm etwas ins Ohr, aber er konnte es nicht hören.
Nein. Sie ist nicht hier. Lass dich nicht zum Narren halten. Mach die Augen auf und komm zu dir.
Er versuchte es, aber seine Lider waren schwer wie Blei. Jedes wog eine Tonne. Er musste sie mit den Fingern nach oben schieben.
Der große Kohlenfrachter lag direkt vor ihnen. Hinter der engen Durchfahrt würde Ludwig auf volle Fahrt beschleunigen und die letzte Fluchtmöglichkeit wäre dahin.
James schaute zu Wolfgang hinüber. Er saß noch immer mit starrem Rücken da und hatte sich nicht bewegt, seit er sich hingesetzt hatte.

Ludwig starrte angestrengt in die Dunkelheit; sein Mund stand offen, er leckte sich mit der Zunge über seine braunen Zahnstummel.

Dann gab er Gas.

James fiel nach vorn und umklammerte unwillkürlich Ludwigs Beine, doch der stieß ihn unsanft weg. Aber James gab nicht auf. Wieder kroch er vorwärts.

Diesmal verpasste ihm Ludwig einen Fußtritt mitten ins Gesicht. »Mach weiter so, Freundchen«, sagte er und kicherte. »Das macht Spaß.« Er trat noch einmal zu. James schlitterte übers Boot.

Er spürte, wie er auf etwas Hartes fiel.

Die Flasche. Die Flasche mit dem Kalium, die er aus Charnages Lager mitgenommen hatte. Er fasste in die Tasche und ertastete das kalte, harte Glas. Seine Hand brannte fürchterlich. Die Flasche war offen, ihr Inhalt hatte seine Hand verätzt. Aber er zwang sich, die Flasche festzuhalten, er wollte, dass der Schmerz ihn wieder zur Besinnung brachte.

Als sie längsseits des Dampfschiffs waren, schwoll das Motorengeräusch an und hallte von den glatten Eisenwänden wider.

James kam auf die Knie und blickte Ludwig ins Gesicht.

»Oh, schau mal, wer da ist. Der kleine Sherlock Holmes«, spottete Ludwig.

»Das ist für dich«, sagte James. Mit einer einzigen Bewegung zog er die Flasche aus der Tasche und schleuderte sie gegen das Ruderhaus.

Er wusste nicht, was passieren würde und ob überhaupt etwas passieren würde, aber er hoffte, es würde spektakulär genug sein, um Verwirrung zu stiften.

Wie sich zeigte, hätte er sich nichts Besseres wünschen können. Das Kalium war zu lange in der Flasche gewesen und schon zerfallen. Die Erschütterung beim Aufprall auf das Ruderhaus ließ es mit einem ohrenbetäubenden Knall und einem grellen violetten Licht-

blitz explodieren. Glassplitter flogen in alle Himmelsrichtungen und dann, als die Reste aus der Flasche auf das Wasser trafen, das sich am Boden des Kahns angesammelt hatte, ging alles in Flammen auf. Ätzende Gaswolken breiteten sich aus.
Mit einem Schrei fiel Ludwig zur Seite und riss dabei das Steuerrad mit.
Der Kahn begann zu schlingern und krachte mit der Breitseite in den Kohlenfrachter.
Wolfgang kreischte auf. Schreiend vor Schmerz umklammerte er seine linke Hand. Das Letzte, was James sah, ehe er über Bord fiel, war Wolfgangs Hand. Sie hatte nur noch einen Finger.
James ging unter. Er sah nichts mehr, und als er versuchte, an die Oberfläche zu schwimmen, stieß er mit dem Kopf gegen etwas Hartes. Es war die Unterseite des Kahns. James schwamm darunter hindurch auf die andere Seite, streckte den Kopf aus dem Wasser und schnappte nach Luft. Er spürte nichts mehr. Sein Körper war taub. Er wusste, wenn er nicht bald aus dem Wasser käme, würde er sterben.
Da hörte er Ludwig.
»Halt die Klappe!«, schnauzte er seinen Bruder an. »Wo ist er hin?«
»Hilf mir«, winselte Wolfgang. »Oh Gott, hilf mir.«
Ludwig würgte den Motor ab; der Kahn trieb führerlos vor sich hin.
»Verdammt noch mal, was ist los mit dir?«, fragte er.
»Meine Finger«, sagte Wolfgang. »Oh, Gott, meine Finger.«
»Lass mal sehen . . . Oh, verflucht . . .«
James stieß sich vom Kahn ab und schwamm dorthin, wo die Ankerkette des Dampfschiffs im dunklen Wasser baumelte. Er bekam sie zu fassen und klammerte sich daran fest. Er zitterte vor Kälte und vor seinen Augen drehte sich alles. Um ihn herum wurde es immer dunkler, als ob er in einen langen Tunnel schaute, dessen Ende sich immer weiter von ihm entfernte.

Noch immer konnte er die beiden Brüder hören.
»Hilf mir, Ludo.«
»Ich kann nicht. Dieses verdammte Zeug brennt überall. Ich kann's nicht löschen. Und dieser Bengel ist verschwunden. Wo ist er bloß?«
»Lass ihn doch«, schluchzte Wolfgang. »Er ist ins Wasser gefallen. Das ist genau das, was wir wollten. Er ist ertrunken. Lass ihn und hilf mir. Ich brauche einen Arzt. Hilf mir, Ludo . . .«
Langsam fuhr der Kahn durch den Nebel zurück. Bald war ein gespenstisches violettes Leuchten alles, was James noch sehen konnte, und alles, was er noch hören konnte, war Wolfgangs Heulen und Schreien.
James ließ die Ankerkette los und schwamm weiter. Immer wieder tauchte er unter und versuchte dabei, kein Wasser zu schlucken. Endlich war er am Schiff vorbei.
Er zog sich an einem hölzernen Anlegesteg hoch. Dort ließ er sich einfach fallen und blieb wie tot liegen. Sinnlose Wörter schwirrten ihm durch den Kopf und lullten ihn in Schlaf.
Brunnermond . . . Borunnermnd . . . Bonrunnermd . . .
Wenn er jetzt einschlief, würde er nie wieder aufwachen.
Steh auf.
Er zwang sich aufzustehen. Eine Weile stand er schwankend da und bemühte sich, nicht vornüberzukippen. Dann tat er das Schwerste, was er je in seinem Leben getan hatte: Er setzte einen Fuß vor den anderen und fing an zu gehen.
Was danach folgte, erlebte er wie im Delirium. Später konnte er sich nur noch an winzige Bruchstücke erinnern.
Das Erste war, dass er versuchte, aus den Docks herauszufinden. Aber wohin er sich auch wandte, er kam nicht weiter. Tore, Lagerhäuser oder hohe Mauern versperrten ihm den Weg. Schließlich griff ihn ein Wachmann auf und nahm ihn mit in die Wachstube. Er setzte ihn neben einen Ofen und ging weg, um zu telefonieren.

Während er allein war, schaffte James es irgendwie, aus dem Fenster zu klettern.
Danach setzte sein Gedächtnis wieder aus. Später konnte er sich nur noch daran erinnern, wie er lief. Lief und stolperte und hinfiel, dann wieder aufstand, weiterging, nur um wieder hinzufallen. Eine lästige innere Stimme zwang ihn, immer weiter zu gehen. Solange er in Bewegung blieb, konnte er gegen das Gift ankämpfen. Wenn er aufhörte zu gehen, dann würde er sterben. So einfach war das.
Er erinnerte sich auch, dass er zusammen mit ein paar Obdachlosen neben einem brennenden Kohlefeuer stand, um sich aufzuwärmen. Er wusste auch noch, dass ihm irgendjemand einen Becher heißen Tee gegeben hatte, aber er wusste nicht mehr, wer es war, geschweige denn, wo es war.
Er erinnerte sich, dass ihm nicht mehr übel war. Und dass er zusah, wie der Tee in der Gosse versickerte.
Er erinnerte sich an Gesichter von Chinesen. An chinesische Ladenschilder. An einen flüchtigen Blick durch eine Tür, hinter der Chinesen um einen Tisch saßen, rauchten, durcheinanderredeten und ein Spiel mit getrockneten Bohnen spielten.
Er erinnerte sich, wie jemand über ihn gelacht hatte.
Er erinnerte sich, dass er sich unter dem Portal einer Kirche unterstellte. Von irgendwoher hatte er einen Überzieher ergattert, aber ihm fiel nicht mehr ein, wer ihm das Kleidungsstück gegeben hatte. Er war ihm viel zu groß und er war zerrissen, eine Tasche hing lose herunter, aber er wärmte ein wenig.
Er erinnerte sich an einen Streit. Einen Kampf. Jemand schlug auf ihn ein, schrie ihn an. Danach lag er in der Gosse. Später hatte er sich aufgerappelt und wieder war er einem Polizisten in die Hände gefallen. Den Mann interessierte es nicht, woher James kam, er schob ihn vor sich her, stieß ihn mit seinem Knüppel, damit er weiterlief.

Laufen, laufen, immer weiter.
Wohin lief er? Wer würde ihm helfen können?
Rouge. Callisto. Pritpal würde stolz auf ihn sein, wenn er ihm erzählte, dass er eins der sieben Rätsel gelöst hatte.
Ob er Pritpal wohl finden könnte? Wie weit war es bis Hackney Wick?
Zu weit.
Der rote Bär . . . rote Haare.
Ganz langsam kehrte die Erinnerung an einen Namen zurück. An einen Jungen. Ja. Er musste irgendwo hier wohnen. Hier im East End.
Ein Freund.
Ja, tatsächlich, er hatte hier einen Freund.
Das war doch ein Anfang, oder nicht? Etwas, woraus er Hoffnung schöpfen konnte.
Red. Red Kelly. Vielleicht kannte ihn ja irgendjemand?
Langsam wurde der Himmel heller. Menschen tauchten auf den Straßen auf. Kennt jemand Kelly? Einen Jungen. Ungefähr sechzehn.
Red Kelly.
Versuch's mal da . . . Versuch's mal dort . . . Nie gehört . . . Da unten in Canning Town wohnen Leute, die Kelly heißen . . . Hast du's schon mal in Stepney probiert, mein Sohn? Meinst du den alten Brendan Kelly? Versuch's mal in der Cable Street . . . Versuch's mal in Shadwell . . . Ist er Ire? Die wohnen alle in Wapping . . .
Durst. Er erinnerte sich, dass er Durst hatte. Er trank aus einer Pfütze. Lag wie ein Hund auf dem Bauch. Leckte . . . Wasser . . .
Und dann ist nichts mehr. Nur ein unruhiger Schlaf und nie enden wollende Albträume. Ein Mann schreit ihn an, sein Schrei nimmt kein Ende. Ein Mann mit vier schwarzen Stummeln, da, wo eigentlich seine Finger hätten sein müssen.

Teil 3
Sonntag

Das Furchtlose Weiberregiment

Wer ist das denn?«

»Woher soll ich das wissen?«

»He, wer ist das?«

Er spürte, wie Hände an seiner Kleidung zerrten.

»Was ist los mit dem? Der hat doch was.«

»Nee. Guck dir seinen Mantel an. Das is'n Penner.«

»Alles Lumpen, was der anhat.«

»Habt ihr schon die Taschen durchsucht?«

»Ja. Bloß ein paar durchweichte Papierfetzen auf Chinesisch.«

»Ist der etwa ein Schlitzauge? Ich kann Schlitzaugen nicht leiden.«

»Er sieht halb tot aus.«

»Dann machen wir ihn doch gleich ganz fertig.«

James schlug die Augen auf und blinzelte in die grelle Wintersonne. Schwarzbraune Schatten tanzten vor seinen Augen. Er bemühte sich, etwas zu erkennen. Die Schatten zogen vorbei wie Nebelfetzen. Er sah Häuser, Menschen, Kinder.

Er lag im Hinterhof einer Kneipe. Stapel leerer Flaschenkästen türmten sich vor rußgeschwärzten Häusern. Um ihn herum stand eine Schar Mädchen in abgerissenen Kleidern. Einige der Straßenkinder waren noch sehr jung, ihre Gesichter verhärmt, andere waren schon älter, ihr Blick war hart und böse. In der Mitte stand die Anführerin, ein Mädchen ungefähr in James' Alter. Sie hatte große braune, weit auseinanderstehende Augen in ihrem kantigen Gesicht und einen großen, vollen Mund, der in einem spöttischen Grinsen erstarrt zu sein schien. Ihre Haare waren knallrot und fielen ihr immer wieder unordentlich ins Gesicht. Das Mädchen schaute James neugierig an und er erwiderte ihren Blick.

»Was guckst du?«, fragte sie.

»Ich schau dich an«, krächzte James. Sein Mund war staubtrocken.

»Wer hat dir das erlaubt?«, fragte das Mädchen.

»Niemand«, gab James zur Antwort. »Warum? Brauche ich dazu eine Erlaubnis? Wer bist du eigentlich? Die Queen vielleicht?«

»Werd bloß nicht frech«, sagte das Mädchen.

»Hilf mir aufstehen«, bat James.

»Warum sollte ich?«

»Dann eben nicht.« James versuchte aufzustehen, aber sie stieß ihn wieder zu Boden.

»Wer bist du?«, fragte sie.

»Das spielt keine Rolle«, antwortete James. Er fühlte sich, als zöge man einen eisernen Ring um seinen Kopf immer fester zu. In seinen Ohren klingelte es und er spürte im Rücken einen stechenden Schmerz.

»Machen wir ihn fertig«, sagte eines der Mädchen und hob eine Flasche auf. »Der ist nicht aus unserer Gegend. Der ist fremd hier.«

»Er redet so geschwollen«, sagte eines der jüngeren Mädchen. »Was will der eigentlich hier? Das ist kein Penner. Das ist ein feiner Pinkel.«

»Machen wir ihn fertig«, sagte das Mädchen mit der Flasche noch einmal. »Aber richtig.«

Egal, wie schlecht James sich fühlte – und er wusste wirklich nicht, wann er sich je so schlecht gefühlt hätte wie in diesem Augenblick –, er verspürte keine Lust, hier liegen zu bleiben und sich von einer Bande Mädchen verprügeln zu lassen.

Mühsam rappelte er sich auf.
Das Mädchen versetzte ihm einen Stoß mit der Flasche.
»Lass das«, sagte James. »Ich schlage keine Mädchen, aber in deinem Fall würde ich eine Ausnahme machen.«
Sie stieß fester zu. James holte instinktiv aus und schlug dem Mädchen die Flasche aus der Hand.
Ungerührt hob sie die Flasche wieder auf, packte sie am Hals und schlug den Rest ab. Dann schleuderte sie sie auf James, der sich gerade noch rechtzeitig wegducken konnte und ihr gleichzeitig ein Bein stellte. Sie fiel der Länge nach hin. James wollte sich auf sie stürzen, aber sein Körper war langsam und schwerfällig. Er schubste ein Mädchen aus dem Weg, aber dann packte ihn jemand, drehte ihn um und trat nach ihm. Ein anderes Mädchen griff in seine Haare und zog seinen Kopf zurück, sodass er stürzte. Er landete auf einem Stapel Kisten. Sein Blick fiel auf eine Holzlatte und er griff danach. Dann stand er wieder auf, ließ die Latte durch die Luft sausen und hielt die Mädchen damit in Schach.
Aber wie lange würde das gut gehen? Bestimmt nicht lange. Er fühlte sich schwach und ihm war schwindlig. Und sein Gegner war in der Überzahl. Trotzdem mahnte ihn eine innere Stimme, dass man Mädchen nicht schlagen durfte.
»Das ist *unser* Revier«, erklärte die Anführerin. »Hier hast du nichts verloren.«
»Ach, wirklich?«, sagte James. »Wer seid ihr eigentlich?«
»Wir sind das Furchtlose Weiberregiment.«
»Ich will keinen Streit mit euch«, sagte James.
»Aber 'ne Tracht Prügel kriegst du auf jeden Fall«, antwortete das Mädchen. »Du wirst schon sehen.«
»Versuch's doch«, sagte James, aber im selben Augenblick griff jemand nach seiner Holzlatte und riss sie ihm aus der Hand. Er wurde zu Boden gestoßen und jemand versetzte ihm einen Tritt in die Rippen.

Das war übel. Er lag wehrlos am Boden. Sie konnten ihn zu Tode treten. Er hielt sich schützend die Arme vor den Kopf und rollte sich wie eine Kugel zusammen.
»Gebt's ihm!«, sagte das Mädchen mit der Flasche und spuckte auf ihn herunter. »Haut ihn zu Brei!«
Da hörte er eine Stimme, die ihm bekannt vorkam.
»He, was geht hier vor, verdammt noch mal?«

»Warum haste nicht gleich gesagt, dass du James Bond bist? Warum haste nicht gesagt, dass du Reds Freund bist? Wir waren drauf und dran, dir das Licht auszublasen, du dämlicher Esel. Warum haste nichts gesagt? Dass du James Bond bist und so. Der diesen Burschen, der unseren Alfie umgebracht hat, fertiggemacht hat. Du bist ein Held, ehrlich. Red hört gar nicht mehr auf, von dir zu faseln. Warum haste nichts gesagt?«
James brachte kein Wort heraus. Das Mädchen hatte ihn so fest an sich gedrückt, dass er Angst hatte, sie würde ihm die Rippen brechen.
»Drück ihm nicht die Luft ab, Kel«, mahnte Red Kelly, der ihnen mit einem belustigten Ausdruck in seinem zerknautschten, mageren Gesicht zusah.
Endlich ließ das Mädchen ihn los und James hustete entkräftet.
»Alles in Ordnung mit dir, Kumpel?«, fragte Red. »Du siehst aus wie der Tod.«
Red war ein dünner Junge von sechzehn Jahren mit einem wirren Schopf knallroter Haare. James hatte ihn an Ostern kennengelernt, als beide im Nachtzug nach Fort William gereist waren. Red war nach Schottland unterwegs, um herauszufinden, warum sein Cousin Alfie plötzlich spurlos verschwunden war. James hatte ihm bei der Suche geholfen und die beiden waren dicke Freunde geworden, obwohl ihre Lebensumstände nicht unterschiedlicher hätten sein können.

»Ist nicht *meine* Schuld«, verteidigte sich das Mädchen. »Er war schon schlecht drauf, bevor wir ihn uns vorgenommen haben.«
Red legte dem Mädchen den Arm um die Schulter.
»Darf ich dir meine liebe kleine Schwester Kelly vorstellen?«, sagte er.
»Hat sie keinen Vornamen?«, fragte James und rieb sich die Seite, an der er die Fußtritte abbekommen hatte.
»Das *ist* ihr Vorname«, antwortete Red. »Meine Eltern haben sie auf den Namen Kelly getauft. Kelly Kelly. Kelly ist ein irischer Name. Heißt so viel wie Krieger. Sie waren anscheinend überzeugt, dass der Name zu ihr passt.«
James betrachtete das Mädchen. Kelly wischte sich die Nase am Ärmel ab und erwiderte seinen Blick mit ihren großen leuchtend braunen Augen.
»Wir haben nur gehört, dass einer nach Red fragt«, sagte sie. »Wir hatten keine Ahnung, wer's ist, wir wussten nur, dass er nicht von hier ist. Wir dachten, es gibt Ärger.«
James lachte trocken. »Es *gab* Ärger«, sagte er. »Ziemlich großen Ärger.«
»Ärger gibt's überall«, sagte Red. »Sieh dich an. Was zum Teufel ist diesmal passiert?«
»Das ist eine lange Geschichte«, antwortete James. »Und ich fürchte, sie geht noch weiter.«
Mit einem Mal fühlte er sich schwach und er schwankte. Red fing ihn auf, dann rümpfte er seine kleine, sommersprossige Nase.
»Gott verdamm mich«, sagte er. »Jimmyboy, du stinkst ja wie der legendäre Gordon Bennett, als er sturzbetrunken in den offenen Kamin gepinkelt hat. Warst du auf einem Besäufnis? Du siehst jedenfalls so aus. Wir ziehen dich lieber mal aus dem Verkehr, Kumpel, nicht dass du uns noch aus den Latschen kippst. Am besten, wir bringen dich ins Haus. Wir machen dich sauber, treiben

etwas zum Futtern für dich auf und dann kannst du uns die ganze Geschichte erzählen.«

Red hämmerte so lange an die Hintertür der Kneipe, bis ein kleiner, dicker Mann in einem schmutzigen Unterhemd öffnete. Sie hatten ihn offensichtlich geweckt, denn sein Blick verhieß nichts Gutes.

»Red?«, knurrte er, als er sah, wer geklopft hatte. »Was machst du hier um diese Zeit? Verzieh dich.«

»Mal langsam, Lou«, antwortete Red. »Das hier ist James Bond.«

»James Bond?«, fragte der Mann erstaunt. Sein Gesicht verzog sich zu einem breiten Grinsen, bei dem alle seine Zahnlücken zum Vorschein kamen. Er ergriff James' Hand und hörte nicht mehr auf, sie zu schütteln. »James Bond. Du bist ein Held in unserem Viertel, mein Sohn.«

»Das habe ich schon gehört«, murmelte James.

»Komm rein, komm rein«, sagte Lou und zog ihn zur Tür herein. »Es ist mir eine Ehre, dass du in meine Kneipe kommst.« Er blieb stehen und brüllte: »Maureen! Beweg dein Hinterteil hier runter. Wir haben Kundschaft.«

Die fahle Wintersonne versuchte sich einen Weg durch die schmutzigen Fensterscheiben zu bahnen, vergeblich. In der Kneipe war es düster. Die rohen Dielen waren mit Sägemehl bestreut. Die Tische und Stühle hatten schon bessere Tage gesehen, die Wände waren schmierig und die Decke braun vom Zigarettenqualm. Ein durchdringender Geruch nach Alkohol, Rauch und Schweiß lag in der Luft.

Der Hausherr räumte einen Tisch frei, dessen Beine über die Jahre hin immer wieder notdürftig geflickt worden waren.

»Was darf ich dir bringen?«, fragte er. »Bier, Dessertwein? Schnaps? Wie wär's mit einem kleinen Gin? Für James Bond ist das Beste gerade gut genug.«

»Nein, bitte nicht«, sagte James und schon überkam ihn eine Welle

von Übelkeit. Bei der bloßen Erwähnung des Worts Gin trat ihm kalter Schweiß auf die Stirn. »Ich hätte gerne ein Glas Wasser.«
»Wasser?«, fragte Lou ungläubig. »Von dem Zeug lass ich die Finger. Aber ich hol dir eins.«
»Und bring auch was zum Futtern mit«, sagte Red. »Er sieht aus, als könnte er ein Frühstück vertragen. Mach dir keine Sorgen, wir legen später zusammen.«
»Nein, nein, nein«, wehrte Lou ab. »Das geht auf meine Rechnung. Wie gesagt, für James Bond ist das Beste gerade gut genug.«
Lou verschwand hinter dem Tresen und James hörte, wie er im Hinterzimmer nach jemandem rief.
Red setzte sich an den Tisch.
»Ich hab es allen erzählt«, sagte er mit einem schiefen Grinsen. »Die Leute hier halten zusammen. Hilfst du einem, hilfst du allen, schlägst du einen, schlägst du alle.«
James' Augen brannten, als hätte er Sandkörner drin, sein Kopf brummte und seine Kehle war rau und trocken. Ihn fror, ihm war übel und er war hundemüde. Aber neben ihm saß ein Freund. Einer, der ihm helfen konnte. Seit er Perry aus den Augen verloren hatte, war er ganz auf sich gestellt gewesen. Diese heruntergekommene Kneipe kam ihm wie der sicherste und schönste Ort in ganz London vor.
»Tut mir leid, dass wir dir fast die Zähne ausgeschlagen haben«, sagte Reds Schwester. »Nichts für ungut. Bei uns herrschen andere Manieren als bei euch feinen Pinkeln.«
Manieren? James dachte daran, wie Sir John Charnage versucht hatte, ihn zu vergiften. James war überzeugt, dass die Menschen überall auf der Welt gleich waren. Wenn ein Mensch dich umbringen will, spielt es keine Rolle, ob er einen vornehmen Akzent hat oder ein Vorstadtkauderwelsch spricht, ob sein Zungenschlag deutsch oder russisch ist.

Lou stellte ihm ein Glas Wasser hin. James trank langsam. Das kühle, klare Wasser schmeckte ihm, als hätte er nie etwas Köstlicheres getrunken. Es linderte die Trockenheit in seinem Hals und beruhigte seinen aufgewühlten Magen. Er spürte geradezu, wie es sich mit seinem Blut vermischte und das Gift aus seinem Körper trieb.

»Jetzt red endlich«, drängte Red. »Was ist passiert?«

James holte tief Luft und begann zu erzählen.

»Alles fing damit an, dass der Direktor in mein Zimmer in Eton kam . . .«

Er brauchte lange, bis er alles berichtet hatte, und als er schließlich mit seiner Geschichte am Ende war, pfiff Red durch die Zähne.

»Suchst du den Ärger, Jimmyboy, oder sucht der Ärger dich?«, fragte er ihn.

»Das weiß ich nicht«, gab James zur Antwort. »Aber es scheint so, als könnte ich ihm nicht aus dem Weg gehen.«

Lous Ehefrau Maureen kam herein. Sie war eine kleine, rundliche Person mit einer riesigen Warze auf der Wange. Sie brachte einen leicht angeschlagenen Teller, auf dem ein Stück Schweinefleisch, zwei Scheiben hartes, trockenes Brot und eine Ecke alter Käse lagen. James zwang sich, etwas davon zu essen, obwohl ihm das Kauen schwer fiel und das Schlucken noch viel schwerer. Das Brot verwandelte sich in seinem Mund in einen zähen Klumpen und er musste es mit noch mehr Wasser hinunterspülen.

»Du kennst also das *Casino Paradiso?«,* fragte er.

»Klar doch«, antwortete Kelly, lehnte sich zurück und kratzte sich. »Das ist unten in Poplar. Jeder hier kennt es. Es ist das Geheimnis, über das im East End am meisten getratscht wird.«

»Und Sir John Charnage?«

»Hab immer geahnt, dass er ein schräger Vogel ist«, sagte Lou und spuckte auf den Boden.

»Die Chemiefabrik von Charnage steht bestimmt schon seit fünfzig Jahren, nicht wahr, Lou?«, sagte Red.
»Es dürften sogar siebzig sein«, meinte Lou. »Übler Platz zum Arbeiten. Gehört zum Schlimmsten, das du dir vorstellen kannst. Das ganze Giftzeug und die Dämpfe und Gase. Die Leute sind gestorben wie die Fliegen. Wenn jemand das Zeitliche segnet, sagt man hier bei uns nur: Der ist zu Charnage gegangen.«
»Und warum, um alles in der Welt, haben die Leute dort gearbeitet?«
»Weil's nichts anderes gab«, antwortete Lou. »Man ging nur zu Charnage, wenn man keine andere Arbeit finden konnte. Jeden Morgen standen trotzdem lange Schlangen vor den Fabriktoren. Es sind schlimme Zeiten, Junge. Hier gibt's nirgendwo Arbeit. Die Leute tun alles, um zu überleben, um ein paar Pennys zu verdienen, damit sie ihre vielen Mäuler stopfen können. Die Männer, die dort gearbeitet haben, haben genau gewusst, dass der Job sie umbringt. Die Chemikalien haben ihre Lungen verätzt, ihr Hirn vernebelt, aber wenigstens konnten die Familien überleben und die Kinder hatten etwas zum Futtern.
Der alte Charnage, der Vater von Sir John, war der Schlimmste. Keine Woche verging, ohne dass nicht irgendeiner krank oder blind geworden ist oder einfach tot umgefallen ist. Aber Charnage hat damit geprahlt, dass er einer der besten Arbeitgeber im ganzen East End wär. Und er hatte Verbindungen. Und Geld. Er schmierte Leute, damit sie ein Auge zudrücken oder ganz wegschauen. Aber als der Alte gestorben ist, hat Sir John die Fabrik übernommen. Und der hat es zu weit getrieben. Keiner wollte mehr dort arbeiten. Die einzigen Arbeiter, die er noch bekommen hat, waren Ausländer von den Docks, die gerade erst hier angekommen waren. Das konnte nicht gut gehen. Er hat Pleite gemacht und das gesamte Familienvermögen verloren. Er war ein Spieler und nicht einmal ein guter. Deswegen hat er ja auch

das *Casino Paradiso* eröffnet, eine illegale Spielhölle, mit der er sein Geld zurückgewinnen will.«

James hörte so aufmerksam zu, dass er gar nicht bemerkte, wie sich die Kneipe in der Zwischenzeit mit Menschen füllte. Als die Gäste sahen, dass die Unterhaltung beendet war, kamen sie näher. Alle wollten James die Hand schütteln und ihm etwas zu trinken spendieren, aber James weigerte sich, etwas Stärkeres als Ingwerbier anzurühren.

James hatte Mühe, Kellys Verwandte auseinanderzuhalten.

»Das ist mein Onkel Jack und das ist mein Vetter Dave, das sind meine Brüder Freddie und Dan, und das ist der kleine Joe, das ist der große Joe, und schau, hier ist meine Tante Claire und dort steht Jerry . . .«

Red trank Bier und wurde immer aufgekratzter. Er sprang auf den Tisch und gab die Geschichte zum Besten, wie er und James Alfies Mörder, den üblen Lord Hellebore – »den größten Schurken, den es je auf Gottes Erdboden gegeben hat« – erledigt hatten, und zwar mit allen blutrünstigen Details. Die Gäste brüllten und johlten, wann immer Red auf einen Kampf oder einen gewaltsamen Tod zu sprechen kam.

James bemerkte sehr wohl, dass Red in seiner Version der Geschichte eine wichtige Rolle spielte, obwohl sich sein Freund, wie James sich noch gut erinnerte, den Fuß gebrochen und das meiste gar nicht mitbekommen hatte.

James hatte man bald vergessen. Er saß auf einer Bank, mit dem Rücken gegen die Wand gelehnt, schweißgebadet und zittrig. Die Zimmerwände schienen ihn zu erdrücken, die lärmenden Stimmen dröhnten viel zu laut. James hätte sich am liebsten in einer Ecke verkrochen, um die nächsten hundert Jahre zu schlafen.

Er spürte, wie jemand ihm die Hand auf den Arm legte. Als er sich umwandte, schaute er in das besorgte Gesicht von Reds Schwester.

»Geht's dir gut?«, fragte sie.
»Nein, nicht so besonders«, antwortete er. »Ich glaube, ich werde krank.«
»Kein Wunder«, sagte Kelly. »Was du in der vergangenen Nacht getrunken hast, hätte ausgereicht, um ein Pferd umzubringen. Komm mit, ich bring dich weg. Wenn die Kellys zusammen sind, gibt's früher oder später sowieso 'ne Schlägerei.«
Sie zog ihn von der Bank hoch und gemeinsam verließen sie die Kneipe durch die Hintertür.
James war froh, an der frischen Luft zu sein, aber ihm war schwindelig und die Beine schienen unter ihm einzuknicken. Das helle Licht tat seinen Augen weh.
Er lehnte sich gegen die Mauer und atmete schwer.
Kelly legte ihm die Hand auf die Schulter. »Glaubst du, du schaffst es?«
»Ich weiß nicht.«
Sie verzog den Mund zu einem Lächeln. »Red hat gesagt, dass du 'n zäher Bursche bist. Du wirst dich doch von einem kleinen Drink nicht unterkriegen lassen?«
James lächelte zurück. »Nein«, sagte er. »Bestimmt nicht. Wie spät ist es jetzt?«
»Gerade eben hat es von St. George eins geschlagen«, antwortete Kelly.
»Ich muss nach Hackney Wick«, sagte James erschrocken. »Ich muss meine Freunde suchen.«
»So wie du aussiehst, wirst du nirgends hingehen, Kamerad«, gab ihm Kelly zur Antwort.
James schaute auf seine durchnässten und zerlumpten Kleider.
»Komm mit zu uns«, schlug Kelly vor. »Da kannst du dich ausruhen und ich suche 'n paar nette Klamotten für dich. Ich werde Mum bitten, dir was Ordentliches zu kochen.«
James war zu müde und zu erschöpft, um zu protestieren, und er

ging hinter Kelly her durch die Straßen. Die Gegend rund um die Eton-Mission war schon ziemlich trostlos, aber hier war es noch viel schlimmer. So viel Armut hatte James noch nie gesehen. Die Häuser waren klein und drängten sich dicht an dicht. Erschöpfte Frauen in dicken schwarzen Kleidern schrubbten Treppen oder tratschten miteinander. Kinder spielten im Rinnstein, sie hatten weder Socken noch Schuhe an. Geschäfte gab es hier kaum und wenn doch, dann lagen nur ein paar schäbige Sachen in den Auslagen. Bei einem Metzger lag alles Mögliche im Fenster – Schwänze, Innereien, Herz, Kopf, Füße, Leber, Nieren und Fett – nur kein richtiges Fleisch.

Die Leute starrten James an. Die meisten wirkten freundlich, aber an den Straßenecken entdeckte er auch Grüppchen gefährlich dreinschauender Männer, die rauchten und ernste Gespräche führten. Man konnte schwer einschätzen, wie alt die Leute waren. Alle wirkten ausgebrannt, gezeichnet vom Überlebenskampf und vom Hunger.

Als sie an einem Wirtshaus vorbeikamen, stolperten zwei betrunkene Frauen zur Tür heraus, kreischten und zogen sich gegenseitig an den Haaren. Dann fielen sie auf die Straße, schlugen und kratzten und bald schon hatte sich eine lärmende Menschenmenge um sie versammelt.

»Die typische Sonntagnachmittagsunterhaltung in der Cable Street«, erklärte ihm Kelly.

Etwas später kamen sie an ein paar Mädchen vorbei, die ein Seil zwischen Laternenpfosten gebunden hatten und darübersprangen; dabei kreischten sie vor Lachen.

Sie bogen in eine Nebenstraße ein und waren sogleich mitten in einem Gewirr aus schmalen Gassen. Schließlich erreichten sie eine Straße, in der die Häuser eine Spur ansehnlicher waren. Irgendwann blieb Kelly stehen und öffnete eine Tür, die vom Gehsteig direkt ins Haus führte. Hinter der Tür befand sich ein winzi-

ger Laden, in dem es Dosen und Flaschen mit Limonade zu kaufen gab: Bateys Limonade, Vimto, Tizer und Kooper's Kola.
Ein Vorhang trennte den Laden vom Rest des Hauses; er war sauber, aber zerknittert. Die Familie schien nicht reich zu sein.
»Mum!«, schrie Kelly. »Guck mal, wer da ist. Jimmy Bond.«
Eine drahtige, magere Frau kam herein und wischte sich die Hände an ihrer Schürze ab.
»Das also ist James Bond. Lass dich mal anschauen.«
Sie hielt ihn auf Armeslänge von sich weg und schaute ihm mit ihren klugen kohlrabenschwarzen Augen direkt ins Gesicht. Dann nickte sie.
»Du wirst deinen Weg gehen. Aber du hast auch schon Trauriges erlebt, nicht wahr, James?«
»Ach, lass ihn doch in Ruhe damit, Mum«, sagte Kelly. »Er hat zu viel Gin in seinem Leben getrunken, das ist alles. Er muss sich ausruhen.«
»Er kann sich in Reds Bett legen.«
Im Obergeschoss befand sich eine kleine Kammer, in der mehrere alte eiserne Bettgestelle standen.
James setzte sich auf das Bett neben dem Fenster. Er fragte sich, was Perry wohl gerade tat. Ob Pritpal noch weitere Fragen gelöst hatte? Vielleicht sollte er Pritpal in der Mission anrufen?
Aber er war so müde ...
»Bloß nicht einschlafen«, murmelte er vor sich hin. »Ich habe noch so viel zu tun. Ich muss Charnage aufhalten ...«
»Komm schon«, sagte Kelly. »Es wird dich nicht umbringen, wenn du fünf Minuten die Augen zumachst.«
Aber noch während sie das sagte, war James schon eingeschlafen. In seinen abgerissenen Kleidern und mit den Schuhen an den Füßen lag er ausgestreckt auf dem Bett.

Der Ritter, der einen Pakt mit dem Teufel schloss

Bist du sicher, dass es nicht besser gewesen wäre, gleich zur Polizei zu gehen?«

»Wir b-bleiben bei unserem Plan. Wenn er sich bis heute Abend nicht b-blicken lässt, gehen wir zur Polizei. Ich pfeif auf die Folgen.«

Pritpal und Perry saßen in einem Zug, der gemütlich durch die Landschaft Richtung Eton zuckelte. Er fuhr nach dem Sonntagsfahrplan und hielt daher an jedem noch so kleinen Bahnhof. Die Fahrt schien kein Ende zu nehmen.

»Vielleicht steckt er in ernsthaften Schwierigkeiten«, gab Pritpal zu bedenken.

»Nicht unser James«, sagte Perry. »Ich habe das sichere G-Gefühl, dass es ihm gut geht. Er ist irgendwo da draußen und uns ein paar Schritte voraus. Wahrscheinlich löst er gerade den letzten Teil des Rätsels.«

»Schön wär's«, seufzte Pritpal. »Ich hoffe nur, du hast recht.«

»Wir m-müssen ihm noch etwas Zeit geben«, sagte Perry. »Und außerdem, wenn wir es schaffen, ein weiteres Rätsel zu knacken, haben wir wenigstens etwas K-Konkretes in der Hand, wenn wir zur Polizei gehen, oder nicht?«

»Ich denke schon«, stimmte Pritpal zu, auch wenn er nicht sehr glücklich dabei aussah.

»James ist schon nichts p-passiert«, beruhigte ihn Perry. »Er fällt immer wieder auf die Füße.«

Nach dem Angriff der beiden Smith-Brüder hatte Perry sich in ei-

ner dunklen Ecke des Friedhofs versteckt. Er hatte gesehen, wie die beiden Männer das Gelände verließen und ohne James in ihr Auto stiegen und wegfuhren. Perry hatte nach seinem Freund gesucht, allerdings erfolglos. Schließlich hatte er ein Taxi genommen und war nach Hause gefahren. Er war aufgeblieben und hatte auf James gewartet, aber um halb eins in der Nacht hatte ihn die Müdigkeit übermannt und er war zu Bett gegangen. Als James am nächsten Morgen noch immer nicht aufgetaucht war, hatte er Pritpal in der Mission angerufen und gefragt, ob dieser etwas von James gehört hatte.
Aber auch Pritpal wusste nichts Neues, nur, dass an diesem Morgen ein in braunes Papier eingeschlagenes Paket für James abgegeben worden war. Pritpal war tatsächlich mit einer der Rätselfragen ein gutes Stück vorangekommen, aber er hatte Perry erklärt, dass sie zurück nach Eton fahren müssten, um es ganz zu lösen.
In einem seltenen Anflug von Kühnheit hatte Pritpal Reverend Falwell angelogen und ihm gesagt, er werde den Nachmittag bei Perrys Eltern verbringen. Stattdessen traf er sich mit ihm am Bahnhof Charing Cross und sie stiegen in den Zug nach Eton.
»Bist du ganz s-sicher, dass wir auf der richtigen Spur sind?«, fragte Perry.
»So sicher, wie nur irgendwas«, gab Pritpal ihm zur Antwort. Sein Notizbuch lag aufgeschlagen auf seinen Knien, darin war eine Abschrift von Fairburns Brief. Er gab sie Perry.

Los jetzt, so der laute Schrei,
jag dem Ball nach und vergiss den Schmerz.
Vom Regen durchnässt, erschöpft und doch wild.
Keuchend, schiebend – welch sonderbares Bild!
Nistet im Herzen nicht die Sehnsucht nach Sieg?
Doch das Spiel, es gleicht einem Höllenritt!

Er führt quer übers Feld, den Ball stets im Blick.
Der Gegner strauchelt – hopsasa!
Tanz weiter im Schlamm, spotte jedem Hohn.
Für diese Schlacht braucht's kein Handikap!
Ellenlang scheint der Weg, ehe Jubel der Lohn.

»Ich habe alles Mögliche ausprobiert, um das Rätsel zu knacken«, erklärte Pritpal. »Verschachtelte Hinweise, Anagramme, doppelte Bedeutungen, aber nichts hat funktioniert – bis ich nach versteckten Begriffen im Text gesucht habe.«
»Und was genau ist das?«
»Versteckte Begriffe sind Wörter, die in anderen Wörtern verborgen sind«, sagte Pritpal.
»Das m-musst du mir erklären.«
»Ich gebe dir ein Beispiel«, sagte Pritpal. »In dem Wort *Langstreckenläufer* ist das Wort *Angst* verborgen.«
Perry nickte. »Und du b-behauptest, dass dieses G-Gedicht solche versteckten Wörter enthält?«
»Genau.«
Perry überflog die Verse, um herauszufinden, ob auch er ein paar von diesen Wörtern entdecken würde.
»Da ist zum B-Beispiel *Rauch* in *strauchelt* oder *Hiebe* in *schiebend*«, sagte er. »Habe ich jetzt g-gewonnen?«
»Ich fürchte nein«, antwortete Pritpal. »Aber schau dir doch mal die Zeilenenden mit dem Ausrufezeichen und dazu das erste Wort der Folgezeile an.«
Perry warf einen Blick auf den zweiten Vers.
Keuchend, schiebend – welch sonderbares Bild!
Nistet im Herzen nicht die Sehnsucht nach Sieg?
»Ah!«, rief er aus. »Jetzt sehe ich, was du meinst, *B-Bild* und *n-nistet* ergibt *Bildnis.*«
»Gut gemacht«, lobte Pritpal. »Als ich das rausgekriegt hatte, war

ich mir sicher, dass ich auf dem richtigen Weg bin. Die Hinweise sind im ganzen Gedicht verstreut, auch über die Zeilenenden hinweg.«

Perry las den nächsten Vers laut vor.

»Doch das Spiel, es g-gleicht einem Höllenritt!

Er führt quer übers Feld, den B-Ball stets im Blick.«

Er kratzte sich am Kopf. »Damit kann ich nichts anfangen«, sagte er.

»Der Hinweis steckt wieder in beiden Wörtern.«

Perry las die Verse noch einmal. »Ritter!«, rief er dann zufrieden. »Da muss man erst mal draufkommen. Und der Rest des Gedichts . . .«

Er führt quer übers Feld, den Ball stets im Blick.
Der Gegner strauchelt – hopsasa!
Tanz weiter im Schlamm, spotte jedem Hohn.
Für diese Schlacht braucht's kein Handikap!
Ellenlang scheint der Weg, ehe Jubel der Lohn.

»Ich hab's«, sagte Perry triumphierend. »Die Hinweise sind *Satan* und *Kapelle.«*

»Es springt einem förmlich ins Auge«, sagte Pritpal. »Ich könnte mich selbst wohin treten, dass ich das nicht früher erkannt habe.«

»Aber was b-bringt uns das?«, fragte Perry. *»Bildnis, Ritter, Teufel* und *Kapelle*. Was hat das zu b-bedeuten?«

»Dazu muss man wissen, wovon das Gedicht wirklich handelt«, erklärte Pritpal. »Es geht hier nämlich nicht um das Field Game, sondern um das *Wall Game*. Und das gibt uns den Hinweis auf eine Wand, genauer gesagt, auf ein Wandgemälde.«

»Also müssen wir nach einer K-Kapelle mit einem W-Wandgemälde suchen, das einen Ritter und einen Teufel zeigt, oder irre ich mich?«, fragte Perry.

»Genau«, bestätigte Pritpal. »Fairburn ist in Eton zur Schule gegangen und war als Lehrer dort und der Brief wurde an einen Eton-Schüler geschickt. Daraus schließe ich, dass wir in Eton nach diesem Wandgemälde suchen müssen. Und in Eton steht eine berühmte Kapelle. Sie ist eines der ältesten Bauwerke auf dem Schulgelände. Ich weiß zwar nicht viel über die College-Kapelle, aber gibt es da nicht einige Wandgemälde?"

»Das will ich m-meinen«, antwortete Perry, der sich schon immer für Kunst begeistert hatte. »Sie sind sogar sehr b-berühmt. Sehr alt, f-fünfzehntes Jahrhundert, aber in ziemlich schlechtem Zustand.«

»Wer hat sie gemalt?«

»Sie stammen von flämischen M-Meistern«, erklärte Perry. »Das waren erstklassige M-Maler, die das College aus den Niederlanden kommen ließ. Wahrscheinlich hatten sie hier niemanden, der wusste, an welchem Ende man einen P-Pinsel anfasst. Heutzutage ist nicht mehr viel davon übrig, sie sind verschmutzt und düster, aber w-wahrscheinlich sind sie die bedeutendsten Kunstwerke in ganz Eton. Ich war im K-Kunstunterricht einige Male dort und habe sie g-gezeichnet.«

»Meinst du, wir können heute noch in die Kapelle?«, fragte Pritpal.

»Ich wüsste nicht, was d-dagegenspricht«, sagte Perry.

Pritpal starrte aus dem Fenster. »Wenn nur dieser verdammte Zug etwas schneller fahren würde.«

James wollte nicht aufwachen. Er musste ja noch so viel Schlaf nachholen. Aber irgendjemand rüttelte ihn mit aller Kraft wach.

»Geh weg«, murmelte er. »Lass mich in Ruhe. Ich bin doch gerade erst eingeschlafen.«

»Aufwachen, aufwachen! Raus aus den Federn!« Es war die Stimme von Red.

James machte ein Auge auf. Draußen wurde es schon dunkel.

Red stand als schemenhafter schwarzer Schatten in dem unbeleuchteten Zimmer.
»Es ist fast drei, Kumpel«, sagte Red.
James stützte sich mühsam auf den Ellbogen auf und blinzelte. Seine Augenlider fühlten sich an, als wären sie aus Schmirgelpapier.
»Fast drei?«, fragte er ungläubig. »Ich hatte deine Schwester gebeten, mich bald wieder zu wecken.«
»Du hast 'ne ordentliche Mütze Schlaf gebraucht, Jimmyboy. Du bist dem Tod von der Schippe gesprungen. Um ein Haar wär's aus gewesen mit dir.«
»Red, du hast ja keine Ahnung . . .«
»Immer mit der Ruhe«, fiel Red ihm ins Wort. »Was hattest du so Wichtiges vor? Wohin wolltest du gehen?«
»Ich muss die restlichen Rätsel lösen«, sagte James mit schläfriger Stimme. »Ich muss herausfinden, wo Fairburn ist.« Er schwang seine Beine über die Bettkante. Als seine nackten Füße den kalten Boden berührten, zuckte er zusammen. Im Raum herrschte eine Grabeskälte.
Erst jetzt merkte er, dass er nur noch Hemd und Unterhose trug. Jemand hatte ihm die Kleider ausgezogen. Er beschloss, lieber nicht zu fragen, wer es gewesen war.
»Wenn ich es recht verstehe, plagst du dich schon seit Tagen mit diesen Rätseln herum«, sagte Red. »Glaubst du wirklich, du hättest sie in dem Zustand, in dem du gewesen bist, lösen können? Mit dem übelsten Kater aller Zeiten?«
»Ich muss etwas unternehmen«, seufzte James. »Ihr hättet mich früher wecken sollen.« Er hielt inne und schaute Red an. »Es tut mir leid«, sagte er dann. »Ich bin müde, ich bin voll bis oben hin und mein Schädel brummt höllisch.«
»Du brauchst dich nicht zu entschuldigen, Alter«, sagte Red mit einem breiten Grinsen. »Es ist schön, dich wiederzusehen.«

James stand auf und strich sich mit den Fingern das Haar aus der Stirn. Wie immer fiel eine widerspenstige Locke über ein Auge. Seine Haut war wund, Gesicht und Hände waren seit der Kaliumexplosion im Boot von kleinen roten Flecken übersät.
Ein Junge mit schmutzigem Gesicht, der aussah wie eine kleinere Ausgabe von Red, kam ins Zimmer; auf seinem knallroten Haar saß eine riesengroße Schiebermütze. Er hatte James' Jacke und Hose dabei, die inzwischen am Herd getrocknet und geplättet worden waren, um die Knitterfalten zu glätten.
»Deine Mum hat gesagt, ich soll das hierherbringen«, sagte er zu Red, dann schaute er James traurig an. »Aber den Mantel, Kumpel, hat sie wegschmeißen müssen, er war total zerfetzt.«
»Danke, Stanley«, sagte Red, nahm ihm die Kleidungsstücke aus der Hand und warf sie James zu.
»James«, sagte er dann. »Das ist mein Vetter, Stanley MacCarthy.«
»Ich werde allen meinen Freunden erzählen, dass James Bond in meinem Bett geschlafen hat«, sagte Stanley und schaute James mit großen, glänzenden Augen an.
»Dein Bett?«, fragte James, während er die Hose anzog. »Das tut mir leid. Ich dachte, es wäre das Bett von Red.«
»Ist es auch«, antwortete Red. »Ich liege am Kopfende, er am Fußende, wie die Ölsardinen in der Dose.«
James stand auf.
»Kann ich hier irgendwo telefonieren?«, fragte er.
»In der Kneipe ist ein Telefon«, sagte Red. »Die ist jetzt geschlossen, aber Lou wird schon aufmachen, wenn wir laut genug klopfen.«
»Ich muss mir etwas Geld von dir borgen, um anzurufen«, sagte James. »Aber mach dir keine Sorgen, wenn das alles vorbei ist, gebe ich es dir zurück.«
»Geht klar, Jimmyboy. Tu, was du tun musst.«

Die Vermittlung verband James mit Perrys Haus im Regent's Park. James hatte Braeburn, den Butler der Mandevilles, am Apparat, der ihm mitteilte, dass Perry schon auf seinen Anruf gewartet hatte. Perry sei mit einem Freund weggegangen, er habe aber darum gebeten, dass James eine Nummer hinterließ, unter der er zu erreichen sei. James nannte Braeburn die Telefonnummer der Kneipe, dann rief er in der Eton-Mission an.

Pritpal war nicht da, aber James bekam Tommy Chong an die Strippe, der ihm das Neueste berichtete. Auch ihm nannte James die Nummer des Pubs, dann legte er auf.

Die Kneipe war am Nachmittag geschlossen und Lou, der Wirt, spülte das Geschirr vom Mittagessen, kehrte die Scherben zerbrochener Gläser zusammen und wischte verschüttetes Bier vom Boden auf.

Red und seine Schwester Kelly hatten zugehört, als James telefonierte.

»Was machst du jetzt?«, fragte ihn Red.

»Ich kann nichts tun, nur abwarten«, sagte James mit einem Blick auf die Uhr. »Falls Pritpal und Perry tatsächlich einem Rätsel auf der Spur sind, ist es vielleicht das entscheidende. Dann können wir dieses Puzzle lösen und herausfinden, wo Fairburn steckt. Aber die Zeit drängt. Heute ist Sonntag, der letzte Tag, der uns bleibt. Ich hoffe, sie können etwas ausrichten, und zwar schnell.«

Holy Poker erwartete Perry und Pritpal unter der großen, prachtvoll verzierten Orgel, die die ganze Wand über dem Eingangsportal der Kapelle einnahm.

Holy Poker war der Spitzname des Kirchendieners, weil er während der Gottesdienste einen Stab mit silbernem Knauf als Zeichen seines Amtes bei sich hatte. Die meisten Schüler – Perry und Pritpal bildeten keine Ausnahme – wussten nicht einmal, wie er wirklich hieß.

»Ihr interessiert euch also für unsere Wandmalereien, vermute ich«, begann er. Er war ein humorloser, stocksteifer Mann, dessen Haar silbern glänzte.

»Das stimmt«, antwortete Pritpal und schaute sich in dem Gotteshaus um.

Die Kapelle war hoch und schmal. Elegante Säulen trugen eine gewölbte Holzdecke. Geschnitztes gotisches Kirchengestühl stand in zwei langen Reihen im Kirchenschiff. An den Wänden befanden sich die berühmten Gemälde.

»Sie wurden irgendwann zwischen 1479 und 1488 gemalt«, erklärte Holy Poker. »Später, im Jahr 1561, wurden sie einfach übertüncht.«

»Warum hat man das getan?«, fragte Pritpal.

»Das war zur Zeit der Reformation. Heinrich VIII. hatte den katholischen Glauben verboten und die ganze Bevölkerung musste zum Protestantismus übertreten. Alle Bilder, die Wundertaten zeigten, wurden verboten.«

Während er sprach, führte der Kirchendiener sie den Mittelgang entlang zum Altar, dann wandte er sich nach rechts und stieg ein paar Stufen zu den Gemälden hoch. Wie Perry gesagt hatte, waren die Bilder tatsächlich in keinem guten Zustand und verblasst. Sie sahen aus wie ein verschwommenes Foto von einem Gegenstand, der früher einmal hell und farbenfroh war.

»Später hat man die Wand mit Holz verkleidet«, erklärte Holy Poker weiter. »Die Gemälde gerieten in Vergessenheit, bis man im Jahr 1847 die Holzverkleidung wieder abnahm. Allerdings schien sich damals niemand für die Bilder zu interessieren. Ein Arbeiter konnte fast die gesamte obere Bilderreihe abkratzen, bevor einer der Lehrer ihm Einhalt gebot. Man war jedoch immer noch der Meinung, dass sich diese Bilder für protestantische Augen nicht schickten, deshalb wurden sie ein drittes Mal überdeckt. Heute endlich können wir sie in all ihrer Pracht bewundern, falls Pracht das richtige Wort dafür ist. Sie wurden zwar restauriert, aber die vielen Jahre, in denen sie vergessen waren, haben dazu beigetragen, dass sie in einem traurigen Zustand sind.«

Pritpal betrachtete die Gemälde an der Wand, die verschiedene mittelalterliche Szenen darstellten, aber einen Teufel sah er nirgends.

»Die Szenen hier an der Südseite erzählen die Geschichte einer sagenhaften Herrscherin«, fuhr der Kirchendiener fort. »Die an der nördlichen Seite stellen Wunder dar, die die Jungfrau Maria vollbracht haben soll.«

»Darf ich sie einmal sehen?«, fragte Pritpal.

»Aber natürlich.«

Pritpal überquerte den Mittelgang und betrat das Chorgestühl auf der anderen Seite. Eine der Szenen, die ihm als Erstes ins Auge fiel, stellte einen Mann dar, der mit einer nackten, gehörnten Gestalt sprach. Das Gesicht der seltsamen Figur war im Laufe der Zeit beinahe vollständig verblasst.

»Ist das der Teufel?«, fragte er.

»Ja«, bestätigte der Kirchendiener.

»Und wer ist bei ihm?«, fragte Pritpal.

»Ah, das ist ein Ritter, Sir Amoras. Das ist eine amüsante Geschichte. Amoras wollte dem Satan seine Frau verkaufen, aber die Heilige Jungfrau hat das verhindert. Ich bin sicher, er war nicht der einzige Mann, der seine Frau an den Teufel verkaufen wollte.« Er gab ein trockenes Lachen von sich.

Jetzt entdeckte Pritpal auch, dass Sir Amoras von dem Gehörnten einen Vertrag, vielleicht auch Geld erhielt.

Er fragte sich, wie verzweifelt man sein musste, um einen Pakt mit dem Teufel zu schließen.

James saß schon beinahe drei Stunden neben dem Telefon, als es endlich läutete. Ohne auf Lou zu warten, sprang er auf und riss den Hörer von der Gabel.

»Hallo?«

»James!« Am Apparat war Perry. »Du b-bist am Leben. Ich hab's gewusst. Aber wo um alles in der Welt steckst du?«

»In einem Pub im East End«, antwortete James.

»Heißt das, während wir hier v-völlig starr vor Angst um dich sind, sitzt du in einer K-Kneipe und lässt es dir gut gehen?«, fragte Perry.

Diesen Irrtum hatte James schnell korrigiert. Er berichtete Perry alles, was passiert war, seit sie sich in der vergangenen Nacht getrennt hatten.

Perry wiederum erzählte James von dem Wandgemälde in der Kapelle.

»Amoras?«, sagte James nachdenklich. »Den Namen habe ich schon einmal gehört.«

»Er stand in F-Fairburns zweitem Brief«, sagte Perry. »Erinnerst du d-dich nicht? Der Brief, der in dem G-Geheimcode geschrieben ist. Darin steht, wie er mit Charnage über die G-Geschichte von Sir Amoras gesprochen hat und dass Charnage sie lustig fand.«

»Aber das hilft uns nicht weiter«, sagte James müde. »Was wollte Fairburn uns damit sagen?«

»Vielleicht w-wollte er uns warnen«, vermutete Perry. »Und zwar vor einem Ritter, der einen P-Pakt mit dem Teufel geschlossen hat. Vor Sir John Charnage. Und er hatte recht, James. Du hast G-Glück, dass du mit heiler Haut davongekommen bist.«

»Es muss noch mehr hinter dieser Geschichte stecken«, sagte James.

Perry seufzte. »Wenn das stimmt, d-dann sind wir mit unserem Latein am Ende.«

»Wo bist du jetzt?«, fragte James.

»Am Bahnhof von Eton«, antwortete Perry. »Der Zug nach London kommt in fünf M-Minuten. Pritpal muss in die M-Mission zurück,

aber ich komme zu dir in den Pub. Vielleicht fällt uns in der Zwischenzeit etwas ein.«
»In Ordnung.«
»Prit möchte dich auch sprechen.«
Pritpal nahm den Hörer.
»Heute Morgen ist ein Paket für dich in der Mission abgegeben worden, James«, sagte er. »Was sollen wir damit machen?«
»Von wem ist es denn?«
»Ich weiß es nicht«, sagte Pritpal. »Es wurde von einem Boten abgegeben.«
»Vielleicht ist es ja ein Hinweis«, sagte James. »Wenn du zurückkommst, mach es auf und sieh nach, was drin ist.«
»In Ordnung«, antwortete Pritpal.
James legte den Hörer auf und ließ sich auf einen Stuhl neben der Bar fallen. Er war durstig, krank und erschöpft. Ihm war kalt und er hatte das Gefühl, nie wieder warm zu werden. Sein Kopf schmerzte, alles erschien ihm undeutlich und weit weg, wie in einem Traum. Er verspürte einen stechenden Schmerz in der Seite und er wusste genau, das kam nicht von den Fußtritten, die ihm die Mädchen verpasst hatten. Seine vergiftete Leber protestierte. Er konnte nur hoffen, dass sie nicht dauerhaft Schaden genommen hatte. Mit einem Wort, er fühlte sich sterbenselend.
Er hatte gehofft, dass dieser neue Hinweis das letzte fehlende Teil in diesem Puzzle war, stattdessen hatte es alles noch viel komplizierter gemacht. Sie waren in einer Sackgasse, aus der es keinen Ausweg gab.
»Ich hab nachgedacht«, sagte Kelly.
»Gott bewahre«, sagte Red und verdrehte die Augen.
»Halt die Schnauze, Red«, fuhr sie ihn an. »Hör mir wenigstens ein Mal zu.«
»Warum musst du deine Nase in alles stecken?«, fragte Red. »Diese Sache geht nur mich und Jimmyboy was an.«

»Ich sag dir was, Red Kelly«, erwiderte das Mädchen und starrte ihren Bruder zornig an. »Ich stecke in der ganzen Sache mit drin, kapiert? Ich hätte den Burschen beinahe umgebracht, deswegen werde ich ihm jetzt auch helfen. Das geht nur ihn und *mich* was an. Und auf deine schlauen Bemerkungen kann ich verzichten, denn du bist nicht gerade der Hellste in der Familie.« Sie wandte sich an James. »Was genau suchen wir?«

»Einen Mann«, sagte James.

»Diesen Fairburn oder wie der Kerl heißt?«

»Ja. Charnage hält ihn irgendwo versteckt.«

»Und der hat 'ne Maschine gebaut?«, fragte Kelly.

»Ja.«

»Und diese Maschine, sagst du, ist verdammt groß?«, fragte Kelly weiter.

»Peterson hat in seinem ersten Brief geschrieben, dass sie fast ein ganzes Zimmer ausfüllt.«

»Und sie bauen die Maschine für die Russen?«

»Ja.«

»So, und wie wollen die die Maschine dahin schaffen?«

James verzog das Gesicht. »Daran habe ich noch gar nicht gedacht«, gab er zu.

»Du hast überhaupt noch nicht viel gedacht, oder?«, fragte Kelly.

»Lass das«, mischte sich Red ein. »Davon verstehst du nichts, Kel. Du gibst nur an vor Jimmyboy.«

»Dir hat's noch nie gepasst, dass ich schlauer bin als du, nicht wahr, Red?«, antwortete Kelly spöttisch.

»Ach ja, wenn du schon so klug bist, wo, bitte schön, ist die Maschine?«

»Auf 'nem Schiff, du Dummkopf«, antwortete Kelly. »Wo denn sonst?«

»Woher willst du das wissen?«, fragte Red.

»Moment mal«, sagte James. »Ich glaube, sie hat recht. Das passt zusammen. Wie könnten sie die Maschine sonst nach Russland bringen? Sie *muss* auf einem Schiff sein oder sie wird demnächst verladen. Und solange sie damit nicht fertig sind, muss Charnage hierbleiben. Deshalb kann er sich auch nicht früher aus dem Staub machen.«

James lächelte und mit einem Mal waren alle seine Schmerzen vergessen.

Diesem Mädchen hatte er es zu verdanken, dass er nun doch noch einen entscheidenden Schritt weitergekommen war.

Jetzt wusste er wenigstens, was er tun musste.

Die Druckluftbahn

Das *Casino Paradiso* in der alten Chemiefabrik von Charnage ist in der Nähe der West India Docks«, sagte Red. »Aber wenn sie nach Russland fahren wollen, legen sie bestimmt nicht von dort ab. Im Hafenviertel gibt es viele Docks und massenhaft Schiffe.«

»Kennst du vielleicht jemanden, der uns weiterhelfen könnte?«, fragte James.

»Die meisten Leute hier aus der Gegend arbeiten im Hafenviertel«, sagte Red und schaute auf die Uhr. »Bald läuft die neue Schicht an. Mein Vater ist einer von den Ersten, die da sind, wir können ihn fragen.«

»Falls er nüchtern ist«, warf Kelly ein. »So wie ich ihn kenne, ist er seit dem Mittagessen besoffen. Du musst ganz laut mit ihm reden, James. Seit der Explosion bei *Brunner Mond* ist er halb taub.«

»Bei was?«, fragte James.

»Brunner Mond«, wiederholte Red.

»Was ist das?«, fragte James und sein Herz klopfte schneller.

»Das war eine TNT-Fabrik«, erklärte Red. »Während des Kriegs haben sie tonnenweise Sprengstoff für die Armee hergestellt. Und dann, eines Tages – peng! – ist der ganze Laden in die Luft geflogen. Zweiundsiebzig Tote, Tausende von Häusern eingestürzt. Die schlimmste Explosion, die sich je bei uns ereignet hat. Jeder hier in der Gegend kann sich noch daran erinnern, aber es war Krieg damals und schlechte Nachrichten standen nicht in den Zeitungen.«

»Und wo stand diese Fabrik?«, fragte James.
»In Silverton«, sagte Red. »In der Nähe der Royal Docks.«
Bevor er weitersprechen konnte, hatte James ihn umarmt und fest an sich gedrückt.
»He, lass das«, sagte Red und schob ihn weg. »Was ist denn in dich gefahren?«
»Das ist es, Red«, sagte James. »Du hast das letzte Rätsel gelöst.«
»Wirklich?«
»Ich dachte zuerst, es wäre völliger Unsinn. In der vergangenen Nacht, als ich betrunken war, habe ich das Wort *Brunnermond* aus einer dieser Rätselfragen gebildet, aber ich dachte, es wäre nur Buchstabensalat, ohne jede Bedeutung, deshalb habe ich nicht weiter darüber nachgedacht. Tatsächlich aber ist es die Lösung. Wir müssen zu den Royal Docks. Ich bin sicher, dort liegt das Schiff.«
»Die Firma *Brunner Mond* lag an dem Dock, das nach König George V. benannt ist«, sagte Red, »aber da unten sind Hunderte von Schiffen; woher sollen wir wissen, welches das richtige ist?«
»Frag Dad«, sagte Kelly säuerlich.
Lou hatte inzwischen den Pub wieder geöffnet und eine Schar Männer strömte herein. Unter ihnen war auch ein kleiner, runzeliger Mann, der alt und verbraucht aussah, aber James schätzte, dass er kaum älter als fünfunddreißig sein konnte. Sein Gesicht war grau und faltig, er hatte vorne keine Zähne mehr und seine Augen waren wässrig und unstet wie bei einem Trinker. Als er James erblickte, ballte er scherzhaft die Hände zu Fäusten und tat so, als wollte er ihm einen Haken versetzen.
»Stets zu Diensten«, sagte er mit einem Rülpsen und blies James eine Alkoholfahne ins Gesicht. »Trinken wir einen zusammen?«
»Keine Zeit, Dad«, sagte Red laut.
»Dafür ist immer Zeit«, erwiderte der Vater und lachte.

»Halt mal 'ne Minute die Klappe und hör zu«, mischte Kelly sich ein. »Und dann streng dein Hirn an.«

»Du bist 'ne hartherzige, gemeine und schlechte Frau, genau wie deine Mutter«, sagte ihr Vater.

Er drängte sich an seiner Tochter vorbei zur Bar, wo er lautstark ein Bier bestellte.

»Wenn er erst mal 'ne Halbe gekippt hat, ist er besser gelaunt«, sagte Red.

James ging hinüber zu dem Mann an der Bar. »Mister Kelly«, sagte er ganz laut. »Ich brauche Ihre Hilfe.«

»Jetzt gleich?«, fragte Reds Vater. Er nahm das Bierglas von Lou entgegen und trank einen Schluck.

»Ich suche ein Schiff. Es liegt im Dock, das nach George V. benannt ist und soll heute Nacht auslaufen.«

»Wie heißt es?«, fragte Reds Vater und nahm noch einen Schluck aus dem Glas.

»Das weiß ich nicht. Möglicherweise hat es einen russischen Namen.«

Der Vater schüttelte den Kopf. »Du stocherst mit 'ner Stange im Nebel, mein Sohn«, antwortete er.

»Hör mal zu, du alter Saufkopf«, rief seine Tochter und nahm ihm das Glas aus der Hand und stellte es auf dem Tresen ab. »Und denk genau nach.«

»Weißt du, wie viele Schiffe da unten liegen, Kleine? Dort liegen russische Schiffe, chinesische Schiffe, Schiffe von den Eskimos oder sonst woher. Wenn du den Namen nicht kennst, hat es keinen Zweck.«

»Callisto«, sagte James. Kennen Sie ein Schiff, das *Callisto* heißt?«

Der Mann schüttelte wortlos den Kopf.

»Nemesis?«

Wieder erntete James nur ein Kopfschütteln.

»Amoras«, sagte James. »Wie wär's damit?«

»Na sicher gibt es das Schiff«, sagte Reds Vater. »Hieß früher *Saphir.* Läuft heute Abend mit der Flut aus.«
»Wann ist das?«, fragte Kelly.
»Um acht.«
»Und wohin fährt es?«
»Woher, zum Teufel, soll ich das wissen?«, brummte der Vater. »Du fragst zu viel, Kel, und du redest zu viel. Genau wie deine Mutter. Möge Gott sie beschützen.«
Red schaute auf die Uhr, die hinter dem Tresen hing, und warf James einen besorgten Blick zu. »Es ist zwanzig vor sieben«, sagte er. »Viel Zeit bleibt uns nicht.«
»Wie weit ist es bis zum Dock?«
»Fünf Meilen«, gab Red zur Antwort. »Zu Fuß könntest du es in einer Stunde schaffen, wenn du dich beeilst. In dieser Gegend gibt es keine U-Bahn, und Busse oder Straßenbahnen fahren am Sonntag nicht.«
»Dann kommen wir zu spät«, sagte James bitter und schlug mit der Faust gegen die Wand. »Wir waren so nah dran.«
»Es gibt eine Möglichkeit«, überlegte Red und steuerte schon auf die Tür zu.
»Und welche?«, fragte James, der ihm neugierig folgte. »Hast du ein Auto?«
»Ein Auto?« Red prustete vor Lachen. »Ein verdammtes Auto? Was glaubst du, wer ich bin? Meinst du vielleicht, ich hätte die Spielbank in Monte Carlo ausgeraubt? In dieser Gegend hat keiner ein Auto.«
»Was dann?«
»Ich zeig's dir. Normalerweise käme ich nicht im Traum auf die Idee, aber das ist ein Notfall. Komm, wir besuchen Charles Bishop.«
Als er den Pub verlassen wollte, zog seine Schwester ihn am Arm. »Bist du sicher? Er ist keiner von uns.«

»Keiner von uns?« Red schnaubte. »Das ist James Bond und wir haben ihm viel zu verdanken, Schwesterchen.«
»Aber Red . . .«
»Hör zu, Kleine. Ich bin vielleicht nicht so schlau wie du. Ich will nicht behaupten, dass ich auch nur halbwegs verstehe, was hier gespielt wird. Aber so viel weiß ich, dass Charnage ein Schurke ist, und dieser Bursche hier ist ein Held, das ist schon mal sicher. Wenn du nicht weißt, auf wessen Seite *du* bist, dann ist das deine Sache, aber ich weiß, auf wessen Seite *ich* bin.«
»Schon, Red, aber . . .«
»Halt den Mund, Kel. Ich weiß, was ich tue.«

Die Luft draußen war geschwängert von dem Rauch und dem Ruß der zahllosen Kohlefeuer, die überall brannten. Es war kalt und feucht und James bekam einen heftigen Hustenreiz. Bei Dunkelheit wirkten die Straßen im Osten Londons noch düsterer und bedrohlicher als am Tag. Die spuckenden Gaslaternen warfen fahle Lichtkegel und überall drückten sich Menschen im Schatten herum, flüsterten miteinander, warteten, beobachteten, eingehüllt in schwarze Mäntel, die Gesichter grau und ausdruckslos.
Hin und wieder ertönte ein Schrei aus einer abgelegenen Gasse oder es waren schnelle Schritte zu hören. Einmal hörte James Glas splittern, aber er hatte keine Zeit, sich zu ängstigen. Er durfte nicht stehen bleiben. Er musste weiterlaufen, denn wäre er stehen geblieben, dann hätte er nachdenken müssen, und beim Nachdenken wäre ihm klar geworden, wie aussichtslos seine Lage war.
Zehn Minuten nachdem sie die Kneipe verlassen hatten, waren sie an einer großen weißen Kirche angelangt, deren Eingangsseite durch eine Reihe hoher Säulen hervorgehoben wurde. Bettler und Betrunkene saßen auf den breiten, ausladenden Stufen und

warteten wohl auf ihre Erlösung; daneben, auf dem Friedhof, prügelten sich zwei Männer.
Die drei überquerten die Straße, wichen einem Pferdefuhrwerk aus und liefen in die Kirche. Sie achteten nicht auf die derben Bemerkungen der Männer auf den Stufen.
In der Kirche wurde gerade eine Messe gefeiert. Die Gemeinde sang, begleitet von der großen Orgel. Das Kirchenschiff war kahl und ungeheizt. James sah, wie der Atem der Menschen kleine Wölkchen bildete.
Red legte den Finger an die Lippen. Im Schatten der Wände ging er schnurstracks auf eine Öffnung zu, die sich unter einer Reihe von Spitzbogenfenstern befand. Von dort führte eine Treppe nach unten in die Krypta.
Dort war es dunkel und menschenleer. James konnte die Umrisse eines Altars und mehrerer Särge erkennen.
»Ich weiß immer noch nicht, ob es richtig ist, was wir tun«, sagte Kelly, aber Red achtete gar nicht auf sie. Er ging zu einem der Grabmäler. Es war im ägyptischen Stil gehalten und von einer Pyramide bekrönt, die auf vier Kugeln ruhte.
In den Stein war der Name *Charles Bishop* eingemeißelt.
Red zwängte sich in einen engen Spalt hinter dem Grabmal. James sah, dass sich an der Rückseite zwei Steinplatten befanden. Red drückte mit den Händen fest gegen eine der Platten, um sie wegzuschieben.
»Pack mal mit an«, sagte er atemlos.
Zu zweit gelang es ihnen, die Platte zu bewegen; sie glitt langsam und knirschend auf einer schmalen Nut entlang. Hinter der Verkleidung lag eine dunkle Öffnung. James bemerkte, dass das Grab leer war.
Ein faulig-feuchter Geruch schlug ihnen entgegen und James hielt sich Mund und Nase zu. An der Wand im Inneren des Grabmals befand sich ein kleines Brett, auf dem ein Kerzenstummel

und eine Schachtel Streichhölzer lagen. Red nahm beides an sich. Er zündete die Kerze an; ihr Lichtschein fiel auf eine Treppe, die steil nach unten in die Dunkelheit führte.
Red ging die Stufen hinunter. James und Kelly befahl er, den Eingang wieder zu verschließen, was James mithilfe der zwei Griffe, die an der Rückseite der Platte angebracht waren, auch gelang. Dann folgten sie Red.
Die Treppe führte in ein Gewölbe, bei dem es sich offenbar um einen Abwasserkanal handelte. Es stank fürchterlich und James mochte gar nicht hinschauen, was in der zähen Brühe alles vorbeischwamm. Es war ein Nebenkanal, der durch Gitterstäbe vom Hauptkanal getrennt war. Dicke Kabelbündel liefen am Boden entlang. Red, James und Kelly duckten sich und folgten den Kabeln durch einen niedrigen Verbindungsgang. Bald waren sie an einem verrosteten Eisentor angekommen, das ihnen den Weg versperrte. Trotz der abgeplatzten und verblassten Farbe konnte man einen Schädel, gekreuzte Knochen und gelbe Blitze erkennen, die auf die Tür gemalt waren.
Red entfernte einen Ziegelstein in der Wand, holte einen großen nachgemachten Schlüssel hervor, schloss das Tor auf und legte den Schlüssel wieder in das Versteck zurück.
Das Tor ließ sich mühelos öffnen und die drei gingen hindurch. Sie waren in einer kleinen Kammer voller Kabel. Transformatoren summten und brummten, der ganze Raum schien zu vibrieren.
»Pass auf, dass du nichts anfasst«, warnte Red. Seine Stimme klang laut in dem vollgestopften Raum. Er schloss die Tür und ging zu einer Reihe von Verteilerkästen an der Wand. Er entfernte die Abdeckung von einem der Kästen und James sah, dass dort, wo der Verteiler hätte sein müssen, ein Loch in der Wand klaffte.
»Du zuerst«, sagte Red zu seiner Schwester und drückte ihr die

Kerze in die Hand. Kelly zwängte sich durch das Loch und war gleich darauf verschwunden. James folgte ihr. Er musste auf dem Bauch kriechen und sich seinen Weg mit den Händen ertasten. Er hörte Reds keuchenden Atem hinter sich, als dieser die Abdeckung wieder schloss und ihnen folgte.
Gleich darauf sah James einen Lichtschein vor sich. Er hatte das Ende des Gangs erreicht und sah Kelly, die ihn mit der Kerze in der Hand auf einer Wendeltreppe erwartete. Sie waren ungefähr halb die Treppe hinauf. Oben befand sich eine große Tür, die aussah, als wäre sie schon seit vielen Jahren nicht mehr geöffnet worden. Sie war mit dicken Brettern verstärkt.
Red kroch auch aus dem Gang, nahm seiner Schwester die Kerze aus der Hand und stieg die Treppe hinunter. James zählte dreißig Stufen, bis sie unten angekommen waren und Red ein Licht einschaltete.
James staunte. Sie waren in einem mittelgroßen Raum, der vollgestopft war mit komplizierten Messgeräten und Manometern, Hebeln und Armaturen. Alles sah uralt und unbenutzt aus, wie aus einer längst vergangenen Zeit. Auf der einen Seite des Raumes verlief ein Eisenbahngleis, das in einem schmalen Tunnel verschwand, der an den Wänden mit Gummi ausgekleidet war. Es sah aus wie ein U-Bahnhof in Kleinformat. Sogar ein Wagen war da. Aber es war kein gewöhnlicher U-Bahn-Zug, denn der Wagen war winzig, er hatte die Form eines Zylinders. Ein Dach fehlte.
»Was ist das?«, fragte James. »Wo sind wir hier?«
»Das ist eine Druckluftbahn. Sie wurde im letzten Jahrhundert gebaut«, erklärte Red.
»Und was hat man damit gemacht?«
»Damit sollte Post befördert werden«, sagte Red. »Nach und nach wollte man sie über ganz London ausdehnen. Oder besser gesagt, *unter* ganz London. Für Expresszustellungen, die von der

großen Sortierstation in Euston aus verteilt wurden. Aber die Anlage hat nie richtig funktioniert und sie wurde nie benutzt. Vor fünfzig Jahren hat man sie endgültig stillgelegt und sie geriet in Vergessenheit. Aber vor fünf Jahren ist ein Sträfling, Nesbitt hieß er, darüber gestolpert. Er trieb sich hier unten herum auf der Flucht vor den Bullen.«

»Den Bullen?«

»Ja, der Polizei. Die Leute hier haben die Abwasserkanäle schon immer benutzt, um unbemerkt von einem Ort zum anderen zu kommen. Der alte Nesbitt wusste gar nicht, auf was er da gestoßen war, aber er dachte, es könnte nützlich sein. Da die Anlage nicht in Betrieb war, hat er die Tunnel ausgekundschaftet und 'ne Skizze von der gesamten Anlage gemacht. Er hat rumgefragt und rausgefunden, dass es sich um die Überreste der alten Rohrpost handelt. Sehr praktisch. Aber noch praktischer war es, dass er die Züge wieder in Gang kriegte. Einer seiner Kumpane war Techniker bei der Eisenbahn, der hat sich alles angeschaut und die Anlage wieder zum Laufen gekriegt. Früher wurde sie mit Dampf betrieben, aber er hat sie auf elektrisch umgestellt. Er hat den Strom von den Leitungen, die hier rumliegen, abgezweigt. Damals waren 'ne Menge Leute hier unten zugange, die alles wieder hergerichtet haben. Die Banden benutzen sie jetzt meist zum Schmuggeln, manchmal verstecken sich die Schmuggler auch hier. Ich hab einen meiner Onkel mal besoffen gemacht und er hat mir alles erzählt, die ganzen Codes und so.«

Red drückte auf Knöpfe und legte Hebel um, dann setzte er einen Kopfhörer auf und lauschte angestrengt.

»Unten an den Royal Docks ist ein großes Postlager«, erklärte Kelly. »Für die Post, die von den Schiffen kommt. Bis dahin führt die Bahn.«

»Willst du damit sagen, dass wir mit diesem Ding fahren sollen?«, fragte James.

»Ja«, sagte Kelly grinsend und zwinkerte dabei boshaft.

»Bist du bereit, Jimmyboy?« Red schniefte und fuhr sich durch den kupferroten Haarschopf.

»Ich glaube schon«, antwortete James.

»Ich weiß nicht, wie du das machst, Kumpel«, sagte Red. »Wenn *ich* das gesoffen hätte, was du letzte Nacht getrunken hast, könnte ich jetzt nicht mal mehr sprechen, geschweige denn aufstehen. Und sieh dich an: Du stehst da, aufrecht wie 'ne Eiche. Ich schätze, du bist aus Eisen oder so was.«

»Ich fühle mich ganz und gar nicht wie eine Eiche«, antwortete James. »Eher schon wie ein Käfer, der gerade aus einem Versuchsglas gekrabbelt ist.«

»Ja, man hat dich wirklich richtig abgefüllt.« Red lachte, doch dann wurde er ernst. »Pass auf meine kleine Schwester auf«, sagte er.

Er zwinkerte James zu, dann drückte er auf einen grünen Knopf an der Wand und sprach in ein Mikrofon.

»Hier spricht Kairo«, sagte er. »Hier spricht Kairo . . . Hört mich jemand . . .?« Er wartete eine Weile und lauschte angestrengt. »Osiris«, sagte er dann.

»Das ist das Losungswort«, flüsterte Kelly.

Red redete weiter. »Ja. Ich habe ein Paket für Alexandria . . . Es ist lieferbereit . . . In Ordnung. Ich warte auf das Zeichen.«

Red nahm die Kopfhörer ab und ging zum Gleis an der Seite des Raums.

»Packt mal mit an«, sagte er.

Gemeinsam mit James und Kelly schob er den Wagen auf das Hauptgleis und bis in den Eingang des Tunnels. Der Wagen passte genau hinein, kein Blatt Papier hätte mehr zwischen Fahrzeug und Seitenwänden Platz gehabt.

»Wie funktioniert das?«, fragte James.

»Mit Druckluft«, erklärte Red. »An jedem Ende eines Abschnitts ist ein riesiger Ventilator. An der einen Seite wird die Luft in den Tunnel geblasen, auf der anderen Seite wird sie herausgesaugt. Du flitzt wie durch ein Blasrohr. Wenn der Wagen anhält, dann bist du bei den Royal Docks. Kel kennt den Weg. Sie wird mit dir fahren.«

»Kommst du nicht mit?«

»Ich kann nicht«, sagte Red. »Ich muss hierbleiben und die Anlage bedienen. Jetzt aber schnell rein mit euch. Ich komme nach, sobald ich kann.«

Man hörte, wie ein mächtiger Motor dröhnend startete. Der Boden zitterte und die Erschütterungen pflanzten sich bis in die Mauern fort. Dann setzte ein Heulen ein wie bei einem Sturm, der durchs offene Fenster pfeift. Um sie herum wurde es mit einem Mal kalt.

James kletterte in das Gefährt und legte sich flach auf den Boden. Kelly legte sich neben ihn. Es war sehr eng in dem Wagen und ihre Körper berührten sich. Red schob den Wagen noch ein Stückchen vor, sodass er nun ganz im Tunnel steckte, und schon hatte die Dunkelheit sie verschluckt.

»Das ist kuschelig«, sagte Kelly und lachte. James spürte, wie ihr Atem sein Gesicht kitzelte, und er roch den Duft ihrer Haare.

»Heute früh wollte ich dich noch umbringen und jetzt sieh dir das an. Wir liegen gemütlich da wie zwei Wanzen.«

»Wenigstens ist es warm so«, sagte James.

»Komm mir bloß nicht auf dumme Gedanken«, sagte Kelly.

James schwieg. Das Einzige, woran er im Augenblick dachte, war schlafen.

»Red hat viel von dir erzählt«, sagte Kelly leise. Ihre Stimme war ganz nah in der pechschwarzen Dunkelheit. »Aber dass es mal so weit kommen könnte mit uns, hätte ich nie gedacht . . .«

Noch bevor James etwas erwidern konnte, schoss ein ungeheurer Luftdruck durch die Röhre. Seine Ohren schmerzten wie verrückt. Er hielt sich die Nase zu und presste mit aller Macht Luft hinein, bis das Trommelfell beinahe platzte. Im nächsten Augenblick setzte sich der Wagen auch schon zischend in Bewegung und schoss auf den Gleisen entlang, dass ihnen fast die Luft wegblieb.

In der Höhle des Löwen

Er konnte nicht sagen, wie schnell sie fuhren, aber James hatte das Gefühl, wie wild und ohne jede Kontrolle dahinzurasen. Das winzige Gefährt hatte keine Federung oder Stoßdämpfer und so rumpelte, ratterte und holperte es über die Schienen und warf James und Kelly hin und her. Der Krach war ohrenbetäubend.

Zum Glück dauerte die Reise nicht lange. Der Wagen verlor plötzlich an Geschwindigkeit, und als ihnen ein starker Luftzug entgegenblies, blieb er beinahe stehen. Dann trudelte er gemächlich weiter. Gleich darauf rollte der Wagen aus dem Tunnel und James und Kelly blinzelten in grelles Licht.

Beide setzten sich auf, streckten sich und rieben ihre lädierten Hüften und Ellbogen.

Sie waren in einem Raum, der ihrem Ausgangspunkt ähnelte, er war nur etwas größer. An einer Wand blinkte ein gelbes Licht. Kelly stieg aus, ging darauf zu und strich dabei ihren Rock glatt. Sie warf einen prüfenden Blick auf die verschiedenen Hebel und Anzeigen, bevor sie einen der Knöpfe drückte.

Das Dröhnen der Ventilatoren erstarb und es wurde ganz still in dem Raum.

»Ich habe Signal gegeben, dass alles in Ordnung ist, damit sie wissen, dass wir heil angekommen sind.«

»Mehr oder weniger«, entgegnete James. »Dieser Zug war schließlich nicht für Passagiere gedacht.«

»Hab dich mal nicht so«, sagte Kelly. »Wahrscheinlich reist du sonst nur erster Klasse. Tut mir leid, dass ich dir keinen Champagner oder Kaviar servieren konnte. Also mal ehrlich, ich bringe dich in Rekordzeit hierher und dann meckerst du nur.«

»Wollen wir hier noch stundenlang rumstehen und quatschen oder gehen wir weiter?«, fragte James.

»Mir nach«, sagte Kelly. »Und wehe, du guckst unter meinen Rock.«

Kelly brachte James zu einem Lüftungsschacht. Er war aus groben Ziegelsteinen gemauert und führte sacht ansteigend nach oben, sodass sie im Nu am oberen Ende angelangt waren, das von einem Metallgitter versperrt war. Kelly schob einen Riegel weg und drückte das Gitter auf.

»Schnell«, forderte sie James auf und kroch gelenkig nach draußen. James folgte ihr und legte den Gitterrost wieder an seinen alten Platz zurück. Sie waren im Freien, in einer engen Passage zwischen zwei hohen Gebäuden. Das eine Ende war durch eine Mauer versperrt, das andere führte auf einen großen Hof.

»Bleib ganz dicht bei mir«, sagte Kelly. »Hier laufen zwei Nachtwächter mit Hunden rum. Normalerweise bleiben sie am Haupttor, aber ab und zu machen sie Kontrollgänge.«

Sie zog sich auf einen schmalen Sims hoch, drückte einen Fensterflügel auf und war in dem Gebäude verschwunden. James folgte ihr rasch nach und landete in einem dunklen großen Lager, vollgestopft mit Schachteln, Fässern, Kisten und großen Behältern. Noch nie hatte James einen solchen Raum gesehen. Er fühlte sich wie ein Zwerg zwischen den haushohen Stapeln. Nur fahles Mondlicht drang durch eine lange Reihe schmutziger Dachfenster in den Raum.

»Ich kenne sämtliche Schleichwege hier«, sagte Kelly, während sie sich ihren Weg zwischen den Stapeln hindurch bahnte. »Die Banden benutzen sie, um alles Mögliche aus den Docks herauszuschmuggeln. Jede zehnte Kiste, die hierherkommt, wird aufgemacht und das Zeug wird gemopst.«

Das Lagerhaus schien ein einziger Irrgarten zu sein, aber Kelly wusste genau, welchen Weg sie nehmen musste, und bald hatten sie die andere Seite erreicht, wo Kelly über Kisten hinweg auf ein Gerüst stieg. Mühelos kletterte James hinterher; dabei versuchte er, jedes Geräusch zu vermeiden. Kelly blieb vor einem der Fenster stehen und öffnete es.

»Nach dir«, forderte sie ihn auf.

»Ladies first«, erwiderte James.

»Ich bin keine Lady«, sagte Kelly.

»Darauf wär ich nie gekommen«, sagte James und zwängte sich hinter ihr durch den Fensterspalt. Sie waren wieder im Freien, diesmal am Rand des Lagerhausdachs. Der Abend war kalt und James wünschte, er hätte wenigstens einen Mantel. Er sehnte sich zurück nach Eton, sehnte sich danach, vor dem behaglichen Kaminfeuer in seinem Zimmer zu sitzen, Würstchen zu essen, Karten zu spielen und sich nur um seine Lateinübersetzung sorgen zu müssen.

Von hier oben konnte er die Lagerhäuser überblicken, die im Süden jener Stadt aus Schiffen lag, die als Royal Docks bezeichnet wurde. Direkt vor ihm erstreckte sich das Royal Albert Dock, dahinter jenes, das George V. gewidmet war, und westlich davon das Royal Victoria Dock.

Das Royal Albert Dock war ein großes, längliches Hafenbecken, beinahe eine Meile lang; es war durch breite Kanäle mit der Themse verbunden, an deren Kais sich scheinbar endlos Lagerhäuser und Fabriken reihten. Überall standen Lastkräne, die darauf warteten, eine Armada von Schiffen zu entladen. Morgens wimmelte es hier von Menschen, die die Fracht löschten und verluden; jetzt aber lag alles verlassen da. Die einzigen Lebenszeichen stammten von ein paar Schiffern, die einen Kahn entluden, und von einem Lastwagen, der langsam auf der anderen Seite des Beckens entlangfuhr. Drüben im Westen, dort wo das Royal

Albert Dock an das Royal Victoria Dock grenzte, brannten ein paar helle Lichter und Maschinengeräusche drangen durch die windstille Nacht bis zu ihnen.

»So viele Schiffe«, stöhnte James. »Ich habe keine Ahnung. Welches, glaubst du, ist die *Amoras?«*

»Frag mich nicht«, gab Kelly zurück. »Ich hab dich hierhergebracht, oder nicht? *Du* bist doch der *Golden Boy*. Meinst du nicht, dass es langsam Zeit wird, dass unser Goldjunge selber was tut?«

»Sei nicht so streng mit mir, Kelly«, sagte James matt. »Die letzten zwei Tage waren nicht einfach für mich.«

»Ja, weiß ich«, sagte Kelly mit einem Anflug von Mitleid in der Stimme. »Ich wollte dich nur ärgern. Was ist mit dir los?« Sie lief an der Dachkante entlang. »Verstehst du keinen Spaß?«

»Früher schon«, sagte James und folgte ihr. »Aber jetzt tut's zu weh, wenn ich lache.«

»Dann werde ich eben keine Witze mehr erzählen, wenn der Kleine das nicht aushält«, sagte Kelly.

»Wie du meinst«, antwortete James. »So gut sind deine Witze sowieso nicht.«

Kelly blieb stehen und drehte sich um. »Pass auf, James Bond, oder ich schmeiß dich vom Dach.«

»Versuch's doch.«

»Reiz mich nicht. Ich könnte jetzt gemütlich zu Hause sitzen, anstatt hier meinen Hals zu riskieren mit einem feinen Pinkel, der sich für den Nabel der Welt hält.«

»Ich habe dich nicht darum gebeten«, antwortete James. »Ich war nur auf der Suche nach Red.«

»Und jetzt sieht es so aus, als hättest du mehr gefunden, als du gesucht hast.« Kelly lachte und ging weiter.

Am Ende des Dachs ließ Kelly sich auf eine überdachte Förderanlage hinuntergleiten, die das Lagerhaus und das benachbarte Gebäude wie eine Brücke überspannte.

»Hoffentlich hast du keine Höhenangst«, sagte sie und ging in die Hocke.
James folgte ihr und beide rutschten über das Förderband. Als sie die andere Seite erreicht hatten, schlitterten sie über die Dachschräge zu einer Mauer, die früher einmal mit Glasscherben gesichert gewesen war. Man hatte sie abgeschliffen, um einen Pfad in der Mitte anzulegen, der vom Hof aus nicht eingesehen werden konnte. Die Mauer endete direkt an einem Laternenpfahl, an dem sie auf den Gehweg hinunterrutschten.
Kaum hatte Kelly festen Boden unter den Füßen, rannte sie auch schon los. James trottete hinterher wie ein folgsames Hündchen.
»Nicht so langsam!«, rief Kelly. »Red hat behauptet, du wärst ein echt guter Läufer . . .«
»Ich bin dir auf den Fersen«, unterbrach James sie. »Wir können ruhig etwas schneller laufen.«
»Oh, hör dir den an. Lauf doch bei der nächsten Olympiade mit, du Angeber.«
»Wenn es da einen Wettkampf im Quatschen gäbe, würdest du sicher die Goldmedaille gewinnen«, konterte James.
Bald waren sie am Wasser angelangt. Die Schiffe hatten schon vom Dach aus groß ausgesehen, von hier unten aber wirkten sie wie Giganten, die in den Nachthimmel ragten.
»Links oder rechts?«, fragte Kelly.
»Ich weiß nicht.«
»Sollen wir vielleicht abzählen – ene, mene, muh?«
»Das wäre nicht sehr vernünftig.«
»Was erwartest du von mir? Ich bin doch nur ein hohlköpfiges Mädchen, das zu viel redet.«
»Dann gehen wir da lang«, schlug James vor und wandte sich nach rechts.
»Warum?«
»Weil *ich* es sage.«

»Das ist auch nicht sehr vernünftig.«
»Schon gut. Vom Dach aus habe ich Scheinwerfer gesehen. Wenn die *Amoras* bald auslaufen soll, sind da Leute, um die nötigen Vorbereitungen zu treffen. Also komm mit.«
»Zu Befehl, Eure Hoheit.«
James schüttelte den Kopf und ging los, froh, endlich einmal nicht hinter Kelly herlaufen zu müssen. Er hoffte nur, dass er recht behielt. Er konnte sich ihre bissigen Kommentare vorstellen, falls er sich geirrt hatte.
Die Lichter waren viel weiter entfernt, als es vom Dach aus den Anschein gehabt hatte, und sie mussten lange gehen, bis sie nah genug waren, um zu erkennen, was dort vor sich ging.
Ein mittelgroßes Frachtschiff mit Zwillingsschornsteinen wurde beladen. James schätzte, dass es ein Siebentausendtonner war. Ein Ladekran auf Schienen ließ gerade ein Netz voller Kisten aufs Deck hinunter, wo ein paar Männer schon darauf warteten, es in Empfang zu nehmen. Dieser Teil des Hafens war mit schweren Ketten abgesperrt und drei Männer in dunklen Mänteln bewachten den Zugang.
Einen von ihnen erkannte James auf der Stelle wieder. Rasch zog er Kelly hinter eine Rangierlokomotive.
»Da steht Charnages Butler, Deighton«, sagte er.
»Dann sind wir hier also richtig, oder?«, flüsterte Kelly. »Kannst du den Namen des Schiffs lesen?«
»Das ist tatsächlich die *Amoras*«, sagte James, als er den frisch aufgepinselten Namenszug am Rumpf des Schiffs entzifferte.
»Und was machen wir jetzt?«, fragte Kelly. »Schlendern wir an den Wachen vorbei die Gangway hinauf? Retten diesen Mister Fairburn und gehen gemächlich wieder nach Hause?«
»So ähnlich«, antwortete James.
»Gib zu, du hast keine Ahnung, was wir jetzt machen sollen«, sagte Kelly.

»Wenn du einen Moment die Klappe halten würdest, könnte ich vielleicht nachdenken«, antwortete James und ließ den Blick schweifen. »Vorhin sind wir an ein paar Ruderbooten vorbeigekommen«, überlegte er. »Vielleicht können wir eins nehmen und damit auf die andere Seite der *Amoras* gelangen.«
»Das ist nicht dein Ernst, oder«, fragte Kelly mit weit aufgerissenen Augen. »Du willst doch nicht etwa versuchen dieses verdammte Schiff zu besteigen?«
»Natürlich will ich das«, antwortete James. »Ich bin doch nicht hierhergekommen, um ihnen zum Abschied zuzuwinken, wenn sie der sinkenden Sonne entgegentuckern.«
»Und was, zum Teufel, willst du machen, wenn du auf dem Schiff bist?«
»Das weiß ich nicht. Wenn du eine bessere Idee hast, spuck sie aus.«
Kelly dachte nach, dann sagte sie: »Wo sind die Boote, die du gesehen hast?«
Sie gingen den Weg zurück bis zu einer Stelle, an der einige Kähne und Ruderboote festgemacht waren.
James sprang die Kaimauer hinunter und kletterte von einem Boot ins andere, bis er ein passendes gefunden hatte, bei dem zwei Ruder am Boden verstaut waren. Kelly folgte ihm. Er sah sich in den anderen Kähnen um und kam mit einer Rolle Seil zurück.
Kelly setzte sich zu ihm ins Boot und beobachtete ihn argwöhnisch. »Du passt auf, nicht wahr«, sagte sie und schaute nervös in das schmutzige Wasser.
»Jetzt sind wir etwas kleinlaut geworden, oder?«, sagte James spöttisch.
»Ich mag Wasser nicht.«
»Du kannst nicht schwimmen, stimmt's?«
»Natürlich kann ich nicht schwimmen«, raunzte ihn Kelly an. »Wozu sollte ich auch schwimmen können?«

James machte die Fangleine los; mit einem Ruder stieß er sich von den anderen Kähnen ab. Dann hielt er auf das offene Wasser zu und ruderte los.

Durch die Lastkähne, die hier vertäut lagen, konnten die Arbeiter auf Charnages Schiff das Boot nicht sehen, aber zwischen dem letzten Schiff und der *Amoras* klaffte eine große Lücke; hier waren sie ohne Deckung. James ruderte langsamer und steuerte das Boot längsseits der hoch aufragenden Bordwand eines rostigen Dampfschiffs namens *Newhaven*. Als sie fast das Ende des Schiffsrumpfs erreicht hatten, verstaute er die Ruder und kroch in den Bug, duckte sich und zog das Boot mit den Händen am Rumpf der *Newhaven* entlang. Am Ende des Schiffsrumpfs hielt er an und schaute sich nach allen Seiten um.

Die Stauer am Liegeplatz waren mit dem Kran beschäftigt, sie hatten nur Augen für das, was über ihnen vorging. Bei dem grellen Scheinwerferlicht war es eher unwahrscheinlich, dass sie ein winziges Ruderboot draußen auf dem dunklen Wasser bemerkten.

James holte die Ruder hervor.

»Leg dich flach auf den Boden«, befahl er und Kelly gehorchte ohne Widerrede.

»Ich werde das Boot jetzt vom Rumpf wegstoßen; ich hoffe, es wird bis zur *Amoras* gleiten, ohne dass uns jemand sieht«, erklärte er. »Halt die Luft an, bleib ruhig und beweg dich nicht.«

Kelly nickte.

James atmete tief durch, trieb das Boot mit einem kräftigen Ruderschlag vorwärts, dann zog er die Ruder ein und legte sie neben Kelly. Im nächsten Moment kauerte auch er auf dem Boden und sie glitten lautlos übers Wasser.

James schaute nach oben. Er sah, wie der Rumpf der *Newhaven* verschwand und einem sternenklaren Himmel Platz machte. Irgendwann fiel der große Schatten der *Amoras* auf sie. Es gab ein

dumpfes Geräusch, als sie gegen den Schiffsrumpf stießen, und James setzte sich schnell auf.
Er seufzte erleichtert. Sie waren hinter dem Heck und vom Pier aus nicht zu sehen. Er hoffte nur, dass niemand etwas gehört hatte. Aber der Kran, das Geschrei der Arbeiter – es drang so viel Lärm von der Verladestelle herüber, dass sie wohl nichts befürchten mussten.
Im Schatten der *Amoras* war es fast ganz dunkel. James schaute nach oben. Ungefähr fünf Meter über der Wasserlinie entdeckte er eine Reihe Bullaugen.
»Sehr gut«, flüsterte er.
»Was ist sehr gut?«, fragte Kelly.
»Da«, sagte James und zeigte nach oben. »Ein offenes Bullauge.«
»Und wir haben keine Leiter«, sagte Kelly.
»Wir brauchen keine Leiter«, erwiderte James. Er rollte das Seil auf, befestigte das eine Ende am Sitz und knüpfte eine lockere Schlinge am anderen. Das Fenster war halb geöffnet. Wenn er Glück hatte, konnte er das Seil dort verhaken und dann hinaufklettern.
»Was hast du vor? Willst du das Fenster mit dem Lasso einfangen?«, fragte Kelly. »Für wen hältst du dich? Für Billy the Kid vielleicht?«
»Hör auf zu meckern und hilf mir lieber«, sagte James. »Setz dich in die Mitte des Boots und versuch, es ruhig zu halten, während ich das Seil werfe.« Er schaute Kelly an. Ihre Gesichtszüge waren angespannt. Sie hatte Angst, wollte sich jedoch nichts anmerken lassen. Er konnte es ihr nicht verdenken. Auch er hatte Angst. Zweimal schon hatten ihn Charnages Leute beinahe umgebracht, zweimal schon war er ihnen nur mit knapper Not entkommen. Und jetzt begab er sich wieder in die Höhle des Löwen. Er konnte dessen heißen Atem schon riechen.
Aber blieb ihm eine andere Wahl?

Nur solange er in Bewegung war, hatte er auch seine Angst im Griff.

Er musste darauf hoffen, dass der Löwe nicht zubiss.

Seine ersten beiden Versuche schlugen fehl, beide Male sauste das Seil weit am offenen Kajütenfenster vorbei. Beim dritten Versuch verfing es sich am Fenster, aber als er es anziehen wollte, rutschte es ab und fiel ins Boot zurück.

»Aller guten Dinge sind vier«, sagte er sich und schleuderte das Seil nach oben. Diesmal fiel es genau über das offene Fenster und blieb an einem festen eisernen Scharnier hängen. Er zog ein paar Mal kräftig.

»Ich glaube, es hält«, sagte er dann.

Kelly grinste. »Du bist verrückt, weißt du das?«

»Kann sein. Du bleibst hier und passt auf das Boot auf. Ich bin bald wieder da.«

James packte das Seil und stemmte einen Fuß gegen die Wand der *Amoras*. Es war schwierig, sich vom Boot abzustoßen, denn es schwankte hin und her, aber er schaffte es schließlich, beide Füße gegen den Rumpf zu stemmen. Dann zog er sich am Seil hoch, bis er die Öffnung erreicht hatte. Er hielt sich am Fensterrahmen fest, das harte Metall schnitt in seine Hände, und schaute hinein.

Er sah eine winzige Toilette, sie war in tristem Grün gestrichen. Er schob den Oberkörper durchs Fenster und trat und zappelte dabei mit den Beinen, bis er im Innern war. Fast wäre er kopfüber in die Toilettenschüssel gefallen.

James schaute zu Kelly hinaus und zu seinem Ärger sah er, wie sie sich zu ihm hochkämpfte. Mit ihrem Rock tat sie sich viel schwerer als James, in ihrem Gesicht standen Angst und Anstrengung. Zweimal rutschte sie ab und schlug gegen den Schiffsrumpf, aber sie fürchtete sich so sehr davor, ins Wasser zu fallen, dass sie sich am Seil festklammerte. Schließlich war sie hoch ge-

nug, dass James sie packen konnte. Mit einem unwirschen Brummen zog er sie zu sich herein. Sie schlang ihre Arme um ihn und hielt ihn ganz fest. Er spürte, wie sie am ganzen Körper zitterte.
»Zwing mich nie wieder dazu, so was zu machen«, sagte sie.
»Habe ich dir nicht gesagt, du sollst auf das Boot aufpassen?«
»Hast du etwa gedacht, ich würde allein da unten sitzen bleiben? Ich hab dir doch gesagt, dass ich Wasser nicht ausstehen kann.«
»Aber wir müssen auch wieder runterklettern, ist dir das klar?«, fragte James.
»Ja, weiß ich«, sagte sie. Sie war so grün im Gesicht wie die Wände der Toilette.
»Hör zu«, sagte James. »Ich will, dass du hier wartest.«
»Hier drin?«
»Ja. Verriegle die Tür, wenn ich weg bin. Und lass niemanden rein. Wenn ich wiederkomme, werde ich so klopfen.« Er machte es ihr vor: eins – zwei – drei, eins – zwei – drei, zweimal kurz hintereinander. »Dann, und nur dann, darfst du die Tür aufmachen. Wenn ich zurückkomme, will ich dich, das Seil und das Boot genauso vorfinden wie jetzt, verstanden?«
»Ich würde lieber mitkommen.«
»Ich brauche dich hier«, sagte James. »Lass mich nicht im Stich.«
Er sah in ihren Augen, wie ihre Streitlust zurückkehrte. »Ich lass dich nicht im Stich«, fauchte sie. »Ich würde nie jemanden im Stich lassen.«
James sah sie freundlich an. »Das weiß ich«, sagte er.
Einen Moment lang schauten sie sich schweigend an. Wasser tropfte gleichmäßig in einen Tank, der an der Wand hing, und in den uralten Wasserrohren gurgelte es.
»Romantisch hier, nicht?«, sagte Kelly nach einer Weile. »Du und ich auf einem Klo.«
James lächelte. »Ich bin froh, dass du mich heute Morgen nicht umgebracht hast«, sagte er dann.

»Ich auch«, antwortete Kelly.

James ging zur Tür, öffnete sie einen Spaltbreit und schaute vorsichtig in einen langen Gang. Alles war ruhig. Er huschte hinaus und hörte, wie Kelly die Tür hinter ihm verschloss.

Verrauschte Musik aus einem Radioempfänger hallte durch die verwaisten Korridore der *Amoras*. Er sah sich genau um, damit er später in der Lage war, den Weg zurück zu finden. Zum Glück waren an den Wänden Markierungen angebracht, Gänge und Türen nummeriert und ordentlich beschriftet, wie es auf Schiffen üblich war. Das war zwar eine Hilfe, aber er wusste, wie schnell man sich trotzdem verlaufen konnte.

Er schlich den Gang entlang, bis er zu einer Treppe kam, die sowohl nach oben als auch nach unten führte. Er wandte sich nach unten und stieß dort auf einen Plan des Schiffs, der an einer Wand befestigt war.

Unten befanden sich zwei Laderäume, ein kleinerer im Heck, ein größerer im Bug. Hier konnte er seine Suche beginnen. Wenn Fairburns Maschine tatsächlich an Bord war, musste sie in einem dieser beiden Laderäume sein. Und wo die Maschine war, war möglicherweise auch Fairburn.

Er lief durch das Schiff und studierte sorgsam sämtliche Lagepläne, die er fand. Zweimal musste er sich in leeren Kabinen verstecken, weil er Schritte und Stimmen von Matrosen hörte. Schließlich fand er ein Schottentor, auf dem VORDERER FRACHTRAUM stand. Er drehte den Griff, drückte das Tor auf und ging hinein.

Er stand auf einem hohen eisernen Steg, von dem aus er in den Laderaum hinunterschauen konnte. Die Ladeluken standen offen und der Kran ließ gerade ein gefülltes Ladenetz herunter. Unten standen einige Matrosen, die sich irgendetwas in einer fremden Sprache zuriefen. James erkannte sofort, dass es Russisch war. Von einer Maschine war weit und breit nichts zu sehen.

James musste sich beeilen. Das Schiff würde bald auslaufen, und wenn er sich nicht in Acht nahm, dann würde er, ehe er sich's versah, über die Nordsee in Richtung Russland dampfen.

Er kehrte zu dem Toilettenraum zurück und gab das verabredete Zeichen.

Kelly öffnete die Tür.

»Hast dir aber Zeit gelassen«, begrüßte sie ihn. »Und, wo ist er?«

»Ich habe ihn noch nicht gefunden«, sagte James. »Ich wollte nur sichergehen, dass ich den Rückweg finde und dass es dir gut geht.«

»Mach dir um mich keine Sorgen«, sagte Kelly. »Such weiter.«

James nickte und ging los, diesmal in die entgegengesetzte Richtung, zum Heck des Schiffs. Bald hatte er ein Tor gefunden, das fast genauso aussah wie das, durch das er den vorderen Laderaum betreten hatte. Auf einem Schild stand HINTERER FRACHTRAUM. ZUTRITT FÜR UNBEFUGTE VERBOTEN.

Er öffnete das Tor und trat ein.

Wieder ein Steg. Wieder ein Laderaum. Aber dieser hier war anders. Die Luken waren geschlossen und statt des Frachtguts stand ein riesiger, glänzender Apparat aus Messing und Stahl im Raum, der mit Kabeln und Eisenstreben gesichert war.

Er hatte sie gefunden.

Fairburns Maschine.

Nemesis.

Nemesis

Sie war riesig. Viel größer, als er sie sich jemals vorgestellt hatte. Helle Scheinwerfer strahlten sie von allen Seiten an, sodass sie sich deutlich von den dunklen Wänden des Laderaums abhob.

James wurde aus der Maschine nicht schlau; sie war gespickt mit Messanzeigen, Skalen und Hebeln. Einige Teile erinnerten ihn an einen Automotor, andere sahen aus wie Bettgestelle aus Messing oder riesige Nähmaschinen, alles ratterte und klickte, es war ein Lärm, als würden tausend Schreibmaschinen gleichzeitig klappern. James hatte das Gefühl, in einen Ameisenhaufen zu blicken – alle diese komplizierten Teilchen waren ständig in Bewegung: Stäbchen, Rädchen, Spulen, Zahnräder, Steuerriemen, winzige Kolben. Endlose Streifen Lochpapier spulten sich von großen Rollen ab, schlängelten sich durch unermüdlich klackernde Öffnungen, bevor sie in die Eingeweide der riesigen Maschine zurückkehrten.

Sie ähnelte der Maschine in Charnages Büro, aber James verstand jetzt, weshalb Charnage sie damals als Spielzeug abgetan hatte. Im Vergleich dazu war diese Maschine hier ein Koloss.

In Gang gehalten wurde sie von Riemen, die anscheinend von den Schiffsmotoren angetrieben wurden; sie verbreiteten eine ungeheure Hitze, die sich als schwüle Wärme im ganzen Laderaum ausbreitete. Der plötzliche Gegensatz zu der eiskalten Nachtluft trieb James die Schweißperlen auf die Stirn und seine Haut begann unter seinem Hemd zu jucken.

Vorsichtig machte er ein paar Schritte vorwärts, um besser sehen zu können, und erspähte einen Mann, der zusammengesunken an einem Tisch neben der Maschine saß, den Kopf auf die Hände gestützt. Er bot ein Bild der Erschöpfung und Verzweiflung. Er hatte nur ein Unterhemd an und starrte auf mehrere Räder, auf denen Nummern aufleuchteten. Vor ihm auf dem Tisch lagen Berge von Notizzetteln und ein Tastenapparat, ähnlich einer Schreibmaschine, der über verschiedenfarbige Kabel an die Maschine angeschlossen war. James erkannte die struppigen Haare wieder, die sich auf einer Seite zu einer Tolle drehten. Das musste Fairburn sein. Wenn er doch nur seinen Kopf heben würde, dann könnte James es mit Sicherheit sagen. Es war unmöglich, ihm etwas zuzurufen, geschweige denn hinunterzugehen, denn zwei bewaffnete russische Matrosen bewachten ihn.
Eine Tür schwang auf und vier Leute kamen herein. Sie gingen zu dem Tisch, an dem die zusammengesunkene Gestalt saß, und unterhielten sich mit ihr. Einer von ihnen war Sir John Charnage. Begleitet wurde er von zwei gedrungenen Burschen in billigen Anzügen, die mit unbeweglichem Gesichtsausdruck neben ihm standen. James hatte sie noch nie vorher gesehen. Die vierte Person war die geheimnisvolle Frau, die in Charnages Büro gewesen war.
Der Mann am Tisch stand mühsam auf, dann reckte er sich und trat ins Licht. Er war zwar zehn Jahre älter als auf dem Foto, das James aus Petersons Arbeitszimmer mitgenommen hatte, aber es gab keinen Zweifel: Er war es.
Alexis Fairburn, ehemals Alexej Fjodorow.
Die beiden Männer in Charnages Begleitung führten ihn wortlos weg, die beiden Matrosen folgten ihnen. Charnage und die Frau blieben allein zurück. Sie gingen zu der Maschine und betrachteten aufmerksam ein Stück Lochstreifen.
James entschied sich blitzschnell, Fairburn und seine Bewacher

nicht aus den Augen zu lassen. Sie gingen durch eine Tür am Ende des Laderaums. James kletterte lautlos eine Leiter hinunter und folgte ihnen, nachdem er sich vergewissert hatte, dass die Luft rein war.

Er konnte sie zwar nicht sehen, aber er hörte sie vor sich. Die schweren Schritte von fünf Personen machten viel Lärm auf dem metallenen Schiffsboden.

James bewegte sich, so schnell er es riskieren konnte, und versuchte dabei jedes Geräusch zu vermeiden; er blieb stets in Hörweite von Fairburns Begleitung, achtete jedoch darauf, von ihnen nicht gesehen zu werden. Einmal fürchtete er schon, sie aus den Augen verloren zu haben, doch dann bemerkte er, dass sie nur die Treppe hoch auf das nächste Deck gestiegen waren, und schnell hatte er sie wieder eingeholt.

Schließlich verstummten die Schritte.

Auch James blieb stehen. Er drückte sich gegen eine Wand und lauschte.

Er hörte Stimmen, dann wurde eine Tür geöffnet und wieder geschlossen. Er wartete. Alles blieb ruhig, abgesehen von den Dampfturbinen des Schiffs, die unaufhörlich stampften und Wände und Böden erbeben ließen.

Wie viel Zeit blieb ihm noch?

Wie lange es auch sein mochte, er fürchtete, es würde nicht reichen. Er konnte es sich nicht leisten, die ganze Nacht hier zu verbringen. Er musste herausfinden, wohin Fairburn und die anderen verschwunden waren. Doch zuallererst musste er herausbekommen, wo genau er sich befand.

Es gab zwei Hauptgänge im Schiff, einen auf jeder Seite, die vom Bug zum Heck verliefen, und kleinere Quergänge als Verbindungen. James stand in einem der Hauptgänge, also waren Fairburn und seine Begleiter vermutlich in einen der Verbindungsgänge abgebogen.

Er schlich weiter und spähte vorsichtig in den nächsten Seitengang.
Einer der Matrosen saß auf einem Stuhl vor einer Kabinentür. Noch während James überlegte, flog die Tür plötzlich auf und Stimmengewirr drang heraus. James versteckte sich eilig in einer Nische. Im selben Augenblick marschierten drei Personen an ihm vorbei. Es waren die beiden Männer mit den starren Gesichtern und der zweite Matrose. James hörte, wie sich ihre Schritte entfernten, dann aber plötzlich innehielten. Es folgte ein kurzer Wortwechsel. Die Schritte kehrten zurück. Einen Augenblick lang fürchtete James, er sei entdeckt worden, aber es war keiner der Männer, die zurückkamen, es war die grauhaarige Frau. Sie kam um die Ecke und ging zur Kabinentür.
James atmete erleichtert auf. Erst jetzt konnte er sich umschauen, wo er war. Die Nische war der Eingang zur Kombüse. Blank polierte Aluminiumflächen blitzten im hellen Deckenlicht. An Gestellen hingen Töpfe und Pfannen und verwirrend viele andere Kochgeräte. Eine magere Katze saß bei einem Herd und wärmte sich. Ein Mäusejäger vermutlich, der das Heer von Mäusen und Ratten auf dem Schiff in Schach halten sollte. Sie warf James einen hochnäsigen Blick zu und blinzelte.
James betrat die Kombüse und sah sich weiter um. Neben einer Reihe von Spülbecken standen ein Schrank mit Putzmitteln und ein Eimer mit verschließbarem Deckel, auf Regalen reihten sich Konserven mit Bohnen und Reis. Auf einem Tisch standen große Gefäße, die Mehl, Haferflocken, Zucker und Salz enthielten. Es gab zwei große Vorratsräume, einer davon war gekühlt; lange Fleischstücke hingen an Haken von der Decke herab. Die Tür des Kühlraums stand offen, war so dick wie die eines Banktresors und hatte keine Griffe an der Innenseite.
James ließ seinen Blick über die Küchenutensilien wandern; eine große, blank polierte Kelle fiel ihm auf. Er kehrte damit in den

Korridor zurück und schlich bis zu dem Seitengang. Dann kauerte er sich hin und hielt die Kelle so, dass sich der Gang in ihrer gewölbten Oberfläche spiegelte.
Der Wachmann saß auf seinem Stuhl. Er hatte sich nicht vom Platz gerührt. Die Frau war also noch in der Kabine.
James wartete ab, regungslos. Die Minuten verrannen.
Na los, komm schon.
Vielleicht war die Frau ja doch nicht in der Kabine?
Sollte er es wagen?
Auf keinen Fall.
Plötzlich sprang der Matrose auf und nahm Haltung an.
Die Kabinentür flog auf.
James suchte Deckung in der Kombüse. Gleich darauf ging die Frau an ihm vorbei; sie nahm denselben Weg zurück, auf dem sie gekommen war.
Jetzt musste er schnell sein.
Er holte den Eimer, stellte ihn auf die Anrichte neben den Herd und nahm den Deckel ab.
Dann schaute er auf die Katze.
Die Katze schaute auf ihn.
»Komm, Mieze«, lockte er sie. »Brave Mieze. Sei eine gute Katze. Zeit, schlafen zu gehen.«
Er packte das Tier. Die Katze sah nicht sehr glücklich aus dabei, versuchte aber auch nicht wegzulaufen. Er streichelte sie.
»Ich will das auch nicht«, flüsterte er. »Aber mir fällt nichts anderes ein . . . Tut mir leid.«
Als die Katze merkte, dass sie in den Eimer gesteckt werden sollte, versuchte sie sich freizustrampeln, miaute laut und kratzte. James hielt sie fest und stopfte sie in den Eimer, presste den Deckel darauf und verschloss ihn. Seine Hand war voller Kratzer, aber er beachtete es kaum. Er trug den Eimer zum Kühlraum, atmete tief durch und stieß ihn hinein.

»Hilfe!«, rief er mit schriller Stimme. »Schnell! Helft mir! Da drin . . .«
Dann stieß er einen lang gezogenen Schrei aus und versteckte sich hinter dem Herd.
Die Katze wurde wild. Sie kreischte, fauchte und versuchte, sich aus dem Eimer zu befreien, der auf dem Boden hin und her rollte, gegen alle möglichen Gegenstände stieß und ein fürchterliches Getöse machte.
Gleich darauf hörte man schnelle Schritte und der Matrose tauchte auf. James sah, wie er sich vorsichtig und mit entsicherter Waffe dem Kühlraum näherte. Einen Moment lang war es still, dann fing die Katze wieder zu toben an und der Eimer kullerte über den Boden. Die Geräusche, die das arme Tier von sich gab, waren gespenstisch.
Der Matrose machte einen Schritt in das Kühlhaus hinein.
Sofort schoss James aus seinem Versteck hervor. Er versetzte dem Mann einen solchen Stoß, dass dieser gegen eines der Fleischstücke stolperte, dann schlug er die Tür zu und drückte den großen Riegel herunter, um sie fest zu verschließen.
Aus dem Inneren drangen dumpfes Pochen und erstickte Schreie, aber nur ganz leise. Außer James würde niemand auf dem Schiff etwas hören.
James hoffte, dass der Matrose und die Katze nicht erfroren, aber wenigstens konnten sie sich gegenseitig Gesellschaft leisten und zu essen hatten sie in Hülle und Fülle.
Er nahm die Schöpfkelle und rannte damit zu der Kabinentür, die der Matrose bewacht hatte. Er presste sein Ohr dagegen. Kein Laut war zu hören.
Er öffnete die Tür. Die Kabine war winzig und fensterlos; es gab nur eine Schlafkoje und einen Tisch.
Fairburn saß auf dem Rand des Bettes, er hatte den Kopf wieder in den Händen vergraben.

Er schaute nicht auf, als James eintrat, sondern murmelte matt: »Was ist denn jetzt schon wieder los?«
»Mister Fairburn?«, fragte James.
Da endlich blickte er hoch. Auf seinem unrasierten blassen Gesicht machte sich Erstaunen breit. Er wirkte sehr müde und seine große Nase und die großen Ohren ließen ihn fast ein wenig komisch aussehen. Aber aus seinen trüben Augen blitzte ein scharfer Geist.
»Wer, zum Teufel, bist du?«, fragte er.
»Mein Name ist Bond. James Bond. Aber jetzt sollten wir uns lieber beeilen. Die *Amoras* kann jede Minute auslaufen, dann dürfen wir nicht mehr an Bord sein.«
»Ich verstehe nicht«, sagte Fairburn. »Bist du von der Polizei?«
»Nein«, antwortete James. »Ich bin aus Eton.«
»Eton?«
»Wir haben Ihren Brief bekommen. Und die Rätselfragen gelöst.«
»Ich verstehe nicht . . .«
»Das ist doch klar«, antwortete James. »Ich bin gekommen, um Sie zu befreien.«
»Aber . . .«
»Um Himmels willen«, seufzte James und zog Fairburn vom Bett hoch. »Kommen Sie einfach mit. Reden können wir später. Und ziehen Sie einen Mantel an, wenn Sie einen haben; draußen ist es kalt.«
»Stimmt, ja, stimmt . . . natürlich«, antwortete Fairburn, während er eine Jacke nahm und James auf den Korridor hinaus folgte.
»Wo ist der Wachmann?«, fragte er.
»Er kühlt sich gerade etwas ab«, antwortete James. »Aber, bitte, reden Sie jetzt nicht. Versuchen Sie einfach, in meiner Nähe zu bleiben.«
»Warte«, sagte Fairburn und eilte in die Kabine zurück. Wenig

später kam er mit einem Bündel Papiere wieder, das er in die Jackentasche stopfte.
James hoffte inständig, dass er den Weg zu Kelly zurück finden würde und dass sie noch da war. Sie liefen schnell. James benutzte die Kelle und spähte um jede Ecke, an der sie vorbeimussten. Die *Amoras,* die sowohl Passagiere als auch Fracht befördern konnte, schien nur mit einer verkleinerten Mannschaft besetzt zu sein. Da Fairburn der einzige Passagier war, lag dieser Teil des Schiffs weitgehend menschenleer da, alle anderen halfen mit, das Schiff zum Auslaufen fertig zu machen.
Nur einmal verirrten sie sich, aber James gelang es rasch, den richtigen Weg wiederzufinden. Er merkte sehr wohl, dass Fairburn darauf brannte, ihm Fragen zu stellen, aber jedes Mal, wenn er seinen Mund öffnete, bedeutete ihm James, still zu sein.
Sie waren gerade auf der Treppe zu einem höher gelegenen Deck, als sie bemerkten, wie das Schiff erzitterte und sich in Bewegung setzte.
»Es legt ab«, sagte Fairburn.
»Wir schaffen es«, beruhigte ihn James. »Wenn wir uns weiter beeilen. Sie müssen das Schiff erst aus dem Hafenbecken herausmanövrieren.«
Plötzlich hörten sie Schritte von schweren Stiefeln und versteckten sich in der nächstgelegenen Kajüte.
Mehrere Männer rannten an ihnen vorbei.
Sie warteten ab, bis es wieder ruhig war, dann gingen sie weiter; das Schiff vibrierte unter ihren Füßen.
Es dauerte zu lange. Sie hätten schon längst wieder bei Kelly sein müssen. James wollte gerade die Hoffnung aufgeben, dass sie doch noch heil von diesem Schiff kamen, als sie um eine Ecke bogen und endlich die Tür zur Toilette vor sich sahen.
»Das ist sie«, sagte er und klopfte dreimal, dann wieder dreimal.
Man hörte etwas rascheln und klappern, dann ging die Tür einen

Spaltbreit auf. James war froh, Kellys herzförmiges Gesicht vor sich zu sehen. Aber sie war wütend. Ihre Mundwinkel waren heruntergezogen, aber ihren Augen sah man an, wie nervös sie war.
»Verdammt noch mal, du hast mir vielleicht Angst eingejagt«, fauchte sie, während sie die Tür ganz öffnete und James und Fairburn sich an ihr vorbei in den Toilettenraum zwängten.
»Ist er das?« Sie musterte Fairburn aus zusammengekniffenen Augen.
»Ja.«
»Macht nicht viel her, oder?«
»Halt mal den Mund, wir müssen zusehen, dass wir hier wegkommen«, sagte James. »Du gehst als Erste. Wenn du unten bist, versuch, das Boot ruhig zu halten. Dann kommt Mister Fairburn. Ich klettere als Letzter runter, sobald ich weiß, dass er sicher unten angekommen ist.«
»Ich klettere da nicht hinaus«, sagte Fairburn, als James Kelly half, sich am Seil hinunterzulassen.
»Sie haben keine andere Wahl«, entgegnete James. »Entweder klettern oder Russland.«
»Ich bin kein sportlicher Typ.«
»Keine Sorge«, antwortete James. »Sie bekommen keine Haltungsnoten dafür. Wenn es sein muss, springen Sie, aber wenn wir nicht sofort fliehen, sind wir mausetot.«
Es sah nicht besonders elegant aus, aber Kelly schaffte es, heil nach unten zu klettern; dann ließ sie sich ins Ruderboot gleiten.
»Ich weiß wirklich nicht, ob ich das schaffe«, sagte Fairburn. »Mir wird so leicht schwindelig.«
»Bitte«, drängte James. »Denken Sie nicht darüber nach, tun Sie es einfach.«
Fairburn bemerkte James' verzweifelten Blick.
»In Ordnung, ich versuche es.«
James half ihm, zur Luke hochzuklettern. Fairburn griff sofort

nach dem Seil. Er zwängte sich nach draußen, bis er in der Luft hin und her baumelte und dabei an die Schiffswand stieß.
James konnte fast nicht zusehen, wie Fairburn am Seil halb hinunterkletterte, halb rutschte. Als er fast unten war, ließ er das Seil plötzlich los. Er prallte auf den Rand des Boots, die Beine halb im Wasser, den Körper seltsam verdreht. Das Klatschen wurde vom Lärm der Schrauben, die das Wasser aufwühlten, und dem Lärm der Schleppermotoren, die die *Amoras* aus dem Hafenbecken manövrierten, verschluckt.
Kelly zog Fairburn ins Boot und blickte zu James hoch.
Die *Amoras* hatte das kleine Ruderboot im Schlepp und nahm allmählich Fahrt auf. Das Seil, das noch immer an der Sitzbank festgebunden war, spannte sich. James hatte keine Sekunde zu verlieren. Wie der Blitz kletterte er aus dem Bullauge und rutschte, ohne lange nachzudenken, am Seil hinunter.
Fairburn kauerte da wie ein Häufchen Elend, er war offensichtlich völlig verstört.
»Er wird's überleben«, sagte Kelly ungerührt und setzte sich. »Was jetzt?«
»Wir lassen uns von der *Amoras* mitziehen, bis wir von dieser Seite des Docks aus nicht mehr zu sehen sind, dann schneiden wir das Seil los und versuchen, auf der anderen Seite des Hafens an Land zu gehen«, sagte James.
Sobald sie in der Mitte des Hafenbeckens angelangt waren, holte James sein Messer hervor und kappte das Seil; der Knoten war so fest, dass er ihn nicht mehr von Hand lösen konnte.
Das kleine Boot tänzelte auf der Heckwelle der *Amoras* auf und ab, während die drei zusahen, wie sich das Schiff langsam entfernte.
Kelly lachte trocken. »Ich möchte bloß wissen, wie weit draußen auf der Nordsee die erst merken, dass er nicht mehr an Bord ist«, sagte sie.

Kaum hatte sie ihren Satz beendet, hörten sie ein Sirenensignal und die Schlepper verlangsamten ihre Fahrt.
»Was ist los?«, fragte Fairburn.
»Sie halten an«, sagte James. »Wie es aussieht, haben wir heute Nacht nicht nur Glück.«
Die Schrauben der *Amoras* arbeiteten mit voller Kraft rückwärts, sodass das Wasser nur so brodelte, und gleich darauf lag das Schiff still. Dann gingen Scheinwerfer an und bald darauf war das ganze Schiff hell erleuchtet wie ein Weihnachtsbaum. James bemerkte, dass es an der gegenüberliegenden Seite des Docks einen Tumult gab. Flutlichter wurden eingeschaltet und Männer mit Handlampen rannten in alle Richtungen, pfiffen und schrien durcheinander. Schließlich hörte man, wie ein Auto ansprang und an der Kaimauer entlangraste.
»Hätte ich nur nichts gesagt«, flüsterte Kelly.
»Mir kam es gleich viel zu einfach vor«, sagte James.
»Was machen wir jetzt?«
»Mach dir keine Sorgen«, antwortete James. »Mir fällt schon was ein.«

Die Kaiserin des Ostens

James' Gedanken rasten. Die Lage war schwierig. Sie mussten raus aus dem Wasser, bevor sie entdeckt wurden, konnten jedoch nicht dahin zurück, wo die *Amoras* gelegen hatte, da es dort von Charnages Leuten nur so wimmelte.

Gegenüber lag ein riesiger Passagierdampfer am Kai, groß wie ein schwimmendes Hotel. Die Fenster waren dunkel.

»Weißt du, was das für ein Schiff ist?«, fragte James.

»Die *Empress of the East«,* antwortete Kelly, die seinem Blick gefolgt war. »Die Kaiserin des Ostens. Sie ist ausgemustert. Bald wird sie weggeschleppt und ausgeschlachtet. Sie holen alles raus, was noch brauchbar ist.«

James nahm die Ruder und hielt auf das riesige Schiff zu. Bald hatte ihr Schatten sie verschluckt. Vorsichtig steuerte James sein Boot um das Heck des Dampfers herum. Zwischen der steilen Schiffswand und der Hafenmauer war gerade genug Platz, dass sie sich durch den Spalt treiben lassen konnten. Das Wasser klatschte und hallte, und als das Boot gegen den eisernen Rumpf des Schiffs stieß, gab es ein tiefes Dröhnen. Die *Empress* ragte hoch in den Nachthimmel, sodass es ihnen vorkam, als wären sie in eine tiefe schwarze Schlucht geraten.

»Was jetzt?«, fragte Fairburn. »Wir können nicht die ganze Nacht hierbleiben. Es ist eiskalt.«

»Vielleicht bleibt uns nichts anderes übrig«, gab James zur Antwort.

Von weit her hörten sie Rufe und Motorengeräusche.

»Wir können nicht riskieren, durch die Docks zu fliehen«, überlegte James. »Charnage hat seine Leute bestimmt überall postiert.«
»Und dann sind da auch noch die Russen«, ergänzte Fairburn matt.
»Meinen Sie die beiden, die Sie in Ihre Kabine eskortiert haben?«, fragte James.
»Ja«, antwortete Fairburn. »Das sind Menzhinskys Leute – GPU – russische Geheimpolizei. Mit denen sollte man sich auf gar keinen Fall anlegen. Das sind kaltblütige Killer. Sie sind im September gekommen und haben einen Mitarbeiter des Außenministeriums, Ernest Oldham, ermordet, und seitdem sind sie hier.«
»Und wer ist die Frau?«, fragte James. »Gehört sie auch zu denen?«
»Sie leitet die Aktion in Menzhinskys Auftrag«, erklärte Fairburn. »Oberst Irina Sedova, aber alle nennen sie nur Babuschka, Großmutter. Sie wirkt vielleicht harmlos, aber sie ist die Schlimmste von allen.«
»Hier können wir unmöglich länger bleiben«, drängte Kelly.
James schaute nach oben. »Rührt euch nicht vom Fleck und verhaltet euch still«, sagte er zu ihr. »Ich werde nachsehen, was vor sich geht.«
»Sei vorsichtig«, mahnte Fairburn.
»Das habe ich vor«, antwortete James.
Am Liegeplatz war eine Leiter befestigt. James kletterte hinauf. Als er fast oben war, hielt er an und lauschte, dann kletterte er weiter, bis er über den Rand der Mauer sehen und die Umgebung überblicken konnte. Direkt neben ihm befand sich ein Steg, der von der Kaimauer zur *Empress* führte.
Weit hinten im Hafen entdeckte er Männer. Sie suchten die Gegend mit Taschenlampen ab. Aber in dem Teil des Hafens, in dem er jetzt war, schien alles ruhig zu sein.

James schaute sich noch einmal um, dann kehrte er zum Boot zurück.
»In Ordnung«, sagte er. »Wir werden Folgendes machen: Wir schleichen uns auf die *Empress*, suchen uns für die nächsten Stunden einen sicheren Platz, und sobald wir sicher sind, dass die Luft rein ist, verschwinden wir. Und bevor du irgendwelche Einwände hast, Kelly: Wir haben keine Zeit zum Diskutieren, bleib einfach hinter mir und mach um Gottes willen keinen Krach.«
Ohne eine Antwort abzuwarten, kletterte James die Leiter hoch, stieg auf die Hafenmauer und sah sich um. Der Anlegeplatz war eingezäunt; neben einem provisorischen Tor stand ein kleiner Schuppen, in dem zwei Nachtwächter saßen. Zum Glück hatten sie dem Schiff den Rücken zugekehrt, denn sie beobachteten das Durcheinander, das etwas weiter weg im Hafen herrschte.
Die Suchtrupps waren zwar noch ein Stück weg, kamen aber immer näher.
Kelly war die Nächste, die heraufkletterte. James gab ihr ein Zeichen, sich zu ducken. Sie ließ sich auf den Boden fallen und kroch auf allen vieren zu James. Es dauerte nicht lange und auch Fairburn war oben; er keuchte und zitterte am ganzen Körper.
James spähte den Landungssteg hinauf.
»Sind Sie bereit?«, fragte er leise.
»So bereit wie noch nie«, antwortete Fairburn.
»Also los.«
Tief geduckt huschten sie über die Brücke aufs Schiff. Sie fanden sich auf einem schmalen, offenen Deck wieder.
»Wir müssen so schnell wie möglich ins Innere«, sagte James, während sie im Schutz der Schiffsaufbauten weiterhetzten. Aber sie hatten kein Glück, alle Türen und Fenster waren verschlossen.
»Einen Schlüssel werden wir vermutlich nicht finden, oder?«, sagte Fairburn. Sie waren am Ende des Decks angekommen.

»Das würde ich nicht unbedingt sagen«, antwortete James.
Sein Blick war auf einen aufgerollten Schlauch gefallen, der neben einem verrosteten Eimer lag, und auf einen Kasten mit der Aufschrift IM BRANDFALL. Er öffnete den Deckel des Kastens und holte eine Brandaxt heraus.
»Hier haben wir ihn«, sagte er und grinste.
»Was hast du vor?«, fragte Fairburn.
»Das ist ein Generalschlüssel«, sagte James. »Sie werden sehen, damit kann man alles öffnen.«
»Du kannst doch nicht so einfach einbrechen«, protestierte Fairburn.
»Wirklich nicht?« James stellte sich neben Fairburn. »Das Schiff wird verschrottet. Ich glaube nicht, dass sich noch irgendjemand wegen einer eingeschlagenen Scheibe beschweren wird.«
Noch während er das sagte, zog James seine Jacke aus, legte sie zusammen und bat Kelly, sie gegen eine der großen, rechteckigen Scheiben zu drücken.
Die Jacke dämpfte die Schläge mit der Axt. James brauchte mehrere Versuche, bis das Glas, das schweren Atlantikstürmen trotzen konnte, endlich nachgab. Es gab einen unüberhörbaren Knacks, dann noch einen und schließlich fiel die Scheibe nach innen und zersplitterte auf dem Boden.
James brach die letzten Scherben weg, die noch im Rahmen steckten, zog seine Jacke wieder an und stieg hinein.
»Ich muss schon sagen, eine Nacht mit dir ist ein unvergessliches Erlebnis«, sagte Kelly, während auch sie ins Schiffsinnere kletterte. Fairburn folgte ihnen.
Sie standen in einem noblen Salon; es gab eine prunkvolle Bar, Wandgemälde und Plüschteppiche, aber nirgends standen Möbel.
Kelly pfiff durch die Zähne.
»So was hab ich noch nie gesehen«, sagte sie. »Sieht aus wie ein

Palast oder so. Ich kann gar nicht glauben, dass sie den Dampfer und alles verschrotten. Das ist nicht richtig, wenn du mich fragst.«
»Warum tun sie das eigentlich?«, fragte James. »Das Schiff sieht noch seetüchtig aus.«
»Jetzt gibt es größere und schnellere Schiffe«, sagte Kelly. »Nichts ist mehr, wie es mal war. In Clydeside bauen sie ein neues Passagierschiff, die *Queen Mary*. Sie wird alles übertreffen, was du je gesehen hast.«
James stöberte hinter der Bar herum und fand ein paar Kerzen und Streichholzschachteln, auf denen der Name des Schiffs stand.
»Es ist zu gefährlich, sie hier anzuzünden«, sagte er und gab Kelly und Fairburn einen Teil der Kerzen. »Wir könnten von draußen gesehen werden. Aber wenn wir weiter im Innern des Schiffs sind, wo es keine Fenster gibt, werden wir sie gut gebrauchen können. Lasst uns einen Platz suchen, wo wir uns verstecken können.«
»Also wirklich«, sagte Fairburn. »Das alles ist ja furchtbar aufregend.«
»Hoffen wir, dass es nicht noch aufregender wird«, erwiderte James. »Was ich im Augenblick möchte, ist etwas essen und dann schlafen.«
Eine Viertelstunde später standen sie mit brennenden Kerzen ein paar Decks tiefer vor einer Reihe von First-Class-Kabinen. Die Türen waren verschlossen, aber James hatte keine Mühe, eins der Schlösser mit seiner Axt aufzubrechen.
»Machen wir die Lichter lieber aus«, sagte er, bevor er die Tür öffnete. Als sie die Kerzen ausgeblasen hatten, umgab sie kalte tintenschwarze Nacht.
Die Tür sprang auf. Der Raum, den sie betraten, war in silbernes Mondlicht getaucht. Durch die Fenster konnten sie die *Amoras*

sehen, die in voller Beleuchtung in der Mitte des Hafenbeckens lag.

Als sich ihre Augen an das matte Licht gewöhnt hatten, rief Kelly: »Sieh dir das an. Ich glaube, ich träume!«

Sie waren in einem kleinen Salon mit Sesseln und Sofas; Türen führten von hier aus in ein Schlafzimmer und ein Bad.

»Ich fühle mich wie gerädert«, seufzte Fairburn und sank auf eins der Betten. »Ist es recht, wenn ich dieses hier nehme?«

»Nur zu«, sagte James. »Ich mache mich inzwischen auf die Suche nach Bettzeug.«

In den Steward-Unterkünften fand James schließlich einige verschlossene Kartons. James riss einen auf und zum Vorschein kam ein Stapel mottenzerfressener Decken. Ein paar davon gab er Fairburn, einen Armvoll drückte er Kelly in die Hand, dann zertrümmerte er ein weiteres Schloss, um eine Kabine für sie zu öffnen.

»Und wo schläfst du?«, fragte sie ihn.

»Hier gibt es jede Menge Kabinen zur freien Auswahl«, sagte James. »Aber als Erstes werde ich nachsehen, ob ich nicht etwas zu essen auftreibe.«

»Glaubst du, dass noch irgendwas Essbares an Bord ist?«, fragte sie.

»Ich weiß es nicht. Das Schiff ist zwar leer geräumt, aber einen Versuch ist es wert.«

»Ich komme mit«, sagte Kelly.

»Schön«, antwortete James. »Ein bisschen Unterhaltung wäre jetzt nicht schlecht.«

Sie sagten Fairburn Bescheid, was sie vorhatten; dann gingen sie auf Erkundungstour.

James kam sich allmählich schon vor wie ein alter Hase, wenn es darum ging, sich auf unbekannten Schiffen zurechtzufinden, und er zog zuversichtlich los. Die *Empress* war beträchtlich größer als

die *Amoras* und im Licht der Kerzen wirkte alles noch viel unübersichtlicher. Kelly und er brauchten eine gute halbe Stunde, ehe sie die Kombüse fanden, eine riesige Küchenanlage, in der man früher tausend Mahlzeiten gleichzeitig zubereitet hatte.
Aber jetzt war sie vollkommen leer. Die Schränke waren leer, die Kühlräume waren leer und Schimmel breitete sich an den Wänden aus. Einige Herde waren schon abgebaut und entfernt worden. James wollte gerade die Hoffnung aufgeben, als Kelly einen Schrank aufstemmte und einen Berg Konservendosen fand.
»Schau dir das an«, sagte sie. »Sardinen, Bohnen, Tomaten, Erbsen, Pfirsiche, Birnenhälften. Das gibt ein Festessen.«
James öffnete ein paar Dosen mit seinem Taschenmesser, dann setzten Kelly und er sich auf eine Anrichte, ließen die Beine baumeln und langten kräftig zu. Das Essen war kalt und schmeckte fade, aber James störte das nicht. Er konnte sich nicht erinnern, jemals so hungrig gewesen zu sein. Und so durstig. Gierig trank er den Saft der Obstkonserven, als wäre es frisches Wasser aus einer Bergquelle.
»Stell dir vor, wo dieses Schiff schon überall war«, sagte Kelly. »All die Geschichten, die es erzählen könnte. Ich bin noch nie aus dem East End rausgekommen.«
»Wirklich nicht?«, fragte James erstaunt.
»Wenn ich's dir sage«, antwortete Kelly. »Warum sollte ich woanders hingehen? Ich kenne da ja niemanden.«
»Aber irgendwo musst du doch schon gewesen sein«, sagte James.
»Ich war ein paar Mal in Epping Forest und letztes Jahr sind wir alle mal in Southend gewesen«, sagte Kelly. »Aber nie im Ausland. Warst du schon mal im Ausland? Ich weiß, damals bist du mit Red in Schottland gewesen, aber warst du auch schon woanders?«
»Ich war schon in Italien«, antwortete James. »In Deutschland, in der Schweiz, in Frankreich . . .«

»Schon gut, du brauchst nicht so anzugeben.«
»Du hast mich doch gefragt.« James lachte und sprang von der Anrichte. »Komm, gehen wir ins Bett.«
»Meinst du, wir finden den Weg zurück?«
»Ich hoffe«, sagte James. »Nach all den Aufregungen möchte ich Fairburn nicht schon wieder verlieren.«
Doch schon fünf Minuten später hatten sie sich hoffnungslos verlaufen.
»Du weißt nicht, wo wir sind, stimmt's?«, fragte Kelly, als sie tief im Bauch des eiskalten Schiffs einen Gang durchquerten und ihre Kerzen flackernde Schatten an die Wände malten.
»Ich muss nur eine Stelle finden, die ich wiedererkenne«, antwortete James. »Ich glaube, bei der letzten Treppe hätten wir nach oben gehen müssen, nicht nach unten.«
»Und ich dachte, du kennst dich aus.«
»Dein Nörgeln hilft uns auch nicht weiter, Kelly.«
»Ich nörgle gern. Mach dir mal deswegen keine Sorgen. Das mache ich nur bei Leuten, die ich mag.«
»Und was machst du mit Leuten, die du nicht magst?«
»Das weißt du ganz genau«, gab Kelly zur Antwort.
»Du verprügelst sie.«
»So was Ähnliches.«
»Na, dann bin ich froh, dass du auf meiner Seite bist«, sagte James.
»Ich auch. So einer wie du ist mir noch nie begegnet«, sagte Kelly. »Einer, der was Besseres ist. Bei uns laufen nicht viele davon rum. Ich hab immer gedacht, alle besseren Leute sind hochnäsig, aber du bist in Ordnung.«
Sie kamen wieder zu einer Treppe und stiegen hoch. Sie führte in einen besonders luxuriösen Teil des Schiffs. Ganz anders als die öden düsteren Korridore, durch die sie gerade gegangen waren. Vieles von der Einrichtung war schon entfernt worden, aber

es war noch genug da, sodass sie sich vorstellen konnten, wie das Schiff früher ausgesehen haben mochte. Handgeschnitzte Treppengeländer, Teppichböden, funkelnde Kronleuchter aus Kristall, deren Lichter in Kaskaden von der Decke fielen.

James stieß eine Flügeltür auf und sie gelangten in den Ballsaal. Die fensterlosen Wände waren mit goldgerahmten Spiegeln dekoriert, prachtvoller Stuck zierte die ganze Decke; in einer Ecke standen elegante runde Tischchen. An einem Ende des Saals war ein flaches Podium; die Stühle, auf denen das Orchester gesessen hatte, standen noch da.

Kelly sah sich staunend um. Dann rannte sie auf die große, freie Tanzfläche; mit fliegendem Rock und ausgebreiteten Armen wirbelte sie im Kreis herum und lachte.

Ihre Kerze verlosch und James ging zu ihr und zündete sie wieder an.

»Wir sollten immer hierbleiben, Jimmy«, sagte sie. »Wir könnten hierherkommen und hier wohnen; ich wäre die Königin und du ein Prinz oder so. Nein, ich müsste die Kaiserin sein.«

»Die Kaiserin vom East End«, fügte James hinzu.

»Ja, genau, ich bin die Kaiserin vom East End.« Sie fing an zu tanzen. »Kaiserin Kelly.«

»Wir sollten wieder gehen«, sagte James.

»Warum? Jetzt schon?«, fragte Kelly. »An so einem Ort werden wir nie wieder sein. Wenigstens ich nicht. Du vielleicht, in Italien, Frankreich oder sonst einem komischen Land. Und was hab *ich*, he? Weißt du, wie mein Leben ist, Jimmy? Nein. Natürlich weißt du's nicht. Seit ich sieben bin, muss ich auf meine jüngeren Geschwister aufpassen. Vor zwei Jahren bin ich von der Schule gegangen und jetzt arbeite ich in einer Keksfabrik. Wir schlafen zu viert in einem Zimmer, ich, meine zwei Schwestern und Tante Ruby. Einen Saal, der so groß ist wie dieser, kenne ich nur aus meinen Träumen.«

Sie suchte im Halbdunkel herum und fand ein altes Grammofon. Sie zog es auf und wählte eine Platte aus.
James lief zu Kelly. »Das solltest du lieber bleiben lassen. Man könnte uns hören.«
»Wer denn?«, fragte Kelly. »Wer sollte uns hier hören? Ich stelle das Grammofon auch ganz leise.«
Als Tanzmusik aus dem Lautsprecher tönte, fasste sie James bei der Hand.
»Komm«, sagte sie, »lass uns tanzen. Du kannst doch tanzen, oder?«
»Ein bisschen«, gab James zu. »Meine Tante hat mir ein paar Schritte beigebracht.«
»Gut. Dann bring sie jetzt mir bei.«
James fasste Kelly um die Taille und sie stolperten unbeholfen übers Parkett, immer wieder brachen sie in Lachen aus. Es war ein Tanz ganz eigener Art, mit eigenen Schritten. Sie wirbelten und schwebten gedankenverloren über die Tanzfläche. Die Kerzen, die sie in die Mitte des Raums gestellt hatten, warfen riesige Schatten an Decke und Wände.
»Ihr tanzt wie ein Gott, Eure Hoheit«, sagte Kelly gestelzt, so wie sie es einmal im Kino gesehen hatte. »Besonders, wenn man bedenkt, dass Ihr ein Holzbein habt.«
»Der verdammte Krieg«, entgegnete James mit gespieltem Ernst und Kelly prustete los.
»Ihr habt ein bezauberndes Lächeln«, fuhr James affektiert fort. »Besonders, wenn man bedenkt, dass Eure Zähne aus Holz sind.«
»Keine Unverschämtheiten, bitte«, sagte Kelly. »Ich geb dir gleich ein paar Holzzähne.«
»Immer diese leeren Versprechungen«, entgegnete James.
Die Musik verstummte und im selben Augenblick hörten sie Beifallklatschen. James und Kelly ließen sich erschrocken los, aber es war nur Fairburn.

»Ich konnte einfach nicht schlafen«, entschuldigte er sich. »Zu aufgeregt. Ich habe nach euch gesucht, aber ihr wart weg. Dann hörte ich die Musik.«
»Ich hab's dir gleich gesagt«, brummte James.
»Oh, kein Grund zur Sorge«, beschwichtigte Fairburn. »Ich war ganz in der Nähe. Ich glaube nicht, dass man es weit hören konnte.«
»Wie auch immer«, sagte James. »Schluss mit der Musik.«
»Ihr habt mir etwas voraus«, sagte Fairburn und setzte sich auf die Kante des Podiums. »Ihr scheint alles über mich zu wissen, aber ich weiß gar nichts über euch.«
»Ich bin ein Freund von Pritpal Nandra«, sagte James. »Er ist mein Tischgenosse.«
»James Bond«, sagte Fairburn und sein Mund verzog sich zu einem breiten Lächeln. »Er hat viel von dir erzählt.«
»Seinetwegen bin ich hier«, fuhr James fort. »Er hat die meisten Ihrer Rätselfragen gelöst.«
James und Kelly setzten sich neben Fairburn auf die Kante des Podiums. Das Tanzen hatte sie erhitzt und ihre Gesichter glühten. James fühlte sich fast schon wieder in Ordnung.
»Der gute Pritpal«, sagte Fairburn. »Er war schon immer der Schlaueste in der ganzen Kreuzworträtsel-Gesellschaft. Wie geht es ihm? Du musst mir alles berichten.«
Und so begann James in dem verlassenen Ballsaal, im Licht der Kerzen, die ihre Schatten tanzen ließen, die ganze Geschichte zu erzählen. Währenddessen nahm auf einem anderen Schiff, keine hundert Meter entfernt, eine andere Geschichte ihren Anfang.

Babuschka

Oberst Sedova, von allen nur Babuschka, Großmütterchen, genannt, stand im Laderaum der *Amoras* und sah auf die Nemesis-Maschine. Minutenlang stand sie schon so da, den anderen den Rücken zugekehrt, und schwieg.
Sir John Charnage betrachtete ihren breiten Rücken, die graue Jacke, die sich darüber spannte. Auch ihr Rock und die dicken Strümpfe an ihren stämmigen Beinen waren grau. Dann noch die grauen Haare – auf Charnage wirkte sie wie eine aus Fels gehauene Statue.
Es war heiß hier unten. Charnage schwitzte. Er spürte, wie ihm ein Schweißtropfen den Rücken hinunterrann. Nur die Smith-Brüder waren noch mit im Raum. Ludwig stocherte mit einem Nagel zwischen seinen kaputten braunen Zahnstümpfen herum, Wolfgang hielt seine bandagierte Hand umklammert. Er sah krank aus. Sein Gesicht war gelb, er zitterte, hin und wieder wimmerte er leise vor sich hin. Man hätte ihn eigentlich in ein Krankenhaus bringen müssen, aber der Schiffsarzt, ein fetter Russe, der nach Nelkenwasser und billigem Fusel roch, hatte ihn wieder zusammengeflickt und da, wo einmal seine Finger gewesen waren, die Wunden stümperhaft genäht.
Wenn sie erst in Russland wären, so hatten sie Wolfgang versprochen, würde er die beste Behandlung bekommen, die es gab, aber vorerst würde er noch hier auf dem Schiff gebraucht.
Babuschka holte tief Luft. Charnage sah, wie sich ihr Rücken streckte und die Nähte ihrer Jacke sich noch mehr spannten als

sonst. Schließlich drehte sie sich um. Ihr flaches, derbes Bauerngesicht zeigte keinerlei Gefühlsregung.
»Ohne Fairburn ist diese Maschine nutzlos«, begann sie. »Ein Schrotthaufen, weiter nichts.«
»Wir können diese Maschine zum Laufen bringen, Oberst«, sagte Charnage und wischte sich die Schweißperlen von seinem Oberlippenbart. »In Russland haben Sie schließlich auch Wissenschaftler, Mathematiker . . .«
»Das kann Jahre dauern«, sagte sie abfällig. »Und die Maschine ist noch nicht einmal fertig.«
»Ich beschwöre Sie«, sagte Charnage, »wenn wir heute Nacht nicht auslaufen, müssen wir bis zur nächsten Flut warten. Fairburn kann schon längst bei der Polizei sein. Wir müssen verschwinden.«
»Ich glaube nicht, dass Fairburn den Hafen verlassen hat«, erwiderte sie knapp.
»Woher wollen Sie das wissen?«
»Ich weiß es. Meine Leute bewachen jede Ausfahrt. Er versteckt sich irgendwo hier. Wir werden ihn finden.«
»Gut, dass wenigstens einer von uns etwas weiß«, erwiderte Charnage. Ihm war heiß, er war müde und er brauchte einen Drink.
»*Ich* mache keine Fehler«, sagte Babuschka.
Charnage betrachtete die Frau. Er mochte sie nicht, er hatte sie noch nie gemocht. Sie hatte keine Spur von Humor. Sie erinnerte ihn an die polnische Kinderfrau, die sich um ihn gekümmert hatte, als er noch klein war.
»Wir alle machen Fehler«, sagte er und lachte leise.
»Einige machen mehr Fehler als andere«, gab ihm Babuschka zur Antwort. Sie zog den Stuhl, der neben dem Arbeitstisch stand, zu sich heran und setzte sich. Ihre Hände verschränkte sie in ihrem Schoß.

»Sehen Sie mich nicht so an«, sagte Charnage. »Wenn ich nicht gewesen wäre, wären Sie jetzt gar nicht hier. Das alles wäre nicht hier.«

»Zwei Mal hatten Sie den Jungen schon und zwei Mal ist er Ihnen entwischt.«

»Zugegeben, beim ersten Mal war es mein Fehler«, antwortete Charnage. »Ich wusste nicht, wie clever das Bürschchen ist.«

»Und beim zweiten Mal?«

Charnage wies mit dem Kopf auf Ludwig und Wolfgang.

»Daran sind diese beiden Witzfiguren schuld«, sagte er.

»Ein guter Offizier schiebt niemals seinen Leuten die Schuld in die Schuhe«, sagte Babuschka.

»Einem guten Offizier stellt man nicht solche Schwachköpfe zur Seite«, erwiderte Charnage.

Ludwig murmelte etwas Unverständliches und Wolfgang stieß leise einen Fluch aus.

Charnage drehte sich zu ihnen um.

»So«, sagte er. »Ihr glaubt also, dass ich unfair bin? Ich werde euch etwas sagen. Ihr hattet weiter nichts zu tun, als einen Jungen, der so gut wie bewusstlos war, in die Themse zu werfen. Und was ist dabei herausgekommen?« Er fuchtelte mit seinem Zeigefinger provozierend vor Wolfgangs Nase herum.

»*Sie* sind schuld«, sagte Babuschka gelassen. »Man hätte mit dem Jungen richtig umgehen müssen. Ihr Plan war nicht durchdacht.«

»Ach ja, mein Plan war nicht durchdacht, wie? Ich frage mich, was Sie mit ihm gemacht hätten.«

»Ich hätte ihn mit bloßen Händen erwürgt«, sagte Babuschka und Charnage zweifelte keinen Augenblick daran, dass sie die Wahrheit sagte.

»Er weiß schon viel zu viel«, fuhr Babuschka fort. »Sie hätten kein Risiko eingehen dürfen.«

»Und warum haben Sie damals nichts gesagt?«

»*Sie* hatten die Verantwortung, John.«

»Ich habe Fairburn hierhergebracht, zum Teufel noch mal, oder nicht?«, schrie Charnage wütend. »Ich habe ihn dazu gebracht, dieses verdammte Ding zu bauen. Ich habe alles gemacht, was Sie verlangt haben. *Ich* habe meinen Job gemacht, *ich* habe meinen Teil der Abmachung eingehalten.«

»Wenn Sie Ihren Job erledigt haben, dann brauchen wir Sie ja jetzt nicht mehr.«

»Das hatten wir aber nicht abgemacht und das wissen Sie genau«, rief Charnage erregt. »Ich werde aus diesem gottverlassenen Land verschwinden und in Russland ganz neu anfangen. Ich glaube nicht, dass Sie sich aus dem Staub machen können, ohne mich zu bezahlen. Ich werde einen solchen Aufruhr veranstalten . . .«

Babuschka kicherte leise vor sich hin wie eine freundliche, alte Großmutter, die über ihre Enkelkinder lacht. »Wie wenig Sie doch von der Welt wissen, John.«

»Lassen Sie mich in Ruhe!« Charnage zog seine Zigarettendose aus der Jackentasche, nahm eine Zigarette heraus, klopfte mit ihrer Spitze auf den Tisch, um den Tabak festzudrücken, dann steckte er sie mit einem Streichholz an. Das abgebrannte Hölzchen warf er auf den Boden.

»Wenn Sie irgendjemanden bestrafen wollen, dann diese beiden«, sagte er. »Sie hatten mehr als eine Gelegenheit, den Jungen umzubringen, und jedes Mal haben sie es vermasselt.«

»Ich frage mich, für wen die beiden arbeiten«, sagte Babuschka. »Ich frage mich, auf wessen Seite sie stehen.«

»Wir stehen auf der Seite dessen, der uns bezahlt«, antwortete Ludwig. »Wir arbeiten nur für klingende Münze.«

»Ich frage mich, wie ihr eure Treue zu diesem Boss beweisen könnt«, sagte Babuschka.

»Sie können ihre Treue beweisen, indem sie tun, was ich ihnen sage«, sagte Charnage und blies eine große Rauchwolke in die Luft.

Babuschka zog die Augenbrauen hoch. »Glauben Sie wirklich, dass Sie sich auf diese beiden verlassen können?«

»Hören Sie zu«, sagte Charnage. »Mir reicht's. Allmählich wird es langweilig. Ich habe gesagt, was wir meiner Meinung nach tun sollten. Stechen wir in See und verschwinden wir. Wir finden schon noch heraus, wie Nemesis funktioniert. Aber wenn wir noch länger hierbleiben, dann setzen wir alles aufs Spiel. Wir können jederzeit zurückkommen und Fairburn holen.«

Babuschka richtete ihren Blick auf Wolfgang und Ludwig. Einen Blick aus Augen, die schon so viel gesehen hatten. Die schon unzählige Menschen hatten sterben sehen. Ihr Blick war wie ein Befehl. Ein Befehl, den Ludwig sofort verstand.

Charnage hatte den Blick nicht bemerkt, er hatte sich gerade den Schweiß im Gesicht getrocknet. Ihm war schwindelig und der Kopf tat ihm weh. In der vergangenen Nacht hatte er kein Auge zugetan und jetzt war es schon wieder ein Uhr nachts.

»Sie waren schon immer ein kleines Licht, John«, sagte Babuschka. »Vielleicht haben Sie davon geträumt, ein bedeutender Mann zu sein, aber Sie waren nicht mehr als ein Werkzeug. Welchen Nutzen hätten wir in Russland von Ihnen? Von einem Trunkenbold, einem Spieler, einem Kapitalisten? Sie waren nichts als ein Diener, und ein kluger Diener dient dem Herrn, der am mächtigsten ist. Habe ich recht, Ludwig?«

»Zur Hölle mit euch allen«, sagte Charnage. »Ich gehe jetzt ins Bett.« Er warf seine Zigarette auf den Fußboden und trat sie aus.

Es gab ein leises Klicken und Charnage stöhnte auf.

Ludwig hatte ihm etwas in den Rücken gestoßen.

Charnage wollte sich umdrehen und etwas sagen, aber sein Körper gehorchte ihm nicht mehr. Er konnte sich nicht bewegen.

Schweißtropfen liefen ihm über den Rücken. Eine warme Flüssigkeit durchtränkte sein Hemd.
Er stürzte auf die Knie.
»Was hast du getan?«, fragte er mit tonloser Stimme.
Als Ludwig sich vor ihn stellte, sah Charnage einen Apache-Revolver in dessen Hand; die langen weißen Finger umklammerten den Schlagring aus Messing.
Aber Ludwig hatte nicht mit dem Schlagring zugeschlagen.
Die Klinge war ausgeklappt und blutig.
Ludwig zog ein Taschentuch aus Charnages Hemdtasche, wischte die Klinge ab und steckte das Taschentuch zurück.
»Was . . . hast du getan . . .?«
»Schafft ihn weg«, befahl Babuschka. »Werft ihn über Bord, wenn wir auf der Nordsee sind.«
Charnage starrte Babuschka an. Er sah in ihre erbarmungslosen schwarzen Augen. Sie wurden immer größer, erst so groß wie ihr Gesicht, dann so groß wie der ganze Laderaum. Sie wurden zu einem tiefschwarzen Abgrund und dann stürzte er hinein.

»Ich habe John gesagt, dass ich nur dann mit ihnen zusammenarbeite, wenn er mir erlaubt, meinen Bekannten mitzuteilen, dass es mir gut geht«, sagte Fairburn. »Er hat das verstanden. Abgesehen davon wollte er nicht, dass man anfängt, nach mir zu suchen. Deshalb hat er zugestimmt, dass ich ein letztes Kreuzworträtsel entwerfe und es zusammen mit einem knappen Brief, in dem ich mitteile, dass das mein letztes Rätsel ist, an die *Times* schicke. Und er hat mir erlaubt, einen Brief, der keinen Argwohn wecken würde, an den Direktor und an Pritpal zu schreiben. Ich wusste, dass John sich niemals mit Kreuzworträtseln oder Ähnlichem beschäftigt hatte, deshalb war ich sicher, dass ihm die versteckten Hinweise nicht auffallen würden. Aber am nächsten Tag, während ich an der Nemesis-Maschine arbeitete, durchsuchten seine

Leute meine Kabine und fanden einen früheren Entwurf des Briefs, auf dem sich einige Notizen befanden. Ich hatte dummerweise vergessen, ihn zu vernichten. Da merkte er, dass er einen Fehler gemacht hatte.«

»Ihre Hinweise waren zu vertrackt«, sagte James. »Erst als es fast zu spät war, haben wir erkannt, wie ernst Ihre Lage war.«

»Ich bin nicht davon ausgegangen, dass ihr Jungs auf eigene Faust versuchen würdet, mich zu finden«, sagte Fairburn kopfschüttelnd. »Ich dachte, Pritpal würde den Brief mit dem Schulleiter besprechen und der würde dann die Polizei verständigen.«

Die drei saßen noch immer auf dem Podium des Ballsaals auf der *Empress*. Kelly war sehr müde und der Kopf sank ihr immer wieder auf die Brust, aber James sprühte vor Energie und war fast schon euphorisch.

»Wenn er die Polizei verständigt hätte«, sagte er, »hätte Charnage die Leute bestimmt hingehalten und Sie wären mittlerweile auf dem Weg nach Russland.«

»Da könntest du recht haben«, stimmte Fairburn bedrückt zu. »John war schon immer ein Hitzkopf, aber ich kann immer noch nicht glauben, dass er mir das antun konnte. Die ganze Angelegenheit ist furchtbar, einfach furchtbar.«

»Wie hat das alles eigentlich angefangen?«, fragte James.

Fairburn überlegte. »In Cambridge, soweit ich mich erinnere. Es war nach dem Krieg. Ich war zusammen mit Ivar und John auf dem College. John war ein paar Jahre älter als wir; er hatte später mit dem Studium begonnen, weil er im Krieg gewesen war. Wir wurden gute Freunde. Wir wohnten nebeneinander im Trinity College. Ivar und ich studierten Mathematik, John studierte Chemie. Das Einzige, worüber wir uns immer wieder gestritten haben, war Politik. Ivar und John waren beide vom Kommunismus begeistert. Für viele intelligente junge Leute schien die Zukunft dem Kommunismus zu gehören. Gleichheit für alle! Schluss mit der Armut! Entmachtet die Kapitalisten, werft die alte Ordnung über Bord und gebt den Armen eine Chance. Alles hehre Ideale. Aber ich wusste, dass die Wirklichkeit anders aussieht. Ich lebte zwar in England, aber meine Eltern waren in Russland geblieben. Und ich wusste, was dort wirklich geschah. Meinem Vater war es gelungen, Briefe an mich aus dem Land zu schmuggeln. Aber eines Tages kamen keine Briefe mehr an und seitdem habe ich nie wieder etwas von ihm und meiner Mutter gehört.« Fairburn machte eine Pause und wischte sich über die Augen.

»Die Revolution hatte mit Blutvergießen begonnen«, fuhr er fort. »Lenin ließ den Zaren und dessen ganze Familie erschießen. Und das war noch lange nicht alles. Leute, die Lenins Gegner unterstützten, verschwanden spurlos. Das Ideal des Kommunismus wurde zu Grabe getragen, Lenin wurde ein Tyrann wie manch anderer vor ihm.«

»Haben Peterson und Charnage das nicht erkannt?«, fragte James.

»Ich habe mich bemüht, ihnen die Wahrheit zu zeigen«, fuhr Fairburn fort. »Aber Ivar war durch und durch Mathematiker, Zahlen standen ihm schon immer näher als Menschen. Er war in die *Idee* des Kommunismus verliebt und wie viele andere auch weigerte er sich zu sehen, was in Russland wirklich vor sich ging. Bei John lagen die Dinge anders. Er fühlte sich schuldig, weil seine Familie sehr reich war und weil in der Fabrik seines Vaters die Arbeiter ums Leben kamen. Und als er dann in den Krieg zog, verlor er jeden Glauben an sein Land. Er konnte nie begreifen, wie die Regierung junge Männer so einfach in den Tod schicken konnte. Er ist bei Gallipoli schwer verwundet worden, wisst ihr, deswegen hinkt er heute noch. Während er im Lazarett lag und die Fliegen verjagte, hat er sich verändert, und als er wieder gesund war, wollte er die Welt verändern. Aber schon damals hat er getrunken und gespielt. Uns war klar, dass er auf diese Weise sein Leben ruinieren würde. Nach dem Studium habe ich ihn aus den Augen verloren, aber Ivar und ich sind Freunde geblieben. Und dann, eines Tages, erzählte mir Ivar, dass er an einer Rechenmaschine arbeitete. Sie sollte beim Spielen helfen, Zahlen im Voraus berechnen und entwickeln. Ich verstehe nichts vom Spielen. Ich habe auch nicht wirklich verstanden, wozu diese Maschine gut sein sollte, aber der Gedanke, ein solches Hilfsmittel in der Mathematik nutzen zu können, war verlockend.«

»Ich habe diese Maschine gesehen«, bemerkte James. »In Charnages Büro.«

»Ein paar Amerikaner haben bei ihrer Entwicklung mitgeholfen«, erzählte Fairburn weiter. »Spieler aus New York. Ganz besonders ein Buchhalter mit einer bemerkenswerten Begabung für Zahlen. Er hieß Abrakadabra oder so ähnlich.«

»Abbadabba?«, fragte James.

»Genau der. Ein unsympathischer Mensch.«

»Er ist ein Verbrecher«, sagte James.

»Glücksspiel und Verbrechen hatten schon immer was miteinander zu tun«, sagte Fairburn. »John ist kein guter Geschäftsmann und er neigt dazu, mit den falschen Leuten Geschäfte zu machen. Diese Gangster haben ihn schon oft ausgenommen. Als die Kommunisten bei ihm angeklopft und ihm Reichtümer und eine ruhmreiche Zukunft in Russland versprochen haben, hat er sie reingelassen. Sie hatten von der Rechenmaschine gehört und wollten eine eigene haben.«

»Aus welchem Grund?«, fragte James.

»Nicht zum Spielen, so viel ist sicher«, antwortete Fairburn. »Sondern um Codes zu erfinden und Codes zu knacken. Nur darum ging es von Anfang an. Wissen ist Macht, James. Wir Russen lieben Heimlichkeiten. Wir lieben unsere Spione. Und seit es Spionage gibt, versucht man herauszufinden, was der Gegner vorhat, ohne den Gegner merken zu lassen, was man selbst vorhat.

Solange man nicht die neuesten Geheimcodes kennt, kann man auch nicht gewinnen. Keinem Menschen ist es bisher gelungen, sich einen Code auszudenken, den man nicht entschlüsseln kann, aber eine Maschine könnte dazu in der Lage sein. Eine Maschine mit einem Gehirn, das millionenmal klüger ist als das eines Menschen. Die Russen haben John eine Unsumme Geld geboten, damit er eine solche Maschine baut. Natürlich viel größer als die ursprüngliche.«

»Aber ohne Sie klappte das nicht«, vermutete James.

»Ja«, sagte Fairburn. »Ivar hat es zwar versucht, aber er hat es nicht geschafft. Er allein war nicht in der Lage, das zu bauen, was die Russen wollten. So hat er mich um Hilfe gebeten.«

»Aber Sie haben doch gewusst, für wen Charnage diese Maschine bauen wollte?«, fragte James.

»Anfangs habe ich es nicht gewusst, und als ich es herausgefunden habe, wollte ich nichts damit zu tun haben. Aber John steckte damals schon zu tief in der ganzen Sache drin. Er wusste, wenn er versuchen würde, auszusteigen, dann würden ihn die Russen umbringen – das ist ihre Art, Probleme zu lösen. Deshalb hat er mich entführt und mich gezwungen, die Arbeit, die Ivar begonnen hatte, zu vollenden. Und jetzt ist die Maschine fast fertig. Das Numerisch Evaluierende Mathematische Eingabegerät mit serieller Intelligenzschaltung: N.E.M.E.S.I.S.«

»Können die das Ding ohne Ihre Hilfe überhaupt zum Laufen bringen?«, fragte James.

»Nein. Zumindest im Moment nicht.« Fairburn kramte das Bündel Papier hervor, das er aus der Kajüte auf der *Amoras* mitgenommen hatte. »Jeden Tag haben sie mir befohlen, die Programme endlich aufzuschreiben, und jeden Tag habe ich es hinausgezögert, denn ich wusste, wenn ich notieren würde, wie man die Maschine bedient, wäre ich überflüssig und sie würden mich aus dem Weg schaffen.«

»Also ist die Maschine jetzt völlig nutzlos?«, fragte James.
»Eine Zeit lang schon«, sagte Fairburn. »In einem Jahr, vielleicht auch in zwei, könnten sie herausfinden, wie man Nemesis bedient, aber es ist sehr kompliziert. Weißt du, die Wissenschaftler in Russland hat man alle umgebracht. Jetzt bildet man neue aus, junge Leute, aber das wird sehr viel Zeit kosten. Außerdem haben die Machthaber Angst davor, dass diese Wissenschaftler ihre eigenen kreativen Ideen entwickeln. Aber Kreativität führt dazu, dass man Fragen stellt, und die Leute, die die Macht haben, schätzen es nicht, wenn das Volk Fragen stellt. Stell in Russland eine Frage und du bekommst immer die gleiche Antwort – Gefängnis oder Tod.« Fairburn stand auf. »Lasst uns jetzt gehen. Wir müssen schlafen. Wer weiß, was der morgige Tag bringt.«
Kelly war inzwischen eingeschlafen. James weckte sie und die drei machten sich auf den kurzen Rückweg zu den First-Class-Kabinen.
In seiner Kabine angekommen, starrte Fairburn nachdenklich auf die *Amoras,* die mitten im Hafen vor Anker lag.
»John wusste, was er tat«, sagte er. »Er wusste, dass er einen schrecklichen Fehler gemacht hatte, als er sich mit den Russen einließ. In gewisser Hinsicht tut er mir leid, fast könnte ich ihm vergeben. Wenn jemandem das Wasser bis zum Hals steht, lässt er nichts unversucht, um sich zu retten. Aus diesem Grund hat er auch dem Schiff einen neuen Namen gegeben. Es war ein kleiner Scherz, eine Art Beichte: Amoras, der Ritter, der mit dem Teufel einen Pakt eingehen wollte.«
James sagte Gute Nacht und brachte Kelly in ihre Kabine.
»Es ist kalt hier drin«, beschwerte sie sich und kroch unter die Decken. »Bleib bei mir, he? Wir können uns gegenseitig wärmen.«
»Ich weiß nicht recht . . .«

»Wenn du bei mir bist, kann mir nichts Schlimmes passieren«, sagte Kelly.
»Sag so was nicht«, antwortete James. »Du forderst damit nur das Schicksal heraus. In fünf Minuten kann dir die ganze Welt um die Ohren fliegen.«
»Bitte«, flehte Kelly, »ich möchte jetzt nicht über den Schlamassel nachdenken, in dem wir stecken.«
»Sag bloß nicht, die furchtlose Kelly Kelly hat Angst.«
»Klar hab ich Angst«, antwortete Kelly. »Wer hätte das nicht? Und außerdem bin ich es nicht gewohnt, allein zu schlafen. Ich war noch nie länger als fünf Minuten allein. Komm schon, komm unter die Decke, James Bond . . . und benimm dich, ja?«
James fror zu sehr, er war viel zu müde und, wie er sich eingestehen musste, er hatte zu viel Angst, als dass er mit ihr weiter streiten wollte. So kroch er neben Kelly in das große Doppelbett. Sie wickelten sich in die Decken und bald fühlten sie sich wohlig warm und schläfrig.
»Erzähl mir was von deinem Leben«, bat Kelly müde. »Ich möchte alles von dir wissen.«
James erzählte ihr von seiner Kindheit, wo er abwechselnd in der Schweiz, in England und in Schottland gelebt hatte. Er erzählte ihr, dass seine Eltern in der Schweiz beim Bergsteigen verunglückt waren, als er elf Jahre alt war. Er erzählte von seiner Tante Charmian in Kent und von seinem Leben in Eton.
Sonst redete er nie darüber. In der Schule musste man sich hart geben, sonst wurde man als Schwächling oder Muttersöhnchen verspottet, deshalb redete man über andere Sachen, über Autos und Cricket, über Kriege und Schlachten und wer wen weshalb geschlagen hatte. Die meisten Schüler konnten in den Ferien nach Hause fahren. Dort konnten sie wieder Kinder sein, ihre Mütter umarmen und Unsinn reden, wie es ihnen gefiel. Nur James nicht.

Er hatte niemanden.
Aber hier, in der dunklen Kajüte, konnte er diesem Mädchen alles erzählen. Es machte ihm nichts aus, dass Kelly schon bald eingeschlafen war und schnarchte. Er redete weiter und schaute durch die Fenster auf die Lichter der *Amoras* und dachte an die Nemesis-Maschine in deren Laderaum.
Er hatte zwar Fairburn, aber die Russen hatten die Maschine.
Solange es sie noch gab, würde die Sache nicht vorbei sein.
Es ging um alles oder nichts.
Er musste wieder mal den Mond abschießen.

Wach auf oder stirb

James fuhr hoch. Gerade noch hatte er in einem tiefen, traumlosen Schlaf gelegen, im nächsten Augenblick waren seine Augen weit geöffnet und er starrte an die Decke.
Er hatte etwas gehört – Schritte. Der Wächter in seinem Unterbewusstsein, der niemals schlief, hatte sie bemerkt und ein Alarmsignal ausgesandt . . .
Wach auf! Hier ist jemand. Gefahr.
James rührte sich nicht vom Fleck, er lauschte angestrengt auf jedes Geräusch, während seine Augen sich an das fahle Morgenlicht in der Kajüte gewöhnten.
Und dann hörte er es wieder. Ein Klappern, ein dumpfes Pochen und ein Schlurfen. Jemand war auf dem Schiff.
Er legte Kelly eine Hand auf den Mund und rüttelte sie vorsichtig wach. Sie riss ihre Augen angstvoll auf und starrte James kampfbereit an. Er legte einen Finger an die Lippen.
»Hier sind Leute«, flüsterte er ihr ins Ohr. »Sei ganz still.«
Kelly nickte. Eines musste man ihr lassen: Sie redete gern, aber sie wusste auch, wann sie den Mund zu halten hatte.
Er nahm seine Hand weg und machte ihr ein Zeichen, ihm zu folgen.
Leise stiegen sie aus dem Bett und schlichen in das angrenzende Wohnzimmer, wo James das Ohr an die Tür legte. Zuerst hörte er keinen Laut. Doch dann waren wieder Schritte zu hören, diesmal direkt über ihnen. James machte eine Kopfbewegung in Richtung Decke.

»Scheint, als wären sie auf dem Deck über uns«, flüsterte er. »Wir müssen Fairburn holen.«
Er öffnete die Tür nur so weit, dass er auf den Gang hinaussehen konnte. Nichts.
Sie schlichen nach draußen und eilten zu Fairburns Kabine.
Er lag auf dem Bett und schlief, die Bettdecken waren zerwühlt und er sah alt und erschöpft aus. Wie bei Kelly achtete James darauf, dass Fairburn beim Aufwachen keinen Laut von sich gab. Doch Fairburn brauchte länger, bis er seine Sinne beieinander hatte. Zuerst wusste er nicht, wo er war. Sein Haar stand wirr nach allen Seiten ab. Schließlich setzte er die Füße auf den Boden und stand auf.
»Wie spät ist es?«, fragte er und schaute auf die Uhr. »Sechs Uhr.«
Er zitterte vor Kälte und hustete.
»Psst!«, machte James und schaute aus dem Fenster. Die *Amoras* lag noch immer an der gleichen Stelle vor Anker, aber die Lichter waren erloschen und das Schiff wurde fast vom Nebel verschluckt, der über den Docks lag.
Die drei schlichen auf Zehenspitzen auf den Korridor hinaus. Sie waren noch keine drei Schritte gegangen, als jemand um die Ecke bog.
Es war einer von Babuschkas Geheimpolizisten.
Er zog seine Pistole und rief etwas auf Russisch.
James drehte sich um und sah den zweiten Russen von der anderen Seite des Korridors auf sie zukommen.
»Bleibt dicht hinter mir«, sagte er, öffnete eine Tür und verschwand in den Unterkünften der Stewards. Die anderen folgten ihm. Letzte Nacht, als er auf der Suche nach den Bettdecken gewesen war, hatte James die Tür bemerkt; er konnte nur hoffen, dass sie auf einen anderen Korridor führte.
In diesem Teil des Schiffs gab es keine Fenster, es war stockdunkel. James versuchte sich an den Weg zu erinnern, den er durch

das Gewirr der kleinen Kabinen genommen hatte. Plötzlich stieß er gegen ein Schott. Er taumelte zurück und prallte gegen eine Tür. Mit der Hand ertastete er einen Griff; er drückte ihn nach unten, die Tür sprang auf.

»Hier entlang«, sagte er.

Die Tür führte tatsächlich in einen weiteren Gang. Von einem Treppenaufgang links fiel Licht herein.

»Lauft los«, rief er und zog Kelly hinter sich her. Hinter ihnen waren Rufe in russischer Sprache zu hören und das Getrampel von Stiefeln. Dann fiel ein Schuss, eine Kugel pfiff über ihre Köpfe hinweg, traf eine Lampenfassung und prallte ab.

»Wenn sie uns töten wollten, hätten sie das längst tun können«, rief Fairburn. »Sie wollen uns lebend.«

»Sie wollen *Sie* lebend«, entgegnete James. »Ich kann mir nicht vorstellen, dass sie an mir oder Kelly interessiert sind.«

»Wie beruhigend!«, sagte Kelly. Im selben Moment wurde hinter ihnen ein weiterer Schuss abgefeuert.

Gott sei Dank kannten sie sich auf dem Schiff besser aus als ihre Verfolger. James begriff, dass das ihr einziger Vorteil war; aber dieser Vorteil war winzig.

Sie rannten die Treppe hoch aufs nächste Deck und James lotste sie kreuz und quer durchs Schiff.

»Kann man Ihre Maschine zerstören?«, rief er Fairburn zu, als sie durch die Kombüse liefen.

»Natürlich«, rief Fairburn zurück. »Man muss nur einen Vorschlaghammer nehmen, aber es dauert eine Weile, bis man sie richtig kaputt kriegt.«

Sie rannten zurück in den Passagierbereich der *Empress*. Die beiden Russen hatten sie abgehängt, doch als sie in den Speisesaal rannten, saßen dort zwei Männer.

Einer war ein junger russischer Matrose, der andere war Deighton, Charnages stämmiger Butler.

»Du schon wieder«, grunzte er. »Nun, mein Junge, diesmal entwischst du mir nicht.« Er knetete seine fleischigen Hände, ballte sie zu Fäusten und kam langsam, fast lässig auf sie zu.

Der Matrose grinste und folgte ihm, er hatte keine Angst vor einem schwächlichen Professor, einem Jungen und einem Mädchen.

Das war ein großer Fehler, wie sich herausstellen sollte.

James packte einen Stuhl und schlug Deighton damit zu Boden. Kelly tat es im sofort nach, nahm einen anderen Stuhl und zertrümmerte ihn auf dem Kopf des Matrosen. Er riss noch die Arme hoch, um sich zu schützen, doch es gab ein Knacken und sein Unterarm war gebrochen. Mit einem Schmerzensschrei fiel der Mann auf die Knie.

Er war außer Gefecht.

Kelly und James bombardierten Deighton mit sämtlichen Stühlen, die in ihrer Reichweite standen. Der Butler war kräftig. Fast wäre er wieder auf die Beine gekommen, doch James kippte einen Tisch gegen ihn. Eine Kante traf Deightons Kopf und er ging endgültig zu Boden.

Die drei machten sofort kehrt, doch als sie den Raum verlassen wollten, rannte Kelly, die als Erste an der Tür war, direkt in die Arme eines Russen. Er stand fest wie ein Traktor da und wich keinen Millimeter zurück. Kelly prallte gegen ihn und er packte sie.

Das war *sein* entscheidender Fehler.

Kelly trat wie wild um sich, sie biss, kratzte und wand sich. Der Mann fluchte verärgert, ließ sie los und zog seine Pistole aus dem Halfter. James stieß Kelly in den Speisesaal zurück, und als der Russe ihnen mit der Waffe in der Hand folgen wollte, schlug James ihm die Tür vor der Nase zu. Die Hand des Russen knallte gegen den Rahmen. Er ließ die Waffe fallen und wich zurück.

Fairburn hob die Pistole auf und schoss wie wild, die Kugeln durchschlugen das dunkle Holz der Tür.

Sie schauten nicht erst nach, ob der Russe getroffen worden war, sondern liefen durch den Saal. Der Matrose mit dem gebrochenen Arm unternahm einen halbherzigen Versuch, sie aufzuhalten, aber er ließ sofort davon ab, als Fairburn die Waffe auf ihn richtete.

James hatte sich währenddessen gefragt, wo der zweite Russe geblieben war, und jetzt, als er auf das Deck lief, sah er ihn. Der Mann war auf die andere Seite des Schiffs gegangen und wartete mit der Waffe im Anschlag auf sie.

Fairburn schoss wieder eine Salve ab. Die Kugeln flogen in alle Richtungen, nur nicht in die des Russen. Aber zumindest suchte er hinter einem Ventilationsschacht Deckung.

James spähte über die Bordwand. Sie standen genau über der Gangway.

»Schnell«, drängte er und kletterte über die Reling, »wir haben es fast geschafft.«

Er bückte sich und sprang auf die Gangway hinunter. Mit einem dumpfen Schlag kam er auf und taumelte über den Steg, bis er sich in den Sicherheitsketten verfing und nicht weiterkam.

Als Nächste sprang Kelly, die mit solcher Wucht auftraf, dass der Steg gefährlich zu schwanken begann und James schon fürchtete, er würde einbrechen. Aber der Steg hielt. Als James nach oben schaute, sah er, dass der Russe Fairburn festhielt und ihn über die Reling wieder an Deck zu ziehen versuchte.

»Schnell, Kelly!« Er bückte sich und verschränkte die Hände wie für eine Räuberleiter. Kelly setzte einen Fuß hinein und James hob sie hoch. Fast warf er sie in die Luft. Sie bekam die Reling zu fassen und zog sich hoch.

Der Russe beugte sich über das Geländer und kämpfte mit Fairburn, der sich nicht so einfach geschlagen geben wollte. Kelly biss dem Russen ins Ohr. Er schrie auf und ließ Fairburn los, der sich umdrehte und den Russen an der Jacke zu fassen bekam. Es

gab eine kurze, heftige Rangelei und das Nächste, was James mitbekam, war, dass der Russe über die Reling kippte. Er streifte die Kante des Landungsstegs und fiel in das trübe Wasser.
James hatte keine Zeit, sich darüber zu freuen, denn im selben Augenblick verspürte er einen heftigen Schlag und stürzte der Länge nach auf die Gangway. Wie aus dem Nichts war Deighton aufgetaucht. James rollte bis zur Hafenmauer, wo er wieder auf die Füße kam. Er war zum Kampf bereit. Entsetzt sah er, dass noch mehr Matrosen der *Amoras* am Anlegeplatz auf sie warteten.
Kelly und Fairburn wurden vom Schiff geführt. Jeder Widerstand war zwecklos, das Spiel war aus. Die drei wurden von den Männern in die Mitte genommen.
»Waffe weg!«, befahl Deighton und Fairburn ließ sie zu Boden fallen. Er sah traurig und unendlich müde aus.
»Tut mir leid«, sagte James leise zu ihm. »Fast hätten wir es geschafft.«
»Nimm's nicht so schwer«, antwortete Fairburn. »Das Ganze war sehr amüsant, wirklich, aber die Chancen standen von Anfang an schlecht für uns.«
»Das ist das Problem, wenn man versucht, den Mond abzuschießen«, antwortete James. »Wenn auch nur eine Kleinigkeit schiefgeht, ist es aus.«
Plötzlich hörte er Lärm. Ein Gewirr aus Stimmen und Schritten, das so laut war wie eine Herde galoppierender Kühe. Die Männer schauten sich fragend um. In dem Nebel, der über den Docks lag, war nicht zu erkennen, woher das Getöse kam, aber es wurde immer lauter.
»Was ist das?«, fragte Fairburn und blinzelte. »Was geht da vor?«
Mit einem lauten Krachen wurde das Tor zur Anlegestelle aufgebrochen.
Und dann näherte sich eine ganze Armee von Leuten: Hafenar-

beiter, harte Burschen, viele von ihnen mit Knüppeln oder Ladehaken bewaffnet, und an ihrer Spitze Red, an seiner Seite Perry Mandeville und ein paar der Mädchen aus Kellys Bande, dem Furchtlosen Weiberregiment.

Die Matrosen waren schnell überwältigt. Die Hafenarbeiter fielen über sie her, Knüppel und Haken prasselten auf die Männer ein. Gegen einen solchen Gegner hatten sie nicht die geringste Chance. Sie wurden einfach weggefegt. Sie stöhnten und schrien, als ihre Knochen brachen. Dann folgte ein Klatschen, als wenn jemand ins Wasser gefallen wäre, dann noch eins und noch eins.

Jemand packte James an der Schulter. Er wirbelte herum, bereit, sich zu verteidigen. Es war Red. Er grinste James an.

»Man kann dich nicht einen Augenblick allein lassen«, sagte er. »Wenn du nicht auf meine kleine Schwester aufgepasst hättest, hätte ich dir den Hals umgedreht.«

»Ich kann auf mich selbst aufpassen, vielen Dank«, sagte Kelly schnippisch.

»Sieht so aus, als wären wir g-gerade noch rechtzeitig gekommen«, bemerkte Perry. »Ich habe mir schon Sorgen gemacht, dass ich den g-ganzen Spaß verpasse.«

»Lieber Himmel, Jimmyboy«, sagte Red. »Ich hab dich immer für 'nen feinen Pinkel gehalten, aber der Bursche hier schießt den Vogel ab.«

»Was macht ihr hier?«, fragte James.

»Ich hab die halbe Nacht im Hafen nach euch beiden gesucht«, sagte Red. »Dann bin ich nach Hause gegangen und hab Hilfe geholt.«

»Wir haben uns im P-Pub getroffen«, erzählte Perry. »Ich wollte zur P-Polizei gehen, aber diese Kellys haben's wohl nicht so mit denen.«

James wandte sich zu Kelly um. Sie stand mit weit aufgerissenen

Augen da und war noch immer außer Atem. »Du musst mir helfen«, sagte er. »Ich möchte, dass du Fairburn von hier wegbringst. Solange er noch im Hafen ist, ist er nicht sicher. Nimm die Druckluftbahn, das geht am schnellsten. Bring ihn zu dir nach Hause. Ich komme nach.«
»Ich möchte bei dir bleiben«, widersprach Kelly.
»Geh«, sagte James, »und bring ihn in Sicherheit. Ich muss mit Red was besprechen. Wir kommen gleich nach.«
»Na dann«, sagte Perry und fasste sie am Arm. »Wenn James Bond einen Entschluss g-gefasst hat, ist es sinnlos, mit ihm d-darüber zu streiten.« Er zog sie mit sich fort.
Fairburn folgte ihnen, nicht ohne sich im Weggehen bei James zu bedanken.
Der Kampf war fast entschieden, von Charnages Leuten war nur noch Deighton auf den Beinen. Er schwang einen Ladehaken über seinem Kopf und stieß Flüche aus. Einen Augenblick später lag auch er am Boden, niedergestreckt durch einen Schlag von hinten.
James bückte sich, um die Pistole aufzuheben, die Fairburn hatte fallen lassen.
»Du hast 'ne Dummheit vor, nicht wahr?«, fragte Red.
James nickte. »Genau. Ich will versuchen, die Nemesis-Maschine zu zerstören.«
»Ich bin dabei«, sagte Red.
»Ich will dich nicht in Gefahr bringen«, wehrte James ab.
»Du hast noch was gut bei mir«, sagte Red entschlossen.
James verstand.
»Komm mit«, sagte er und kletterte über die Hafenmauer. Schnell stieg er die Leiter hinunter, an deren Ende das Ruderboot vertäut war. Dann schaute er nach oben. Von Red war nichts zu sehen. Hatte er seine Meinung geändert? Aber nein, im nächsten Augenblick tauchte der wohlbekannte rote Haarschopf

über dem Anlegesteg auf und Red kletterte die Leiter herunter, gefolgt von zwei kräftigen Typen und einem Jungen, der nicht viel älter zu sein schien als James.

»Dachte, wir könnten vielleicht Verstärkung gebrauchen«, erklärte Red, als er ins Boot kletterte. »Das ist mein Onkel Ray, sein Kumpel Harry und mein Vetter Billy Jones.«

Billy lächelte James an. Er war ein gut aussehender Bursche mit Augen, die so schwarz waren wie seine Haare.

»Billy arbeitet oft auf Schiffen«, erklärte Red. »Da kennt er sich gut aus. Die anderen beiden brauchen wir, um Köpfe zusammenzuschlagen.«

Ray und Harry grinsten. Sie sahen aus wie Männer, die Spaß an einer kleinen Prügelei haben, denn beide hatten zusammen höchstens noch acht Zähne im Mund.

Gerade als sie sich ins Boot setzen wollten, versuchte ein russischer Matrose an Bord zu kommen. James hielt ihn mit einem Ruder auf Distanz und sie glitten an der *Empress* vorbei aufs offene Wasser hinaus.

»He, Jimmyboy«, sagte Red und legte sich ins Ruder, »ihr beide, meine Schwester und du, scheint gut miteinander auszukommen.«

James brummte etwas vor sich hin.

»Für mich ist sie immer nur die lästige kleine Schwester.«

»Sei still und rudere weiter«, sagte James.

Der Nebel, der sich inzwischen über den ganzen Hafen gelegt hatte, war fahl und undurchdringlich, und obwohl es schon hell wurde, konnten sie kaum zehn Meter weit sehen. Die *Amoras* hob sich nur wie ein dunklerer grauer Schatten aus einem Meer von Dunst ab.

Plötzlich flammten grelle Nebelscheinwerfer auf und dann liefen Schiffsmaschinen an.

»Sie versuchen, sich im Nebel davonzumachen«, rief James.

»Die müssen verrückt sein«, sagte Red.
»Wusstest du das nicht?«, erwiderte James.
»Meinst du wirklich, wir können sie noch aufhalten?«
»Wir können es versuchen.«

Der Nebel lichtet sich

Als sie sich der *Amoras* näherten, sahen sie, dass das Schiff noch immer mit den beiden Schleppern, die vor Anker lagen, vertäut war. Das Wasser schäumte über den Schiffsschrauben und die *Amoras* setzte sich ganz langsam in Bewegung.

»Diese Schwachköpfe versuchen, sie mit eigener Kraft aus dem Hafen zu manövrieren«, sagte Red. »Das ist schon unter normalen Umständen ganz schön schwierig, aber in dieser Suppe ist es so gut wie unmöglich.«

»Die sind von allen guten Geistern verlassen«, sagte James.

»Mit dem Ruderboot können wir sie nicht aufhalten«, überlegte Red.

»Wir müssen die *Amoras* entern«, schlug James vor, »und dann versuchen, sie aufzuhalten. Die halbe Mannschaft ist noch im Hafen, deshalb dürfte es keinen großen Widerstand geben.«

Auf einer Seite der *Amoras* war eine Gangway heruntergelassen worden, damit die Matrosen auf das Schiff zurückkehren konnten. James steuerte das Ruderboot längsseits und zu fünft stiegen sie hoch. Die *Amoras* kam langsam voran, die Seile, die noch immer an den Schleppern festgemacht waren, spannten sich.

James und die anderen kletterten an Deck, wo ein verdutzter Matrose, der vorsichtig einen blechernen Teebecher in der Hand hielt, Wache schob. Ray und Harry machten kurzen Prozess mit ihm; bevor er wusste, wie ihm geschah, hatten sie ihm einen Schlag versetzt und ihn zu Boden gestreckt. Dann schleiften sie ihn hinter ein Rettungsboot.

»Sieht so aus, als wäre keiner mehr hier oben«, sagte Red. »Bestimmt muss jeder mit anpacken, um das Schiff flott zu machen.«
In dem dicken Nebel konnten sie weder bis zum Bug noch bis zum Heck des Schiffs sehen. Die Luft war kalt und feucht. Nebeltröpfchen lagen auf James' Gesicht und seine Kleider waren feucht und schwer.
Sie schlichen auf das Brückendeck zu, das mittschiffs wie ein Turm aufragte. Der Dunst nahm ihnen nicht nur die Sicht, er erstickte auch alle Geräusche, sodass eine gespenstische Stille über dem Schiff lag und das Dröhnen der Schiffsmaschinen wie aus weiter Ferne zu ihnen drang.
Sie fanden eine offene Tür und gingen hinein.
»Der Maschinenraum«, flüsterte James und führte die anderen weiter. Sie kamen an der Kombüse vorbei, die auch jetzt wieder verlassen dalag, und James musste an sein Abenteuer in der letzten Nacht denken, an die Katze im Eimer. Das alles schien ein Menschenleben her zu sein.
Sie erreichten das Schott, das zum hinteren Laderaum führte, ohne irgendjemandem zu begegnen. James öffnete das Tor und sie traten auf die Balustrade.
Der große Apparat war stumm, nichts bewegte sich in seinem Innern, die Messingstangen und Zahnräder schimmerten im Licht. Zwei Matrosen bewachten ihn; in den Holstern an ihren Gürteln steckten Handfeuerwaffen. James besprach sich im Flüsterton mit seinen Begleitern, dann machten sie sich bereit.
Während Ray und Harry leise die Leiter hinunterstiegen, gingen James, Red und Billy Jones bis zum Ende des Laufstegs und beugten sich vor.
Die Matrosen schreckten hoch, als sie die beiden kräftigen Männer durch den Laderaum auf sich zukommen sahen. Sie sagten etwas auf Russisch, dann fuhren ihre Hände zu den Waffen.
»Jetzt!«, rief James den beiden anderen zu und sprang, Red und

Billy hinter ihm her. Im Fallen rissen sie die Matrosen zu Boden. Ray und Harry rannten herbei und gaben ihnen den Rest. Im nächsten Moment waren sie gefesselt und geknebelt.

James ging zur Nemesis-Maschine und betrachtete sie, wie sie dastand und fast den ganzen Laderaum ausfüllte.

»Sucht Werkzeuge«, forderte er seine Helfer auf. »Egal was. Wir müssen sie in Stücke schlagen.«

James wollte noch etwas hinzufügen, als jemand ihn am Fußgelenk packte.

Er unterdrückte einen Schrei und schaute nach unten.

Unter der Maschine lag Sir John Charnage, alle Farbe war aus seinem Gesicht gewichen. Um ihn herum hatte sich eine Blutlache gebildet und dort, wo er sich entlanggeschleppt hatte, verlief eine breite dunkle Spur. Seine Augen flackerten wild und glänzten fiebrig.

Er wollte etwas sagen.

James bückte sich und legte sein Ohr an Charnages Mund. Er verstand zwei Worte: »Hilf mir.«

James und Red zogen ihn unter der Maschine hervor und lehnten ihn mit dem Rücken gegen ein Schott. Billy Jones fand eine Flasche Wasser und gab sie Charnage, der gierig daraus trank.

Ein wenig Leben schien in ihn zurückzukehren, aber aus seinem Rücken sickerte unaufhaltsam das Blut.

»Sie haben mich fertiggemacht«, japste er heiser und schüttelte den Kopf, so als könnte er noch immer nicht begreifen, was passiert war. »Sie machen mich dafür verantwortlich.« Er schaute James an. »Das ist deine Schuld.«

»Nein, Sie allein sind schuld«, erwiderte James. »Sie haben Ihre Freunde verraten und Sie wollten auch Ihr Land verraten.«

»Das mit Ivar und Alexis, dafür gibt es keine Entschuldigung«, keuchte Charnage, »aber glaub mir, ich hatte keine andere Wahl.«

James schnaubte verächtlich.
»Was mein Land angeht . . .« Charnage versuchte zu lachen, doch die Schmerzen waren übermächtig. »Das Land, das mich nach Gallipoli geschickt hat . . . Dieses Land ist mir gleichgültig.«
»Sie haben alle betrogen«, sagte James.
»Du warst nicht dort, in Gallipoli«, antwortete Charnage. »Es war purer Wahnsinn. Die Generäle und die Politiker haben sich keinen Deut geschert um die einfachen Soldaten. Die waren nur Nummern für sie. Rule Britannia? Das große Britannien? Eine große Lüge! Sie haben uns weismachen wollen, dass die Türken Unmenschen sind, aber das waren Jungs wie wir auch. Mein Land hat *mich* betrogen. Ich hasse dieses Land. Aber inzwischen weiß ich, dass die Russen kein bisschen besser sind. Die, die diese Welt regieren, sind nur eine Bande von Verbrechern.«
»Wer hat Sie so zugerichtet?«, fragte James.
»Das war sie«, antwortete Charnage. »Babuschka. Und diese beiden Kanalratten, die Smith-Brüder. Aber sie hatten Pech. Ich habe im Krieg eine Mörsergranate überlebt. So leicht bringt man einen Sir John Charnage nicht um.« Er packte James am Arm, sein Blick bekam etwas Irres. »Aber sie hat die Nemesis-Maschine nicht. Niemand wird sie bekommen.«
»Wir werden sie zerstören«, sagte James. »Wenn Sie uns sagen, wie.«
»Bringt mich in den Maschinenraum hinunter«, keuchte Charnage und versuchte aufzustehen. »Wenn wir Überdruck in den Kesseln erzeugen, dann platzen sie. Die Explosion wird die *Amoras* und alles darauf auf den Grund des Meeres befördern.«
James schaute Billy Jones an.
»Stimmt das?«, fragte er ihn.
Billy schaute besorgt, doch er nickte.
»Mach nur im äußersten Notfall davon Gebrauch«, sagte James zu Red und drückte ihm eine der Waffen in die Hand, die er von den

Matrosen erbeutet hatte. »Du bist der Anführer, aber tu, was Charnage sagt. Bring ihn in den Maschinenraum. Billy und die anderen gehen mit. Wenn dir jemand in die Quere kommt, schlag ihn nieder.«

»Und was machst du?«, fragte Red.

James löste den beiden Matrosen die Beinfesseln. »Ich muss sie wegschaffen«, sagte er. »Wenn sie hierbleiben, ertrinken sie.«

James nahm die zweite Waffe und stieß die beiden Matrosen damit vorwärts. Sie waren benommen und hatten nicht die mindeste Lust, sich erschießen zu lassen, deshalb gingen sie freiwillig. Draußen scheuchte James sie übers Deck. Der Wachposten, den sie hinter ein Rettungsboot gezerrt hatten, kam gerade wieder zu sich. James bedeutete ihm mit Handzeichen, dass er seinen beiden Kameraden die Fesseln lösen sollte.

James betrachtete die drei. Es waren kräftige junge Männer. Hoffentlich konnten sie auch gut schwimmen.

Er richtete seine Pistole auf sie und machte eine Kopfbewegung zur Reling hin.

»Rüber mit euch, und zwar sofort«, befahl er.

Sie schauten ihn zweifelnd an, aber seine Absicht war unmissverständlich.

»Los«, sagte James. Sein Gesichtsausdruck verriet, dass er sich auf keine Diskussion einlassen wollte.

Es klatschte dreimal, als sie ins Wasser sprangen.

James wollte gerade zurückgehen und seinem Freund helfen, als er Schritte hörte. Er versteckte sich hinter dem Rettungsboot.

Zwei bekannte Gestalten tauchten aus dem Nebel auf. Ludwig und Wolfgang Smith. Ludwigs großes bleiches Totenkopfgesicht glühte fast, und sein Mund mit den morschen braunen Zähnen sah aus wie ein schwarzes Loch. In seinen Händen hielt er eine Axt.

Wolfgang, der eine Laterne trug, war so fahlgelb im Gesicht wie der Nebel um ihn herum; es gab kaum noch ein Körperteil, das nicht mit dicken Bandagen umwickelt war. James hatte fast Mitleid mit ihm.
Er überlegte, was die beiden vorhatten. Schweigend gingen sie an ihm vorbei. Das Schiff bewegte sich nicht, die Maschinen dröhnten und die Schiffsschrauben wühlten das Wasser des Docks auf.
Plötzlich machte das Schiff einen großen Satz vorwärts, denn die Anker der Schlepper hatten sich losgerissen. James wurde auf das Deck geschleudert. Es gab einen ohrenbetäubenden Knall, als die Schlepper herumgerissen wurden und gegen die Bordwand der *Amoras* krachten, denn sie hing noch immer an deren Schlepptauen. James sprang auf die Füße und folgte den beiden Brüdern.
Er hörte ein dumpfes Geräusch und gleich darauf sah er Ludwig, wie er auf dem Vorderdeck stand und mit seiner Axt auf eins der Taue einschlug. Wolfgang stand schlotternd daneben, mit der gesunden Hand hielt er die Laterne hoch; die verletzte hatte er tief in der Manteltasche vergraben.
Das Schiff gewann langsam an Fahrt.
James schlich näher, um besser sehen zu können; er wollte herausfinden, ob es einen Weg gab, Ludwig aufzuhalten. Falls es Ludwig gelänge, die Taue zu kappen, konnte das Schiff mit voller Kraft davonfahren, falls Charnages Plan, das Schiff zu versenken, scheitern sollte.
Das erste Tau gab nach. Sofort lief Ludwig auf die andere Seite des Schiffs, um auch das zweite zu durchtrennen. Er schlug ein paarmal zu, dann gab es ein ohrenbetäubendes Krachen und die *Amoras* fing an zu schlingern.
Der Steuermann, der im Nebel nichts sah, war einem anderen Schiff zu nahe gekommen. Der hintere Schlepper war dagegen-

geschleudert worden und hatte sich hoffnungslos im Schlepptau verheddert. Das Schiff ächzte und stöhnte, die Taue waren zum Zerreißen gespannt, die Maschinen dröhnten.
»Verdammte Idioten«, knurrte Ludwig und rief ihnen zu, sie sollten die Maschinen stoppen und rückwärtslaufen lassen. Irgendjemand rief von der Brücke zurück: »Was ist los?«
»Den Schlepper hat's erwischt!«, schrie Ludwig. Er drehte sich um – und riss überrascht die Augen auf.
James war bei dem Aufprall gestürzt und lag benommen an Deck.
»Da ist die Ratte!«, schrie Ludwig.
»Überlass ihn mir«, sagte Wolfgang.
»Du kannst ihn haben«, antwortete Ludwig und gab seinem Bruder die Axt. Der ließ die Laterne fallen und humpelte auf James zu.
James wollte fliehen. Er stand auf, noch wackelig auf den Beinen, und stolperte über das nasse, glitschige Deck. Er stieß dabei überall an, wie jemand, der bei Nacht übers Eis schlittert.
Er schaute sich um. Wolfgang kam näher, trotz seines verletzten Beins war er verblüffend schnell. Die Axt hatte er hoch über den Kopf gehoben. In seinem Gesicht stand der blanke Hass.
Ein besonders dicker Nebelschwaden zog übers Deck. James sah nichts mehr, er war wie blind, ohne Orientierung. Er hörte jedoch, wie Wolfgang näher kam. In der Hoffnung, irgendeine Waffe zu finden, mit der er sich verteidigen konnte, bückte er sich, tastete herum, fand aber nichts.
Dann gab es einen Knall, gefolgt von einem Geräusch wie ein Peitschenhieb. Wieder fing die *Amoras* an zu schlingern und machte einen Satz nach vorn.
Das letzte Tau war gerissen, und da sich nun die ungeheure Spannung, unter der es stand, mit einem Mal gelöst hatte, zischte es wie eine Sichel quer übers Deck. James riss entsetzt die Au-

gen auf. Dort, wo Wolfgang noch vor Sekunden aus dem Nebel auf ihn zugekommen war, sah er jetzt nur noch die Beine. Der Körper fehlte. Das Seil hatte ihn durchtrennt. Wenn James nicht am Boden gekauert hätte, wäre er von dem Seil geköpft worden. Im selben Augenblick schwirrte das Beil, das Wolfgang eben noch in der Hand gehalten hatte, durch die Luft und grub sich nur Zentimeter von James entfernt ins Deck.

James zitterte am ganzen Körper und Übelkeit stieg in ihm hoch. Er schluckte heftig, kniff die Augen zu und versuchte, das Bild des von dem sirrenden Schiffstau verstümmelten Körpers aus seiner Erinnerung zu löschen.

Er öffnete die Augen und drehte sich um.

Vom anderen Bruder war keine Spur zu sehen. Vielleicht hatte das Tau auch ihn erwischt. James nahm sich nicht die Zeit, es herauszufinden. Er rannte auf das Brückendeck. Von den Schleppern befreit, nahm die *Amoras* rasch Fahrt auf. Genau genommen dampfte sie schon mit einer halsbrecherischen Geschwindigkeit vorwärts.

Red und Charnage hatten es offenbar nicht geschafft. Die Maschinen liefen allzu gut. James' einzige Hoffnung war, auf die Brücke zu gelangen und das Schiff von dort aus zu stoppen.

Jemand rannte in entgegengesetzter Richtung an ihm vorbei übers Deck. In dem dichten Nebel hielt er James wohl für ein Besatzungsmitglied und kontrollierte ihn nicht.

Um ein Haar wäre er an dem Brückendeck vorbeigelaufen, doch im letzten Moment sah er die weiß gestrichenen Treppen, die in den Nebel hinaufführten. Er stieg zwei Decks hoch und spähte in das Steuerhaus.

Ein Matrose stand am Ruder und mühte sich ab, in dem dichten Nebel etwas zu erkennen. Neben ihm stand der Kapitän; er machte einen sehr besorgten Eindruck. James sah, wie er den Hebel des Maschinentelegrafen auf LANGSAM stellte, aber es tat sich nichts.

Im Gegenteil, das Schiff beschleunigte. Der Steuermann sagte etwas zum Kapitän und der brüllte einen Schwall russischer Wörter in die Sprechverbindung zum Maschinenraum.
Er bekam keine Antwort und rannte auf der anderen Seite aus dem Steuerhaus. James öffnete die Tür, ging hinein und schrie den verdutzten Steuermann an.
»Weg! Verschwinde! Runter vom Schiff!«
Der Matrose starrte ihn eingeschüchtert an, weigerte sich jedoch, seinen Posten zu verlassen.
»Geh!«, schrie James erneut. »Verschwinde!«
Plötzlich krachte es und ein Hagel aus Glassplittern ergoss sich über James. Dann packte ihn jemand am Kragen und zog ihn nach hinten.
Ludwig hatte mit seinem Schlagring die Scheibe durchschlagen. Durch das geborstene Fenster hatte er James gepackt und einen Arm um seinen Hals gepresst.
Mit einem *Klick* ließ Ludwig die Klinge seines Apache-Revolvers hervorspringen und hielt sie an James' Auge. Sein Gesicht kam ganz nah. Der faulige Geruch seiner Zähne war so widerlich, dass James würgen musste.
»Am liebsten steche ich ganz langsam zu«, flüsterte Ludwig und blies seinen heißen, feuchten Atem in James' Ohr. »Aber dazu habe ich jetzt keine Zeit. Sprich ein letztes Stoßgebet, aber schnell. Die Apache wird dir einen Gutenachtkuss geben.«
Ehe Ludwig seine Drohung wahrmachen konnte, gab es tief im Innern der *Amoras* einen fürchterlichen Knall. Das Schiff bäumte sich auf und klatschte dann schwerfällig zurück ins Wasser.
Die Kessel, dachte James. *Red hat es geschafft.*
Ludwig verlor das Gleichgewicht und ließ James los.
James versetzte ihm durch die geborstene Scheibe hindurch einen Stoß mit dem Ellbogen. Nur Augenblicke später erschütterte eine zweite, noch heftigere Explosion das Schiff.

Die *Amoras* legte sich auf die Seite und Ludwig wurde über das Geländer aufs Deck geschleudert.
James rieb sich seinen schmerzenden Rücken und schaute sich um. Der Steuermann hatte sich aus dem Staub gemacht. Vorsichtig spähte James durch das zerbrochene Fenster. Von Ludwig war nichts zu sehen.
Es knallte und eine Kugel zischte knapp an seinem Kopf vorbei. James duckte sich, als auch schon ein zweiter Schuss folgte. James kroch auf die gegenüberliegende Seite, rutschte bäuchlings zwischen den Scherben hindurch und kletterte aufs Brückendeck.
Noch ein Schuss; die Kugel prallte neben ihm vom Geländer ab. Er sprang auf und zuckte zusammen, als eine weitere Kugel so dicht an ihm vorbeizischte, dass er ihre Hitze auf seiner Wange spürte. Nach unten zu gehen, dorthin, wo Ludwig war, war zu gefährlich, deshalb kletterte er nach oben und presste sich flach auf das Dach des Steuerhauses.
Das Schiff trieb nun führerlos dahin, die Explosion im Maschinenraum hatte die Ruder zerstört. Es pflügte in einem weiten Bogen durchs Wasser, angetrieben von der Trägheit der eigenen Masse.
James bewegte sich nicht. Er hoffte, dass man ihn nicht entdeckt hatte, doch er hatte sich getäuscht. Es knallte dreimal und zwischen seinen Beinen waren drei Einschusslöcher. Ludwig war im Steuerhaus unter ihm und feuerte durch die Decke.
James sprang auf und rannte zum hinteren Teil des Dachs, wo ein großer hölzerner Sendemast stand, an dem eine Leiter hinaufführte. Einen anderen Ausweg hatte er nicht.
Noch ein Schuss fiel, während James die Leiter erklomm. Er schaute nach unten. Ludwig stieg aufs Dach des Steuerhauses. Er feuerte wie wild auf James, der sich an den Mast presste.
Ludwig stand auf und suchte Halt auf dem schwankenden Dach.

Diesmal würde er sich die nötige Zeit nehmen vor dem nächsten Schuss.
James kletterte höher, weiter in den Nebel hinein, der ihn, wie er hoffte, verschlucken würde.
Ludwig zielte. Er konnte James gerade noch erkennen.
Dann drückte er ab.
Nichts.
Rasch zog er seine zweite Pistole.
James stieg immer höher, denn er wusste, die Apache war nicht für große Entfernungen gemacht.
Ludwig schoss.
Nichts. Er hatte keine Munition mehr. Zehn Schuss, mehr hatte er nicht gehabt. Obwohl in jede Trommel sechs Patronen passten, ließ er immer eine Kammer leer, in der der Hahn ruhte, damit er nicht Gefahr lief, unabsichtlich einen Schuss auszulösen, wenn er den Revolver unter seinem Mantel trug.
James hatte die Spitze des Sendemasts fast erreicht. Er hörte keine Schüsse mehr, aber er wusste genau, dass er noch nicht in Sicherheit war. Wieder hörte er das vertraute *Klick,* als Ludwig die Klinge aus dem Revolver springen ließ.
Ludwig kletterte den Mast hoch, schnell und gewandt, die Schlagringgriffe seiner Waffen ließen seinen Fingern genügend Freiheit, dass er sich festhalten konnte.
James kroch höher. Der Mast wurde immer schmaler und die Leiter war zu Ende. Jetzt ragten nur noch metallene Sprossen rechts und links aus dem Mast hervor und James musste sich langsam vorarbeiten, um nicht abzustürzen.
Ludwig tauchte aus dem Nebel auf; James trat nach seinem Kopf und streifte ihn an der rechten Augenbraue. Ludwig fluchte, aber er wankte nicht.
James hörte, wie jemand rief. Er hatte alles um sich herum vergessen. Für ihn gab es nur noch den Sendemast mitten in diesem

Nebelmeer, aber die Wirklichkeit holte ihn rasch wieder ein. Erschrocken bemerkte er, dass die *Amoras* in spitzem Winkel auf die Hafenmauer zusteuerte. Er sah ein kleines Trampschiff, das gerade gelöscht wurde; an einem Kran schwebte ein voll beladenes Frachtnetz über dem Deck. Männer gestikulierten und schrien. Ein Schiffshorn tutete.
Die *Amoras* war inzwischen völlig außer Kontrolle geraten. Jetzt konnte sie niemand mehr zum Halten bringen. James hielt sich fest, als die *Amoras* in das Heck des Trampschiffs krachte und die hölzernen Außenwände zersplitterten. In diesem Moment kam der Kran auf ihn zu. James sprang und klammerte sich mit Händen, Füßen und Zähnen an die dicken Maschen des Frachtnetzes. Mit einem lauten Knirschen und Ächzen schrammte der Bug der *Amoras* an der Hafenmauer entlang und drückte das Trampschiff langsam unter Wasser.
James schaute sich um, wo Ludwig geblieben war, aber er sah ihn nicht mehr. Vielleicht hatte ihn die Wucht des Aufpralls vom Mast geschleudert.
Dann entdeckte er ihn. Ludwig war nicht gestürzt. Wie James hatte er sich an das Frachtnetz geklammert und kletterte jetzt wie eine große schwarze Spinne auf ihn zu.
James schaute nach unten. Zum Springen war es zu hoch und auch zu gefährlich.
Ludwig holte zum Schlag gegen ihn aus und James musste eine Hand loslassen, wollte er nicht riskieren, getroffen zu werden. Bevor Ludwig noch einmal angreifen konnte, blieb das Netz an einer Winde am Heck der *Amoras* hängen. Das Frachtnetz verhedderte sich, dann gab es einen Ruck und das Seil, an dem es hing, riss durch. James und Ludwig sausten mit nach unten. Das Netz schlug gegen die Reling der *Amoras* und beide wurden ins Wasser geschleudert. Der größte Teil der Ladung, der aus Kisten mit Tabak bestand, ergoss sich über das Deck; getrocknete Blät-

ter wirbelten auf. Das Netz hing seitlich am Rumpf der *Amoras* herunter, immer noch baumelten einige Kisten darin.
James war für kurze Zeit benommen, als er in das ölige Wasser tauchte, kam jedoch bald wieder zu sich. Er musste schnellstens weg von hier, das war ihm klar. Seilfetzen hingen vom Netz herunter. Es gelang ihm, ein Ende zu fassen; er zog sich auf das Netz hoch und verschnaufte kurz.
Doch die Gefahr war noch nicht vorbei, sie war sogar noch größer geworden. Die *Amoras* trieb noch immer dahin, ihr Bug schrammte in einem Staub- und Funkenregen an der Kaimauer entlang und riss große Gesteinsbrocken heraus. Das Heck ragte steil ins Hafenbecken hinein, aber es trudelte immer näher auf die Mauer zu. Nicht mehr lange und das Schiff würde mit der Breitseite gegen den Landungsplatz krachen.
Entsetzt erinnerte sich James, was mit Wolfgangs Hand passiert war, als sie zwischen zwei Booten eingeklemmt worden war. Die *Amoras* war viel größer als so ein Boot – siebentausend Tonnen konnten mehr zerquetschen als nur eine Hand. Wenn er nicht schnell von dem Netz herunterkam, würde er zwischen dem Rumpf und der Hafenmauer eingeklemmt.
Noch bevor er überlegen konnte, was er tun sollte, spürte er einen stechenden Schmerz im Fuß.
Er schaute nach unten.
Es war Ludwig.
James' Verfolger war auch auf das Netz geklettert; den Revolver mit der Klinge hatte er immer noch in der Hand. Damit hatte er zugestochen.
Gab der Mann denn niemals auf? Sah er denn nicht, dass er in wenigen Augenblicken tot sein konnte?
Die Wunde war nicht tief, Ludwig hatte aus einer ungünstigen Position zugestochen, aber es tat weh und James spürte, wie das warme Blut in seine ohnehin durchweichten Socken sickerte.

»Seien Sie vernünftig!«, schrie James. »Wir werden zerquetscht.«
Aber Ludwig hörte nicht, er kletterte höher und stach noch einmal zu. Diesmal war James darauf gefasst; er zog den Fuß weg und wich zur Seite aus. Ludwig schnaubte und stach ein drittes Mal zu. Die Klinge verfehlte ihr Ziel und blieb in einer der Kisten stecken, die sich im Netz verfangen hatten.
Ludwig fluchte und versuchte, die Apache loszureißen, aber sie steckte fest. James nutzte die Gelegenheit und trat nach ihm. Mit dem Absatz traf er Ludwigs Finger und Ludwig schrie auf. James trat wieder zu. Und wieder und wieder, gepackt von grenzenloser Wut.
Er zerschmetterte Ludwigs Knöchel, sodass dieser nicht mehr in der Lage war, die Waffe loszulassen. Er steckte fest und musste sich mit der anderen Hand am Netz festklammern und konnte nichts mehr tun, um James' Tritte abzuwehren.
Ein Schatten fiel über sie. James schaute zur Kaimauer hinauf, die schon ganz nah war und den Himmel über ihm verschluckte. Sofort zog er sich am Netz hoch. Dabei musste er vorsichtig sein, wenn er sich nicht mit dem Fuß in den Maschen verheddern und stecken bleiben wollte wie Ludwig.
Der Streifen grauer Himmel, den er über sich sehen konnte, wurde mit jeder Sekunde schmaler.
Es war zu spät.
James spürte förmlich, wie die Mauer auf ihn zukam. Spürte das riesige, unaufhaltsame Gewicht des Schiffs.
Er schrie. Er schrie wie jemand, der eine übermenschliche Anstrengung unternimmt. Dann warf er sich nach oben, zwang seinen Körper, fast zu fliegen ...
Er hatte es geschafft.
Er war oben auf der Hafenmauer. Von unten blickte Ludwig mit einem Ausdruck blanken Entsetzens zu ihm hoch. Die faulen braunen Zähne gefletscht, stieß er ein animalisches Geheul aus.

James wandte den Blick ab, als der Schiffsrumpf gegen die Hafenmauer krachte. Die Kisten zersplitterten und mit dem letzten schrillen Knirschen verstummte auch Ludwig.
Von der Wucht des Aufpralls wurde James zur Seite gestoßen und er landete unsanft auf einem Berg von Tauen; Tabakblätter rieselten auf ihn herunter. Das Schiff sank immer tiefer ins Wasser.
Längst hatten die Hafenarbeiter die Flucht ergriffen. Sie wussten nur allzu gut, wie gefährlich es war, wenn ein Kessel explodierte. James stand rasch auf und rannte weg, so schnell er konnte. Gerade als er um die Ecke eines Lagerhauses biegen wollte, hörte er zwei ohrenbetäubende Explosionen und er spürte, wie er von einer Druckwelle erfasst wurde.
Er rannte weiter und lief direkt in die Arme von Red Kelly.
»Ich dachte schon, dich hat's erwischt«, sagte Red und hielt ihn fest. »Dabei hätte ich mir denken können, dass du dich überall durchschlägst.«
»Seid ihr alle rechtzeitig vom Schiff runtergekommen?«, fragte James.
»Klar doch. Es war knapp, aber es hat gereicht. Genau vor der zweiten Explosion sind wir ins Ruderboot geklettert.«
»Und Charnage?«
Red schüttelte den Kopf. »Der geht mit seiner verdammten Maschine unter.«
Um sie herum drängten sich die Menschen. James wollte weg, bevor jemand zu viele Fragen stellte. Als er sich seinen Weg durch die Menge der Hafenarbeiter bahnte, hörte er hinter sich einen schrillen Schrei. Er drehte sich um und sah, dass Kelly Kelly auf ihn zugerannt kam; Angst und Anspannung waren in ihrem herzförmigen Gesicht zu lesen.
»Da stimmt was nicht«, sagte Red.
»Was ist los?«, fragte James, als Kelly sie eingeholt hatte.

»Die Frau«, stieß sie atemlos hervor. »Die Großmutter oder wie sie heißt.«
»Oberst Sedova«, sagte James. »Was ist mit ihr?«
»Sie muss uns irgendwie gefolgt sein. Ich war mit ein paar von den Mädchen im Kontrollraum. Wir wollten die Druckluftbahn in Gang setzen und da war sie plötzlich mit einem der Männer von der *Empress*. Es war der, dessen Arm du in der Tür eingeklemmt hast. Sie hat eine Pistole, James. Sie hat deinen Freund Perry zu Boden geschlagen und sich Fairburn geschnappt. Wir anderen konnten abhauen.«
»Wo ist sie jetzt?«, wollte James wissen.
Kelly zuckte die Schultern. »Keine Ahnung. Ich hab mich versteckt und gewartet, aber sie ist nicht rausgekommen. Ich glaube, sie ist noch immer da drin mit Fairburn und Perry. Die Mädchen lassen den Eingang nicht aus den Augen. Aber es sieht nicht gut aus, James, es sieht überhaupt nicht gut aus . . .«

Die Augen einer Mörderin

Zwei von Kellys Bande warteten vor dem Eingang zur Bahn. Sie hatten weder Perry noch Fairburn, geschweige den Babuschka herauskommen sehen.

Der Gitterrost war halb offen und hing über dem Ventilatorenschacht. James zog ihn ganz weg und kletterte hinein. Er stieg vorsichtig hoch, bis er in den Kontrollraum hinuntersehen konnte, immer darauf gefasst, dass jeden Augenblick ein Schuss von unten abgefeuert wurde.

Aber der Raum war menschenleer.

»Alles klar«, rief er und sprang auf den steinernen Fußboden hinunter.

Gleich darauf standen Red und seine Schwester neben ihm.

»Irgendwie müssen die hier rausgekommen sein«, wunderte sich Kelly.

»Nicht unbedingt«, erwiderte James. »Seht euch das an.«

Er zeigte auf eine Blutspur; kleine dunkelrote Flecken führten zum Tunneleingang.

»Sie ist nicht mit dem Zug gefahren«, sagte Red. »Sie weiß ja nicht, wie das geht. Außerdem macht es viel Lärm, das würde man hören. Die Ventilatoren sind nicht in Betrieb.«

»Kann man da laufen?«, fragte James und spähte in den dunklen Tunnel hinein.

Red hielt ihn zurück. »Kommt nicht infrage, Jimmyboy«, sagte er. »Du wirst ihnen nicht in diesen Tunnel folgen. Die Frau hat eine Waffe, verdammt noch mal.«

»Aber sie hat auch Fairburn«, entgegnete James. »Und vielleicht auch Perry. Ich muss ihr nach.«

Red überlegte einen Augenblick. »Hier«, sagte er und tastete nach einer Vertiefung in der Wand. »Das wird uns weiterhelfen.« Er holte zwei Kerzenstummel hervor, zündete sie an und gab einen davon James.

James lächelte Kelly an. »Meine geniale Idee, dich aus der ganzen Sache rauszuhalten, hat nicht allzu gut geklappt, oder? Diesmal können wir genauso gut zusammenbleiben.«

»Schluss mit dem Süßholzraspeln«, sagte Red. »Machen wir weiter.«

James zwängte sich an den Gummidichtungen vorbei in den Tunnel hinein. Red und seine Schwester folgten ihm.

Es war anstrengend. Sie bemühten sich, auf die Schwellen zu treten und nicht in den Zwischenräumen zu stolpern; dabei mussten sie sich bücken, mussten fast kriechen, um nicht mit Kopf und Schultern an die niedrige Decke zu stoßen. Für die Russin war es sicherlich noch schwieriger, da sie ja Gefangene bei sich hatte. Aber würde es ihnen gelingen, sie einzuholen? James lauschte angestrengt auf jedes Geräusch im Tunnel vor ihnen, aber bis jetzt hörten sie nur ihre eigenen keuchenden Atemzüge. Blutflecken zogen sich wie eine Spur auf dem Boden entlang. Nach einer Weile entdeckte James ein abgebranntes Streichholz, ein paar Schritte weiter noch eins.

Die Russen hatten sie sicher angezündet, um sich in der Dunkelheit zu orientieren.

Zwanzig Minuten lang tappten sie nun schon an den immer gleichen grauen Ziegelsteinwänden entlang. Sie hätten ebenso gut im Kreis gehen können, so wenig änderte sich. Doch dann machte der Tunnel einen leichten Bogen und James blieb unvermittelt stehen.

Vor ihnen lag etwas Dunkles, Schemenhaftes am Boden. Er

machte die anderen darauf aufmerksam und auch sie blieben stehen. James bewegte sich nicht, jeder einzelne Muskel war angespannt. Jetzt erst spürte er die Nässe, die in seinen Kleidern steckte, und den Schmerz, den ihm Ludwigs Stich zugefügt hatte. Eigentlich tat ihm alles weh. Der Tunnel verschwamm vor seinen Augen und er blinzelte dagegen an.

Die Gestalt rührte sich nicht. Seit James sie erblickt hatte, hatte sie sich nicht bewegt. Langsam ging er darauf zu.

Es war Perry. In sich zusammengesunken saß er mit geschlossenen Augen da, den Rücken gegen die Wand gelehnt. Mit der Hand presste er ein blutdurchtränktes Taschentuch an den Kopf.

James rüttelte ihn.

»Perry?«

Perry schlug die Augen auf.

»James«, sagte er leise und versuchte zu lächeln. »Schön, dich zu sehen, altes Haus.«

»Gott sei Dank«, entfuhr es James. »Einen Moment dachte ich, du wärst tot.«

»Ich und tot?«, sagte Perry. »Du m-machst Witze. Hab m-mich noch nie so gut gefühlt. Sie hat den Fehler gemacht, m-mir eins über den Kopf zu ziehen – woanders hätte es wehgetan.« Er lachte, aber dann verzog er das Gesicht und stöhnte auf.

»Was ist passiert?«, fragte James. »Und wo ist Fairburn?«

»Ich b-bin im Kontrollstand wieder zu mir gekommen«, berichtete Perry. »Die alte Frau war noch da, mit so einem russischen B-Burschen, der ziemlich angeschlagen war. Ich dachte, es ist am b-besten, ich gehe auf Tauchstation und stelle mich tot. Dann habe ich g-gesehen, wie sie Fairburn weggebracht haben, und ich nichts wie hinterher. Ich fühle mich immer noch ein b-bisschen wackelig, um ehrlich zu sein; schätze, ich habe ein paar Liter B-Blut verloren. Trotzdem habe ich versucht, m-mein Bestes zu geben, oder?«

»Das hast du gut gemacht«, beruhigte ihn James, »wirklich sehr gut.«
»Das Dumme ist, ab hier wusste ich n-nicht mehr weiter.« Er deutete mit dem Kinn auf eine Stelle, wo ein schmaler Versorgungstunnel nach rechts abzweigte. »Sie waren so weit vor mir, ich m-muss wohl weggedöst sein . . . Tut mir leid.«
»Wir müssen es auf gut Glück versuchen«, sagte James. »Lassen wir uns überraschen.«
»Am besten, wir teilen uns in zwei Gruppen auf«, schlug Red vor. »Du gehst mit Perry und ich mit Kel.«
»Okay«, stimmte James zu.
»Wir gehen auf dem Hauptgleis weiter«, sagte Red.
»Irgendeine Idee, wohin der führt?«, fragte James und leuchtete in den Versorgungsschacht.
»Nee«, antwortete Red. »Möglicherweise führt er hoch zur Straße, aber wahrscheinlich ist er versperrt.«
»Hör zu«, sagte James. »Wenn du am Tunnelende angekommen bist und keine Spur von ihnen gefunden hast, dann schalte die Ventilatoren ein; das blockiert den Hauptgang und schneidet ihnen den Weg ab, falls sie versuchen sollten, hierher zurückzukommen.«
»Wenn du das sagst, Boss.«
»Warum darf ich nie mit dir mitgehen?«, fragte Kelly und ihr herzförmiges Gesicht schimmerte golden im Schein der Kerzen.
»Das ist kein Kaffeekränzchen«, sagte James knapp.
»Aber immer . . .«
»Wir müssen uns aufteilen«, sagte er entschieden. »Und ich passe jetzt auf Perry auf. Er ist mein Freund.«
Kelly machte einen Schritt nach vorn und gab James einen Kuss.
Red pfiff durch die Zähne.
»Und ich hab gedacht, du machst dir nichts aus Jungs, Schwesterherz.«

»Vorher bin ich halt noch nie einem richtigen Jungen begegnet«, antwortete Kelly. »Los jetzt, lass uns endlich diese Ventilatoren anstellen.«

James sah den beiden nach, wie sie im Tunnel verschwanden.

»Sie ist bestimmt ganz hübsch, wenn man sie etwas abschrubben würde«, bemerkte Perry.

»Sie ist ganz in Ordnung, so wie sie ist«, sagte James.

»Ich glaube, sie ist ein b-bisschen in dich verknallt.«

»Das ist das Letzte, was mich im Augenblick interessiert«, entgegnete James. »Nun, was meinst du, bist du bereit? Kannst du weitergehen?«

»Da kannst du G-Gift drauf nehmen«, sagte Perry. »Also los, ich folge dir auf den Fersen.«

»Sei vorsichtig«, mahnte James und legte die Hand auf Perrys Arm. »Du bist nicht ganz auf der Höhe. Ein Glück, dass sie dich mit ihrer Pistole nur *geschlagen* und nicht erschossen hat. Du hast ja im Museum gesehen, was so eine Kugel alles anrichten kann. Denk daran und tu nichts Unüberlegtes.«

»Mach dir keine Sorgen«, sagte Perry, dem ein Schauder über den Rücken jagte. »Diese B-Bilder vergesse ich nie.«

Der Versorgungsschacht war noch niedriger und enger als der Hauptschacht, diesmal musste James auf allen vieren kriechen; dabei hielt er die Kerze vor sich.

»Übrigens«, sagte Perry, »b-beinahe hätte ich es vergessen: Das Paket, das gestern für dich in der Mission abgegeben wurde . . .«

»Was ist damit?«

»Als ich wieder in London war, habe ich in der K-Kneipe angerufen, aber du warst nicht da. Deshalb bin ich mit P-Pritpal nach Hackney Wick gefahren, falls irgendwelche Überraschungen in dem Paket gewesen wären.«

»Waren welche drin?«

»Und ob.«

»Von wem war es denn?«
»Von einem M-Mister Flegenheimer.«
»Flegenheimer?« Zuerst konnte James mit dem Namen nichts anfangen, aber dann fiel ihm das *Casino Paradiso* wieder ein, der amerikanische Gangster, die Roulettepartie. Er hielt an.
»Was war in dem Paket?«, fragte er.
»B-Braunes Papier«, antwortete Perry. »Mit einer Schnur zusammengebunden, und in dem Papier eingewickelt d-dreihundert Pfund in Fünf-Pfund-Scheinen. Keiner von uns hat schon mal so einen Haufen G-Geld gesehen.«
James drehte sich abrupt zu Perry um. »Das ist das verrückteste Wochenende, das ich je erlebt habe«, sagt er.
»Geht m-mir genauso«, erwiderte Perry.
Sie waren am Ende des Versorgungstunnels angelangt; Sprossen führten in einem Schacht senkrecht nach oben. James gab Perry ein Zeichen, still zu sein, und lauschte. Nichts. Babuschka und die anderen waren bestimmt dem Hauptgang gefolgt.
Er hoffte, dass Red und seiner Schwester nichts zugestoßen war.
»Was schlägst du vor?«, fragte Perry.
»Am besten sehen wir uns um.«
Langsam kletterte James die Sprossen hoch. Der Schacht mündete in einen großen Raum, der mit uralten Maschinen vollgestopft war. Durch einen runden Abzugsschacht in der Decke drangen blasse Strahlen der Wintersonne in den Raum. Ein hölzernes Gerüst stand über einer Öffnung im Fußboden. Sie führte vermutlich zurück in das Tunnelsystem.
An der Wand stand ein großer schwarzer Dampfkessel, dessen Schornstein durch das Dach reichte. Er war völlig verrostet und schien seit Jahren nicht mehr benutzt worden zu sein.
Offensichtlich war das früher einmal der Maschinenraum für die Ventilatoren gewesen, die die Bahn angetrieben hatten, bevor man sie auf elektrischen Antrieb umgestellt hatte.

»Ich bin neugierig, was du m-mit dem ganzen Geld machen willst«, sagte Perry und steckte den Kopf aus dem Schacht. »Da m-muss eine alte Frau ziemlich lange für stricken.«

»Ich werde es bestimmt nicht verfuttern«, antwortete James. »Ich werde dir sagen, was ich damit mache . . .«

Aber James kam nicht dazu, den Satz zu beenden. Ein Mündungsfeuer blitzte kurz auf und ein höllisch lauter Schuss zerriss die Stille. Ein Regen aus Putz und Staub rieselte James ins Gesicht; er ließ die Kerze fallen und sie erlosch.

Licht fiel jetzt nur noch durch den Lüftungsschacht in den Raum. James kroch hinter den Kessel. Ein zweiter Schuss knallte, er spürte förmlich, wie sich die Kugel ganz dicht neben ihm in den Boden bohrte. Hätte er sich nicht bewegt, die Kugel hätte ihn erwischt. Seine Ohren dröhnten. Jeder Schuss ließ ihn zusammenzucken.

»Junge?« Es war eine Frauenstimme. Mit russischem Akzent. Ruhig und unaufgeregt.

James machte nicht den Fehler zu antworten und ihr dadurch ein Ziel zu bieten.

»Junge? Ich weiß, dass du mich hörst«, fuhr Babuschka fort. »Wir haben Fairburn. Wir werden ihn erschießen, wenn es sein muss. Von hier führt kein Weg nach draußen. Wir werden in den Haupttunnel zurückgehen. Wenn du schlau bist, und ich weiß, du bist schlau, dann versuchst du nicht, uns aufzuhalten.«

James spürte, wie der Fußboden leicht zu vibrieren begann, zugleich hörte er das Brummen einer Maschine. Red musste im Kontrollraum angekommen sein. An der gegenüberliegenden Wand blinkte ein gelbes Warnlicht auf.

James sah Babuschkas Silhouette neben dem Holzgerüst und auch die Russin musste ihn gesehen haben, denn sie brachte ihre Waffe in Anschlag.

James ging in Deckung und rollte sich hinter einen dicken Eichenbalken. Es gab einen Knall und der Balken splitterte. Die Kugel hatte ihn um Haaresbreite verfehlt, aber die Wucht des Aufpralls hatte ein schmales Holzstück, groß und scharf wie ein Küchenmesser, weggerissen und in James' Schulter gejagt. Ein beißender Schmerz durchzuckte ihn. Als er seine Hand an das Schlüsselbein presste, ertastete er den Splitter. Er zog ihn heraus. Im Nu war sein Hemd blutdurchtränkt. Schlimmer noch, James war überzeugt, dass der Knochen gebrochen war.

Das war schlecht. Sehr schlecht sogar.

Er spürte, wie ein Windstoß an seiner Kleidung zerrte, und im nächsten Augenblick blies ein wahrer Sturmwind durch den Raum. Blätter und Abfall wurden durch den Luftschacht an der Decke hereingewirbelt und alles rauschte, dröhnte und donnerte.

In dem hölzernen Gestell war offensichtlich einer der Ventilatoren, der die Bahn antrieb.

In der Hoffnung, dass Babuschka genauso abgelenkt war wie er, sprang er auf und rannte quer durch den Raum zu einem neuen Versteck.

Der Lärm, den der Ventilator machte, war ohrenbetäubend. Dazu das blinkende gelbe Licht, der Schmerz in seiner Schulter – James war völlig benommen.

Er setzte sich hinter eine Steinstrebe, schloss die Augen und holte ein paar Mal tief Luft, um seinen Herzschlag zu beruhigen und seine Gedanken zu sammeln. Dann beugte er sich vor, um herauszufinden, wo Babuschka war.

Er sah sie nicht, aber im gelben Licht der Warnleuchte entdeckte er den GPU-Mann mit der starren Miene. Er hatte sich in einer Ecke versteckt; eine Hand hatte er auf Fairburns Mund gepresst, die andere Hand hing schlaff an seinem Körper herunter. Sie war dick geschwollen und blutrot.

Das gelbe Licht blitzte auf.

James rollte sich über den Boden zu einer Stelle, von der aus er eine bessere Übersicht hatte. Als das Licht erneut aufleuchtete, sah er entsetzt, dass Perry über den Boden kroch; Blut rann über sein Gesicht.

Wo, zum Teufel, will er hin? Was hat er vor?

James wollte ihm zurufen: »Pass auf«, doch er konnte es nicht riskieren, jedenfalls nicht, solange er nicht wusste, wo Babuschka war.

Einen Augenblick lang war es dunkel und dann sah James, wie Babuschka blitzschnell aus ihrer Deckung kam und Perry packte.

»Ich habe deinen Freund, Junge«, schrie sie über den Lärm des Ventilators hinweg. »Komm raus.«

Das Licht leuchtete auf und erlosch wieder.

James dachte nicht nach, er handelte.

Er sprang aus seinem Versteck und stürzte sich auf Babuschka. Alle drei taumelten zurück und prallten gegen das hölzerne Gerüst, in dem der Ventilator lief.

Das Licht flackerte. Bevor es wieder ausging, sah James aus den Augenwinkeln, dass Perry am Boden lag.

Er versuchte sich aufzurichten, aber Babuschka hielt ihn fest. Sie sah vielleicht wie eine Großmutter aus, doch sie war sehr kräftig. Sie hob James hoch, als wäre er nur eine Puppe, und schleuderte ihn gegen das Gerüst.

Er spürte, wie die gebrochenen Knochen in seiner Schulter aneinanderrieben, und schrie laut auf. Der Schmerz war so groß, dass James für einen Moment die Besinnung verlor.

Aber eine zischende, wirbelnde Wolke aus glühenden Funken zwang ihn zurück ins Bewusstsein und er kam mühsam auf die Beine. Der Lärm des Ventilators war hier noch größer und der Wind sauste wie ein wütender Tornado an ihm vorbei.

Er sah sich um. Neben ihm war eine große, runde Öffnung. Darüber führte ein schmaler Holzsteg und darunter wirbelte das riesi-

ge Gebläse. Sogar in der Dunkelheit sah er, wie es sich drehte, wie die metallenen Rotoren die Luft in ihren Schlund sogen.
Er drehte sich um und sah Babuschka unten stehen; sie zielte mit ihrer Waffe auf ihn. Ihre Miene wirkte entspannt, fast freundlich, aber in ihren Augen konnte James die Wahrheit lesen. Ihre Augen waren tot. Und ihre Hand hielt die Pistole.
»Du hast großes Glück«, sagte sie.
James fühlte sich alles andere als glücklich.
»Ich wollte dich eigentlich in den Ventilator werfen«, sagte sie.
James fiel ein, dass er heute eigentlich wieder in der Schule sein müsste.
Er würde wohl nie wieder dorthin zurückkehren.
Fast hätte er lächeln müssen.
Nie wieder Schule.
Aber es tat ihm leid, dass er Weihnachten nicht mehr erleben würde. Es tat ihm leid, dass er nicht mehr mit seiner Tante Charmian in dem kleinen Häuschen in Kent am Feuer sitzen würde. Er vermisste sie: die Weihnachtslieder, die Weihnachtsgans, die Süßigkeiten und Nüsse ...
Babuschka steckte die Waffe zurück und nickte dem Mann zu, der Fairburn festhielt. Sie wechselte ein paar Worte mit ihm, die James nicht verstand, und ein Lächeln huschte über sein Gesicht. Er ließ Fairburn los und schlug ihm mit der Handkante ins Genick. Dann warf er ihn auf die Seite. Fairburn blieb reglos am Boden liegen.
Der Russe kletterte auf das Gerüst und kam mit ausgestreckter Hand auf James zu.
James hatte sich schon oft ausgemalt, auf welch abenteuerliche Art und Weise er wohl sterben würde, aber an einen Ventilator hatte er nie gedacht.
Er duckte sich und machte sich bereit.
Der Mann grunzte und sprang auf ihn zu.

Im letzten Augenblick ließ James sich nach hinten fallen und hoffte, dass er den Sprung des Mannes richtig eingeschätzt hatte.
Er schlug mit dem Rücken auf dem Holzsteg auf und schrie laut vor Schmerz.
Der große Russe griff ins Leere. Er schwankte am Rande des riesigen Lochs hin und her. Er versuchte, das Gleichgewicht zu halten, und fuchtelte mit den Armen, den Mund vor Überraschung weit aufgerissen.
Er stolperte nach vorn und wollte sich an dem Holzsteg festhalten.
Aber er griff daneben.
Der Ventilator sog ihn in sein Maul.
James hörte ein fürchterliches schneidendes Geräusch und ein paar dumpfe Schläge. Danach ein metallisches Knirschen, das Krachen von Zahnrädern, das Jaulen einer überlasteten Maschine und dann flogen scharfe Metallsplitter aus der Öffnung wie aus einem Vulkankrater.
Funken stoben aus einem Schaltkasten an der Wand, das gelbe Warnlicht flackerte und mit einem lauten Knall kam der Motor des Ventilators zum Stehen, sein Lärm verebbte wie ein letzter Atemzug.
James schaute nach oben. Hoch über sich sah er einen eisernen Rost und darüber blauen Himmel.
Der Nebel hatte sich gelichtet, es schien ein schöner, klarer Wintertag zu werden.
Dort oben waren sicher Leute, die ihrer Arbeit nachgingen.
Es war Montagmorgen, die Geschäfte waren geöffnet. Die Straßen von London waren sicher voll von Menschen, die ihre Weihnachtseinkäufe erledigten.
Es war ein ganz gewöhnlicher Tag. Die Menschen ahnten sicher nicht, was hier unten vor sich ging.

Er tastete sich ab, ob er sich nicht noch etwas gebrochen hatte, und seine Hand spürte etwas in seiner Tasche.
In der Grabesstille, die dem ersterbenden Dröhnen der Maschine folgte, stieg Babuschka auf das hölzerne Gerüst. Sie war sich nicht sicher, welcher Anblick sie erwartete, wenn sie über den Rand in die Öffnung schaute. Der Ventilator würde die beiden Körper schlimm zugerichtet haben.
Worauf sie jedoch am wenigsten gefasst war, war der Junge, der auf dem Holzsteg über dem kaputten Ventilator auf dem Rücken lag und eine Pistole in der Hand hielt.
James hatte die Pistole völlig vergessen, doch jetzt zielte er damit direkt auf Babuschkas Kopf.
Sie lächelte. »Patt«, sagte sie.
»Sieht ganz so aus«, antwortete James.
»Du wirst nicht auf mich schießen. Du bist noch ein Junge.«
»Sind Sie sicher?«, fragte James. »Sie glauben, ich würde nicht auf Sie schießen, nur weil Sie eine alte Frau sind?«
»So alt bin ich gar nicht.«
»Und ich nicht so jung.«
Babuschka lächelte. »Du erinnerst mich an meinen eigenen Sohn«, sagte sie. »Er ist ein starker, tapferer Bursche.«
»Lügen Sie mich nicht an«, sagte James. »Und versuchen Sie nicht, sich bei mir einzuschmeicheln. Sie haben gar keinen Sohn.«
»Du hast recht. Alle nennen mich Babuschka, Großmutter, weil alle russischen Jungen meine Söhne sind. Alle russischen Soldaten. Russland ist ein wunderbares Land, aber es hat so viel Trauriges erlebt. Dir würde es in Russland gefallen . . .«
James durchschaute, was sie vorhatte. Sie wollte ihn einlullen. Sie hatte erkannt, dass er geschwächt war und mit jeder Minute noch schwächer wurde. Er konnte kaum noch die Pistole halten. Seine Hand zitterte schon.
»Halten Sie den Mund!«, sagte er barsch.

»Du wirst mich nicht erschießen.«
James dachte darüber nach, was sie gesagt hatte. War er wirklich imstande, einen Menschen zu töten? Er musste wieder an die schrecklichen Fotografien denken, die er im Royal College of Surgeons gesehen hatte, Männer, denen das halbe Gesicht gefehlt hatte. *War er imstande, einer Frau so etwas anzutun?* Es war furchtbar, einem Menschen das Leben zu nehmen.
Er fror und er fühlte sich schrecklich einsam.
Er kannte die Antwort.
Auch Babuschka kannte die Antwort. Sie konnte sie in seinen Augen lesen. Dieser Junge war anders.
»Lässt du mich gehen?«, fragte sie ruhig. »Ich weiß jetzt, dass du imstande wärst, abzudrücken.« Sie machte eine Pause. »Aber du willst es nicht, nicht wahr? Also, lass mich gehen. Lass mich einfach gehen. Ich bitte dich wie ein Soldat seinen Kameraden. Du hast bekommen, was du wolltest. Du hast Fairburn. Die Maschine ist zerstört.«
James wurde schwarz vor Augen. Er hörte, wie sein Blut auf den kaputten Ventilator tropfte.
Heute waren schon genug Menschen gestorben.
»Gehen Sie«, sagte er heiser.
Babuschka salutierte, stieg in die Öffnung und kletterte am Ventilator vorbei nach unten.
Es war vorbei.
James schloss die Augen und schlief ein. Vielleicht hatte er nur Sekunden geschlafen, vielleicht aber auch Jahre. Als er die Augen wieder aufschlug, lag er auf dem Fußboden des Ventilatorenraums und Kelly Kelly schaute auf ihn herunter.
Ihre dunkelbraunen Augen blickten besorgt, aber über ihr Gesicht huschte ein breites Lächeln. Sie sah sehr hübsch aus.
»Sie hat dich ganz schön zugerichtet«, sagte sie.
James nickte. »Ich glaube, mein Schlüsselbein ist gebrochen.«

»Ich wusste, ich hätte mit dir gehen sollen«, schnaubte Kelly. »Du kannst einfach nicht auf dich selbst aufpassen.«
Perrys Gesicht tauchte neben ihrem auf.
»Mit d-dir wird's nie langweilig, was, James?«
»Ich fürchte, du hast recht.«
»Tut mir leid, dass ich dir nicht helfen konnte; ich habe mir schon wieder den Kopf angestoßen. Aber zum Glück ist nichts drin, was kaputt gehen könnte.«
Perrys Stimme klang, als käme sie von weit, weit her. Als wäre er am anderen Ende eines Tunnels.
»Pass auf, dass d-du nicht ohnmächtig wirst, alter Junge«, mahnte Perry. »Du m-musst wach sein, wenn wir d-dich hier heil rausbringen sollen.«
»Tut mir leid«, antwortete James. »Ich werde mir Mühe geben.«
»Red holt Hilfe«, sagte Perry. »Ein paar kräftige B-Burschen.«
»Ein bisschen Hilfe könnte ich gut gebrauchen«, antwortete James.
Sie halfen James aufzustehen. Dann ging Perry zu Fairburn, der benommen und verwirrt auf dem Boden saß.
Kelly legte den Arm um James und er spürte die Wärme ihres Körpers.
»Erzähl mir irgendwas«, bat James.
»Ich dachte, ich rede zu viel.«
»Überhaupt nicht«, sagte James. »Ich höre dir gern zu, wenn du redest. Das ist das schönste Geräusch auf der ganzen Welt.«
»Und was ist m-mit mir?«, fragte Perry, der Fairburn zu ihnen brachte.
»Deine Stimme ist wie der Gesang einer Lerche im Frühling«, erwiderte James.
»Höre ich da so was wie Sarkasmus raus?«
»Immerhin hast du mich zum Lachen gebracht«, sagte James.
»Hör mal, du hast g-gar nicht zu Ende erzählt, was du mit dem vielen Geld machen willst«, sagte Perry.

James stolperte, fast wäre er hingefallen. Perry nahm James' anderen Arm und sie stützten ihn zu zweit.
»Na ja«, sagte James, »der Bamford & Martin ist ja jetzt in der großen Garage im Himmel, aber hinter einer Kneipe in Slough steht ein schönes Schrottauto, das etwas mehr Pflege verdient hätte.«
»Du gerissener Hund«, schnaubte Perry. »Du kaufst den B-Bentley.«

***

Zwölf Jahre später, am Ende des Zweiten Weltkriegs, steuerte Commander James Bond vom Geheimdienst Ihrer Majestät sein liebevoll hergerichtetes 4,5-Liter-Bentley-Cabrio zu einem geheimen Stützpunkt achtzig Kilometer nordwestlich von London. Im Lauf der Jahre hatte er einige Veränderungen an dem Auto vorgenommen und einen Amherst-Villiers-Kompressor eingebaut. Das Auto war groß, PS-stark und marinegrau lackiert.
Dieser Stützpunkt, in der Nähe von Bletchley Park, war in Geheimdienstkreisen nur als Station X bekannt. Station X war Großbritanniens bestgehütetes Geheimnis. Hier hatte während des Kriegs ein Team herausragender Wissenschaftler Tag und Nacht daran gearbeitet, komplizierte militärische Codes aus Nazi-Deutschland zu dechiffrieren.
Und zu diesem Zweck hatten sie den leistungsfähigsten halbautomatischen Computer der Welt gebaut.
Bond fand den Ort leer geräumt und verlassen vor. Für lange Zeit würde niemand wissen, was hier vorgegangen war. Sogar Bond selbst hatte man nur das Nötigste gesagt – dass er einen Dechiffrierer nach London ins Hauptquartier des Secret Service zu einer Nachbesprechung zurückbringen solle und mit niemandem darüber sprechen dürfe.
Als er die Eingangshalle in der Mitte des Gebäudekomplexes betrat, sah er einen Mann, der gedankenverloren aus dem Fenster in den Regen hinausstarrte.

Er hatte nichts Auffälliges an sich, dennoch kam er James irgendwie bekannt vor. Als der Mann sich umdrehte, trat in sein Gesicht ein fragender Ausdruck.
»Kenne ich Sie nicht?«, begrüßte er Bond.
»Dazu sollte ich vermutlich nichts sagen«, antwortete dieser. »Alles soll geheim bleiben.«
»Ich weiß.« Der Mann zog amüsiert die Augenbrauen hoch. »Aber diesen Verkleidungsgeschichten konnte ich noch nie viel abgewinnen. Waren Sie in Cambridge?«
»Leider nein«, antwortete James. Im selben Moment fiel es ihm wie Schuppen von den Augen. Der Mann war Alan Turing, der Student, den er vor vielen Jahren im Trinity College getroffen hatte. Der Assistent von Professor Peterson.
Bevor er etwas sagen konnte, rief jemand quer durch den Raum: »James? James Bond?«
Das war James' zweite Überraschung an diesem Tag. Der Mann, den er nach London bringen sollte, war kein anderer als Alexis Fairburn. Seine Haare waren noch struppiger, seine Nase und seine Ohren sogar noch größer als damals.
Auf dem Rückweg im Bentley erzählte Fairburn James ein wenig über Bletchley Park. Dort hatten viele wie er gearbeitet, Mathematiker, Code-Spezialisten, Dechiffrierer, Kryptologen.
»Auch Kreuzworträtsel-Experten?«, fragte Bond.
»Auch die, ja«, antwortete Fairburn. »Eine der Prüfungen für neue Bewerber bestand tatsächlich darin, ein Kreuzworträtsel zu lösen.«
James musste lachen. »Eine verrückte Art, Krieg zu führen«, sagte er.
»In Zukunft«, sagte Fairburn, »werden Leute wie ich die Kriege gewinnen, nicht mehr Leute wie Sie.«
»Oh, Leute, die anderen die Köpfe einschlagen, wird man immer brauchen«, sagte Bond mit einem Grinsen und schaute Fairburn an.

»Wahrscheinlich sollte ich nichts mehr sagen«, sagte Fairburn.
»Sie müssen nicht antworten«, fuhr Bond fort, »aber ich wette, dass Sie an so etwas wie der Nemesis-Maschine gearbeitet haben.«
»Meine Lippen sind versiegelt«, erwiderte Fairburn. »Aber ich sage Ihnen: Nach dem Intermezzo mit Charnage und den Russen wollte ich nie wieder etwas mit Superhirnen und intelligenten Maschinen zu tun haben. Ich wollte nicht einmal mehr daran denken, aber dann ... der schreckliche Krieg, die Nazis ... Ich wollte einfach helfen.«
»Ich nehme an, ohne Sie hätte man es nicht geschafft.«
»Oh nein, so wichtig war ich nun auch wieder nicht«, gab Fairburn zur Antwort. »Alan Turing. *Er* ist der kluge Kopf. Seine Ideen gehen viel weiter als meine. Charnage hat damals den Falschen entführt. Wissen Sie, bis heute weiß ich nicht, ob die Nemesis-Maschine überhaupt funktioniert hätte. Manchmal träume ich noch davon. Dann sitze ich wieder in dem heißen und muffigen Laderaum der *Amoras* und die Maschine rattert vor sich hin. *Das* ist die Zukunft, Bond, Maschinen wie diese. Wir können allenfalls erahnen, wofür sie einmal gebraucht werden.«
»Ihr Geheimnis ruht bei mir wie in einem Grab«, sagte Bond. »Ich habe sowieso nie verstanden, wie Ihre Maschine funktioniert und wozu sie eigentlich gut war. Wie Sie gesagt haben, ich gehöre nur zum Fußvolk. Ich löse Probleme mit den Fäusten oder mit der Pistole und ich nehme an, ich bin dazu verdammt, mein Leben lang den Schlamassel aus der Welt zu schaffen, den uns die klugen Leute einbrocken.«